OS JUSTICEIROS

OBJETIVA

RICHARD BACHMAN

OS JUSTICEIROS

Tradução de Marcos Santarrita

OBJETIVA

Publicado mediante acordo com o autor através de Ralph M. Vicinanza, Ltd.

Título original:
The Regulators

EDITORA OBJETIVA LTDA. Rua Cosme Velho, 103
Rio de Janeiro – RJ – CEP: 22241-090
Tel.: (21) 2556-7824 – Fax: (21) 2556-3322
www.objetiva.com.br

Capa
Pós Imagem Design

Revisão
Sônia Oliveira Lima
Henrique Tarnapolsky
Umberto Figueiredo Pinto
Sandra Pássaro

Editoração Eletrônica
Abreu's System Ltda.

B124j

Bachman, Richard
Os justiceiros / Richard Bachman. - Rio de Janeiro : Objetiva, 2001

239p. ISBN 85-7302-722-3
Tradução de : *The regulators*

1. Literatura americana - Romance. I. Título

CDD 813

Lembrando Jim Thompson e Sam Peckinpah:
sombras lendárias.

Nota do Editor

Antes de morrer de câncer, em fins de 1985, Richard Bachman publicou cinco romances. Em 1994, quando se preparava para mudar-se para uma nova casa, a viúva do autor encontrou no sótão uma caixa de papelão cheia de originais. Eram romances e contos em vários estágios de acabamento. Os menos acabados estavam escritos a mão nos cadernos de estenografia que Bachman usava para a composição original. O mais acabado era uma cópia datilografada do romance que se segue. Estava acondicionado numa caixa de manuscritos presa com elásticos, como se ele fosse enviá-lo a seu assistente editorial quando veio a recaída final.

A ex-Sra. Bachman me trouxe o manuscrito para avaliação, e eu o achei pelo menos à altura dos padrões da obra anterior do autor. Fiz pequenas alterações, sobretudo atualizando algumas referências (substituí Rob Lowe por Ethan Hawke no primeiro capítulo, por exemplo), mas fora isso deixei-o praticamente como o encontrei. Esta obra é publicada agora (com a aprovação da viúva do autor) como coroamento de uma carreira singular, mas não desinteressante.

Meus agradecimentos a Claudia Eschelman (ex-Claudia Bachman), a Douglas Winter, estudioso de Bachman, a Elaine Koster, da Biblioteca New American, e a Carolyn Stromberg, que fez a editoração dos primeiros romances de Bachman e aprovou este.

A ex-Sra. Bachman diz que, ao que ela saiba, Bachman jamais viajou para Ohio, "embora possa tê-lo sobrevoado uma ou duas vezes". Também não tem idéia de quando o romance foi escrito, mas desconfia que deve ter sido tarde da noite. Richard Bachman sofria de insônia crônica.

Charles Verrill
Cidade de Nova York

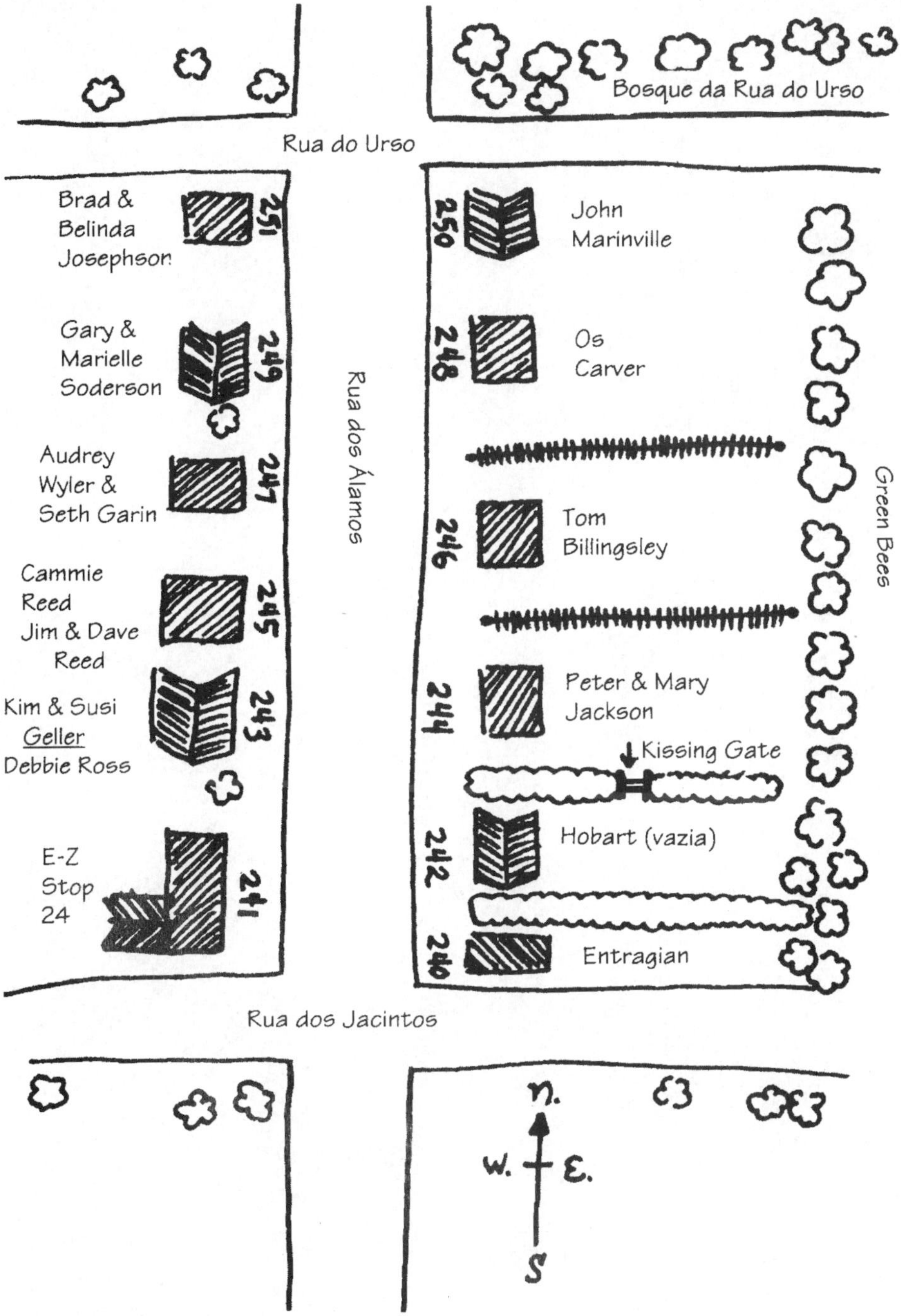
Bosque da Rua do Urso
Rua do Urso
Brad & Belinda Josephson
251
250
John Marinville
Gary & Marielle Soderson
249
248
Os Carver
Rua dos Álamos
Audrey Wyler & Seth Garin
247
246
Tom Billingsley
Green Bees
Cammie Reed
Jim & Dave Reed
245
Kim & Susi Geller
Debbie Ross
243
244
Peter & Mary Jackson
Kissing Gate
E-Z Stop 24
241
242
Hobart (vazia)
240
Entragian
Rua dos Jacintos
N.
W.
E.
S

"Senhor, o negócio da gente é chumbo."
— Steve McQueen
Sete Homens e um Destino

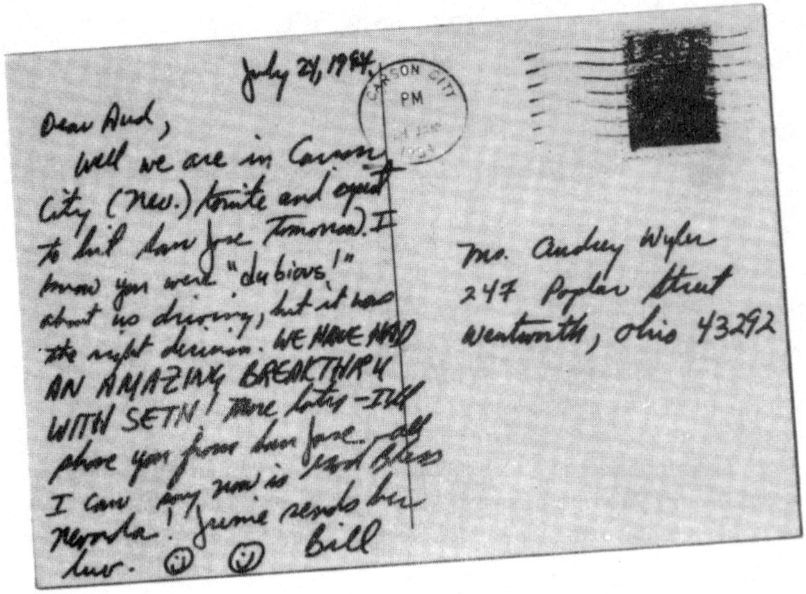
July 24, 1994

Dear Aud,
Well we are in Carson City (Nev.) tonite and expect to hit San Jose tomorrow. I know you were "dubious!" about us driving, but it was the right decision. WE HAVE HAD AN AMAZING BREAKTHRU WITH SETH! More later — I'll phone you from San Jose. All I can say now is God Bless Nevada! Junie sends her luv.
Bill

Mrs. Audrey Wyler
247 Poplar Street
Wentworth, Ohio 43292

Cartão-postal de William Garin para sua irmã, Audrey Wyler:

24 de julho de 1994
Querida Aud,
Bem, estamos em Carson City (Nevada) esta noite, e devemos chegar a San Jose amanhã. Sei que você estava "em dúvida!" quanto à viagem de carro, mas foi a decisão certa. TIVEMOS UM AVANÇO ESPANTOSO COM SETH! Conto mais depois — lhe telefono de San Jose — Só posso dizer agora: Deus abençoe Nevada! Junie manda lembranças.
Bill
Sra. Audrey Wyler
Rua dos Álamos, 247
Wentworth, Ohio 43292

Capítulo Um

Rua dos Álamos/3:45 da tarde/15 de julho de 1996

CHEGOU O VERÃO.

E não *só* o verão apenas, não este ano, mas a apoteose do verão, o avatar do verão, o alto, perfeito e verde verão da região central de Ohio em pleno julho, o sol ardendo neste fabuloso céu desbotado de calça Levi's, o barulho das crianças gritando por todo o bosque da Rua do Urso, no alto do morro, o *estalo* dos pequenos bastões de beisebol no outro lado do bosque, o som dos aparadores de grama elétricos, dos carros potentes na Rodovia 19, dos patins nas calçadas de cimento e no liso macadame da Rua dos Álamos, dos rádios — o beisebol dos Indians de Cleveland (o grande dia de jogo) competindo com Tina Turner a açoitar "Nutbush City Limits", aquela música que diz: "Vinte e cinco é a velocidade limite, não se permitem motocicletas" —, e envolvendo tudo isso, como um babado de renda auditivo, o tranqüilizante e sedoso chiado dos regadores de grama.

O verão em Wentworth, Ohio, ah, cara, você já sacou. É o verão aqui na Rua dos Álamos, que cruza direto o fabuloso e desbotado sonho americano, com o cheiro de cachorro-quente no ar e uns restos de papel estourado das bombinhas do 4 de Julho ainda caídos aqui e ali nas sarjetas. É um julho quente, por Deus, um perfeito julho velho faixa azul, não tem dúvida, mas se quer saber a verdade, também é um verão *seco*, sem água, a não ser pelo esguicho, de vez em quando, de uma mangueira para levar aqueles últimos pedaços de papel queimado. Talvez isso mude hoje; ouve-se um ou outro ribombo de trovão a oeste, e os que vêem o Canal Meteorológico (tem muita TV a cabo na Rua dos Álamos, pode apostar) sabem que se esperam temporais para mais tarde. Talvez até mesmo um furacão, embora não seja provável.

Enquanto isso, porém, é só melancia, refrigerante e más jogadas na ponta do bastão; é todo aquele verão que a gente sempre quis e mais, aqui no centro dos Estados Unidos da América, a vida tão boa quanto sempre se sonhou que podia ser, com

Chevrolets parados nas entradas de garagem e bifes nas gavetas de carne das geladeiras, esperando para ser tascados no churrasco do quintal ao cair da tarde (e tem torta de maçã depois? que é que você acha?). Esta é a terra dos gramados verdes e dos canteiros de flores bem cuidados; este é o Reino de Ohio, onde os garotos usam os bonés virados para trás, as camisetas decotadas caindo sobre as bermudas largas, e todos os grandes tênis incrementados parecem trazer o raio da Nike.

Na quadra da Álamos que fica entre a Rua do Urso, no alto da ladeira, e a dos Jacintos, no pé, há onze casas e uma loja. A loja, na esquina da dos Álamos com a Jacintos, é o sempre popular e bem americano mercadinho de conveniência, onde a gente pode comprar cigarros, Blatz ou Rolling Rock, a bala de um centavo (embora hoje custe vinte e cinco), os apetrechos do churrasco (pratos de papel garfos de plástico taco batata frita sorvete ketchup mostarda tira-gosto), pirulitos e uma ampla variedade de salgadinhos crocantes, feitos da melhor matéria-prima da terra. Se a gente quiser, arranja até um exemplar da *Penthouse* no E-Z Stop 24, mas tem de pedir à balconista; no Reino de Ohio, a maioria das revistas de mulher pelada fica escondida. E, ora, tudo bem. O importante é saber onde arranjar uma se a gente precisar.

A balconista hoje é nova, menos de uma semana no emprego, e no momento, às 3:45 da tarde, atende a um menino e uma menina. A menina parece ter seus onze anos, e já vai se tornando uma beldade. O menino, visivelmente o irmãozinho, tem talvez uns seis anos, e (pelo menos na opinião da nova balconista) já vai a caminho de se tornar um monstrinho de primeira.

— Quero *dois* chocolates! — grita o Irmão Monstrinho.

— O dinheiro só dá pra um, se a gente tomar um refrigerante cada — diz-lhe a Irmã Bonita, com o que a balconista julga ser uma paciência admirável.

Se fosse *seu* irmão, ela sentiria uma grande tentação de chutar-lhe o rabo tão para cima que ele poderia fazer o papel do Corcunda de Notre Dame na peça da escola.

— Mamãe deu cinco paus pra você de manhã, eu vi — diz o monstrinho. — Cadê o resto, Marrrrr-grit?

— Não me chame assim, que eu detesto — diz a menina.

Tem longos cabelos louros cor de mel, que a balconista acha absolutamente deslumbrantes. Os dela são curtos e assanhados, tingidos de laranja na direita e verde na esquerda. Sabe muito bem que não teria conseguido esse emprego sem lavar a tintura, se o gerente não estivesse com a corda no pescoço em busca de alguém para trabalhar das onze às sete — sorte dela, azar dele. Ele *arrancou* dela a promessa de que usaria um lenço ou um boné de beisebol para cobrir os cabelos tingidos, mas as promessas se fazem para ser quebradas. Agora vê que a Irmã Bonita olha com certa fascinação os seus cabelos.

— Margrit-Margrit-Margrit! — cacareja o irmãozinho, com a alegre e forte maldade que só os irmãozinhos sabem arregimentar.

— Na verdade eu me chamo Ellen — diz a menina, falando com o ar de alguém que faz uma grande confidência. — Margaret é meu segundo nome. Ele me chama assim porque sabe que eu detesto.

— Prazer em conhecer, Ellen — diz a balconista, e começa a somar as compras da menina.

— Prazer em conhecer, Marrrrr-grit! — arremeda o irmão monstrinho, contorcendo o rosto numa expressão tão forçadamente pavorosa que chega a ser cômica. — Prazer em conhecer, Margrit Minhoca!

Ignorando-o, Ellen diz:

— Adorei seu cabelo.

— Obrigada — diz sorrindo a nova balconista. — Não chega nem perto do seu, mas serve. É um dólar e quarenta e seis centavos.

A menina tira uma bolsinha de moedas de plástico do bolso do jeans. Daquelas que se apertam para abrir. Dentro há duas notas de um dólar amassadas e alguns centavos.

— Pergunta a Margrit Minhoca pra onde foram os outros três paus! — trombeteia em voz alta o monstrinho. É um verdadeiro sistema de alto-falantes. — Ela gastou comprando uma revista com *Eeeeeeethan Hawwwwwke* na capa!

Ellen continua a ignorá-lo, embora as faces comecem a ruborizar um pouco. Ao entregar os dois dólares, diz:

— A gente nunca se viu antes, viu?

— Na certa, não... Só comecei aqui quarta-feira. Precisavam de alguém pra trabalhar das onze às sete, e ficar mais algumas horas, se o cara da noite se atrasasse.

— Bem, foi muito legal conhecer você. Eu sou Ellie Carver. E este é meu irmãozinho, Ralph.

Ralph Carver bota a língua para fora e emite um som semelhante ao de uma vespa presa num pote de maionese. Que animalzinho educado esse aí, pensa a jovem de cabelos de duas cores.

— Eu sou Cynthia Smith — diz, estendendo a mão por cima do balcão para a menina. — Sempre Cynthia, nunca Cindy. Dá pra lembrar isso?

A menina faz que sim com a cabeça, sorrindo.

— E eu sou sempre Ellie, nunca Margaret.

— *Margrit Minhoca!* — grita Ralph, no louco triunfo de seus seis anos. Ergue os braços no ar e bate nos quadris alternadamente, de pura alegria venenosa de viver. — *Margrit Minhoca ama Eeeeeeethan Hawwwwwke!*

Ellen lança a Cynthia um olhar muito mais velho que sua idade, um ar resignado de infinito cansaço, que diz: *Está vendo o que eu tenho de agüentar?* Cynthia, que também tem um irmãozinho e sabe *exatamente* o que a bela Ellie tem de agüentar, tem vontade de dar uma porrada, mas consegue manter o rosto impassível. E é bom. A menina é prisioneira de seu tempo e idade como qualquer outra, o que significa que tudo isso é muito sério para ela. Ellie estende ao irmão uma lata de Pepsi.

— A gente racha o chocolate lá fora — diz.

— Você vai me puxar no Buster — diz Ralph, quando se dirigem para a porta, andando sobre o luminoso retângulo de sol que entra como fogo pela janela. — Você vai me puxar no Buster *daqui até em casa.*

— O diabo que eu vou — diz Ellie, mas quando abre a porta, o Irmão Monstrinho se vira e lança a Cynthia um olhar presunçoso, que diz: *Espere só pra ver quem ganha esta. Espere e veja.*

E saem.

Verão, sim, mas não *apenas* verão; estamos falando do 15 de julho, o *auge* mesmo do verão numa cidadezinha de Ohio, onde a maioria das crianças vai para a Escola Bíblica de Férias e participa do Programa de Leitura de Verão da Biblioteca Pública, e onde um menino acabou de ganhar um furgãozinho vermelho que batizou (por motivos que só ele sabe) de Buster. Onze casas e uma loja de conveniência tremulando nessa forte claridade de julho no Meio-oeste, trinta e dois graus centígrados à sombra, trinta e seis ao sol, quente o bastante para o ar ondular acima do asfalto como sobre um incinerador.

A quadra se estende no sentido norte-sul, casas com numeração ímpar no lado de Los Angeles da rua e par no lado de Nova York. No alto, na esquina das ruas do Urso com a dos Álamos, fica o número 251 desta última. Parado diante da casa, Brad Josephson rega com uma mangueira os canteiros na entrada da garagem. Tem quarenta e seis anos, uma bela pele cor de chocolate, e uma pança enorme e caída. Ellie Carver acha que ele parece Bill Cosby... um *pouco*, pelo menos. Brad e Belinda Josephson são os únicos negros da quadra, que sente um orgulho danado por tê-los. Eles têm exatamente a aparência que as pessoas das áreas de classe média de Ohio gostam em seus negros, o que faz parecer simplesmente certo vê-los em volta. São pessoas simpáticas. Todos gostam dos Josephson.

Cary Ripton, que entrega o *Shopper* de Wentworth nas tardes de segunda-feira, dobra pedalando a esquina e joga um jornal dobrado para Brad, que o pega habilmente com a mão que não segura a mangueira. Nem sequer se move. Apenas ergue a mão e vum, lá está.

— Boa, Sr. Josephson! — grita Cary, e segue pedalando ladeira abaixo, com a mochila de lona batendo nos quadris. Veste uma camiseta de jérsei enorme, do Orlando Magic, com o número 32, de Shaq.

— É, ainda não perdi o jeito — diz Brad, e enfia o bico da mangueira debaixo do braço para poder abrir o semanário e ver o que tem na primeira página.

É a velha merda de sempre, claro — vendas de fundo de quintal e badalação da comunidade —, mas ele quer dar uma olhada mesmo assim. É a natureza humana, acha. Do outro lado da rua, no 250, Johnny Marinville toca violão e cantarola acompanhando, sentado nos degraus da entrada de sua casa. Uma das *folk-songs* mais idiotas do mundo, mas ele toca bem, e embora ninguém jamais vá confundi-lo com Marvin Gaye (ou Perry Como, aliás), consegue tocar uma música e manter a afinação. Brad sempre achou isso ligeiramente revoltante; acha que um cara que é bom numa coisa deve contentar-se com ela e deixar o resto pra lá.

Cary Ripton, quatorze anos, cabelo à escovinha, e que joga como zagueiro apoiador no time da Legião Americana de Wentworth (os Hawks, atualmente 14-4, faltando duas partidas), atira o *Shopper* seguinte na varanda do 249, casa dos Soderson. Os Josephson são o Casal Negro da Rua dos Álamos; os Soderson, Gary e Marielle, os boêmios. Na balança da opinião pública, os Soderson completam um ao outro. Gary, em geral, é o tipo do cara prestativo, e apreciado por todos os vizinhos, apesar de viver meio de porre quase o tempo todo. Marielle, porém... bem, como se sabe que disse Pie Carver: "Tem uma palavra pra definir mulheres como Marielle; rima com o que se faz com uma bola de futebol."

O lance de Cary é um arremesso perfeito, fazendo o *Shopper* bater na porta da frente dos Soderson e cair no capacho de boas-vindas, mas ninguém sai para pegá-lo; Marielle está lá dentro tomando uma ducha (a segunda do dia; detesta quando o tempo fica assim pegajoso), e Gary, lá atrás, abastece de combustível, alheado, a churrasqueira no quintal, e acaba pondo tijolinhos inflamáveis suficientes para sapecar um búfalo aquático. Usa um avental com as palavras PODE BEIJAR O COZINHEIRO estampadas na frente. É cedo demais para começar a fazer os bifes, mas nunca é cedo demais para entrar em forma. Sobre uma mesa de piquenique com sombrinha, no meio do quintal dos Soderson, está o seu bar portátil: um frasco de azeitonas, uma garrafa de gim e uma de vermute. A de vermute não foi aberta. Tem um martíni duplo na frente. Gary termina de atochar a churrasqueira, vai até a mesa e vira o que resta no copo. Gosta muito de martínis, e tende a já estar de porre por volta das quatro horas, na maioria dos dias em que não tem de ensinar. Hoje não é exceção.

— Tudo bem — diz —, o próximo caso.

Passa então a preparar outro Martíni Soderson. Faz isso (a) enchendo o copo de martíni até a marca de três quartos com gim Bombay; (b) jogando dentro uma azeitona Amati; (c) batendo de leve a borda do copo na garrafa fechada de vermute, para dar sorte.

Prova; fecha os olhos; torna a provar. Abre os olhos, já bastante vermelhos. Sorri.

— É, senhoras e senhores! — diz para seu escaldante quintal. — Está supimpa!

Baixo, acima de todos os outros sons do verão — crianças, aparadores de grama, carros possantes, regadores, cigarras cantando na grama esturricada do quintal —, Gary ouve o violão do escritor, um som gostoso e descontraído. Pega quase imediatamente a música e dança em torno do círculo de sombra lançado pela sombrinha, com o copo na mão, cantando sozinho:

— *Então me beije e sorria pra mim... Diga que vai esperar por mim... Me abrace como se nunca fosse me deixar partir...*

Uma boa música, que ele lembra de antes de sequer se pensar nos gêmeos Reed, de duas casas adiante, quanto mais eles terem nascido. Por um breve instante fica impressionado com a realidade da passagem do tempo, como é crua e inapelável. Passa pelo ouvido com um som que parece de ferro. Gary toma outro grande gole do martíni e pergunta-se o que fazer, agora que a churrasqueira está pronta para a partida. Junto com os outros sons, ouve o chuveiro no andar de cima, e pensa em Marielle nua lá dentro — a megera do mundo ocidental, mas que mantém o corpo em boa forma. Imagina-a ensaboando os seios, talvez acariciando os mamilos em movimentos circulares com as pontas dos dedos, endurecendo-os. Claro que não está fazendo isso porra nenhuma, mas é uma dessas imagens que simplesmente não vão embora, a não ser que a gente faça alguma coisa para expulsá-las. Ele decide ser uma versão século vinte de São Jorge; vai foder o dragão, em vez de matá-lo. Põe o copo de martíni na mesa de piquenique e dirige-se para a casa.

Ah, Deus, é verão, verão, ve-ve-ve-verão, e na Rua dos Álamos, a vida é mansa.

Cary Ripton verifica o tráfego pelo espelho retrovisor, não vê nada, e vira a leste para a casa dos Carver do outro lado da rua. Deixou de lado o Sr. Marinville, porque, no início do verão, ele lhe deu cinco dólares para *não* entregar o *Shopper*.

— Por favor, Cary — disse, os olhos solenes e sérios. — Não agüento mais ler sobre a inauguração de mais um supermercado ou a promoção de um *drugstore*. Eu morro se ler.

Cary não compreende nem um pouco o Sr. Marinville, mas ele é um cara muito legal, e cinco paus são cinco paus.

A Sra. Carver abre a porta da frente da Álamos, 248, e acena, quando Cary lança certeiro o *Shopper* dela. A mulher tenta pegá-lo, erra feio e ri. Cary também ri. Ela não tem nem as mãos nem os reflexos de Brad Josephson, mas é bonita e uma esportista boa como o diabo. Ao lado da casa, de calção de banho e sandálias de dedo, o marido lava o carro. Vê Cary de relance pelo canto do olho, vira-se, aponta um dedo. Cary retribui o gesto, e eles fingem atirar um no outro. É a tentativa canhestra mas esforçada do Sr. Carver de ser legal, e Cary a respeita. David Carver trabalha nos Correios, e Cary imagina que deve estar de férias esta semana. O garoto faz um juramento para si mesmo: se tiver de aceitar um emprego regular de nove às cinco quando crescer (sabe que, como diabete e insuficiência renal, isso *acontece* a algumas pessoas), *jamais* passará suas férias em casa, lavando carro na entrada da garagem.

Não vou ter carro, de qualquer modo, pensa. Vou ter uma moto. E não japonesa. Uma grande e velha Harley-Davidson como a que o Sr. Marinville tem na garagem. Aço americano.

Verifica mais uma vez o retrovisor, avista uma coisa vermelho-clara adiante da casa dos Josephson — um furgão, parece, parado depois da esquina sudeste do cruzamento — e vira sua Schwinn de volta mais uma vez para o outro lado da rua, agora para o 247, a casa dos Wyler.

Das casas ocupadas na rua (a 242, que era dos Hobart, está vazia), a casa dos Wyler é a única que ao menos beira o mau estado — é uma casa pequena, estilo fazenda, que bem precisava de uma nova mão de pintura, e uma nova camada de asfalto na entrada da garagem. Um regador gira no gramado, mas a grama ainda mostra os efeitos do tempo quente, seco, de uma maneira que os outros gramados na rua (incluindo, na verdade, a casa vazia de Hobart) não mostram. Tem manchas amarelas, agora pequenas, mas alastrando-se.

Ela não sabe que água não basta, pensa Cary, enfiando a mão na bolsa de lona para pegar outro *Shopper* dobrado. O marido talvez soubesse, mas...

Ele percebe de repente que a Sra. Wyler (acha que as viúvas continuam sendo chamadas de Sra.) está parada atrás da porta de tela, e alguma coisa na visão dela ali, pouco mais que uma silhueta, lhe dá um sério susto. Bambeia na bicicleta por um instante, e quando lança o jornal dobrado, sua pontaria, em geral certeira, erra. O *Shopper* aterrissa em cima de um dos arbustos ao lado dos degraus da frente. Ele detesta fazer isso, *detesta* isso, é como uma comédia estúpida em que o garoto do jornal está sempre atirando o *Daily Bugle* no telhado ou nas roseiras — ah-ah, jornaleiro de má pontaria, que barato — e num outro dia (ou numa outra casa) teria voltado para consertar o erro... talvez até entregar ele mesmo o jornal nas mãos da senhora, com um sorriso, um aceno e um bom-dia. Mas não hoje. Tem alguma coisa ali que não lhe agrada. Alguma coisa na maneira como ela está parada atrás da porta de tela, os ombros caídos e as mãos pendidas, como um brinquedo sem as pilhas. E talvez não seja só isso que está fora de ordem. Ele não pode vê-la bem o bastante para ter certeza, mas acha que talvez a Sra. Wyler esteja nua da cintura para cima, que esteja ali parada na sala da frente sem nada no corpo além de uma bermuda. Parada ali, olhando-o fixo.

Se está, não é erótico. É arrepiante.

O menino que mora com ela, o sobrinho, *esse* pequeno fuinha, também é arrepiante. Seth Garland ou Garin ou coisa parecida. Nunca fala, nem quando a gente fala com ele — ei, como vai, você gosta daqui, acha que os Indians vão chegar à Série de novo —, só fica olhando para a gente com aqueles olhos cor de lama. Como Cary sente que a Sra. Wyler, em geral simpática, o olha agora. Como a aranha convidando a mosca a entrar em sua sala, uma coisa assim. O marido morreu no ano passado (bem na época em que os Hobart tiveram aquele problema e se mudaram, pensando bem), e as pessoas dizem que não foi acidente. Dizem que Herb Wyler, que colecionava selos e uma vez deu a Cary uma velha espingarda de ar comprimido, se suicidou.

Arrepios — de certa forma duplamente assustadores, num dia quente como este — percorrem-lhe as costas, e ele recua e torna a atravessar a rua, depois de outro olhar apressado ao espelho retrovisor. O furgão vermelho continua lá em cima, perto da esquina da Rua do Urso com a dos Álamos (uma máquina bacana, pensa o garoto), e desta vez um outro veículo vem descendo a rua também, um Acura azul, que Cary logo reconhece. É do Sr. Jackson, o outro professor da quadra. Não professor de segundo grau, em seu caso; o Sr. Jackson é na verdade o *Professor* Jackson, ou talvez apenas Professor Assistente Jackson. Ensina na universidade estadual de Ohio, nada menos. Os Jackson moram no 244, uma casa adiante da dos Hobart. É a mais bonita da quadra, espaçosa, em estilo Cape Cod, com uma alta sebe do lado de baixo da ladeira e uma alta cerca de estacas de cedro do lado de cima, entre eles e a casa do velho veterinário.

— E aí, Cary! — diz Peter Jackson, encostando ao lado dele. Usa jeans desbotados e uma camiseta com uma grande cara amarela sorridente estampada. TENHA UM BOM DIA!, diz Mr. Smiley-Smile. — Como vai indo, garotão?

— Sensacional, Sr. Jackson — diz Cary, sorrindo. Pensa em acrescentar *Só que acho que a Sra. Wyler está parada na porta dela lá atrás sem blusa*, mas não o faz. — Tudo superlegal.

— Já fez algum jogo?

— Só dois até agora, mas tudo bem. Consegui duas chances ontem de noite, e na certa vou conseguir mais duas hoje. Na verdade, era só o que eu esperava. Mas é o último ano de Frankie Albertini na Legião, você sabe.

Entrega-lhe um exemplar dobrado do *Shopper*.

— Tem razão — diz Peter, pegando-o. — E no ano que vem é a vez de *Monsieur* Cary Ripton uivar no banco de reservas.

O garoto ri, divertido, com a idéia de ficar lá no banco, com o uniforme da Legião, uivando como um lobisomem.

— Está ensinando de novo no curso de verão este ano?

— É. Duas turmas. Peças Históricas de Shakespeare, além de James Dickey e o Novo Gótico Sulista. Alguma lhe parece interessante?

— Acho que passo.

Peter balança a cabeça, sério.

— Passe e jamais terá de fazer curso de verão, garotão. — Bate na cara sorridente em sua camiseta. — Afrouxam um pouco o código de indumentária do professor em junho, mas os cursos de verão continuam um saco. Como sempre foram. — Larga o *Shopper* dobrado no banco do carro e encaixa a marcha em *Drive*. — Não vá ter um ataque do coração pedalando pelo bairro todo com esses jornais.

— Nããão. Acho que vai chover mais tarde, de qualquer modo. Estou ouvindo trovejar de vez em quando.

— É o que dizem no... *cuidado*!

Uma grande forma peluda passa como uma bala, atrás de um disco vermelho. Cary curva a bicicleta para o lado do carro do Sr. Jackson e é apenas roçado pelo rabo de Hannibal, o pastor alemão que corre atrás de um disco.

— É a *ele* que o senhor tem de prevenir contra ataque cardíaco — diz Cary.

— Talvez você tenha razão — diz Peter, e segue lentamente com o carro.

Cary vê Hannibal pegar o disco na calçada do outro lado da rua e trazê-lo de volta na boca. Tem um vistoso lenço colorido amarrado no pescoço, e parece exibir um grande sorriso de velho cachorrão.

— Traz aqui, Hannibal! — grita Jim Reed, e seu irmão gêmeo, Dave, junta-se a ele: — Anda, Hannibal! Não seja um saco! Pega! Traz aqui!

Hannibal pára em frente ao 246, defronte da casa dos Wyler, com o disco na boca e sacudindo lentamente o rabo de um lado para outro. O sorriso parece alargar-se.

Os gêmeos Reed moram no 245, uma casa adiante da Sra. Wyler. Parados na borda de seu gramado (um moreno, outro louro, os dois altos e bonitos, com camisetas desfiadas e idênticos calções Eddie Bauer), olham para Hannibal do outro lado da rua. Atrás deles, duas meninas. Uma é Susi Geller, da casa vizinha. Bonita mas, sabe como é, sem *tchan.* A outra, uma ruiva com umas longas pernas de animadora de torcida, é outra história. Seu retrato podia ilustrar o verbete *tchan* no dicionário. Cary não a conhece, mas *gostaria* de conhecê-la, saber as esperanças e sonhos, os planos e fantasias dela. Sobretudo as fantasias. Não *nesta* vida, ele pensa. Isso aí é xoxota madura. Uns dezessete anos, no mínimo.

— Ah, *saco*! — diz Jim Reed, e vira-se para o irmão de cabelos escuros. — *Você* vai buscar esta vez.

— De jeito nenhum, está todo babado — diz David Reed. — *Hannibal, seja um bom cachorro e traga isso de volta aqui!*

Hannibal continua na calçada em frente à casa do Doutor, ainda sorrindo. Niãããão-Niãããão, diz, sem ter de dizer nada; está tudo em sua cara matreira e no tranqüilo balançar do rabo. Niãããão-Niãããão, vocês têm as garotas e os calções Eddie Bauer, mas eu tenho o disco e estou lambuzando ele todo de baba canina, e em minha opinião isso me torna o Gostosão.

Cary mete a mão no bolso e tira um saco de sementes de girassol — se a gente tem de ficar no banco de reservas, descobriu, as sementes de girassol ajudam a passar o tempo. Tornou-se muito habilidoso em quebrá-las com os dentes e mastigar o miolo gostoso enquanto cospe a casca no cimento rachado com a rapidez de metralhadora de um grande jogador.

— Eu pego pra vocês — grita para os gêmeos, esperando que a gostosa ruivinha se impressione com sua proeza de domador, embora saiba que é um sonho tão tolo que só um garoto entre a primeira e a segunda séries do ginásio poderia alimentar, mas ela está tão linda naquele shortinho branco com bainha, ah, grande Deus todo-poderoso, e desde quando uma fantasiazinha fez mal a um garoto?

Baixa as sementes de girassol ao nível do cachorro e rasga o celofane. Hannibal vem logo, ainda com o disco vermelho no centro do sorriso. Cary despeja algumas sementes na palma da mão.

— Boa, Hannibal — diz. — Estas são *boas.* Sementes de girassol, adoradas por cachorros de todo o mundo. Prove. Vai gostar.

Hannibal examina as sementes por mais um instante, as narinas tremendo delicadamente, depois larga o disco na Rua dos Álamos e aspira-as da palma de Cary. Veloz como um raio, o garoto se curva, pega o disco (*está* meio babado na beira), e lança-o de volta para Jim Reed. É um lance perfeito, flutuante, que Jim pode pegar sem dar um único passo. E, ah, Deus, ah, Jesus, a ruiva está *aplaudindo-o,* dando pulinhos ao lado de Susi Geller, os peitinhos (pequenos mas deliciosos) sacudindo-se dentro do bustiê que ela usa. Ah, obrigado, Senhor, muito obrigado, agora a gente tem material bastante nos bancos de memória pra durar pelo menos uma semana.

Sorrindo, ignorando que vai morrer virgem e reserva de zagueiro, Cary joga um *Shopper* na varanda da casa de Tom Billingsley (ouve o cortador de grama cantando lá atrás) e cruza mais uma vez a rua para a casa dos Reed. Dave joga o disco para Susi Geller e pega o *Shopper,* quando Cary o atira para ele.

 — Obrigado por trazer o disco de volta — diz Dave.

— De nada. — Indica a ruiva com a cabeça. — Quem é?

Dave ri, não sem simpatia.

— Esquece, carinha. Nem se dê ao trabalho de perguntar.

Cary pensa em insistir um pouco, depois decide que talvez seja melhor partir enquanto está por cima — afinal pegou o disco e ela o aplaudiu, e a visão dela pulando naquele bustiezinho endureceria até um macarrão empapado. Certamente já basta para uma tarde de verão tão quente.

Acima e atrás deles, no topo da ladeira, o furgão vermelho se põe em marcha, arrastando-se devagar na esquina.

— Vai ao jogo à noite? — pergunta Cary a Dave Reed. — Temos os Columbus Rebels. Deve ser bom.

— Você vai jogar?

— Devo entrar umas duas vezes.

— Então na certa eu não vou — diz Dave, e dá uma berrante gargalhada que faz Cary estremecer.

Ele acha que os gêmeos Reed parecem pequenos deuses, com suas camisetas decotadas, mas quando abrem a boca, mostram uma suspeita semelhança com os Gêmeos Hager da comédia *Hee Haw*.

Cary olha a casa da esquina da Álamos com Jacintos, defronte da loja de conveniência. A última casa à esquerda, como no filme de terror do mesmo nome. Não há carro na entrada da garagem, mas isso não quer dizer nada; pode estar na garagem.

— Ele está em casa? — pergunta a Dave, indicando com o queixo o 240.

— Não sei — diz Jim, aproximando-se. — Mas a gente dificilmente sabe, não é? É isso que torna ele tão esquisito. Metade do tempo, deixa a porra do carro na garagem e atravessa o mato pra Jacintos. Talvez pegue o ônibus pra onde quer que vá.

— Você tem medo dele? — pergunta Dave a Cary. — Não chega a ser grosso, mas fica perto.

— Merda, não — diz Cary, calmo, olhando para a ruiva e imaginando como seria ter uma embalagem daquela nos braços, toda lisinha e acesa, quem sabe deslizando a lingüinha até tocar no pau duro. Não *nesta* vida, mermão, pensa mais uma vez.

Acena para a ruiva, mostra-se externamente indiferente e internamente alegríssimo quando ela corresponde, e segue rua abaixo, para a Álamos, 240. Vai jogar o *Shopper* na varanda com o arremesso inflexível de sempre e depois — se o ex-policial maluco não irromper pela porta da frente, espumando pela boca, e fuzilá-lo com os olhos injetados de psicopata, talvez brandindo o revólver regulamentar, um facão ou alguma outra coisa — atravessar para o E-Z Stop e tomar um refrigerante em comemoração a outro vitorioso percurso de sua rota: da Avenida Anderson a Columbus Broad, de Columbus Broad à Rua do Urso, e da Rua do Urso à Rua dos Álamos. Depois voltará para casa, vestirá o uniforme e partirá para as guerras do beisebol.

Primeiro, porém, tem de passar pelo número 240 da Álamos, a casa do ex-policial, que dizem ter perdido o emprego por espancar até a morte dois garotos inocentes do North Side, que segundo ele tinham estuprado uma menina. Cary não tem idéia se existe alguma verdade na história — jamais leu nada a respeito nos jornais, certamente — mas viu os olhos do ex-policial, e há neles alguma coisa que jamais viu em outros, um vazio que faz a gente olhar para outro lado tão logo possa sem parecer nervoso.

No alto da ladeira, o furgão vermelho — se é isso mesmo, pois é tão berrante e incrementado que não se pode saber — vira para a Álamos. Começa a pegar velocidade.

O som do motor é um sussurro cadenciado e sedoso. E o que é, pelo amor de Deus, aquela coisa cromada em cima?

Johnny Marinville pára de tocar o violão para ver passar o furgão. Não vê o interior, porque as janelas são polarizadas, mas a coisa no topo parece uma antena parabólica cromada, diabos se não parece. Terá a CIA baixado na Álamos? Do outro lado, Johnny vê Brad Josephson parado em seu gramado, ainda com a mangueira numa das mãos e o *Shopper* na outra. Brad também acompanha com o olhar o furgão (mas *é* mesmo um furgão? *é?*), com uma expressão que é um misto de admiração e perplexidade.

Raios de sol refletem-se na pintura vermelho-vivo e no cromo abaixo das janelas escuras, raios tão intensos que fazem Johnny piscar.

Na casa vizinha à de Johnny, David Carver continua lavando o carro. Está entusiasmado, tem-se de admitir; cobriu o Chevrolet de espuma de sabão até os limpadores do pára-brisa.

O furgão vermelho passa por ele, zumbindo e cintilando.

Do outro lado da rua, os gêmeos Reed e suas coleguinhas interrompem o jogo de disco no gramado da frente para olhar o furgão que passa devagar. Os garotos formam um retângulo; no centro está Hannibal, arquejando alegre, à espera da próxima chance de abocanhar o disco.

Tudo acontece rápido agora, embora por enquanto ninguém na Rua dos Álamos compreenda.

Ao longe, ribomba o trovão.

Cary Ripton mal percebe o veículo pelo espelho retrovisor, nem o furgão Ryder amarelo-vivo, que vira à esquerda da Jacintos para a Álamos, parando no macadame do E-Z Stop, onde os filhos dos Carver, parados perto do Buster, o carrinho de criança vermelho, discutem se Ralph será puxado ladeira acima ou não pela irmã. Ralph concordou em ir a pé *e* não falar da revista com Ethan Hawke na capa, mas só se a querida irmã Margrit Minhoca lhe der *toda* a barra de choclate, e não só a metade.

As crianças interrompem a discussão ao verem a fumaça branca, que sai como o bafio de um dragão da grade do furgão amarelo, mas Cary Ripton pouco está ligando para os problemas do Ryder. Concentra-se numa e única coisa: entregar o *Shopper* do ex-policial maluco e depois se mandar ileso. O ex-policial chama-se Collie Entragian, e é a única pessoa na quadra que tem uma placa de NÃO INVADIR! no gramado. Pequena, discreta, mas ali está.

Se matou dois garotos, por que não está na prisão?, pergunta-se Cary, não pela primeira vez. Conclui que isso não tem importância. A liberdade do ex-policial não é da sua conta nesta tarde sufocante; *sobreviver* é que é da sua conta.

Com tudo isso em mente, não admira que Cary não perceba o furgão Ryder soltando vapor pela grade, nem que as duas crianças interromperam por um instante suas negociações sobre a revista, a barra de chocolate 3 Musketeers e o carrinho vermelho, nem o furgão vermelho que desce a ladeira. Está concentrado em não se tornar a próxima vítima do policial psicopata, o que é irônico, pois o destino na verdade se aproxima por detrás.

Uma das janelas laterais do furgão começa a baixar. Surge o cano de uma escopeta. Tem uma cor esquisita, não exatamente prata nem cinza. Os canos iguais parecem o símbolo do infinito pintado de negro.

Em algum lugar, além do céu incandescente, o trovão vespertino torna a ribombar.

Do Dispatch *de Columbus, 31 de julho de* 1994.

MEMBROS DA FAMÍLIA DE TOLEDO ASSASSINADOS EM SAN JOSE

Quatro Mortos a Tiros Disparados de Carro em Movimento; Suspeita-se de Erro em Briga de Gangue; Criança de Seis Anos Sobrevive

SAN JOSE, Calif., 30 de julho (AP) — As férias de uma família de Toledo no norte da Califórnia terminaram em tragédia ontem, quando quatro de seus membros foram assassinados por uma saraivada de balas, vítimas do que a polícia de San Jose especula tenha sido violência de gangue por engano. Entre os mortos na fuzilaria, disparada de um carro em movimento, estavam William Garin, 42, June Garin, 40, e dois de seus três filhos: John Garin, 12, e Mary Lou Garin, 10. Os Garin visitavam Joseph e Roxanne Calabrese, amigos da faculdade. Os Calabrese estavam no quintal no momento da fuzilaria e não foram atingidos. Também ileso saiu Seth Garin, de seis anos, que brincava na caixa de areia do quintal no fundo da casa. Segundo Joseph Calabrese, os Garin e os filhos mais velhos jogavam croqué no gramado da frente quando foram atingidos.

— Não posso acreditar que na sociedade em que vivemos aconteçam coisas assim — disse o abalado Calabrese. — Este é um bairro bom. Jamais aconteceu coisa semelhante aqui antes.

Testemunhas disseram ter visto um furgão vermelho nas vizinhanças pouco antes da fuzilaria. Um homem afirmou que o furgão podia estar equipado com aparelhos de monitoração de alta tecnologia.

— Tinha o que parecia uma antena parabólica em cima — disse. — Se os vagabundos não se livraram dela, deve ser fácil de achar.

A polícia ainda não encontrou o misterioso furgão, e nenhuma prisão foi feita. Quando perguntado sobre as armas usadas no ataque, o Tenente Robert Alvarez disse apenas que a balística ainda não tivera condições de determinar com precisão, e que a questão está sob investigação.

(Tradução do recorte reproduzido na página 26)

MEMBERS OF TOLEDO FAMILY SLAIN IN SAN JOSE

Four Killed in Suspected Gang Drive-by; Six-Year-Old Survives

SAN JOSE, Calif., July 30 (AP) —A family vacation to northern California ended in tragedy yesterday when four members of a Toledo family were slain in a hail of gunfire, victims of what San Jose police speculate may have been misdirected gang violence. Killed in the drive-by shooting were William Garin, 42, June Garin, 40, and two of their three children: John Garin, 12, and Mary Lou Garin, 10. The Garins were visiting Joseph and Roxanne Calabrese, friends from college. The Calabreses were in the backyard at the time of the shooting and were not injured. Also uninjured was six-year-old Seth Garin, who was playing in the backyard sandbox. According to Joseph Calabrese, the Garins and their older children were playing croquet on the front lawn when they were gunned down.

"I can't believe the society we're living in, that such things can happen," a shaken Calabrese said. "This is a good neighborhood. We've never had anything like this happen here before."

Witnesses reported seeing a red van in the vicinity shortly before the shooting. One man claimed it might have been equipped with high-tech monitoring equipment. "It had what looked like a radar dish on the roof," he said. "If the punks don't ditch it, it should be easy to find."

Police have not found the mystery-van yet, however, and no arrests have been made. When asked about the weapons used in the attack, Lieutenant Robert Alvarez would only say that ballistics had not yet been able to make a definite determination, and that the issue is still under investigation.

Capítulo Dois

1

STEVE AMES VIU a fuzilaria por causa das duas crianças brigando ao lado do carrinho vermelho em frente à loja de conveniência. A menina parecia muito puta com o menino, e por um segundo Steve teve certeza que ia dar-lhe um empurrão... o que o teria feito esparramar-se sobre o carrinho, na frente de sua caminhonete. E atropelar um pirralho com uma camisa de Bart Simpson, na região central de Ohio, seria certamente o final perfeito para um dia totalmente fodido.

Quando parou, bem antes deles — melhor prevenir que remediar —, viu que a atenção dos garotos fora desviada do motivo da briga para o vapor que saía do seu radiador. Além deles, na rua, havia um furgão vermelho, talvez o vermelho mais intenso que Steve já vira em toda a sua vida. Não foi a pintura que chamou sua atenção, porém. O que chamou foi o troço de cromo reluzente no topo do furgão. Parecia uma espécie de antena parabólica futurista. E também girava de um lado para outro, num arco curvo e repetitivo, como faziam as antenas parabólicas.

Um garoto rodava de bicicleta no outro lado da rua. O furgão deslizou para ele, como se o motorista (ou *alguém* lá dentro) quisesse falar-lhe. O garoto não tinha a menor idéia da presença do furgão; acabava de tirar um jornal dobrado da sacola pendurada num dos lados do quadril e dobrava o braço para arremessá-lo.

Steve desligou a ignição da caminhonete Ryder, sem pensar no que fazia. Não ouvia mais o chiado constante do radiador, não via mais as crianças paradas perto do furgão vermelho, não pensava mais no que ia dizer quando telefonasse para o número 800 que o pessoal da Ryder dava para o caso de problemas com o motor. Uma ou duas vezes na vida tivera pequenos clarões premonitórios — palpites, cutucadas psíquicas —, mas agora era dominado não por um clarão, e sim por uma espécie de cãibra: uma certeza de que alguma coisa ia acontecer. E não uma dessas coisas que fazem a gente vibrar.

Não viu os canos duplos projetando-se da janela lateral do furgão, não estava do lado certo para isso, mas ouviu o *cabum!* da escopeta, e percebeu logo o que era. Fora criado no Texas, e jamais confundira tiro com trovão.

O garoto voou do selim da bicicleta, os ombros retorcidos, as pernas curvadas, o boné saltando da cabeça. Tinha as costas da camiseta em frangalhos, e Steve viu mais do que queria — sangue vermelho e carne negra, dilacerada. A mão do garoto que ia jogar o jornal colara-se no ouvido, e o jornal dobrado caiu na sarjeta seca atrás, quando ele bateu no gramado da casinha da esquina e rolou amorfo e sem graça.

O furgão parou no meio da rua, pouco antes do cruzamento da Jacintos com a Álamos, o motor ligado.

Steve Ames permanecia sentado atrás do volante de sua caminhonete alugada, boquiaberto, quando uma janelinha na traseira direita do furgão vermelho baixou, como a janela elétrica de um Cadillac ou Lincoln.

Eu não sabia que faziam isso, ele pensou, e depois: que tipo de furgão *é* esse, afinal?

Tomou consciência de que alguém saíra da loja — uma garota com um daqueles aventais azuis que o pessoal da caixa em geral usa. Levara uma das mãos à testa, protegendo os olhos do sol. Ele podia ver a jovem, mas o corpo do entregador de jornal desaparecera temporariamente, coberto pelo furgão. Percebeu que uma escopeta de cano duplo saía pela janela que acabara de baixar.

E por último, mas não menos importante, teve consciência das duas crianças paradas ao lado do carrinho vermelho — a céu aberto, totalmente expostas — olhando para o lado de onde tinham partido os primeiros tiros.

2

O PASTOR ALEMÃO Hannibal viu uma coisa, e só uma: o jornal dobrado que caiu da mão de Cary Ripton quando a explosão da escopeta o expulsou do selim da bicicleta e da vida. Hannibal partiu para cima, todo alegre.

— *Hannibal, não!* — gritou Jim Reed.

Não tinha a menor idéia do que acontecia (não fora criado no Texas, e *confundira* o primeiro estampido da escopeta de dois canos com um trovão, não porque *soasse* como um trovão, mas porque não podia reconhecê-lo como o que era de fato, no contexto de uma tarde de verão na Rua dos Álamos), mas não gostou. Sem pensar no que fazia — nem por quê —, lançou o disco vermelho por sobre a calçada, rumo à loja de conveniência, esperando atrair o olhar de Hannibal e desviá-lo da direção em que seguia. A estratégia não deu certo. Hannibal ignorou o disco e continuou em frente, lançando-se para pegar o exemplar caído do *Shopper* que mal podia ver na frente do furgão vermelho parado.

3

CYNTHIA SMITH TAMBÉM conhecia o som de uma escopeta quando ouvia uma — seu pai, ministro evangélico, praticara tiro ao alvo todo sábado quando ela era pequena, e muitas vezes a levava nessas expedições.

Agora, porém, ninguém gritara *Manda.*

Ela baixou o jornal que estava lendo, contornou o balcão e correu até o degrau de cima da loja. O clarão atingiu-a em cheio e ela ergueu a mão para proteger os olhos.

Viu o furgão parado no meio da rua, viu a escopeta projetar-se dos fundos, viu-a ser apontada para os filhos dos Carver, que pareciam confusos, mas ainda não assustados.

Meu Deus, ela pensou. Meu Deus, ele vai atirar nas crianças.

Por um momento, ficou paralisada onde estava. O cérebro mandava as pernas se moverem, mas nada acontecia.

Vá! Vá! VÁ!, gritou para si mesma, e isso quebrou o gelo que lhe cobria os nervos. Lançou-se para a frente, sobre pernas que pareciam de pau, quase caindo dos três degraus de cimento, e correu para pegar as crianças. As bocas idênticas da escopeta pareciam imensas, escancaradas, e ela viu que era tarde demais. O primeiro momento de paralisia fora fatal. Conseguira apenas fazer com que, quando o cara dos fundos do furgão apertasse os gatilhos da escopeta, matasse uma estradeira, além das duas crianças inocentes.

4

DAVID CARVER LARGOU a esponja no balde de água com sabão ao lado do pneu dianteiro direito de seu Caprice e desceu a entrada de garagem, para ver o que se passava na rua. Na casa vizinha ladeira acima, à direita, Johnny Marinville fazia a mesma coisa. Tinha o violão pendurado no pescoço. Do outro lado, Brad Josephson também descia seu gramado até a rua, a mangueira esguichando na grama lá atrás. Continuava com o exemplar do *Shopper* numa das mãos.

— Foi cano de descarga? — perguntou Johnny.

Não achava que fosse. Há muito tempo, em sua época pré-Gatinho, quando ainda se considerava um "escritor sério" (expressão que tinha toda a pungência de "puta realmente boa", em sua maneira de pensar), Johnny fizera uma excursão de pesquisa infernal no Vietnã, e achava que o som que acabara de ouvir se parecia mais com os canos de descarga que ouvira durante a ofensiva do Tet. Canos de descarga na selva. Daqueles que matavam pessoas.

David balançou a cabeça e ergueu as mãos, indicando que na verdade não sabia. Às suas costas, a porta de tela da casa creme e verde, estilo fazenda, bateu, fechando-se, e pés descalços corriam pela calçada. Era Pie, de *jeans* e blusa abotoada errado. Tinha os cabelos colados na cabeça, numa espécie de capacete úmido

— Foi cano de descarga? Meu Deus, Dave, soou como um...

— Um tiro de escopeta — disse Johnny, acrescentando depois, relutante: — Tenho toda certeza que foi.

Kirsten Carver — Kirstie para os amigos e Pie para o marido, por motivos que provavelmente só um marido pode saber — olhava ladeira abaixo. Uma expressão de horror insinuava-se em seu rosto, parecendo de algum modo ampliar não apenas os olhos, mas todas as feições. David acompanhou o olhar dela. Viu o furgão parado, e o cano da escopeta espetado para fora da janela traseira direita.

— *Ellie! Ralph!* — gritou Pie. Foi um grito lancinante, penetrante, e nos fundos da casa Soderson Gary parou, à escuta, o copo de martíni a meio caminho dos lábios. — *Oh, meu Deus, Ellie e Ralph!*

Pie pôs-se a correr ladeira abaixo para o furgão.

— *Kirsten, não, não faça isso!* — gritou Brad Josephson.

Pôs-se a correr atrás, atravessando a rua onde ela o fizera, para alcançá-la no meio, talvez desviá-la entre as casas dos Jackson e dos Geller. Correu com surpreendente lepidez para um homem tão grande, mas apenas uma dezena de passos depois viu que não ia conseguir.

David Carver também se pôs a correr atrás da mulher, a pança saltando acima do calção de banho ridiculamente pequeno, as sandálias de dedo estalando na calçada com um barulho de espoletas. Sua sombra corria atrás dele na rua, longa e mais magra do que o funcionário dos Correios David Carver algum dia fora em sua vida adulta.

5

ESTOU MORTA, PENSOU Cynthia, caindo sobre um joelho entre as crianças, estendendo os braços para envolver os ombros delas, puxá-las para si. Inutilmente. Estou morta, estou morta, estou totalmente morta. Mas mesmo assim não podia tirar os olhos das bocas gêmeas da escopeta, muito negras, muito parecidas com olhos impiedosos.

A porta do passageiro da caminhonete amarela se abriu e ela viu um homem magro de jeans e camiseta de rock, um cara de cabelos grisalhos na altura dos ombros e rosto esburacado.

— Entre aqui, dona! — ele gritou. — Agora, *já*!

Ela empurrou as crianças na direção do furgão, sabendo que era tarde demais. E então, quando ainda tentava preparar-se para o estrago do tiro ou dos grãos de chumbo (como se a gente *pudesse* se preparar para uma invasão bruta dessas), a arma espetada para fora da janela de trás do furgão vermelho desviou-se deles, para a frente, ao longo da lateral do furgão. Disparou, o estampido atravessando a rolar o dia quente, como uma bola de boliche a correr veloz por uma canaleta de pedra. Cynthia viu a língua de fogo na ponta do cano. O cachorro dos Reed, que chegava enfim ao jornal caído, foi violentamente atirado para a direita, toda a sua graça arrancada, como o fora de Cary Ripton.

— *Hannibal!* — gritaram Jim e Dave em uníssono. O som fez Cynthia pensar nos Doublemint Twins.

Ela empurrou com tanta força os filhos dos Carver para a porta aberta da caminhonete que o Irmão Monstrinho caiu. E pôs-se imediatamente a berrar. A garota — sempre Ellie, nunca Margaret, lembrou Cynthia — olhou para trás com uma expressão de pungente perplexidade. Então o cabeludo a pegou pelo braço e puxou para dentro da boléia.

— No chão, menina! No chão! — gritou-lhe, depois curvou-se para pegar o menino que uivava.

A buzina do Ryder soltou um breve balido; o motorista enganchara um pé com tênis no volante, para não cair de cabeça do lado de fora. Cynthia jogou o carrinho vermelho de lado, pegou o monstrinho pela parte de trás do calção e passou-o para os braços do motorista. Na rua abaixo, aproximando-se, ouviu um homem e uma mulher gritando os nomes das crianças. Pai e mãe, imaginou, e podem ser fuzilados na rua como o cachorro e o entregador de jornal, se não tomarem cuidado.

— *Suba aqui!* — berrou-lhe o motorista.

Cynthia não precisou de segundo convite; subiu rápido para a lotada boléia do furgão.

6

GARY SODERSON CONTORNOU determinado (embora não exatamente de passo firme) o oitão de sua casa, com o copo de martíni numa das mãos. Ouvira um segundo estampido, e imaginou que talvez a grelha a gás dos Geller tivesse explodido. Viu Marinville, que ficara rico nos anos oitenta escrevendo livros infantis sobre uma personagem inverossímil chamada O Gatinho Pat, parado no meio da rua, protegendo os olhos e olhando para o pé da ladeira.

— Que é que há, meu irmão? — perguntou Gary, juntando-se a ele.

— Acho que alguém naquele furgão ali embaixo acabou de matar Cary Ripton, e depois atirou no cachorro dos Reed — disse Johnny Marinville, numa voz estranha, sem expressão.

— *Como?* Por que alguém faria isso?

— Não tenho a menor idéia.

Gary viu um casal — os Carver, tinha quase certeza — descendo a rua a correr rumo à loja de conveniência, perseguido de perto por um cavalheiro afro-americano pesadão que só podia ser Brad Josephson, primeiro e único.

Marinville subiu correndo para sua casa. Gary ignorou seu conselho e ficou onde estava, copo na mão, olhando o furgão parado no meio da rua lá embaixo, na frente da casa de Entragian, desejando de repente (e para ele era um desejo demasiado estranho) não estar tão bêbedo.

7

A PORTA DO BANGALÔ na Álamos, 240, se abriu com um estrondo e Collie Entragian irrompeu lá de dentro exatamente como Cary Ripton sempre temera que fizesse um dia: com uma arma na mão. Fora isso, porém, parecia muito bem — sem espuma nos lábios nem olhos esbugalhados injetados de sangue. Era um homem alto, um metro e noventa e cinco no mínimo, começando a exibir ligeira flacidez na barriga, mas de ombros tão largos e musculosos quanto um zagueiro de futebol americano. Vestia calça cáqui, sem camisa. Creme de barbear no lado esquerdo do rosto, uma toalha de mão num dos ombros. A arma que trazia era um 38, e bem poderia ser o revólver regulamentar em que Cary muitas vezes pensara ao entregar o *Shopper* na casa da esquina.

Collie olhou o menino caído morto de bruços em seu gramado, as roupas já molhadas pelo regador de grama (e os jornais derramados da sacola ficando de um cinza encharcado), e depois para o furgão. Ergueu o revólver, firmando a mão esquerda sobre o pulso direito. Nesse momento, o furgão se pôs a rodar. Ele quase atirou mesmo assim, mas não o fez. Precisava ter cuidado. Havia pessoas em Columbus, algumas muito poderosas, que se deleitariam sabendo que Collier Entragian descarregara uma arma numa rua de classe média de Wentworth... uma arma que a lei lhe exigira devolver, na verdade.

Isso não é desculpa, e você sabe, ele pensou, girando com o giro do furgão, acompanhando-o. Dispare essa arma! Dispare a porra dessa arma!

Mas não o fez, e quando o furgão dobrou à esquerda para a Jacintos, viu que não tinha placa na traseira... e aquele negócio prateado em cima? Que *era* aquilo, em nome de Deus?

No outro lado da rua, o Sr. e Sra Carver entravam disparados no estacionamento do E-Z Stop. Josephson atrás. O negro deu uma olhada à esquerda, viu que o furgão vermelho se fora — acabava de desaparecer atrás das árvores que tapavam a parte da Rua dos Jacintos que corria a leste da Álamos — e então se curvou, mãos nos joelhos, tentando recuperar o fôlego.

Collie atravessou a rua, enfiando o cano do .38 na parte de trás da calça, e pôs a mão no ombro de Josephson.

— Você está bem, cara?

Brad ergueu os olhos para ele e sorriu com esforço. O suor escorria-lhe pelo rosto.

— Talvez — disse.

Collie aproximou-se da caminhonete, notando o carrinho vermelho perto. Tinha duas latas de refrigerante fechadas dentro. Uma barra de chocolate 3 Musketeers caída ao lado de uma das rodas traseiras. Alguém pisara nela e a esmagara.

Gritos atrás. Virou-se e viu os gêmeos Reed, as caras muito pálidas sob o bronzeado de verão, olhando, adiante do cachorro deles, o menino desabado no gramado de Collie. O gêmeo de cabelos louros — Jim, ele achava — se pôs a chorar. O outro deu um passo atrás, fez uma careta, depois se curvou e vomitou nos próprios pés descalços.

Gritando alto, a Sra. Carver tirou o filho da caminhonete. O menino, também berrando no volume máximo, passou-lhe os braços no pescoço e grudou-se como um molusco.

— Não chore — disse a mulher de jeans e camisa mal abotoada. — Não chore, amorzinho, já acabou. O bandido foi embora.

David Carver tomou a filha dos braços do homem desajeitadamente deitado no assento e abraçou-a.

— *Paa-paii*, você está me cobrindo de sabão! — protestou a garota.

Carver deu-lhe um beijo na testa, entre os olhos.

— Não faz mal — disse. — Você está bem, Ellie?

— Sim, acho que sim. Que foi que houve?

Ela tentou olhar para a rua, e o pai cobriu-lhe os olhos.

Collie aproximou-se da mulher e do menino.

— Ele está bem, Sra. Carver?

Ela o olhou, parecendo não reconhecê-lo, e voltou a olhar o menino, que berrava, a acariciar os cabelos dele com uma das mãos, parecendo devorá-lo com os olhos.

— Sim, acho que sim — disse. — Você *está* bem, Ralphie? Está?

O menino deu um suspiro fundo, soluçado, e berrou:

— *Margrit tinha de me puxar até em cima da ladeira! Foi o trato!*

O chatinho pareceu bem a Collie. Ele se voltou para a cena do crime, viu o cachorro estendido numa poça de sangue que se alargava, viu que o gêmeo louro se aproximava hesitante do corpo do infeliz entregador de jornais.

— Fique longe! — gritou severo para o outro lado da rua.

Jim Reed virou-se para ele.

— Mas e se ele ainda estiver vivo?

— E daí, se estiver? Você tem algum pozinho mágico pra salpicar em cima dele? Não? Então recue!

O menino juntou-se ao irmão, e fez uma careta.

— Ô, cara, Davey, veja só seus pés — disse, e então se virou para o lado e também vomitou.

Collie Entragian se sentiu de repente de volta ao emprego que pensara ter abandonado para sempre em outubro passado, quando fora demitido do Departamento de Polícia de Columbus, após um teste de droga positivo. Cocaína e heroína. Uma armação bem-feita, já que nunca consumira nenhuma dessas drogas em toda sua vida.

Primeira prioridade: proteger a cidadania. Segunda prioridade: ajudar os feridos. Terceira prioridade: proteger o local do crime. Quarta prioridade...

Bem, ia se preocupar com a quarta prioridade depois de ter cuidado da primeira, da segunda e da terceira.

A nova atendente do turno do dia da loja de conveniência — uma garota esquálida, com cabelo de duas cores, que feria os olhos de Collie — deslizou para fora da caminhonete e endireitou o avental azul, seriamente torto. O motorista seguiu-a.

— O senhor é policial? — perguntou a Collie.

— Sou. — Mais fácil que ter de explicar. Os Carver saberiam que não, claro, mas estavam ocupados com os filhos, e Brad Josephson continuava lá atrás, tentando recuperar o fôlego. — Vocês aí, entrem na loja. Todos vocês. Brad? Meninos?

Elevou um pouco a voz na última palavra, para os gêmeos saberem que falava sério.

— Não, é melhor eu voltar pra casa — disse Brad. Endireitou-se, lançou um olhar ao corpo de Cary do outro lado da rua e tornou a olhar para Collie. Tinha um ar de desculpas, mas decidido. Pelo menos recuperava o fôlego; por um ou dois minutos, Collie andara revendo o que ainda lembrava das aulas de ressuscitação cardiopulmonar. — Belinda está lá, e...

— Sim, mas seria melhor entrar na loja, Sr. Josephson, pelo menos por enquanto. Caso o furgão volte.

— Por que voltaria? — perguntou David Carver, segurando a filha no colo e fitando Collie por cima da cabeça dela.

Collie deu de ombros.

— Eu não sei. Não sei por que veio aqui a primeira vez. Melhor estar seguro. Vamos entrando, pessoal.

— Você tem alguma autoridade aqui? — perguntou Brad.

A voz, embora não exatamente desafiadora, sugeria que sabia que não tinha. Collie cruzou os braços no peito nu. Começara a superar um pouco, nas últimas semanas, a depressão em que caíra desde que fora expulso da força policial, mas agora sentia que ela o ameaçava mais uma vez. Após um momento, balançou a cabeça.

— Não. Nenhuma autoridade. Agora, não.

— Então vou pra junto de minha mulher. Sem ofensa, senhor.

Collie teve de sorrir um pouco da cuidadosa dignidade do tom do cara. Não me chateie que não eu chateio você, era o que dizia esse tom.

— Não estou ofendido.

Os gêmeos olharam um para o outro, em dúvida, e depois para Collie.

Ele viu o que eles queriam e suspirou.

— Tudo bem. Mas vão com o Sr. Josephson. E quando chegarem em casa, você e seus amigos entrem. Está bem?

O garoto louro assentiu com a cabeça.

— Jim, você *é* o Jim, certo?

O garoto louro tornou a assentir com a cabeça, esfregando constrangido os olhos vermelhos.

— Sua mãe está em casa? Ou seu pai?

— Minha mãe — ele disse. — Meu pai ainda está no trabalho.

— Tudo bem, meninos. Vão embora. Se apressem. Você também, Brad.

— Vou fazer o melhor que puder — disse Brad —, mas acho que já preenchi muito bem minha cota de pressa do dia.

Os três começaram a subir a ladeira, pelo lado oeste, onde ficavam as casas de número ímpar.

— Eu também gostaria de levar meus filhos pra casa, Sr. Entragian — disse Kirsten Carver.

Ele suspirou, fez que sim com a cabeça. Claro, que diabos, leve eles pra onde quiser. Pro Alasca. Queria um cigarro, mas deixara-os em casa. Conseguira parar de fumar por quase dez anos, antes que os sacanas lá do centro primeiro lhe mostrassem a porta, depois o expulsassem por ela. Retomara o vício com uma rapidez assombrosa. E agora queria fumar porque estava nervoso. Não apenas abalado com o garoto morto em seu gramado, o que seria compreensível, mas *nervoso.* Nervoso igual a um de *vitch*, como teria dito sua mãe. E por quê?

Porque tinha gente demais na rua, disse a si mesmo, por isso.

Ah, verdade? E o que isso significa exatamente?

Não sabia.

Que é que há com você? Muito tempo desempregado? Ficando covarde? É isso que está lhe grilando, bobão?

Não. A coisa prateada no topo do furgão. Isso é que está me grilando, bobão.

Ah, é mesmo?

Bem, talvez não mesmo... mas já serviria pra começar. Ou como desculpa. Afinal, uma intuição era uma intuição, e ou a gente acreditava nas próprias, e agia com base nelas, ou não. Ele mesmo sempre acreditara, e aparentemente um probleminha menor como uma demissão não mudara a força que elas tinham sobre ele.

David Carver pôs a filha no chão e tomou o filho chorão dos braços da mulher.

— Vou lhe puxar no carrinho — disse ao menino. — Até chegar em casa. Que tal?

— Margrit Minhoca ama Ethan Hawke — confidenciou-lhe o filho.

— É mesmo? Bem, talvez, mas você não deve chamá-la desse jeito — disse David.

Falou no tom ausente de um homem que perdoa aos filhos — *um* dos filhos, pelo menos — praticamente tudo. E a mulher olhava o garoto com os olhos de quem olha um santo, ou um profeta menino. Só Collie Entrangian viu o ar de surda mágoa nos olhos da menina, quando o reverenciado irmão foi posto no carrinho. Collie tinha outras coisas em que pensar, muitas, mas aquele olhar era grande e triste demais para não se ver. Puxa vida.

Ele desviou o olhar de Ellie Carver para a garota dos cabelos doidos e o tipo *hippie* envelhecido da caminhonete alugada.

— Acham que eu posso pelo menos pedir a vocês que entrem até a polícia chegar? — perguntou.

— Ora — disse a garota —, claro. — Olhava-o com prudência. — Você é policial, não é?

Os Carver já se afastavam, Ralph sentado de pernas cruzadas em seu carrinho, mas talvez ainda estivessem suficientemente perto para ouvir qualquer coisa que ele dissesse... e além disso, que ia fazer? Mentir? Tome essa estrada, disse a si mesmo, e talvez vá dar na Rua das Aberrações, um ex-policial com uma coleção de distintivos no porão, como Elvis, e algumas insígnias extras na carteira, de quebra. Chame a si mesmo de detetive particular, embora jamais tenha se decidido a solicitar a licença. Daqui a dez ou quinze anos, ainda estará soltando o verbo e pelo menos tentando trilhar o caminho, como uma mulher de trinta anos que veste minissaia e anda sem sutiã, numa tentativa de convencer as pessoas (a maioria das quais não está dando a mínima mesmo) de que seus dias de animadora de torcida não passaram.

— Fui — disse. A balconista balançou a cabeça. O cabeludo olhava-o curioso, mas não com desrespeito. — Fizeram um bom trabalho com os garotos — acrescentou, olhando para ela mas dirigindo-se aos dois.

Cynthia pensou nisso e balançou a cabeça.

— Foi o cachorro — disse, e pôs-se a voltar para a loja de conveniência. Collie e o *hippie* velho seguiram-na. — O cara do furgão... o da escopeta... ia mandar brasa nas crianças. — Virou-se para o cabeludo. — Você viu. Não concorda?

Ele fez que sim com a cabeça.

— E a gente não ia poder fazer nada pra impedir. — Falava com um sotaque puxado demais para ser do extremo sul. Texas, pensou Collie. Texas ou Oklahoma. — Aí o cachorro distraiu ele... não foi isso que aconteceu? E o cara atirou nele, em vez de nas crianças.

— É isso aí — disse Cynthia. — Se o cachorro *não tivesse* distraído o cara... bem... acho que a gente agora ia estar tão morto quanto ele.

Indicou com o queixo Cary Ripton, ainda morto e encharcando-se no gramado de Collie. Depois os levou para dentro do E-Z Stop.

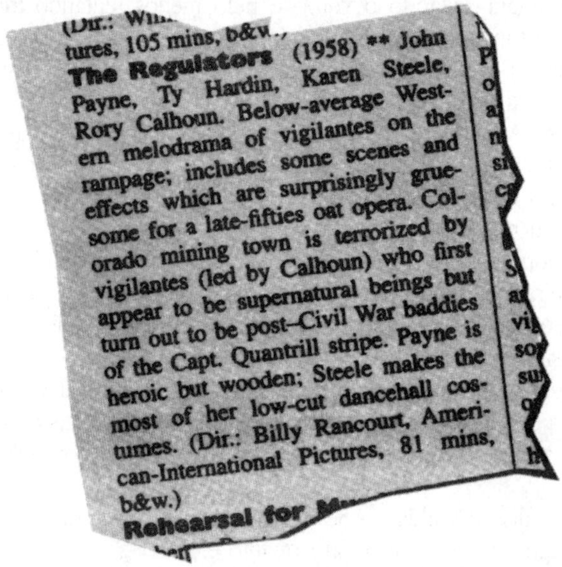

(Dir.: Wi...
tures, 105 mins, b&w.)
The Regulators (1958) ** John Payne, Ty Hardin, Karen Steele, Rory Calhoun. Below-average Western melodrama of vigilantes on the rampage; includes some scenes and effects which are surprisingly gruesome for a late-fifties oat opera. Colorado mining town is terrorized by vigilantes (led by Calhoun) who first appear to be supernatural beings but turn out to be post–Civil War baddies of the Capt. Quantrill stripe. Payne is heroic but wooden; Steele makes the most of her low-cut dancehall costumes. (Dir.: Billy Rancourt, American-International Pictures, 81 mins, b&w.)
Rehearsal for M...

Extraído de *Filmes na TV*, editado por Stephen H. Scheuer, Bantam Books:

Os Justiceiros [The Regulators] *(1958) ** John Payne, Ty Hardin, Karen Steele, Rory Calhoun. Melodrama de faroeste abaixo da média, sobre justiceiros à solta; contém cenas e efeitos surpreendentemente sanguinários para um novelão rural de fins dos anos cinqüenta. Cidade mineira do Colorado é aterrorizada por justiceiros (liderados por Calhoun), que a princípio parecem seres sobrenaturais, mas acabam sendo bandidos do pós-Guerra Civil, do tipo do Capitão Quantrill. Payne é heróico mas inexpressivo; Karen explora ao máximo o decote de seus trajes de cabaré. (Dir.: Billy Rancourt, American-International Pictures, 81 minutos, p. & b.)*

Capítulo Três

1

Rua dos Álamos/3:58 da tarde/15 de julho de 1996

MOMENTOS DEPOIS DE Collie, Cynthia e o cabeludo da caminhonete Ryder entrarem na loja, um furgão encosta na esquina sudoeste da Álamos com a Jacintos, do outro lado do E-Z Stop. É de um azul metálico descascado, com janelas escuras polarizadas. Não traz nenhuma engenhoca cromada em cima, mas tem nos lados chamas e raios num estilo futurista que o faz parecer mais um veículo de reconhecimento num filme de ficção científica do que um furgão. Pneus inteiramente carecas, lisos como a superfície de um quadro-negro recém-lavado. No fundo da escuridão por trás das janelas de cor, fracas luzes coloridas piscam ritmadamente, como indicadores num painel de controle.

O trovão ribomba, mais perto e estalado agora. A luminosidade estival começa a morrer no céu; vindas do oeste, nuvens roxo-escuras acumulam-se, ameaçadoras. Alcançam o sol de julho e o apagam. A temperatura logo começa a cair.

O furgão azul zumbe baixinho. Adiante na quadra, no topo da ladeira, outro furgão — este com a cor amarelo-clara de uma banana artificial — encosta na esquina das ruas do Urso com a dos Álamos. Fica ali parado, também a zumbir baixinho.

Vem o primeiro estalo realmente violento de trovão, e segue-se um clarão de *flash*, que brilha por um momento no olho direito vidrado de Hannibal, fazendo-o fulgir como uma espiriteira.

2

GARY SODERSON CONTINUAVA parado em pé na rua, quando a mulher veio juntar-se a ele.

— Que diabo está fazendo? — ela perguntou. — Parece em transe, ou alguma coisa assim.

— Você não ouviu?

— Ouviu o quê? — perguntou ela, irritada. — Eu estava no chuveiro, que é que vou ouvir lá dentro? — Casado com a madame há nove anos, Gary sabia que, em Marielle, a irritação era um traço dominante. — Ouvi os garotos Reed com o disco. Aquele maldito cachorro latindo. O trovão. Que mais ia ouvir? O Coro de Norman Dickersnackle?

Ele apontou a rua lá embaixo, primeiro o cachorro (de Hannibal ela não teria mais de queixar-se, pelo menos), depois a forma retorcida no gramado do 240.

— Não tenho certeza, mas *acho* que alguém acaba de atirar no garoto que entrega o *Shopper*.

Ela olhou na direção do dedo dele, estreitando os olhos, embora o sol houvesse desaparecido (a Gary, parecia que a temperatura já caíra pelo menos dez graus). Brad Josephson subia pesadamente pela calçada na direção deles. Na frente de sua casa, Peter Jackson olhava curioso ladeira abaixo. E também Tom Billingsley, o veterinário que a maioria chamava de o Velho Doutor. A família Carver atravessava a rua, do lado da loja de conveniência para o da casa deles, a menina andando junto da mãe e segurando sua mão. Dave Carver (parecendo a Gary uma lagosta cozida no calção de banho que usava — e uma lagosta cozida coberta de sabão, ainda por cima) puxava o filho num carrinho vermelho. O menino, sentado de pernas cruzadas e olhando em volta com o imperioso desdém de um paxá, sempre parecera a Gary o mais perfeito babaca.

— Ei, Dave! — chamou Peter Jackson. — Que é que está acontecendo?

Antes que Gary pudesse responder, Marielle deu-lhe um tapa no ombro com força suficiente para derramar o resto do martíni do copo nos velhos tênis Converse esfarrapados. Talvez fosse melhor assim. Ele podia até fazer a seu fígado o favor de uma noite de folga.

— Você é surdo, ou apenas idiota, Gary? — perguntou a luz de sua vida.

— Provavelmente as duas coisas — ele respondeu, pensando que, se algum dia decidisse ficar sóbrio para sempre, primeiro teria de divorciar-se de Marielle. Ou pelo menos cortar as cordas vocais dela. — Que foi que você disse?

— Perguntei por quê, em nome de Deus, alguém ia atirar no *menino* do jornal?

— Talvez alguém que não conseguiu os cupons duplos de desconto na semana passada — disse Gary.

O trovão estalou — ainda a oeste deles, porém mais perto. Pareceu varar as nuvens que se acumulavam, como um arpão.

3

JOHNNY MARINVILLE, que recebera o Prêmio Nacional do Livro por um romance sobre obsessão sexual chamado *Prazer*, e que agora escrevia livros infantis sobre um felino detetive particular chamado Gatinho Pat, continuava a fitar o telefone em sua sala de estar, com medo. Alguma coisa errada estava acontecendo ali. Ele tentava não ser paranóico a respeito, mas, sim, alguma coisa errada estava acontecendo ali.

 — Talvez — disse em voz baixa.

É, tudo bem. *Talvez*. Mas o telefone...

Entrara, encostara o violão no canto, e ligara para 911. Houvera uma pausa singularmente longa, tão longa que ele já estava para cortar a ligação (*que* ligação, ah-ah?) e tentar mais uma vez, quando atendera o que podia ser uma voz infantil. O som dessa voz, ao mesmo tempo musical e vazia, surpreendera Marinville e lhe dera um baita susto — nem tentara enganar-se dizendo-se que o medo fora apenas um reflexo de espanto.

— Bebezinho, bebezinho — cantarolara a voz. — Da mamãe mordeu o peitinho. Não chore nem faça beicinho, não cuspa fora o peitinho.

Ouviu-se um clique, seguido do zumbido do sinal de discar. Franzindo as sobrancelhas, Johnny tornou a ligar. Mais uma vez a longa pausa, depois um clique, depois um som que ele julgou reconhecer: respiração pela boca. O som de uma criança resfriada, talvez. Não que isso importasse. O que importava era que as linhas telefônicas se haviam cruzado em algum lugar do bairro, e agora, em vez de ligar para a polícia...

— Quem está aí? — ele perguntou, rude.

Nenhuma resposta. Só a respiração pela boca. E aquele som era *conhecido? Como, em nome de Deus, pode o som de respirar no telefone ser conhecido? Impossível, claro, mas ainda assim...*

— Seja quem for, te manda da linha — disse Johnny. — Preciso chamar a polícia.

A respiração parou. Johnny ia desligar mais uma vez quando a voz voltou. Desta vez, caçoando.

— Bebezinho, bebezinho, na rachà da mamãe enfie o pauzinho. Não chore nem faça dá-dá, que ela não faz você tirar. — Depois, numa voz apática e de algum modo terrível: — Não liga mais pra cá, seu velho louco. Tak!

Outro clique, quando a linha morreu, mas desta vez não houve nenhum sinal de discar. Desta vez houve apenas silêncio.

Johnny bateu no gancho, tamborilando de leve com a ponta de um dedo. Nada aconteceu. A linha continuou muda. O trovão ribombou, ainda a oeste, porém mais perto, fazendo-o estremecer.

Ele pôs o fone na base e entrou na cozinha, notando que a luz desaparecia rápido do céu e lembrando-se de fechar as janelas de cima se começasse a chover... quando começasse a chover, a julgar pelo modo como tudo parecia agora.

Ali, o telefone ficava na parede junto à mesa da cozinha, onde só precisava inclinar a cadeira para trás e pegá-lo, se por acaso estivesse fazendo uma refeição quando ele tocasse. Não que recebesse muitas ligações; a ex-mulher, às vezes, e só. O pessoal em Nova York tinha juízo bastante para deixar sua máquina de fazer dinheiro em paz.

Tirou o fone do gancho, escutou, e obteve uma segunda dose de silêncio. Nada de sinal de discar, de ruído de estática quando o relâmpago lampejou azul na janela da cozinha, nada daquele uá-uá-uá avisando que a linha estava com defeito. Simplesmente nada. Tentou o 911 assim mesmo, mas não ouvia nenhum dos tons quando apertava as teclas. Pendurou o telefone e ficou a olhá-lo, na cozinha que escurecia.

— Bebezinho, bebezinho — murmurou, e de repente estremeceu de uma maneira que seria considerada teatral, se ele não estivesse sozinho: uma forte sacudida dos ombros para a frente e para trás. Uma musiquinha horrorosa, e que jamais ouvira antes.

Esqueça a música, pensou. E quanto à *voz*? *Ela*, você já ouviu antes... não ouviu?

— Não — disse alto. — Pelo menos... não sei.

Certo. Mas a respiração...

— Vai te foder, ninguém reconhece a *respiração* de ninguém — disse para a cozinha vazia. — A não ser que o vovô tivesse enfisema.

Saiu da cozinha, dirigindo-se para a porta da frente. De repente, queria era ver o que se passava na rua lá fora.

4

— QUE FOI QUE houve lá embaixo? — perguntou Peter Jackson a David, quando a família chegou à calçada leste. Curvou a cabeça para o outro e baixou a voz, para que as crianças não ouvissem. — É um cadáver, aquilo ali?

— É — disse David, a voz igualmente baixa. — Acho que se chama Cary Ripton. — Lançou uma olhada à mulher, em busca de confirmação, e Kirsten balançou a cabeça. — O menino que entrega o *Shopper* nas tardes de segunda-feira. Um cara num furgão. Passou atirando.

— Alguém atirou em *Cary? — Era impossível. Impossível que alguém com quem estivera falando há pouco tivesse sido baleado. Mas Carver balançava a cabeça. — Puta merda!*

David assentiu.

— Puta merda diz mais ou menos tudo, eu acho.

— Vai logo, pai, puxa — ordenou Ralphie, de seu posto no carrinho.

David olhou para trás, sorriu para o garoto e voltou a olhar para Peter. Desta vez, falou numa voz tão baixa que na verdade era um sussurro.

— Os meninos estavam na loja de conveniência comprando refrigerante. Não tenho certeza, mas tive a impressão de que o cara quase atirou neles também. Aí o cachorro dos Reed se aproximou. O cara da arma atirou nele, em vez de nos meninos.

— Jesus! — disse Peter. A idéia de alguém ter atirado no alegre Hannibal, o Hannibal caçador de discos, com seu vistoso lenço no pescoço, tornava impossível acreditar naquilo. — Jesus Cristo mesmo!

David balançou a cabeça.

— Ainda que houvesse um pouco mais de Jesus no mundo, talvez houvesse muito menos coisas como essa. Sabe?

Peter pensou nos milhões, em toda a história, que haviam sido massacrados em nome de Jesus, mas afastou o pensamento e balançou a cabeça. Achou que não era exatamente o momento para uma discussão teológica com o vizinho.

— Eu quero levar eles lá pra dentro, Dave — murmurou Kirsten. — Tirar eles da rua, está bem?

David fez que sim com a cabeça, recomeçou mais uma vez a subir a ladeira, passando por Peter, depois parou e olhou para trás.

— Onde está Mary?

— No trabalho — disse Peter. — Deixou um bilhete dizendo que na volta provavelmente ia dar uma passada no Crossroads Mall. Mas deve chegar a qualquer momento... As segundas-feiras são os dias curtos dela, larga às duas. Por quê?

— *Eu daria um jeito dela vir direto pra casa. O cara na certa já está longe e difícil de achar, mas a gente nunca sabe, não é? E um cara que atira num menino entregador de jornal...*

Peter balançava a cabeça. Acima, o trovão ribombou alto. Ellie agarrou-se à perna da mãe, mas, no carrinho, Ralphie riu.

Kirsten puxou o braço de David.

— Vamos. E *não* pare pra falar com o Doutor. — Indicou com o queixo Billingsley, parado na sarjeta com as mãos nos bolsos, olhando a rua abaixo.

Entrecerrados, os olhos do Velho Doutor reduziam-se a dois fortes reflexos azuis, como peixes exóticos presos em redes de carne.

David recomeçou a puxar o carrinho.

— Como vai indo, Ralphie? — perguntou Peter, quando o pequeno veículo passou por ele.

Notou a palavra BUSTER pintada no lado do carrinho em tinta branca desbotada. Ralphie botou a língua para fora e fez mais uma vez o som da vespa no pote de vidro, soprando com tanta força que as bochechas se estufaram como as de Dizzy Gillespie.

— Ora, que gracinha — disse Peter. — Isso vai lhe arranjar namoradas na vida adulta. Acredite.

— Punheteiro! — gritou o pequeno crápula no carrinho, e fez para Peter, com uma das mãos, um gesto um tanto maduro de masturbar-se.

— Já chega disso, garotão — disse David, indulgente, sem se virar.

Suas nádegas mexiam-se de um lado para outro dentro do calção pequeno demais. Para Peter, pareciam discos sobre êmbolos.

— Que foi que houve? — perguntou Tom, com sua voz rouca, quando passou o carrinho.

Peter ignorou a resposta de Carver (que, atento aos cuidados da esposa, seguiu andando enquanto informava o Velho Doutor) e ergueu o olhar para a esquina, em busca de algum sinal de sua mulher, no Lumina. Não viu nenhum carro em movimento, só um furgão parado do lado de cá da casa dos Abelson, na Rua do Urso. Era pintado de amarelo tão vivo que quase gritava. Peter imaginou que parte do brilho vinha da redução da claridade com o avanço das nuvens, mas mesmo assim a visão doía nos olhos. Devem ser garotos, pensou. Ninguém mais ia *querer* uma coisa daquela cor. Nem parecia um veículo de verdade, era mais como uma coisa saída do filme *Jornada nas Estrelas*, ou...

Uma idéia ocorreu-lhe de repente. E não muito boa.

— Dave?

Carver olhou para trás, a pança queimada de sol despencada sobre o calção, coberta de camadas de sabão da lavagem do carro, a secar.

— Que carro ele estava dirigindo, o cara que atirou em Cary?

— Um furgão vermelho.

— Isso mesmo — cortou Ralphie. — Vermelho como o Tracker Arrow.

Peter mal ouviu isso. Empacara na palavra *furgão*, sentindo o estômago contrair-se como preso num torno.

— O furgão mais vermelho que já se viu — acrescentou Kirsten. — Eu também vi. Estava olhando pela janela e o vi passar. David, quer *vir*, por favor?

— Claro — ele disse, e de novo recomeçou a puxar o carrinho.

Quando David se afastava, Peter (passada a momentânea perturbação) de repente esticou a língua para Ralphie, que por acaso o olhava. O pirralho pareceu comicamente surpreso.

O Velho Doutor aproximou-se de Peter, as mãos ainda nos bolsos. Troou o trovão. Eles olharam para cima e viram os negros bancos de nuvens espalhando-se pelo céu da Rua dos Álamos. Relâmpagos lançavam garfos sobre o centro comercial de Columbus.

— Vai chover canivete — disse o veterinário. Tinha os cabelos ralos, brancos, finos como os de um bebê. — Espero que cubram decentemente o corpo do garoto antes da chuva cair. — Fez uma pausa, tirou uma das mãos do bolso e passou-a devagar pela testa, como para afastar o início de uma dor de cabeça. — Coisa terrível. Era um ótimo menino. Jogava bola.

— Eu sei.

Peter lembrou como Cary rira quando ele lhe dissera que no ano seguinte seria sua vez de urrar na defesa, e sentiu uma dor repentina no estômago, o órgão (não o coração, como sempre disseram os poetas) mais sintonizado com as mais ternas emoções da humanidade. De repente, tudo era perfeitamente real para ele. Cary Ripton não ia ser o zagueiro dos Wentworth Hawks no próximo verão; não ia entrar pela porta dos fundos naquela noite, perguntando o que tinham para jantar. Cary Ripton voara para a Terra do Nunca-Mais, deixando atrás sua sombra. Era agora um dos Meninos Que se Foram.

O trovão voltou a retumbar, tão próximo e rachado que desta vez Peter se sobressaltou.

— Escuta — disse a Tom. — Tenho um grande pedaço de plástico na garagem. Quase do tamanho de um carro. Se eu pegar, você desce comigo a rua e me ajuda a cobrir ele?

— O guarda Entragian talvez não goste — disse o velho.

— Que se foda o guarda Entragian, ele é tão policial quanto eu — disse Peter. — Deram-lhe um chute no rabo no ano passado, por corrupção.

— Mas os outros policiais, quando chegarem...

— Pouco estou ligando pra eles também — disse Peter. Não gritava, exatamente, mas a voz engrossara e já não era muito firme. — Era um menino legal, um menino realmente *simpático*, e um traficante qualquer derrubou ele, a tiro, da bicicleta, como um índio de um pônei num filme de John Ford. Vai chover e ele vai ficar encharcado. Eu gostaria de dizer à mãe dele que fiz o que pude. Então, vai me ajudar ou não?

— Bem, já que você põe a coisa nesses termos — disse Tom. Bateu de leve no ombro de Peter. — Vamos lá, Professor, vamos a isso.

— Cara bom.

5

DURANTE ISSO TUDO, Kim Geller dormia. E continuava a dormir sobre a colcha da cama, quando Susi e Debbie Ross — a ruiva por quem Cary Ripton ficara tão encantado — entraram correndo em seu quarto e a acordaram aos sacolejos. Ela se sentou, zonza e sentindo-se quase de ressaca (dormir em dias de canícula como aquele era quase um erro, mas às vezes a gente simplesmente não podia evitar), tentando entender o que as meninas diziam e logo perdendo o fio da meada. Pareciam estar dizendo que alguém levara um tiro na *Rua dos Álamos*, o que era fantástico, claro.

Ainda assim, quando foram até a janela, parecia inegável que *alguma coisa* acontecera. Os gêmeos Reed e sua mãe, Cammie, estavam parados no fim da entrada da garagem deles. O Tarado e a Puta, como eram conhecidos os Soderson nos círculos mais polidos, também se achavam parados no meio da rua, no fim da quadra... embora Marielle puxasse Gary para casa, e ele parecesse segui-la. Além deles, juntos na calçada, viam-se os Josephson. E do outro lado da rua, Kim viu Peter Jackson e o velho Billingsley saindo da garagem de Jackson, carregando um grande pedaço de plástico azul. O vento começava a soprar forte, e o plástico ondulava.

Todo mundo na rua, apenas zanzando. Todo mundo que estava em casa, pelo menos. E não adiantava tentar ver dali o que eles tanto olhavam, estupefatos. O oitão da casa cortava toda visão da esquina lá embaixo.

Kimberley Geller virou-se para as meninas, esforçando-se por varrer as teias de aranha da mente. Elas davam saltinhos nervosos, como se precisassem ir ao banheiro; Kim viu que Debbie fechava e abria as mãos. Estavam pálidas e excitadas, uma combinação que não agradava muito a Kim. Mas a idéia de alguém ter sido *assassinado*... tinham de estar enganadas... não tinham?

— Agora me contem o que aconteceu — disse. — Sem invenções.

— Alguém matou Cary Ripton, a gente já *contou*! — gritou Susi, impaciente, como se a mãe fosse a coisa mais estúpida do mundo... o que, naquele determinado momento, Kim achava que era. — Vem, mãe! A gente vê a polícia chegar!

— Quero ver ele de novo antes que cubram — gritou de repente Debbie.

Virou e desceu correndo a escada. Susi ficou parada um instante, parecendo em dúvida — parecendo quase enjoada, na verdade —, depois virou-se e seguiu a amiga.

— Vem, mãe! — tornou a gritar por cima do ombro, e desceu as escadas em tropel, a Rainha da Rosa daquela primavera no baile de formatura do ginásio, graciosa como um búfalo aquático, fazendo trepidar as janelas e tinir a luminária acima.

Kim foi devagar até o outro lado da cama e enfiou os pés descalços nas sandálias, sentindo-se lerda, atrasada e confusa.

6

— E VOCÊ CORREU daqui até lá? — perguntou Belinda Josephson, pela terceira vez. Essa parecia ser a parte da história que não entendia direito. — Gordo como *você* é?

— Merda, mulher, eu não sou gordo — disse Brad. — Eu sou é *grande*.

— Meu querido, isso é o que vão botar na sua certidão de óbito, se você fizer muitos outros desses cem metros rasos — disse Belinda. — "A vítima morreu de *grandeza* terminal."

As palavras eram irritantes, o tom não. Ela esfregava-lhe a nuca enquanto falava, sentindo o suor gelado dele.

Ele apontou a rua lá embaixo.

— Veja. Pete Jackson e o Velho Doutor.

— Que estão fazendo?

— Indo cobrir o menino, eu acho — ele disse, e pôs-se a andar naquela direção.

Ela puxou-o imediatamente para trás.

— Não, não vai, não, meu amigo. Não, *senhor*, nem *pensar*. Já fez sua viagem rua abaixo por hoje.

Ele armou-lhe o que ela julgou ser seu ar de Não Enche, Mulher — e muito bom, para um negro criado em Boston, cujo principal conhecimento da vida no gueto vinha da TV —, mas não discutiu. Talvez o tivesse feito se Johnny Marinville não descesse sua calçada naquele momento. Estalou outro trovão. Soprava agora um vento firme. Parecia frio a Belinda — frio de chuva. Nuvens roxas rolavam no céu, feias mas não assustadoras. O que *era* assustador, pelo menos um pouco, era o céu amarelo para os lados do sudoeste. Ela pedia a Deus que não fossem ver o funil de um furacão até o anoitecer; isso daria o toque final a um dia que se revelara pior que qualquer outro em sua recente lembrança.

Achava que, tão logo começasse, a chuva enxotaria as pessoas para dentro de casa, mas por ora quase todo mundo estava na rua. Viu Kim Geller sair do número 243, dar uma olhada em volta e dirigir-se para uma casa acima, a fim de juntar-se a Cammie Reed na varanda da frente dos Reed. Os gêmeos Reed (a matéria com que se fabricavam as inofensivas fantasias das donas-de-casa, na humilde opinião de Belinda Josephson), com Susie Geller e uma ruiva boazuda que Belinda não conhecia, estavam no gramado. Davey Reed, ajoelhado, parecia limpar os pés com a camisa, sabia Deus por quê...

Claro, você sabe por quê, disse Belinda a si mesma. Havia um cadáver estendido ali, sem dúvida, havia mesmo, e Davey Reed vomitara ao vê-lo. Vomitara, e parte do vômito caíra nele próprio, coitado.

Ela via gente diante de todas as casas, ou que *saíra* de todas as casas, a não ser pela do velho Hobart, que estava vazia, a do ex-policial e a 247, a terceira abaixo na calçada do lado deles. A dos Wyler. Ali estava uma família azarada, se é que já houvera uma. Nem Audrey nem a pobre criança órfã que ela criava (não que um menino como Seth jamais pudesse ser *criado*, exatamente, achava Belinda; esse era o inferno da casa) haviam saído para a rua. Teriam passado o dia fora? Talvez, mas ela tinha certeza de que vira Audrey ainda ao meio-dia, ligando desanimada o regador de seu gramado. Belinda pensou nisso e concluiu ter certeza quanto à hora. Lembrou que achara que Audrey andava relaxada — tanto a blusa sem mangas quanto a bermuda azul que usava pareciam desbotadas, e por que tingira os cabelos negros perfeitamente bacanas daquele horrível tom vermelho-roxo, Belinda jamais saberia. Se era para fazê-la parecer mais jovem, fora um infeliz engano. E também precisavam de uma lavada — tinham uma aparência sebosa, empastada.

Na adolescência, Belinda vez por outra desejara ser branca — as garotas brancas pareciam divertir-se mais, e ser mais descontraídas —, mas agora, que chegava aos cinqüenta e à menopausa, sentia-se muito feliz por ser negra. As brancas pareciam precisar de muito *remendo* pela vida afora. Talvez a cola delas não fosse naturalmente tão forte.

— Tentei chamar a polícia — dizia Johnny Marinville. Desceu para a rua, como se pretendesse atravessar até a casa dos Josephson, mas parou. — Meu telefone...

Interrompeu-se, aparentemente sem saber como continuar. Belinda achou isso *extremamente* curioso. Pensava que ali estava um cara que continuaria a tagarelar mesmo no leito de morte; seria preciso Deus pegá-lo e carregá-lo pela porta dourada para fazê-lo calar a boca.

— Seu telefone o quê? — perguntou Brad.

Johnny ficou calado por mais um instante ainda, como se escolhesse entre várias respostas, e pareceu fixar-se numa breve.

 — Está mudo. Não querem experimentar o de vocês?

— Posso tentar — disse Brad —, mas acho que Entragian já os chamou da loja de conveniência. Ele assumiu inteiramente a coisa.

— *Foi mesmo?* — perguntou Marinville, pensativo, e olhou a ladeira embaixo. — Assumiu mesmo?

Se viu os dois homens carregando o oleado ondulante e compreendeu o que iam fazer, nada disse. Parecia perdido em seus devaneios.

Um movimento chamou a atenção de Belinda. Ela olhou para a Rua do Urso e viu um Lumina verde-oliva aproximando-se do cruzamento. O carro de Mary Jackson. Passou pelo furgão amarelo parado na esquina e diminuiu a marcha.

Conseguiu chegar antes da chuva, que bom, pensou Belinda. Embora longe de serem amigas íntimas, ela gostava mais de Mary Jackson do que de qualquer outro na rua. Era engraçada e tinha uns modos decididos, de quem não leva desaforo para casa... embora nos últimos tempos parecesse quase sempre preocupada. Mas isso não passara para sua aparência, como ocorrera com Audrey Wyler. Na verdade, Mary ultimamente parecia estar florescendo, como um canteiro seco depois de um aguaceiro.

7

O TELEFONE PÚBLICO FICAVA perto da prateleira inclinada de jornais, que estava vazia, a não ser por um solitário encalhe da edição semanal do *USA Today* e alguns *Shoppers*. Da semana passada.

Entragian teve um sentimento estranho, meditativo, ao compreender que o menino que ia reabastecer a prateleira com a edição atual jazia morto em seu gramado. E, enquanto isso, o nojento telefone público da loja de conveniência...

Ele o repôs com força na base e voltou para o balcão, usando a toalha para limpar do rosto o resto do creme de barbear. A gatinha de cabelo de duas cores e o *hippie* velho olhavam para ele, que teve a aguda consciência de estar sem camisa. Sentiu-se mais que nunca um policial cassado.

— A porra do telefone não funciona — disse à garota. Reparou que ela usava um crachá pregado no avental. — Tem um formulário pra comunicação de defeito, Cynthia?

— Tenho, mas ele estava funcionado bem à uma da tarde — ela disse. — O rapaz da padaria usou pra ligar pra namorada. — Ela revirou os olhos e disse uma coisa que Collie achou quase surrealista nas circunstâncias. — Perdeu a moeda?

Perdera, mas isso não era muito importante na atual situação. Olhou pela porta do E-Z Stop e viu Peter Jackson e o veterinário aposentado subindo a rua a pé, na direção do seu gramado, com um grande pedaço de plástico azul. Era óbvio que pretendiam cobrir o cadáver. Collie ficou olhando pela porta, querendo mandá-los dar o fora, aquilo era um local de crime e eles iam cagar tudo, e então mais uma vez ribombou o trovão — o estrondo mais alto até então, o suficiente para fazer Cynthia dar um grito de susto.

Porra, ele pensou. Deixa eles pra lá. Vai chover, de qualquer modo.

Sim, talvez fosse melhor. A chuva provavelmente chegaria antes dos policiais (Collie não ouvia nem as sirenes), e isso bagunçaria qualquer hipotética perícia. Portanto, melhor cobri-lo... mas ainda tinha uma consternadora sensação de que os fatos fugiam ao seu controle. E até isso, percebeu, era uma ilusão: para começar, nada na situação jamais estivera sob seu controle. Ele era, basicamente, apenas mais um cidadão da Rua dos

Álamos. Não que isso não tivesse suas vantagens; se fodesse com os procedimentos, não podiam exatamente acusá-lo, podiam?

Abriu a porta, saiu e pôs as mãos em concha em torno da boca, para que o ouvissem acima do vento crescente.

— Peter! Sr. Jackson!

Jackson olhou, o rosto decidido, esperando que o mandassem parar com o que fazia.

— Não toquem no corpo! — gritou Entragian. — *Não toquem no corpo!* Tenham a bondade de apenas estender essa coisa sobre ele, como se fosse um cobertor! Entenderam?

— Sim! — gritou Peter.

O veterinário também balançou a cabeça.

— Tem alguns blocos de cimento em minha garagem, empilhados na parede do fundo! — berrou Collie. — A porta está destrancada! Peguem e usem como peso, pro oleado não voar!

Agora os dois assentiam, e Collie sentiu-se um pouco melhor.

— A gente pode estender pra cobrir a bicicleta dele também — gritou o velho. — Pode?

— Pode! — ele gritou de volta, e então teve outra idéia. — Tem também um pedaço de plástico na garagem, no canto. Podem usar pra cobrir o cachorro, se não se incomodam de carregar mais uns blocos.

Jackson fez-lhe o sinal de OK com o polegar e o indicador em círculo, e os dois foram até a garagem, deixando atrás o oleado. Collie torceu para que conseguissem estendê-lo e prendê-lo antes que o vento aumentasse o bastante para fazê-lo voar. Entrou para perguntar a Cynthia se havia um telefone na loja... tinha de haver, claro... e viu que ela já o colocara sobre o balcão para ele.

— Obrigado.

Ele retirou o fone, ouviu o ruído de discar, apertou quatro números, e teve de parar, balançar a cabeça e rir para si mesmo.

— Que é que há? — perguntou o *hippie.*

— Nada.

Se dissesse ao cara que simplesmente discara os primeiros números de sua ex-delegacia — como um cavalo aposentado voltando ao antigo celeiro —, ele não ia entender. Apertou o botão de desligar e discou 911.

O telefone tocou uma vez em seu ouvido... e continuou *tocando*, como se ele tivesse ligado para uma residência. Collie franziu o cenho. O que a gente ouvia quando discava o 911 — a não ser que o tivessem mudado desde os dias em que escutar gravações fazia parte de seu trabalho — era um *blip* alto, sem tom.

Bem, *mudaram*, só isso, pensou. Tornaram um pouco mais amistoso para o usuário.

Recomeçou a tocar, e então atenderam. Só que, em vez de ouvir a voz de robô, dizendo-lhe que tecla apertar para qual tipo de emergência, ouviu uma respiração baixa, úmida, abafada. Que *diabo*...?

— Alô?

— Ou dá ou desce — respondeu uma voz. Uma voz jovem e de algum modo sinistra. Sinistra o bastante para fazer uma onda de arrepio subir até sua nuca. — Cheire meu pé, me dê uma coisa gostosa pra comer. Se não, não interessa, pode cheirar minha cueca.

Seguiu-se uma risada alta, adenoidal.

— Quem fala?

— Não ligue mais para cá, chapinha — disse a voz. — *Tak!*

O clique no ouvido foi ensurdecedor, tanto que também a garota ouviu, e gritou. Não foi o telefone, ele pensou. Foi o trovão. Ela gritou por causa do trovão. Mas o cabeludo já corria porta afora, como se tivesse os longos cabelos e o rabo em chamas, e ele ali com o telefone mudo na mão, tão mudo quanto o outro depois que pusera a moeda. Quando o som lhe chegou mais uma vez, reconheceu-o logo: não era trovão, e sim mais fuzilaria.

Collie também correu para a porta.

8

MARY JACKSON SAÍRA da firma de contabilidade onde trabalhava meio expediente não às duas, e sim às onze. Mas não fora ao Crossroads Mall. Fora ao Hotel Columbus. Lá se encontrara com um homem chamado Gene Martin, e nas três horas seguintes fizera por ele tudo que uma mulher pode fazer por um homem, menos cortar suas unhas dos pés. E achava que teria feito isso também, se ele lhe pedisse. Agora ali estava, quase em casa, e via (pelo menos até onde podia ver pelo retrovisor) muita gente junta... mas ia ter de entrar depressa no chuveiro, antes que Peter pudesse dar-lhe uma boa olhada, quem sabe? E, lembrou-se, precisava pegar uma calcinha na gaveta de cima da cômoda, para botar na cesta de roupa suja junto com a saia e a blusa. A que usava antes — o que restara dela —, no momento residia debaixo da cama do quarto 203. Gene Martin, uma fera para roupas de contadoras, se é que já houve uma, arrancara-a rasgando-a de seu corpo. Ô, ô, sua fera, disse a formosa donzela.

A questão era: que estava fazendo? E que *ia* fazer? Amara Peter durante os nove anos de casamento, ainda mais depois do aborto que antes, se era possível, e ainda o amava. O que não mudava o fato de que já queria estar de novo com Gene, fazendo coisas que jamais pensara fazer com Peter. A culpa lhe congelava metade da mente, a luxúria torrava a outra, e entre as duas, numa espécie de zona crepuscular que cada vez se estreitava mais, estava a mulher sensata, bem-humorada e racional que sempre se julgou ser. Vinha tendo um caso adúltero, e o cara com quem vinha tendo era tão desgraçadamente casado quanto ela; agora voltava para casa, para um bom homem que de nada desconfiava (tinha certeza que não, rezava que não, *claro* que não, como poderia?), sem calcinha sob a saia, ainda dolorida da aventura, não sabia como tudo isso começara nem como podia querer continuar com uma coisa tão estúpida e sórdida, o porra do Gene Martin não tinha um mínimo de cérebro na cabeça, só que, claro, não era a *cabeça* que lhe interessava, não podia ligar menos para a *cabeça*, e que ia fazer? Não sabia. Só sabia uma coisa: como se sentiam os viciados em drogas, e jamais os olharia de cima de novo em sua vida. Basta dizer não? Mãe, *por favor*.

Dirigia com esses pensamentos caóticos a boiarem na mente, as ruas do bairro passando como pontos de referência num sonho, desejando apenas que Peter não estivesse em casa quando ela chegasse, que talvez tivesse dado um pulo no Milly's da praça para tomar um sorvete (ou talvez em Santa Fé para visitar a mãe por algumas semanas, seria fantástico, talvez desse a ela uma oportunidade de vencer aquela febre).

Não notou como a tarde escurecia, nem que muitos dos carros pelos quais passava na Rodovia 290 vinham de faróis acesos; não ouviu trovejar nem relampejar. Tampouco viu o furgão amarelo parado na esquina da Rua do Urso com a dos Álamos.

O que a sacudiu desse devaneio foi a visão de Brad e Belinda na frente da casa deles. Com Johnny Marinville. Mais adiante na quadra, viu outras pessoas: David Carver, com um calção quase obscenamente apertado, parado na calçada, as mãos plantadas nas coxas carnudas... os gêmeos Reed e a mãe, Cammie... Susie Geller e uma amiga no gramado de sua casa, com Kim Geller em pé atrás...

Ocorreu-lhe uma idéia louca: eles *sabiam*. Todos *sabiam*. Estavam à sua espera, iam ajudar Peter a enforcá-la num pé de maçã ácida, ou talvez apedrejá-la como fizera a população com a mulher naquela história de Shirley Jackson que lera no ginásio.

Não seja idiota, disse aquela parte sua que ainda lhe *pertencia*. Essa parte estava agora desanimadoramente pequena, mas continuava lá. *Tudo* que acontece não acontece com você, Mare; seja qual for a merda em que se meteu, o mundo ainda não gira só em torno de *você*; logo, por que simplesmente não relaxa um pouco? Na certa não teria nem metade dessa paranóia se não estivesse dirigindo por aí sem...

Ah, merda. Aquele ali era o *Peter*, ali no final da quadra? Não podia saber ao certo, mas achava que era. Peter e o Velho Doutor da casa vizinha. Pareciam cobrir alguma coisa no gramado da casa defronte da lojinha.

O estampido do trovão desta vez foi suficientemente forte para fazê-la estremecer e ofegar. As primeiras gotas de chuva espocaram no vidro do pára-brisa, soando como fragmentos de metal. Ela percebeu que estivera sentada ali na esquina com o motor ligado por... bem, não sabia dizer por quanto tempo, mas um bom tempo. Os Josephson e Johnny Marinville deviam ter pensado que ela perdera o juízo. Só que o mundo *não* girava mesmo em torno dela; eles não lhe davam a mínima atenção, percebeu ao dobrar a esquina. Belinda lançara-lhe uma breve olhada, e agora, como os outros, observava de novo o que quer que seu marido e o velho Billingsley estavam fazendo na rua. O que fosse que estavam cobrindo.

Tentando ver por si mesma, tateando em busca do botão do limpador de pára-brisa quando outras gotas de chuva — imensas — começaram a espocar no vidro, ela não teve a menor idéia de que o furgão amarelo da era espacial a seguira na Rua dos Álamos até colar em sua traseira.

De Playthings, a Revista de *Merchandising* Internacional da Indústria de Brinquedos, *janeiro de 1994 (vol. 94, nº 2), p. 96. Extraído de "Licenciamento 94: uma Visão Geral", de John P. Muller:*

Embora mal tenha começado o ano de vendas, um campeão do pós-Natal já foi coroado por aclamação. A resposta do varejo nos meses em geral mornos de final de inverno indica que mesmo estrondosos contratos de licenciamento como os relacionados às Tartarugas Ninja, da Teenage Mutant, e os Power Rangers, da Mighty Morphin, empalidecem ao lado da mais nova mania, que qualquer pai de criança de 2-8 anos (no caso, meninos e meninas) sabe que é a turma dos MotoKops 2200 e seus incrementados furgões espaciais.

O épico em desenho animado das manhãs de sábado da NBC começou a fabricação em todas as principais categorias do produto com cerca de três semanas de atraso para pegar a grande onda de compras do Natal. John Kleist, vice-presidente sênior da Good Palz, Inc., que licencia os produtos MotoKop, reconhece que um tal cochilo (no caso, provocado por problemas de mão-de-obra, agora solucionados, na fábrica da Palz, em Toledo) é em geral o beijo da morte, mas diz que a tardia campanha de vendas dos MotoKops talvez tenha na verdade atuado em favor da empresa. "Às vezes o mercado nos vê com mais clareza quando nos mostramos pela primeira vez fora da oficina de Papai Noel", opinou Kleist com um sorriso.

Qualquer que tenha sido o motivo, parece claro que os MotoKops Coronel Henry, Snake Hunter, Bounty, Major Pike, o Robô Rooty e a durona mas superfeminina Cassandra Styles vão ser os bonecos de super-heróis quentes deste verão, junto com seus arquiinimigos Sem Cara e a Condessa Lili Marsh.

A grande alegria dos marketeiros e fabricantes da Palz foi o sucesso imediato dos caros veículos MotoKop, os chamados Power Wagons, furgões futuristas que vêm com rodas e asas curtas retráteis. O Justice Wagon amarelo do Coronel Henry, o Tracker Arrow vermelho de Snake Hunter, o prateado Rooty-Toot do Robô Rooty e o Dream Floater rosa de Cassie Styles, todos estão vendendo bem, apesar das salgadas etiquetas de preço. O campeão de vendas totais dos oito atualmente no mercado é o negríssimo Meatwagon, pilotado pelo sinistro Sem Cara. Isso não surpreende de modo algum o vice-presidente John Kleist. "Os garotos adoram os bandidos", ele ri.

Alguns grupos de pais protestaram contra o que chamam de "alto quociente de violência" do desenho dos MotoKops 2200, mas segundo Kleist os novos episódios (que começam na NBC em março) vão enfatizar "valores de família e soluções pacíficas". Sejam quais forem os valores que acabem sendo passados para os fãs dos MotoKops, certamente se sente a euforia nos escritórios da Good Palz. Esta empresa de pequeno porte parece ter descoberto que estava com um polpudo bilhete premiado nas mãos.

Although the selling year has barely begun, one post-Christmas winner has already been crowned by acclamation. Retail re-sponse in the usually torpid late-winter months suggests that even such blockbuster licensing deals as those associated with the Teenage Mutant Ninja Turtles and Mighty Morphin' Power Rangers may pale beside the newest craze, which any parent of a 2–8-year-old (girls as well as boys in this case) could tell you is the *MotoKops 2200* crew and their racy, spacey vans.

NBC's Saturday-morning cartoon epic began manufacturing in all major product categories about three weeks too late to catch the major Christmas wave of buying. John Kleist, senior V.P. at Good Palz, Inc., which licenses the MotoKop products, acknowledges that such a miss (in this case occasioned by labor problems, now solved, in the Palz Toledo plant) is usually the smooch of death, but says the late- selling push for the MotoKops may have actually worked in the company's favor. "Sometimes the market sees you more clearly when you show up for the first time outside of Santa's workshop," Kleist opined with a smile.

Whatever the reason, it seems clear that MotoKops Colonel Henry, Snake Hunter, Bounty, Major Pike, Rooty the Robot, and tough-but-all-girl Cassandra Styles are going to be *the* hot action figures this summer, along with arch-enemies No Face and Countess Lili Marsh.

Chief delight for Palz marketers and manufacturers is the immediate success of the pricey MotoKop vehicles, the so-called Power Wagons, futuristic vans which come with fold-up wheels and stubby extendable wings. Colonel Henry's yellow Justice Wagon, Snake Hunter's red Tracker Arrow, Rooty's silver Rooty-Toot, and Cassie Styles's Mary Kay–pink Dream Floater are all selling well despite hefty pricetags. Overall best-seller of the eight currently on the market is the dead black Meatwagon, piloted by the sinister No Face. This doesn't surprise veep John Kleist at all. "Kids love the bad guys," he laughs.

Some parental groups have protested what they term "the high violence quotient" of the *MotoKops 2200* toon, but according to Kleist, new *MotoKops* episodes (which begin on NBC in March) will emphasize "family values and peaceful solutions." Whatever values end up being conveyed to the MotoKops' fans, one can certainly feel the euphoria in the offices of Good Palz. This tiny company seems to have found itself holding a very large winning ticket. ▲

Ver Tradução na pág. 49

Capítulo Quatro

Rua dos Álamos/4:09 da tarde/15 de julho de 1996

ELE VÊ TUDO.

Esta tem sido ao mesmo tempo a bênção e a maldição de todos os seus anos de vida — o mundo ainda lhe chega aos olhos como aos olhos de uma criança, desigual, arbitrário, imparcial como o peso da luz.

Vê o Lumina de Mary na esquina e sabe que ela tenta decifrar o que está vendo — gente demais, parada em atitudes rígidas, atentas, que não se harmonizam com um ocioso final de tarde em julho. Quando ela recomeça a rodar, ele vê o furgão amarelo agora atrás dela fazer o mesmo, ouve outro feroz estrondo de trovão e sente as primeiras gotas frias de chuva nos quentes antebraços. Quando ela começa a descer a rua, ele vê o furgão amarelo acelerar de repente, e sabe o que vai acontecer, mas ainda não pode acreditar.

Cuidado, velhão, diz a si mesmo. Fique aí prestando muita atenção a ela que pode acabar atropelado como um esquilo na estrada.

Ele recua, sobe na calçada em frente à casa dos Josephson, a cabeça ainda virada para a esquerda, os olhos arregalados. Vê Mary atrás do volante do Lumina, mas ela não está olhando para ele — parece olhar a rua. Na certa reconheceu o marido, a distância não era tão grande para isso, na certa se perguntando o que ele fazia, e não vê John Marinville, nem o misterioso furgão amarelo com janelas de vidro polarizado assomando atrás.

— *Cuidado, Mary!* — ele grita.

Brad e Belinda, que agora sobem os degraus da frente de sua casa, se voltam. No mesmo instante, a frente alta e rombuda do furgão abalroa a traseira do Lumina, destroçando as lanternas traseiras, arrancando o pára-choque e amassando o porta-malas. Johnny vê a cabeça de Mary lançar-se bruscamente para trás, e depois para a frente, como a corola de uma flor num longo talo soprado por um vento forte. Os pneus do

Lumina cantam, e ouve-se um estampido seco quando o dianteiro direito explode. O carro guina para a esquerda, o pneu vazio fazendo chape-chape, a calota soltando-se do aro e rolando rua abaixo como o disco dos garotos Reed.

Johnny tudo vê, tudo ouve, tudo sente; os insumos o inundam, e a mente insiste em ordenar cada fato, como se ali estivesse ocorrendo uma coisa coerente, uma coisa que na verdade pudesse ser narrada.

O céu tempestuoso vem abaixo, começando a despejar seu frio dique. Ele vê manchas escurecendo em toda a calçada, sente as gotas lhe baterem na nuca em ritmo crescente, quando Brad Josephson grita às suas costas:

— *Que diabo!*

O furgão amarelo continua no rabo do Lumina, empurrando-o, afundando sua frágil traseira New Age; ouve-se um horrível som de metal rasgando-se, e depois um *tunc!*, quando a fechadura do porta-malas se destrava e a tampa se abre, expondo alguns jornais velhos e uma caixa de isopor laranja. A frente do Lumina sobe com um solavanco no meio-fio. O carro atravessa a calçada e se detém quando o pára-choque bate na cerca entre a casa de Billingsley e a seguinte ladeira abaixo, a de Mary.

O relâmpago — está perto, muito perto — pinta a rua de um horrível roxo momentâneo, seguido de um trovão que parece uma barragem de morteiro, o vento cresce, assobiando nas árvores, e a chuva cai em bátegas. A visibilidade diminui rápido, mas ainda é suficiente para Johnny ver o furgão amarelo ganhar velocidade e sumir a toda na chuva, enquanto a porta do lado do motorista do Lumina se abre. Surge uma perna, e lá está Mary Jackson, parecendo não ter, absolutamente, a menor idéia de onde está.

Brad agarra o braço de Johnny com uma manzorra muito molhada, pergunta-lhe se viu aquilo, se *viu* aquilo, o furgão amarelo *abalroou ela de propósito*, mas Johnny mal o ouve. Vê agora *outro* furgão, este com pinturas nos lados e uma cor azul metálica descascada. Surge da tempestade como o focinho de um animal pré-histórico, a chuva escorrendo em riachos por um pára-brisa onde nenhum limpador se move. E, de repente, ele percebe o que vai acontecer.

— *Mary!* — berra para a mulher estonteada que sai cambaleando do carro sobre os saltos altos, mas outro forte canhoneio de trovão abafa seu berro.

Ela nem sequer olha para o lado dele. A chuva escorre-lhe pelo rosto como lágrimas exageradas numa telenovela sul-americana.

— *MARY, SE ABAIXE!* — ele berra tão alto desta vez que acha que vai romper as cordas vocais. — *SE JOGUE DEBAIXO DO CARRO!*

Então o pára-brisa do furgão desce. *Desliza* para baixo. Sim. O pára-brisa inclinado desliza para dentro do capô do furgão, como a frente de um elevador de vidro, e atrás dele há escuridão, e na escuridão espectros. Espectros. Sim. Dois. *Têm* de ser espectros, com certeza; são seres de um cinza tão luminoso quanto uma paisagem coberta pela neblina pouco antes de o sol abrir caminho a fogo. O de trás do volante veste um uniforme dos Estados Confederados da América, Johnny tem quase certeza, mas não é humano. Sob o chapéu da cavalaria, de aba quebrada para cima, vêem-se uma testa pontuda, uns sinistros olhos amendoados e uma boca que se projeta pulsando do rosto como um chifre de carne. O companheiro, embora também de um cinza brilhante e ilusório, ao menos parece humano. Usa uma camisa de pele de gamo, de caçador, com uma bandoleira cruzada no peito. Tem tocos de pêlos no rosto, de uma semana de barba por fazer, talvez; as cerdas parecem muito negras, contra o prateado estranho da pele. Esse sujeito está de pé, com uma pesada escopeta de dois canos. Trapper John ergue-a quando Johnny o olha, curvando-se para um mundo fervilhante e torrencial do lado de fora, cheio de cores de que ele não partilha nem um pouco, e dá um sorriso de escárnio, arreganhando os lábios e revelando uma boca de dentes tortos, que claramente jamais viram os cuidados de um dentista. Essa criatura de pesadelo parece uma coisa saída de um filme de terror sobre cretinos endógamos que vivem nos confins de um pântano.

Não, não é isso, pensa Johnny. Parece uma coisa de um filme, certo, mas não desses.

— *MARY!* — ele berra.

E a ele junta-se Brad:

— *Ô, MARY, OLHA PRA TRÁS!*

Mas ela não vê. O cara da camisa de pele de gamo abre fogo, três vezes, recarregando rápido a arma após cada tiro e voltando a apoiá-la no ombro. O primeiro se perde inteiramente, até onde Johnny pode ver. O segundo arranca a antena do rádio do Lumina. O terceiro estoura o lado esquerdo da cabeça de Mary Jackson. Apesar disso, ela se afasta cambaleando do carro para a casa do Velho Doutor, o sangue escorrendo pelo pescoço e empapando o lado esquerdo da blusa, o cabelo ardendo por um breve instante sob a chuva (ele vê isso, vê tudo), e então, ainda por um instante, vira-se para Johnny e olha-o com o olho que lhe resta, e o clarão do relâmpago inunda de fogo esse olho; no último segundo, ou dois últimos, de sua vida, parece vazia de tudo, só eletricidade. Em seguida, pisa em falso num dos saltos altos e tomba para trás, mergulha no barulho do trovão, as breves chamas nos cabelos extinguindo-se, a cabeça ainda fumegando, como o toco de um cigarro indiferentemente apagado. Cai esparramada perto do pastor alemão de cerâmica do gramado de Billingsley, o que tem o nome dele e o número de sua casa, e quando as pernas se abrem frouxas, uma para cada lado, Johnny vê um detalhe terrível, triste e inexplicável ao mesmo tempo: uma sombra escura que só pode ser uma coisa. Grotescamente, o fecho de uma velha piada passa-lhe rápido pela cabeça, como um anúncio de néon: *Não sei quanto aos outros dois, mas o cara do meio parece o Willie Nelson.* Ele ri alto na chuva. A esposa contadora de Peter acaba de ser assassinada por um espectro, fuzilada de um furgão pilotado por outro espectro (este um alienígena com o uniforme da Secessão), e a madame morreu sem calcinha. Nada disso é engraçado, mas ele ri assim mesmo. Talvez para não berrar. Receia que, se começar a fazê-lo, não possa parar.

Agora a reluzente criatura atrás do volante do furgão azul se volta para ele, e por apenas um momento Johnny o vê olhando-o, marcando-o com seus enormes olhos amendoados, e tem a sensação de que já *viu essa coisa antes*, loucura, claro, mas apesar disso é uma sensação muito forte. É só um momento, e então o furgão já passou.

Mas ele me viu, sem dúvida, pensa Johnny. Aquela coisa de máscara (*tinha* de ser uma máscara) me viu, e me marcou, como se dobra o canto da página de um livro para retornar depois.

A escopeta dispara mais duas vezes, e a princípio Johnny não pode ver o que é, porque o furgão azul lhe toma a frente — julga ouvir vidro estilhaçando-se acima do rugir da tempestade, mas só isso. Em seguida, o furgão desaparece no aguaceiro de açoite, e ele vê David Carver caído morto na entrada da garagem de sua casa, sobre um monte de cacos de vidro, da janela panorâmica arrancada pela explosão. Carver tem uma enorme poça vermelha bem no meio da barriga, cercada por frangalhos de carne branca parecendo sebo, e Johnny pensa que os dias dele como funcionário dos Correios — para não falar no lavador de carro de bairro residencial — chegaram ao fim.

O furgão azul roda rapidamente até a esquina. Quando chega lá e vira à direita, na Rua do Urso, parece a Johnny a miragem que por todos os motivos devia ser.

— *Nossa, olha ele!* — grita Brad, e corre para a rua.

— *Bradley, não!* — grita-lhe a mulher, porém tarde demais.

Na rua abaixo, os gêmeos Reed vêm vindo na direção deles.

Johnny desce para a rua, as pernas dormentes, bambas. Ergue uma das mãos, vê que as pontas dos dedos já estão brancas e murchas (vê tudo isso, vê de fato, e como poderia um cara com uma máscara de alienígena de *Contatos Imediatos de Terceiro Grau* parecer *conhecido*), e afasta dos olhos os cabelos ensopados. O relâmpago rasga o céu de um lado a outro, como uma brilhante rachadura num espelho escuro; o trovão vem logo atrás. Os pés dele esguicham dentro dos tênis, e ele sente cheiro de pólvora úmida. Sabe que o furgão terá desaparecido em mais dez ou quinze segundos, mas por enquanto continua ali, como para impedi-lo de sequer *tentar* acreditar que tudo não passou de uma alucinação... o que sua ex-mulher Terry chamava de "câibra no cérebro".

E, sim, vê a xoxota de Mary Jackson, aquela disputadíssima parte da anatomia feminina conhecida, em seus longínquos dias de ginásio, como o "molusco barbudo". Não quer ficar pensando nisso... não quer ficar vendo o que está vendo, aliás... mas não é culpa sua. Caíram todas as barreiras em sua mente, como caíam quando escrevia (foi um dos motivos pelos quais deixou de escrever romances, e não apenas um, mas um importante), a passagem do tempo perdendo velocidade com o crescimento e ampliação da percepção, até parecer um filme de Sergio Leone, em que as pessoas morrem como outras nadam nos balés subaquáticos.

Bebezinho, bebezinho, pensou, ouvindo mais uma vez a voz ao telefone. *Da mamãe mordeu o peitinho.* Por que essa voz lhe lembraria o homem de traje bizarro e máscara ainda mais bizarra, de alienígena de olhos amendoados?

— Que foi que houve, em nome de Jesus H. Soda Cristo? — pergunta uma voz atrás dele. Os outros correram para David Carver, mas Gary Soderson veio para ali, para o gramado do Velho Doutor. Com o rosto pálido e o corpo esquelético, lembra um homem com cólera em estágio médio. — Puta Merda, Johnny! Estou vendo Paris, estou vendo a França, mas não estou vendo a...

— Cala a boca, seu babaca bêbado — diz Johnny.

Olha para a esquerda e vê os gêmeos Reed, a mãe deles, Kim Geller, e a filha, além de uma ruiva que não conhece de modo algum. Estão reunidos em torno do corpo de David Carver, como jogadores em torno de um colega de time machucado. A megera da mulher de Gary também está lá, mas já viu Gary e se afasta na direção de *chez* Billingsley. Então pára, fascinada, quando a porta dos Carver se abre de chofre e Kirstie sai voando sob o aguaceiro, como a governante num antigo romance gótico, a berrar o nome do marido, sob o faiscar dos relâmpagos e o ribombar dos trovões.

Lentamente, como uma criança burra chamada a recitar, Gary diz:

— *De que* foi que você me chamou?

Mas não olha para Johnny, e nem mesmo para a aglomeração no gramado dos Carver; olha o que a saia erguida da morta revela, guardando para posterior conferida (e, talvez, papo). Johnny sente de repente um ímpeto quase irresistível de dar um soco no nariz do cara.

— Esquece, só fique de boca fechada. Estou falando sério.

Olha para a direita, rua abaixo, e vê Collie Entragian correndo em sua direção. Parece usar sandálias plásticas de chuveiro cor-de-rosa. Atrás dele vem um cara cabeludo que Johnny jamais viu antes, e a garota do mercado, Cynthia, parece que é o nome dela.

E atrás deles, rapidamente passando à frente do velho Tom Billingsley e aproximando-se de Cynthia, olhos arregalados, vem o morador da rua especialista em James Dickey e os Novos Sulistas.

— *Pai!* — Um grito agudo, desolado: Ellen Carver.

— Tirem essas crianças daqui!

É Brad Josephson, durão e dando as ordens, que Deus o abençoe, mas Johnny sequer olha para aquele lado. Peter Jackson vem vindo, e tem uma coisa ali no chão que é ainda menos para ele ver do que para Johnny e Gary Soderson, embora sem dúvida já a tenha visto antes e eles não. Um enigma de professor de inglês, se é que já houve um, pensa Johnny. Outro louco fecho de uma piada voa-lhe pela cabeça: *Ei, senhor, seu anúncio caiu!* Nem mesmo se lembra de que porra de piada saiu isso. Dá mais uma olhada em volta, para certificar-se de que ninguém está prestando atenção em Mary, além de Gary, e ninguém está. Sem dúvida, é um milagre que não vai durar muito. Abaixa-se, vira o quadril de Mary — e como ela pesa, agora que está morta, nossa, como *pesa* — e as pernas dela se juntam. A água escorre pelo lado de uma coxa, como chuva numa lápide. Ele puxa a bainha da saia, dando deliberadamente as costas para seu ato não ser visto pelas pessoas que sobem a ladeira. Já ouve Peter urrando:

— Mary? *Mary?*

Terá visto o carro dela, claro, o Lumina, com o focinho enterrado na cerca de estacas.

— Por que... — recomeça Gary, e pára, quando Johnny o olha com um ar feroz.

— Diga uma palavra, que eu lhe arranco os olhos — diz Johnny. — Estou falando sério.

Gary parece vago — quase atoleimado — por um instante, e em seguida uma espécie de compreensão estúpida lhe invade o rosto, seguida de uma falsa solenidade. Mas ele faz o gesto da boca de siri, o que é bom. A longo prazo, com quase toda certeza vai dar com a língua nos dentes, mas Johnny Marinville jamais ligou menos para longo prazo em toda a sua vida.

Vira-se para a casa de Carver e vê David Reed carregando a menina dos Carver — ela berra e esperneia, as pernas em amplos movimentos de tesoura — para dentro. Pie Carver, de joelhos, carpe como Johnny ouviu carpirem as camponesas do Vietnã todos aqueles anos atrás (só que não parece tanto tempo assim, com o resto do cheiro de pólvora ainda no ar); está abraçada ao pescoço do morto, e a cabeça de David balança de uma maneira horrível. Ainda mais horrível é o menino, Ralphie, em pé ao lado dela. Em circunstâncias comuns, é um menino agitado, incansável e barulhento, um monstrinho da pior espécie, mas agora não passa de um boneco de cera, fitando o pai no chão com um rosto que parece derreter-se na chuva. Ninguém o tira dali, pois, uma vez na vida, é a irmã quem faz barulho, mas alguém devia tirar.

— Jim — diz Johnny ao outro gêmeo Reed, dirigindo-se à traseira do carro de Mary, para que o garoto ouça sem que ele tenha de gritar. O garoto ergue os olhos do morto e da mulher que geme. Tem o rosto perplexo. — Leve Ralphie lá pra dentro, Jim. Ele não deve ficar aqui.

Jim faz um sinal afirmativo, pega o menino e sobe correndo a calçada com ele. Johnny espera berros de protesto — mesmo aos seis anos, Ralphie Carver sabe que é seu destino um dia governar o mundo —, mas o menino apenas pende dos grandes braços do adolescente como um boneco, os olhos imensos e estáticos. Johnny acredita que a influência de traumas infantis na vida dos adultos foi desbragadamente supervalorizada por uma geração que ouviu discos demais de Moody Blues nos anos de formação, mas uma coisa dessas tem de ser diferente; acha que se passará um longo tempo para que o principal fator comportamental na vida de Ralph Carver deixe de ser a visão do pai estendido morto no gramado e a mãe ajoelhada ao lado, gritando repetidas vezes o nome do marido, como se pudesse acordá-lo.

Pensa em tentar separar Kirsten do cadáver — terá de ser feito mais cedo ou tarde —, mas Collie Entragian chega à casa de Billingsley antes que ele possa falar nisso, com a balconista do E-Z Stop a tiracolo. A garota adiantou-se ao cabeludo, que ofega terrivelmente. O cara não é tão jovem quanto seus cabelos de *rock-and-roll* o faziam parecer a certa distância. Johnny fica talvez mais impressionado com os Josephson. Parados ao pé da entrada da garagem dos Carver, de mãos dadas, lembram um pouco, sob o aguaceiro, uma versão Spike Lee de *Joãozinho e Maria*. Marielle Soderson passa por trás de Johnny e junta-se ao marido no gramado de Billingsley. Johnny decide que se Brad e Belinda Josephson podem ser Joãozinho e Maria de um filme de Lee recomendado para todas as idades, Marielle pode fazer a bruxa.

É como o último capítulo de um Agatha Christie, ele pensa, quando a Srta. Marple ou Hercule Poirot explicam tudo, até como o assassino escapou do beliche do vagão-dormitório trancado após ter cometido o crime. Estamos todos aqui, com exceção de Frank Geller e Charlie Reed, que continuam no trabalho. É uma verdadeira festa da quadra.

Só que, ele percebe, não é bem assim. Audrey Wyler não está aqui, nem seu sobrinho. Com isso, a ponta de alguma coisa lhe lampeja na mente. Tem um clarão de lembrança — *o barulho de um garoto gripado*, chegou a pensar —, mas antes de sequer poder tentar entender, para ver se se liga a alguma coisa (*parece* que sim, não sabe por quê), Collie Entrangian se aproxima do carro de Mary e agarra-lhe o ombro. Olha para a casa dos Carver, adiante de Johnny.

— Como... *dois?... Nossa!*

— Sr. Entragian... Collie... — Johnny tenta parecer sensato, não fazer careta. — Está destroncando meu ombro.

— Ah. Me desculpe, cara. Mas...

Olha de um lado para o outro, da mulher morta a escopeta para o homem morto a escopeta, David Carver com riachos de sangue lavando-lhe os flancos brancos. Entragian parece não conseguir fixar-se num, e em conseqüência fica como um cara assistindo a uma partida de tênis.

— Sua camisa — diz Johnny, achando isso estupendamente inócuo como abertura de conversa. — Esqueceu de vestir.

— Eu estava fazendo a barba — responde Collie, e corre as mãos pelos cabelos curtos, pingando.

O gesto expressa — como nada mais poderia, provavelmente — uma mente que passou da confusão para um estado de quase total alheamento. Johnny vê nisso um estranho encanto.

— Sr. Marinville, tem a mínima idéia do que está acontecendo aqui?

Johnny balança a cabeça. Espera apenas que, seja lá o que tenha sido, já tenha acabado.

Então chega Peter, vê a esposa estendida na frente do pastor alemão de cerâmica no gramado de Billingsley, e solta um uivo. O barulho provoca novos arrepios nos braços molhados de Johnny. Peter cai de joelhos ao lado da mulher, exatamente como fez Pie Carver ao lado do marido, e, ah, Deus, estará John Edward Marinville mais uma vez com um ataque de Dem Ole Kozmic Vietnam Blues, ou o quê? Só falta agora, pensa, Hendrix na trilha sonora, tocando "Purple Haze".

Peter agarra-a e Johnny vê que Gary observa com uma espécie de imóvel fascínio, esperando que Peter vire o corpo da mulher nos braços. Johnny pode ler os pensamentos de Soderson, como se estivessem impressos num letreiro correndo em sua testa: *Que é que ele vai pensar? Quando virá-la e as pernas dela se abrirem, e ele vir o que vai ver, que é que vai pensar? Ou talvez nem seja lá essas coisas, talvez ela sempre andasse assim por aí.*

— *MARY!* — Peter grita.

Não a vira (louvado seja Deus por essas pequenas graças), mas levanta-a pela parte de cima do corpo, pondo-a sentada. Torna a gritar — sem nenhuma palavra desta vez, nenhuma forma absolutamente vocal, apenas um jorro de doloroso espanto —, quando vê o estado da cabeça, metade do rosto desfeita, metade dos cabelos queimada.

— Peter... — começa o Velho Doutor, e então um longo raio racha o céu, caindo com a chuva.

Johnny gira, perplexo mas ainda (ah, sim, claro, pode apostar) vendo perfeitamente bem. O trovão rasga a rua antes mesmo de o raio extinguir-se, tão alto que parece mãos batendo palmas nos ouvidos. Johnny vê o raio atingir a casa abandonada de Hobart, que fica entre a do policial e a dos Jackson. Demole a chaminé decorativa que William Hobart acrescentou no ano passado, antes de começar a ter problemas e decidir pôr a casa à venda. O raio também incendeia o telhado abalado. Antes que o trovão termine de derrubá-lo, antes mesmo que Johnny tenha uma chance de identificar o cheiro de fritura nas narinas como ozônio, a casa deserta já tem uma coroa de chamas. Arde furiosamente na forte chuva que açoita, parecendo uma ilusão de óptica.

— Pu-uta merda — diz Jim Reed, parado na porta dos Carver, com Ralphie ainda nos braços.

Johnny vê que Ralphie regrediu ao estágio do dedo na boca. E é o único (além do próprio Johnny, quer dizer) que não está olhando a casa em chamas. Olha ladeira acima, e agora Johnny vê os olhos deles arregalarem-se. O menino tira o polegar da boca, e antes de começar a se encolher de terror, Johnny ouve duas palavras claras... e mais uma vez, elas lhe parecem obcecante, alucinantemente conhecidas. Como palavras ouvidas num sonho.

— O Dream Floater — diz o menino.

E então, como se as palavras fossem uma espécie de fórmula mágica, sua moleza de cera, não natural, desaparece. Ele se põe a gritar de medo, e a contorcer-se nos jovens braços de Jim Reed. Jim, apanhado de surpresa, solta o pirralho, que cai de bunda no chão. Isso deve ter machucado o sacaninha, pensa Johnny, aproximando-se sem sequer se dar conta, mas o menino não mostra nenhum sinal de dor; só medo. Olhos arregalados ainda grudados na rua, ele começa a usar os pés num frenesi, para ir recuando sentado mesmo, arrastando-se sobre a bunda.

Johnny, agora parado na entrada da casa dos Carver, vira-se para olhar e vê outros dois furgões dobrando a esquina da Rua do Urso. O da frente é cor de rosa-bombom e tão aerodinâmico que parece mesmo a Johnny um bombom gigante de janelas polarizadas. Tem em cima uma antena parabólica em forma de coração do Dia dos Namorados. Em outras circunstâncias, talvez parecesse uma gracinha, mas agora parece apenas bizarro. Formas curvas aerodinâmicas projetam-se de cada lado do furgão bombom. Lembram nadadeiras laterais, ou talvez mesmo tocos de asas.

Atrás desse veículo, que pode ou não se chamar Dream Floater, vem um outro longo, negro, com um pára-brisa abaulado tinto de negro e uma pequena torre em forma de cogumelo, também negra, em cima. Esse pesadelo de ébano é enfeitado com setas de cromo em ziguezague, que parecem maldisfarçadas insígnias das SS nazistas.

Os veículos começam a ganhar velocidade, os motores ronronando com um zumbido cíclico.

Uma grande escotilha abre-se como uma íris no lado do veículo cor-de-rosa. E no topo do furgão negro, que parece um carro fúnebre com pretensões a locomotiva, o lado do cogumelo desliza para trás, revelando duas figuras com escopetas. Uma é um ser humano de barba. Ele, como o alienígena que dirige o furgão azul, parece usar os farrapos de um uniforme da Guerra Civil americana. A coisa a seu lado usa outro tipo inteiramente diferente de uniforme: negro, gola alta, ornado de botões prateados. Como no caso do furgão negro e cromo, há alguma coisa de nazista no uniforme, mas não é isso que chama a atenção de Johnny e imobiliza suas cordas vocais, deixando-o de um jeito, a princípio, que não tem condições de emitir um grito de advertência.

Acima da gola alta, parece haver apenas escuridão. Ele não tem cara, pensa Johnny, no segundo antes de as criaturas dos furgões rosa e negro abrirem fogo. Não tem cara, aquela coisa não tem cara nenhuma.

Ocorre a Johnny Marinville, que tudo vê, que talvez tenha morrido; que talvez o inferno seja isso.

Carta de Audrey Wyler (Wentworth, Ohio) para Janice Conroy (Plainview, Nova York), datada de 18 de agosto de 1994:

Cara Janice,

Muitíssimo obrigada por seu telefonema. Pela carta de pêsames, também, claro, mas você jamais saberá como foi bom sua voz em meu ouvido ontem de noite — como um gole d'água fria num dia quente. Ou talvez queira dizer como uma voz sã quando a gente está num asilo!

Você entendeu alguma coisa do que eu disse ao telefone? Não me lembro ao certo. Deixei os tranqüilizantes — "Foda-se essa merda", como a gente dizia na faculdade —, mas só há uns dois dias, e mesmo com Herb dando uma força e ajudando feito um louco, grande parte da vida tem sido um pandemônio. Tudo começou a ficar assim quando o amigo de Bill, Joe Calabrese, telefonou dizendo que meu irmão, a mulher e os dois filhos mais velhos tinham sido assassinados, fuzilados de dentro de um carro em movimento. O homem, que eu jamais vi na vida, estava chorando, difícil de entender, e abalado demais para ser diplomático. Ficava dizendo que se sentia tão envergonhado que fui eu que acabei confortando *ele*, e pensando o tempo todo: "Deve ser algum engano, Bill não pode estar morto, meu irmão tem de estar por perto pelo tempo que eu precisar dele." Ainda acordo de noite pensando: "Bill, não, isso não passa de uma confusão, *não pode* ser Bill." A única coisa que me lembro em toda minha vida semelhante a esta loucura foi quando era criança e todo mundo caiu de gripe ao mesmo tempo.

Herb e eu fomos de avião a San Jose pegar Seth, depois voltamos para Toledo no mesmo avião com os corpos. São armazenados no porão de carga, você sabia? Nem eu. Nem gostaria de saber.

O enterro foi uma das mais terríveis experiências de minha vida — provavelmente a mais terrível. Aqueles quatro caixões — meu irmão, minha cunhada, minha sobrinha e meu sobrinho — enfileirados, primeiro na igreja e depois no cemitério, onde ficaram pousados sobre as covas naqueles medonhos trilhos de cromo. Quer ouvir uma coisa totalmente doida? Durante todo o serviço à beira da cova, fiquei pensando em minha lua-de-mel na Jamaica. Lá eles têm uns quebra-molas na estrada que chamam de policiais adormecidos. E por algum motivo foi assim que comecei a pensar nos caixões, como policiais adormecidos. Bem, eu lhe disse que enlouqueci, não disse? Sou a Rainha do Valium de Ohio de 1994.

Na cerimônia, a igreja ficou lotada — Bill e June tinham *muitos* amigos —, e todo mundo chorava. Menos o pobre Seth, claro, que não pode. Ou não quer. Ou quem sabe o quê? Ficou apenas sentado ali, entre mim e Herb, com dois de seus brinquedos no colo — um furgão cor-de-rosa que ele chama de "Duim Fuatá" [Dream Floater] e o boneco de super-herói que vem com ele, uma ruivinha *sexy* chamada Cassandra Styles. Os brinquedos são de um programa de TV chamado *MotoKops 2200*, e os nomes dos malditos furgões dos Motokops (desculpe, os *Power Wagons* dos Motokops, tralalá) são algumas das poucas coisas que Seth diz de fato compreensíveis ("Rosquinha, compra pra mim" é outra; e também: "Seth vai pro trono", o que significa que a gente tem de ir com ele — aprendeu isso, mas é muito esquisito em seus hábitos de ir ao banheiro).

Espero que ele não tenha percebido que o ofício religioso queria dizer que o resto de sua família está morta, que se foi para sempre. Herb tem certeza de que ele *não sabe* ("O garoto não sabe nem onde está", diz), mas eu fico imaginando. É esse o inferno do autismo, não é? A gente fica sempre imaginando, nunca sabe de fato, eles estão mandando mensagens, mas Deus os ligou a um telefone codificador, e a gente só recebe balbucios.

Vou lhe dizer uma coisa — passei a ter um novo respeito por Herb Wyler nas duas últimas semanas. Ele cuidou de TUDO, desde os aviões aos obituários, tanto no *Dispatch* de Columbus quanto no *Blade* de Toledo. E aceitar Seth como aceitou, sem uma palavra de reclamação — não apenas um órfão, mas um órfão *autista* —, bem, quer dizer, é surpreendente mesmo, ou só para mim? Eu voto pelo surpreendente. E ele parece que se interessa de fato pelo menino, assumiu um ar de preocupação que pode mesmo ser amor. Os primeiros sinais de amor, pelo menos.

Isso me parece ainda mais notável quando se compreende o pouco que uma criança pequena como Seth pode dar de volta. Ele passa a maior parte do tempo sentado lá fora, na caixa de areia que Herb instalou assim que voltamos de Toledo, como uma grande passa em forma de menino, usando apenas o uniforme dos *MotoKops 2200* (tem a lancheira também), balbuciando aquelas palavras sem sentido, brincando com os furgões e os bonecos de super-heróis que os acompanham, sobretudo a ruivinha *sexy* de shortinho azul. Esses brinquedos me perturbam um pouco, porque — se você ainda não está inteiramente certa de que pirei, isso vai convencê-la — *não sei de onde vieram, Jan!* Seth certamente não tinha nenhum brinquedo tão caro assim na última vez que visitei Bill e June em Toledo (verifiquei nas lojas, e os troços dos *MotoKops* custam uma FORTUNA), isso eu posso garantir. *De qualquer modo*, não são daqueles brinquedos que Bill e June aprovariam — as idéias de brinquedos deles estavam mais para *Os Flintstones* do que *Guerra nas Estrelas*, para grande desgosto dos filhos. O pobre Seth não pode me dizer, lógico, e provavelmente isso não tem importância, seja como for. Só sei os nomes dos furgões e das figuras que os acompanham porque vejo o desenho animado nas manhãs de sábado. O principal bandido, Sem Cara, é *très* arrepiante.

Ele é tão estranho, Jan (quer dizer, Seth, não Sem Cara, ah-ah). Não sei se Herb sente isso tanto quanto eu, mas sei que sente *alguma coisa*. Às vezes, quando ergo os olhos e surpreendo Seth olhando para mim (os olhos de um castanho tão escuro que às vezes parecem na verdade negros), tenho os mais estranhos arrepios — como se alguém fizesse de minha espinha um xilofone. E tem acontecido umas coisas estranhas desde que Seth veio morar com a gente. Não ria, mas houve até incidentes semelhantes aos fenômenos de *poltergeist* que às vezes dramatizam no que Herb chama de "programas de psicorrealidade". Copos voando das prateleiras, duas janelas que se quebraram sem nenhum motivo aparente, e estranhas formas ondulantes que aparecem às vezes à noite na caixa de areia de Seth. Parecem pinturas de areia estranhas, surrealistas. Vou lhe mandar algumas fotos Polaroid na próxima vez que escrever, se me lembrar. Eu não contaria isso a mais *ninguém* além de você, Jan, acredite. Graças a Deus conheço e confio em sua imaginação... curiosidade... e DISCRIÇÃO!

A maior parte do tempo Seth não é problema. O que mais incomoda em tê-lo conosco é a maneira como respira! Inspira o ar em haustos profundos, úmidos, *sempre* pela boca, que vive aberta e caída quase até o peito. Faz com que se pareça o bobo da aldeia, o que na verdade não é, independente dos problemas que *de fato* tem. O Sr. Marinville, do outro lado da rua, apareceu outro dia com um bolo de banana que fez (é um amor de pessoa, para o autor de um livro sobre um sujeito que tinha um caso de amor com a própria filha... a que deu o título de *Prazer,* veja você), e passou algum tempo com Seth, que tirava uma folga da caixa de areia para assistir a *Bonanza*. Lembra desse? A TNT passa as reprises todas as tardes durante a semana (chamam de Festival Vespertino da Ponderosa, não é uma gracinha?), e Seth simplesmente as adora. Ruest, Ruest, diz, quando começam. O Sr. Marinville, que gosta de ser chamado de Johnny, ficou vendo com a gente durante um bom tempo, os três comendo bolo de banana e tomando leite achocolatado, como velhos amigos, e quando lhe pedi desculpas pela respiração de Seth (sobretudo porque *me* deixa louca, claro), ele apenas sorriu e disse que Seth não pode evitar, com suas adenóides. Não sei o que *são* adenóides, mas acho que vamos levar Seth para ser examinado. Graças a Deus pelos Gêmeos Blue — Cross e Shield, do seriado.

Uma coisa continua me importunando, e por isso anexei uma xerox do cartão-postal que meu irmão me mandou de Carson City pouco antes de morrer. Ele diz ali que tiveram um avanço — um avanço *espantoso*, é o que diz na verdade — com Seth. Em letras maiúsculas, com um monte de pontos de exclamação. Veja você mesma. Fiquei curiosa, naturalmente, e por isso lhe perguntei sobre o assunto quando voltamos a nos falar pelo telefone. Isso deve ter sido no dia 27 ou 28 de julho, e foi a última vez que falei com ele. A reação dele foi muito estranha, muito diferente do que se esperaria de Bill. Um longo silêncio, e depois uma dessas risadas artificiais, fantasmagóricas, "Ah-ah-ah!", que ficam bem por escrito, mas dificilmente soam como uma risada mesmo, a não ser em coquetéis chatos. Jamais ouvi meu irmão rir assim na vida dele.

— Bem, Aud — ele disse. —Talvez eu tenha exagerado um pouco minha reação nesse caso.

Não quis me falar mais nada do assunto, mas quando o pressionei, me disse que Seth pareceu mais inteligente, estar mais *com* eles, assim que entraram no Colorado o bastante para verem as Rochosas.

— Você sabe que ele sempre adorou filmes e seriados de faroeste da TV — disse meu irmão, e embora eu não soubesse então, agora sei.

O jovem Seth Garin é louco por caubóis, patrulhas a galope, vamos tocaiá-los no desfiladeiro, essas coisas. Bill disse que Seth na certa sabia que não estava no verdadeiro Velho Oeste, com todos aqueles carros e campistas, mas "o cenário ainda assim o deixava ligadão". Foi o que Bill disse.

Eu teria deixado por isso mesmo, se ele não parecesse tão estranho e vago, tão diferente de si, na verdade. A gente conhece os seus, não conhece? Ou acha que conhece. E Bill sempre tinha sido ou todo aberto e exuberante, ou introvertido e amuado. Não havia muito meio-termo. E nesse telefonema parecia ser *só* meio termo. Por isso insisti no assunto, coisa que normalmente não faria. Disse que um AVANÇO ESPANTOSO soava como um fato específico. E aí ele disse que, bem, sim, *tinha* acontecido uma coisa, não muito longe de Ely, umas das poucas cidades mais ou menos grandes ao norte de Las Vegas. Pouco depois de passarem por uma placa de sinalização indicando uma localidade chamada Desespero (que nomes simpáticos eles têm por lá, devo dizer, fazem até a gente ficar louca para visitar), Seth "teve uma espécie de alucinação". Foi o que Bill disse. Estavam na Rodovia 50, a via expressa, sem pedágio, quando viram um imenso paredão de terra à esquerda, ao sul da rodovia.

Bill achou aquilo meio interessante, mas só. Seth, porém, quando se virou para aquele lado e viu, ficou louco. Começou a sacudir os braços e tagarelar naquela língua particular dele. Para mim, soa como uma voz numa fita tocada da frente para trás.

Bill, June e os dois filhos mais velhos conciliaram com ele, como sempre fazem — *faziam* — quando ele ficava excitado e começava a verbalizar, o que é raro mas não inaudito. Você sabe, coisas como Sim, Seth, pode apostar, claro que *é* fantástico, Seth, e durante todo o tempo que faziam isso o tal paredão ia ficando cada vez mais longe. Até que finalmente Seth — veja isto — falou, não em balbucio, mas em inglês. *Falou mesmo*, e disse:

— Pai, pára, volta. Seth quer ver montanha. Seth quer ver Hoss e Little Joe.

Hoss e Little Joe, caso você não se lembre, são duas das principais personagens de *Bonanza.*

Bill disse que foram as palavras mais concretas que Seth já tinha articulado em toda a sua vida, e o pouco tempo que passei com eles me havia convencido de como devia ser extraordinário ouvi-lo dizer tanta coisa em linguagem clara, de uma só vez. *Mas...* AVANÇO ESPANTOSO? Não quero ser mesquinha nem nada, mas dificilmente foi o Discurso de Gettysburg, foi? Não pude concordar com ele então, e não posso agora. No postal, Bill parece tão entusiasmado que quase delira; ao telefone, parecia uma pessoa-vagem do filme *Vampiro de Almas*. Mais outra coisa. No cartão, ele diz "conto mais depois", como se não pudesse esperar para desembuchar a coisa toda, mas ao telefone eu simplesmente tive de arrancá-la dele. Esquisito!

Bill disse que o que aconteceu o fez lembrar uma velha piada sobre um casal que acha que o filho é mudo. Aí, um dia, quando o menino já está mais ou menos com uns seis anos, fala na mesa de jantar. "Por favor, mãe, posso comer mais uma espiga de milho?", diz. Os pais caem em cima dele e perguntam por que nunca falou antes. "Nunca tive nada pra dizer", ele responde. Bill me contou a piada (eu já conhecia, acho que da época em que queimaram Joana d'Arc na fogueira), e depois deu de novo aquela risada falsa de coquetel, ah-ah-ah. Com isso quis encerrar o assunto definitivamente. Só que eu não ia deixar que encerrasse.

— E aí você perguntou a ele, Bill? — perguntei.

— Perguntei o quê?

— Por que ele nunca falou antes.

— Mas ele *fala*.

— Mas não *assim*. Ele não fala *assim*, e foi por isso que você me mandou aquele postal excitado, certo? — Estava ficando furiosa com ele, não sei por quê, mas estava. — E aí, você perguntou a ele por que nunca antes tinha juntado vinte ou trinta palavras em inglês claro?

— Bem, não, não perguntei.

— E não voltou? Não o levou a Desespero, pra que ele procurasse a Fazenda Ponderosa, ou seja lá o que fosse?

— A gente realmente não podia fazer isso, Aud — ele disse, depois de outro daqueles longos silêncios.

Era como esperar que um computador jogando xadrez processasse uma jogada difícil do adversário. Não gosto de falar assim do meu irmão, a quem eu amava e de quem vou sentir falta pelo resto da vida, mas quero que você entenda como foi mesmo estranha essa última conversa. A verdade? Dificilmente era como estar falando com meu irmão. Eu gostaria de poder explicar por que era assim, mas não posso.

— Que quer dizer com não *podia*? — perguntei.

— Não podia quer dizer não podia — ele respondeu. Acho que estava meio puto comigo, mas não me incomodei; parecia mais ele mesmo, de qualquer modo. — Queria ter certeza de que chegaria a Carson City antes de escurecer, o que não teríamos feito se eu tivesse voltado pra aquela cidade que tanto excitou Seth. Todo mundo ficou me dizendo que a Rodovia 50 é traiçoeira depois do pôr-do-sol, e eu não queria colocar minha família numa situação perigosa.

Como se estivesse atravessando o Deserto de Gobi, em vez da região central de Nevada.

E é isso aí. Conversamos mais um pouco e então ele disse: "Vai com calma, *baby*", como sempre fez, e foi a última coisa que ouvi dele em toda minha vida... neste mundo, pelo menos. Apenas vai com calma, *baby*, e depois desapareceu pelo cano da arma de algum viajante imbecil. Todos eles, menos Seth. A polícia ainda não foi capaz sequer de identificar o calibre das armas que usaram, eu lhe contei? A vida é tão *inacabada*, em comparação com os livros e filmes! Como a porra de uma *salada*.

Mesmo assim, essa última conversa me persegue. Mais que qualquer outra coisa, continuo voltando àquela estúpida risada de coquetel. Bill — *meu* Bill — jamais riu assim em sua vida.

Também não fui a única que notou que ele estava meio lelé. O amigo dele, Joe, na casa de quem estavam hospedados, disse que toda a *família* parecia desligada, com exceção de Seth. Tive uma conversa com ele na funerária, enquanto Herb assinava os formulários de transferência. Joe disse que ficou imaginando se eles tinham algum vírus ou resfriado.

— Menos o pequeno — disse. — Esse tinha muita energia, ficava sempre na caixa de areia lá fora, com seus brinquedos.

Tudo bem, já escrevi bastante — provavelmente demais. Mas pense nisso tudo, por favor. Bote seu cérebro criativo para funcionar, porque ISSO ESTÁ MESMO ME ROENDO! Falar com Herb não adianta; ele chama de dor deslocada. Pensei em conversar com J. Marinville, do outro lado da rua — ele me parece ao mesmo tempo bondoso e perceptivo —, mas não o conheço bem o bastante. Portanto, tem de ser você. Entende, não?

Amo você, menina J. Sinto saudades. E às vezes, sobretudo ultimamente, gostaria que fôssemos jovens de novo, com todas as cartas ruins que a vida nos dá ainda bem no fundo do maço do baralho. Lembra como era na faculdade, quando a gente achava que ia viver para sempre, e só nossas estúpidas menstruações nos pegavam de surpresa?

Vou parar, senão vou chorar de novo.

XXX (e toneladas mais),

Aud

Capítulo Cinco

1

PARADO DE PEITO nu diante do espelho do banheiro naquela tarde, antes que o mundo despencasse no inferno como um balde cuja corda se partiu, Collie Entragian tomara três grandes decisões. A primeira era deixar de andar com a barba por fazer nos dias de semana. A segunda era parar de beber, pelo menos até reequilibrar um pouco mais a vida — andava tomando porres demais, o bastante para deixá-lo nervoso, e tinha de parar. A terceira era parar de adiar a procura de um emprego. Havia três empresas de segurança na área de Columbus, conhecidos seus trabalhavam em duas delas, e era hora de começar. Afinal, não tinha *morrido*; era hora de parar de chorar e tocar sua vida pra frente.

Agora, enquanto a casa de Hobart ardia num crepitante inferno rua abaixo, e os dois bizarros furgões se aproximavam, sua única preocupação era apegar-se a essa vida. Mais que todos, era o veículo negro a rastejar atrás do cor-de-rosa que o galvanizava, que mobilizava cada instinto para mudar-se imediatamente, talvez para a Mongólia Exterior. Não tinha mais que um vislumbre, borrado pela chuva, das figuras na torrinha do furgão preto, mas só o furgão já bastava. Parecia um carro fúnebre num filme de ficção científica, pensou.

— Pra dentro! — ouviu-se gritando; uma parte dele aparentemente ainda queria continuar no comando. — Todo mundo pra dentro, *já*!

Nesse ponto ignorava as pessoas amontoadas em volta do falecido carteiro e sua esposa em altos prantos — a Sra. Geller, Susi, a amiga de Susi, os Josephson, a Sra. Reed. O escritor Marinville estava mais perto, mas Collie o ignorou também. Sua atenção reduzia-se aos que se achavam na frente do bangalô do Velho Doutor: Peter Jackson, os Soderson, a balconista da loja, o cabeludo da caminhonete Ryder e o próprio Velho Doutor, que se aposentara da profissão no ano anterior sem a mínima idéia de que o aguardava uma coisa *daquelas*.

— *Vá!* — gritou Collie na cara molhada, boquiaberta e meio bêbeda de Gary. Naquele momento, tinha vontade de matar o cara, simplestemente arrastá-lo e matá-lo, atear-lhe fogo ou qualquer coisa assim. — *Entre na porra da CASA!*

Às suas costas, ouviu Marinville gritar a mesma coisa, embora provavelmente se referisse à casa dos Carver.

— Que... — começou Marielle, aproximando-se do marido; então olhou além de Gary e arregalou os olhos.

Levou as mãos de dedos abertos aos dois lados do rosto, abriu a boca, e por um alucinado momento Collie esperou que fosse cair de joelhos e pôr-se a cantar "Mammy" como Al Jolson. Em vez disso, ela deu um berro. E como se os atacantes só esperassem isso, começou a fuzilaria, explosões brutas, compactas, que ninguém confundiria com trovões.

O cara *hippie* agarrou Peter Jackson pelo pulso direito e tentou arrastá-lo para longe da esposa morta. Peter não queria largá-la. Continuava uivando, e parecia completamente alheio ao que ocorria à sua volta. Ouviu-se um CA-BUM, ensurdecedor como dinamite, seguido do barulho de vidro quebrado. Um CA-BUM ainda mais alto, seguido de um grito agudo de medo ou dor. Collie apostava no medo... pelo menos *desta* vez. Um terceiro estampido, e o pastor alemão de cerâmica de Billingsley sumiu das pernas para cima. A porta da frente do Velho Doutor estava aberta, por trás da porta de tela com um *B* ornamental em arabesco no meio. Aquele buraco negro retangular — uma abertura que podia levar a uma caverna segura — parecia a mil quilômetros de distância.

Collie correu primeiro para Peter, sem nenhuma idéia de bravura sequer lhe passar pela mente; foi apenas para onde correu primeiro. Outro estampido ensurdecedor, e ele encolhia as costas e nádegas contra um tiro potencialmente letal, embora a mente lhe informasse que aquele, pelo menos, *fora* um trovão. O seguinte não foi. Foi outra chicotada, CA-BUM, e ele sentiu uma coisa abrir um sulco no ar ao lado da orelha direita.

Primeira vez que atiram em mim, pensou. Nove anos como policial antes que me ferrassem e me mandassem embora — quatro uniformizados, quatro à paisana, um de licença — e nunca ninguém atirou em mim até agora.

Outro estampido. Uma das janelas da sala de visitas de Billingsley despedaçou-se com a explosão, enfunando as cortinas brancas como braços de fantasmas. Armas disparavam atrás dele agora como artilharia, apenas *bam-bam-bam*, e sentiu outra bala passar queimando por perto, esta à esquerda de sua mão, e um buraco negro surgiu ao lado da janela quebrada. Para Collie, o buraco parecia um grande olho espantado. A seguinte zuniu ao lado de sua coxa. Ele não acreditava que não estava morto, simplesmente não acreditava. Sentiu o cheiro das telhas de cedro queimando e teve tempo de pensar nas tardes de outubro passadas no quintal com o pai, queimando fumegantes montes aromáticos de folhas secas.

Corria há horas, sentia-se como a porra de um pato de cerâmica numa galeria de tiros, e nem mesmo chegara ainda até Peter Jackson, que porra estava acontecendo ali?

A fuzilaria começou há cinco segundos, informou-lhe o lado mais frio de sua mente. Talvez só três.

O cara *hippie* ainda puxava o pulso de Peter, e agora a garota, Cynthia, fazia o mesmo por cima da mão dele. Mas Collie via que Peter lhes resistia ativamente. Queria ficar com a mulher, que escolhera um péssimo momento para voltar para casa.

Ainda no impulso (e podia ser muito rápido quando queria mesmo), Collie curvou-se e passou a mão por baixo da axila do homem ajoelhado. Pode me chamar de rolo compressor, pensou. Peter debateu-se para trás, tentando impedir os três de arrancá-lo da mulher. A mão de Collie começou a escorregar. Ah, foda-se, ele pensou. Que se fodam, todos nós. De leve.

Ouviu outro guincho às suas costas, na casa dos Carver. Pelo canto do olho, viu o furgão cor-de-rosa, que já passara por eles e ganhava velocidade, acelerando ladeira abaixo rumo à Rua dos Jacintos.

— *Mary!* — gritou Peter. — *Ela está ferida!*

— Eu fico com ela, Pete, não se preocupe. Eu fico com ela! — gritou animado o Velho Doutor, e embora não ficasse com ninguém (na verdade passava correndo pelo corpo esparramado de Mary sem sequer uma olhada rápida), Peter assentiu com a cabeça, parecendo aliviado.

Foi o tom, pensou Collie. Aquele tom de louca animação.

O cara *hippie* agora ajudava mesmo, e não apenas tentava. Segurava Peter pelo cinto, entre outras coisas, e isso funcionava melhor.

— Ajuda aqui, mermão — disse a Peter. — Só um pouco, vai.

Peter ignorou-o. Fitava Collie com uns olhos imensos, pasmos.

— Ele vai ficar com ela, certo? O Velho Doutor. Vai ajudar ela.

— Isso mesmo! — gritou Collie.

Tentava conseguir o mesmo tom de animação positiva do Doutor — aquele estímulo ao doente no leito — e ouvia apenas terror. O furgão cor-de-rosa fora embora, mas o negro continuava ali, rodando devagar, quase parado. Havia também figuras, luminosas, quase fluorescentes, na torrinha.

— Billingsley... — disse.

Marielle Soderson passou por ele, à esquerda, como um furacão, quase estatelando-o, na corrida para a porta da frente do Velho Doutor. Gary passou pela direita, do mesmo jeito, dando um encontrão com o ombro direito na garota da loja e fazendo-a cair sobre um dos joelhos. Ela gritou de dor, a boca descaindo em arco por ter torcido alguma coisa, provavelmente o tornozelo. Gary nem sequer lhe deu uma olhada; tinha os olhos no prêmio. A garota já estava de pé de novo, num piscar de olhos. Ainda tinha no rosto a careta de dor, mas agarrava com vigor o braço de Peter, tentando ajudar. Collie começava a gostar dela, com ou sem os cabelos esquizofrênicos de duas cores.

Os Soderson corriam. Tinham levado um ou dois segundos para captar o quadro geral, mas sem dúvida entendiam agora, via Collie.

Outro estampido. O cabeludo gritou de surpresa e dor, agarrando a perna direita. Collie viu sangue, de uma espantosa vividez no cinzento lusco-fusco do temporal, escorrendo pelos dedos do cara. A garota fitava-o boquiaberta, os olhos arregalados.

— Estou bem — disse o *hippie*, recuperando o equilíbrio. — Foi só um arranhão. Vai, vai!

Peter tomava pé por fim, literal e metaforicamente.

— Que porra... está acontecendo? — perguntou a Collie. Parecia drogado.

Antes que Collie pudesse dizer alguma coisa, veio um disparo final do furgão negro, com o silvo, teria jurado, de uma granada de artilharia. Marielle Soderson, que chegara à varanda (Gary já desaparecera dentro da casa, nada cavalheiro), gritou e cambaleou de lado contra a porta. O braço esquerdo voou mole para cima. O sangue espadanou no revestimento de alumínio da casa de Doc; a chuva começou a lavá-lo em membranas. Collie ouviu a garota da loja gritar, e teve ele mesmo vontade de gritar. A bala pegara Marielle no ombro e arrancara quase inteiramente do corpo o braço esquerdo, que caiu para trás e ficou balançando precariamente de um reluzente nó de carne, onde havia uma verruga. Era essa verruga — uma jaça que Gary talvez houvesse beijado com amor em seus dias mais jovens, menos amargos — que tornava a coisa de certa forma real. Ela ficou parada na entrada da casa, uivando, o braço esquerdo pendendo do lado, como uma porta arrancada de duas das dobradiças. E atrás dela, o furgão negro agora acelerava ladeira abaixo, a torrinha fechando-se. Desapareceu na chuva e nos rolos de fumaça da casa vazia de Hobart, onde o telhado agora dividia com as paredes sua dádiva de fogo.

2

TINHA UM LUGAR para onde ir.

Às vezes isso lhe parecia uma bênção, outras (porque estendia tudo, mantinha aquele jogo infernal em andamento), uma maldição, mas, das duas maneiras, era o único motivo pelo qual ela ainda era *ela mesma*, pelo menos durante parte do tempo; o único motivo pelo qual não fora comida viva de dentro para fora. Como fora Herb. No fim, porém, Herb pudera encontrar-se mais uma vez. Pudera ser ele mesmo tempo suficiente para ir até a garagem e meter uma bala na cabeça.

Pelo menos, era o que ela queria acreditar.

Às vezes, no entanto, pensava diferente. Às vezes, pensava nas noites intermináveis antes do tiro na garagem, e via Seth em sua cadeira, a cadeira com os decalques do cavalo e cavaleiro que ela e Herb haviam posto, quando compreenderam como o menino adorava os "Ruestes". Seth apenas ficava ali sentado, ignorando tudo que passava na TV (menos os filmes de caubói e de viagens espaciais, quer dizer), olhando para Herb com aqueles horríveis olhos castanhos parecendo lama, os olhos de uma criatura que vivera toda a vida num pântano. Ali sentado na cadeira que a tia e o tio haviam decorado com tanto amor nos distantes primeiros dias, ante de começar o pesadelo. Antes que eles *soubessem* que começara, pelo menos. Ali sentado olhando para Herb, raras vezes para ela, pelo menos então. Olhando para ele. *Pensando* nele. Sugando-o até secar, como um vampiro num filme de terror. E era isso que era, na verdade, aquela coisa dentro de Seth, não era? Um vampiro. E a vida deles na Rua dos Álamos era o filme. Na Rua dos Álamos, em nome de Deus, onde na certa ainda havia pelo menos um disco dos Carpenters em cada casa. Vizinhos simpáticos, daquelas pessoas que largavam tudo quando ouviam no rádio que a Cruz Vermelha estava precisando de sangue tipo O, e nenhum dos quais sabia que Audrey Wyler, a sossegada viúva que morava entre os Soderson e os Reed, estrelava agora seu próprio filme da Hammer.

Nos bons dias, achava que Herb, cujo senso de humor servira ao mesmo tempo de escudo e de chuço para a coisa dentro de Seth, agüentara o tempo suficiente para escapar. Nos maus, achava que isso era bobagem, que Seth simplesmente usara tudo que havia de utilizável em Herb e mandara-o para a garagem com um programa de autodestruição piscando na cabeça, como um anúncio de néon de Schlitz na janela de um bar.

Mas não *era* Seth, na verdade; não o Seth que às vezes (nos primeiros dias) os abraçava e lhes dava uns beijos de boca aberta que pareciam bolhas de sabão explodindo. "Eu aubói", dizia de vez em quando, sentado na cadeira especial, as palavras surgindo de seu balbucio em geral ininteligível e fazendo-os achar, por mais de passagem que fosse, que estavam conseguindo alguma coisa: *Eu sou um caubói*. Esse Seth fora doce; adorável não apenas apesar do autismo, mas em parte devido a ele. Esse Seth também fora um veículo, porém como o sangue contaminado que ao mesmo tempo nutre e transporta um vírus.

O vírus — o *vampiro* — era Tak. Um presentinho do Grande Deserto Americano. Segundo Bill, a família Garin não retornara a Desespero, não parara para investigar o que havia atrás daquele paredão de terra que tinham visto da estrada, a encosta que excitara Seth o suficiente para ele transcender brevemente seu balbucio habitual e falar em inglês claro. *A gente realmente não podia fazer isso, Aud*, dissera Bill. *Queria ter certeza de que chegaria a Carson City antes de escurecer.* Mas Bill mentira. Ela sabia, por uma carta que recebera de um sujeito chamado Allen Symes.

Symes, geólogo de uma coisa chamada Empresa de Mineração Terra Funda, vira a família Garin a 24 de julho de 1994, o mesmo dia em que o irmão de Audrey lhe enviara o exuberante cartão-postal. Symes garantia que nada de muito interessante ocorrera, que apenas levara os Garin à borda da mina a céu aberto (na verdade, entrar seria contra as regulamentações da MSHA, dizia a carta) e fizera uma pequena palestra de história, antes de mandá-los de volta à estrada. Era uma boa história, ao mesmo tempo chata e plausível. Audrey não teria duvidado de uma palavra dela em circunstâncias comuns, mas sabia uma coisa que o Sr. Allen Symes, de Desespero, Nevada, não sabia: que Bill negara absolutamente ter parado lá. Dissera apenas que se haviam apressado, porque ele queria ter certeza de chegar a Carson City antes do escurecer. E se Bill mentira, não era possível, até mesmo provável, que Symes também mentisse?

Mentiu sobre o quê? Mentiu sobre o quê*?*

Pare, pai, volte, Seth quer ver montanha.

Por que você mentiu pra mim, Bill?

Era uma pergunta que ela achava que podia responder: Bill mentira porque Seth o *fizera* mentir. Ela achava que Seth provavelmente estava parado bem ao lado do telefone durante sua conversa com Bill, fitando com aqueles olhos castanhos de lama, que ficariam melhor debaixo de um toro num pântano, a criatura que não mais o via como o pai. Bill só pudera dizer o que Tak queria que dissesse, como uma pessoa que fala com uma arma apontada para a cabeça. Contara aquelas mentiras toscas e dera a risada artificial de coquetel, ah-ah-ah.

A coisa em Seth acabara comendo Herb vivo, e agora tentava comê-la, mas ela era visivelmente diferente de Herb, de uma maneira crucial: *tinha* um lugar para onde ir. Descobrira-o talvez por acidente, talvez com a ajuda de Seth, o *verdadeiro* Seth, e só lhe restava rezar para que Tak jamais descobrisse o que fazia ou aonde ia. Que o monstro jamais a seguisse até seu abrigo.

Em maio de 1982, quando tinha vinte e um anos e ainda era Audrey Garin, ela e sua colega de quarto (e também a melhor amiga, então e sempre), Janice Goodlin, haviam passado um fim de semana maravilhoso, muito provavelmente o mais perfeito fim de semana de sua vida, no hotel Mohonk Mountain House, no norte do estado de Nova York. A viagem fora presente do pai de Jan, que ganhara uma espécie de prêmio de vendas em dinheiro, da empresa onde trabalhava, e de quebra subira dois ou três degraus na escada empresarial. Se a intenção dele fora dividir parte de sua felicidade, tivera um esplêndido êxito com as duas jovens.

No sábado daquele mágico fim de semana, tinham feito um piquenique (arrumado pela copeira numa deslumbrante cesta com tampa à moda antiga) e andado durante horas, em busca do local perfeito onde se instalar. Em geral, quando se faz isso, não se encontra o lugar, mas elas tiveram sorte. Era um belo e meio agreste prado montanhês, cheio de botões-de-ouro, margaridas e rosas silvestres; fervilhava de abelhas; borboletas brancas dançavam no ar tépido como confetes encantados que jamais caem no chão. Numa das extremidades desse prado, havia uma pequena coisa excêntrica, em forma de cúpula, Janice dissera que a chamavam de *folly*, e que havia delas por todos os terrenos do Mohonk. Era coberta em cima, para dar sombra e abrigo, mas aberta em todos os lados, para proporcionar ar e vista.

As duas haviam comido uma enormidade, falado outro tanto, e em três diferentes momentos rido de tal modo que as lágrimas lhes escorriam pelo rosto. Audrey achava que jamais rira com tanta intensidade desde então. Nunca esqueceu a longa e clara luz solar daquela tarde, ou os fiapos brancos dançantes que eram as borboletas.

Era a esse lugar que retornava quando Tak se mostrava inteiramente no total comando de Seth. Aí é que se escondia, com uma Janice que ainda era Goodlin em vez de Conroy, uma Janice ainda jovem. Às vezes falava a Janice de Seth, que ele viera para ficar, e que nem ela nem Herb tinham visto ou desconfiado (pelo menos a princípio) do que existia dentro dele, olhando-os fixo, arrebanhando a força dele à espera do momento certo de aparecer. Às vezes, nessas ocasiões, falava a Jan da saudade que sentia de Herb, que vivia aterrorizada... que se sentia presa como uma mosca numa rede, ou um coiote com a pata presa numa armadilha.

Mas essas conversas pareciam perigosas, e ela tentava manter-se longe delas. Na maioria das vezes, apenas revivia as gostosas inconseqüências daquele dia há muito passado, quando Reagan cumpria seu primeiro mandato e se encontravam discos de vinil de verdade nas lojas. Coisas como se Ray Soames, o então namorado de Jan, seria ou não um amante atencioso (um porco egoísta, Jan comunicara na verdade três semanas depois, pouco antes de se despedir para sempre da mormacenta boa aparência de Ray), que tipo de empregos e quantos filhos elas teriam, e quem, em seu círculo de amigos, ia ser o mais bem-sucedido.

Perpassava tudo isso, enorme, mas tácita — talvez não *ousassem* falar dela, para não arruiná-la —, a alegria delas naquele dia, pela nem notada saúde das jovens, e pelo amor das duas uma à outra. Era nessas coisas, e não em seus problemas atuais, que Audrey se concentrava quando sentia Tak enterrando-lhe suas presas invisíveis mas estranhamente dolorosas, tentando alimentar-se dela. No amor e luminosidade daquele dia que fugia, e até agora isso lhe dera socorro e abrigo.

Até agora, continuava viva.

Mais importante, até agora ainda era ela mesma.

No prado, a confusão e as trevas se dissolviam e tudo ficava *claro*: os cinzentos mourões rústicos que sustentavam o telhado da *folly*, cada um projetando sua sombra fina e precisa; a mesa (igualmente rústica) à qual se sentavam em bancos de madeira opostos, uma mesa com fundos entalhes de iniciais, a maioria de namorados; a cesta de piquenique, agora posta no chão de tábuas, ainda aberta mas na verdade vazia, os utensílios e embalagens plásticas de comida arrumados em ordem para a viagem de volta ao hotel. Ela via os reflexos dourados do sol nos cabelos de Jan, e uma linha solta na manga esquerda da blusa. Ouvia cada gorjeio de cada pássaro.

Só uma coisa era diferente de como fora na verdade. Na mesa, onde ficara a cesta do piquenique até a terem rearrumado e posto de lado, havia um telefone de plástico vermelho. Audrey tivera um exatamente igual aos cinco anos, e usava-o para bater longos e delirantes papos bobos com uma invisível amiguinha chamada Melissa Sweetheart.

Em algumas das visitas à *folly* no prado, o telefone tinha impressa a palavra PLAYSKOOL. Em outras (em geral nos dias particularmente horríveis, e havia muitos desses ultimamente), ela via uma palavra muito mais curta e agourenta ali estampada: o nome do vampiro.

Era o Takfone, e jamais tocava. Pelo menos ainda não. Audrey imaginava que, se algum dia tocasse, seria porque Tak descobrira seu lugar secreto e seguro. Se tocasse, tinha certeza de que ele estaria do outro lado. Ela poderia continuar respirando e comendo durante algum tempo, como Herb, mas seria seu fim mesmo assim.

De vez em quando, tentava fazer o Takfone desaparecer. Ocorrera-lhe que se pudesse eliminá-lo, livrar-se daquela maldita coisa, talvez pudesse escapar para sempre da criatura em sua vida na esquina da Rua dos Álamos. Mas não podia alterar a realidade do telefone, por mais força que fizesse. A coisa *desaparecia* às vezes, mas nunca em sua vista nem quando pensava nela. Só quando, em vez disso, via o rosto risonho de Jan (dizendo-lhe que às vezes queria pular nos braços de Ray Soames e sugar o rosto dele, e, às vezes — como quando o flagrara furtivamente futucando o nariz —, queria simplesmente rastejar para um canto e morrer), e então olhava de volta a mesa e via sua superfície vazia, o telefonezinho desaparecera. Isso significava que *Tak* fora embora, pelo menos por enquanto, estava dormindo (cochilando, pelo menos) ou se retirara. Em muitas dessas ocasiões, ela voltava e encontrava Seth empoleirado no toalete, olhando-a com olhos entorpecidos e estranhos, mas de qualquer modo reconhecivelmente humanos. Ao que parecia, Tak não gostava de estar por perto quando seu anfitrião evacuava os intestinos. Na opinião de Audrey, era um fastio estranho e quase existencial, numa criatura de tão implacável crueldade.

Baixou os olhos então e viu que o telefone desaparecera.

Levantou-se, e Jan — a jovem Jan, ainda com os seios intatos — interrompeu o papo imediatamente e olhou para ela com olhos tristes.

— Tão cedo?

— Desculpe — disse Audrey, embora não tivesse a menor idéia de que era tarde ou cedo.

Saberia quando voltasse e olhasse o relógio, mas enquanto estivesse ali, toda idéia de relógio parecia ridícula. O prado que ficava na região montanhosa de Mohonk em maio de 1982 era uma zona sem relógio, abençoadamente sem tique-taque.

— Talvez um dia você se livre pra sempre daquele maldito telefone e fique — disse Jan.

— Talvez. Seria ótimo.

Mas seria? Seria mesmo? Ela não sabia. E enquanto isso, tinha um menino para cuidar. E outra coisa: ainda não estava inteiramente preparada para desistir, que era o que significava passar a viver permanentemente em maio de 1982. E quem sabia o que sentiria sobre o prado montanhês se não pudesse mais deixá-lo? Nessas circunstâncias, seu paraíso podia tornar-se seu inferno.

Mas tudo estava mudando, e não para melhor. Por exemplo, Tak não enfraquecia, como ela talvez tolamente esperava, com a passagem do tempo; ao contrário, fortalecia-se. A TV repetia constantemente as mesmas fitas e seriados reciclados (*Bonanza*, *The Rifleman* e *MotoKops 2200*, claro). Todos nos programas começaram a parecer-lhe demagogos lunáticos, vozes cruéis exortando uma malta agitada a uma ação indizível. Alguma coisa ia acontecer, e breve. Tinha quase certeza disso. Tak planejava alguma coisa... se é que se podia dizer que planejava, ou mesmo pensava. Talvez *mudar* fosse uma palavra muito amena. Parecia que tudo ia virar de cabeça para baixo e de dentro para fora, como acontece num terremoto. E se virasse, *quando* virasse...

— Fuja — disse Jan, os olhos brilhando. — Pare de pensar nisso e *aja*, Aud. Abra a porta da frente, quando Seth estiver dormindo ou cagando, e corra como o diabo. Saia de casa. Se afaste da porra daquela coisa.

Era a primeira vez na vida que Janice se achava no direito de lhe dar um conselho, e isso a chocou. Não tinha absolutamente a menor idéia de como responder.

— Eu... vou pensar nisso.

— Melhor não pensar muito, garota... eu tenho a sensação de que você já quase esgotou o seu tempo.

— Tenho de ir.

Lançou outro olhar perturbado à mesa, para certificar-se de que o telefone PlaySkool continuava ausente. Continuava.

— Sim. Tudo bem. Tchau, Aud. — A voz de Jan parecia vir de muito longe agora, e ela se esfumava como um fantasma. À medida que ia perdendo a cor, começava a parecer a mulher à espera de que ela a alcançasse, uma mulher de um seio só e um ponto de vista estreito, muitas vezes mesquinho. — Volte logo. Quem sabe a gente conversa sobre *Sergeant Pepper*.

— Tudo bem.

Audrey desceu da *folly* vendo a muralha de pedra ao pé da montanha, com as rosas silvestres crescendo à sua volta, as borboletas brancas fazendo piruetas. O trovão cruzou ribombando o céu azul baço. Deus mandava um pé-d'água das montanhas Catskills, e não era surpresa; nada tão perfeito como aquela tarde podia durar muito tempo. *Nada dourado permanece*... que poeta disse isso? Frost? Não importava. Janice Goodlin Conroy descobrira que era verdade, além de poético. E também, no devido tempo, Audrey Garin.

Virou-se para ver as nuvens de tempestade, mas em vez delas, sobre as Catskills, viu sua própria sala de visitas suja e precisando de limpeza, poeira sob todas as peças do mobiliário, cada superfície de vidro manchada com marcas de dedos, gordura de bolo, refrigerante derramado, ou tudo isso junto. O ar recendia a suor e calor, mas sobretudo a espaguete enlatado e hambúrguer frito, que era só o que seu estranho pensionista parecia querer comer.

Ela estava de volta.

E com frio. Baixou os olhos para o próprio corpo e viu que vestia apenas bermuda e tênis. Bermuda azul, claro, porque era o que Cassandra Styles usava a maior parte do tempo, e Cassie era a MotoKop preferida de Seth. Tinha as mãos, pulsos, tornozelos e panturrilhas imundos. A blusa branca simples, sem mangas, que pusera naquela manhã (antes que a coisa assumisse o controle dela; entrara e saíra de si mesma desde então, mas a maioria das vezes era Tak no comando, dirigindo-a como ao seu trenzinho elétrico), agora achava-se jogada indiferentemente no sofá. Os mamilos latejavam.

Ele fez com que eu me beliscasse mais uma vez, ela pensou, andando até o sofá e pegando a blusa. Por quê? Porque Cary Ripton, o menino que entregava o *Shopper*, a vira nua da cintura para cima? Sim, talvez. Provavelmente. Era vago, como sempre, mas tinha bastante certeza de que fora isso. Tak se enfurecera... começara o castigo... e ela se fora para longe, para aqueles fabulosos dias do passado. Assim que ele entrara de novo no covil, para assistir mais uma vez ao seu maldito filme.

O beliscão assustou-a muito. A dor fora pior que em outras vezes, para não falar das vis humilhaçõezinhas — Tak era um artista quando se tratava disso —, mas o beliscão no mamilo tinha um nítido aspecto sexual. E havia a maneira como estava vestida... ou despida. Cada vez mais Tak fazia-a tirar as roupas quando se zangava com ela, ou apenas se entediava. Como se ele (ou Seth, ou os dois) às vezes a visse como sua versão particular da durona mas invariavelmente íntegra Cassie Styles. Ei, garotos, venham ver os peitinhos de sua MotoKop preferida!

Ela não tinha quase nenhuma intuição da relação entre o hospedeiro e o parasita, o que piorava ainda mais sua situação. Achava que Seth se interessava muito mais por vaqueiros do que por peitos; afinal, só tinha oito anos. Mas que idade tinha a coisa dentro dele? E o que quereria? Havia possibilidades, coisas muito além de beliscar, em que ela não queria nem pensar. Embora, não muito antes de Herb morrer...

Não. Não ia pensar nisso.

Enfiou a blusa e fechou os botões, dando uma olhada no relógio no console da lareira. Só 4:15; Jan tinha razão ao dizer *tão cedo.* Mas o tempo sem dúvida mudara, com as Catskills ou sem elas. O trovão rolava, os relâmpagos faiscavam, e a chuva caía com tanta fúria que parecia fumaça.

A TV estava ligada no covil. O filme, claro. O filme horrível, odioso. Estavam na quarta cópia de *Os Justiceiros.* Herb trouxera a primeira para casa, do The Video Clip, no shopping center, mais ou menos um mês antes de seu suicídio. E esse filme antigo fora, de algum modo que ela ainda não entendia, a peça final do quebra-cabeça, o número final na combinação. Libertara Tak de alguma maneira... ou o *concentrara,* como uma lente de aumento concentra a luz e a transforma em fogo. Mas como poderia Herb saber que isso ia acontecer? Na época, eles mal desconfiavam da existência de Tak. A coisa andara trabalhando em Herb, ela sabia agora, mas quase tão silenciosamente quanto uma sanguessuga numa pessoa abaixo da linha d'água.

— Quer me experimentar, Xerife? — Rory Calhoun começava a irritar-se.

Murmurando baixinho, sem saber que o fazia, Audrey disse:

— Por que a gente simplesmente não espera. E pensa melhor?

— Por que a gente simplesmente não espera? — disse John Payne, na TV. Audrey via a luz da tela tremeluzindo no arco curvo entre os dois aposentos. — E pensa melhor?

Ela foi nas pontas dos pés até o arco, enfiando a blusa no cós da bermuda azul (uma da mais ou menos uma dúzia, todas azul-escuras com tiras brancas nas costuras laterais, pois certamente não havia escassez de bermudas azuis na casa dos Wyler), e olhou para dentro do covil. Seth estava sentado no sofá, nu, a não ser por um sujo calção dos MotoKops. As paredes, que Herb revestira com painéis de madeira de pinho da melhor qualidade, estavam todas perfuradas dos dardos que Seth encontrara na oficina da garagem. Muitas das tábuas de pinho haviam rachado verticalmente. Presas nestas, em pregos batidos com força, viam-se fotos que Seth recortara de várias revistas. A maioria era de caubóis, viajantes espaciais e — claro — MotoKops. Entremeados com elas, vários desenhos do próprio Seth, a maioria paisagens feitas com pincéis hidrográficos. Na mesa do café, defronte dele, espalhavam-se copos sujos de espuma do resto do leite achocolatado Hershey's, que era só o que Seth/Tak bebia, e pratos amontoados de comida pela metade. Todas as preferidas de Seth: espaguete e hambúrguer Chef Boyardee, talharim Chef Boyardee e sopa de tomate com grandes nacos de hambúrguer despontando do líquido gelatinoso, como calcinados atóis do Pacífico onde se haviam testado gerações de bombas atômicas.

Seth tinha os olhos abertos mas vazios — tanto ele quanto Tak tinham ido embora, sem dúvida, talvez recarregando as baterias, talvez dormindo de olhos abertos, como um lagarto numa pedra quente, talvez apenas curtindo o maldito filme, de alguma forma profunda e elemental que Audrey jamais compreenderia. Ou quereria. A pura verdade é que estava cagando para onde ele — *a coisa* — fora. Ainda faltavam uns vinte minutos para acabar a zilionésima exibição de *Os Justiceiros* na *casa* Wyler, e Audrey achava que podia contar pelo menos com esse tempo. Tempo para um sanduíche e quem sabe algumas linhas no diário que Tak, se um dia descobrisse, talvez a matasse por manter.

Fuja. Pare de pensar nisso e aja, *Aud.*

Ela parou no meio da sala de visitas, esquecidos temporariamente o salame e a alface na geladeira. A voz era tão clara que por um momento não pareceu de modo algum vir de sua mente. Por um momento, Audrey convenceu-se de que Janice de algum modo a seguira na volta de 1982, estava realmente na sala com ela. Mas quando se virou, os olhos arregalados, não havia ninguém. Só as vozes da TV, Rory Calhoun dizendo a John Payne que o tempo de conversa acabara, John Payne dizendo: "Bem, bem, se é assim que você quer." Logo, logo, Karen Steele ia correr para o meio dos dois, gritando-lhes que parassem com aquilo, simplesmente parassem. Seria morta por uma bala da arma de Rory Calhoun, destinada a John Payne, e em seguida começaria a fuzilaria final. CA-POU e CA-PUM até o fim.

Ninguém ali, só ela e os amigos mortos na TV.

Abra a porta da frente e simplesmente corra como o diabo.

Quantas vezes pensara nisso? Mas tinha de pensar em Seth; ele era tão refém quanto ela, e talvez mais. Podia ser autista, mas ainda era um ser humano. Não lhe agradava pensar no que Tak poderia fazer com ele, se fosse contrariado. E Seth *ainda estava* ali, inteiro — ela sabia. Os parasitas se alimentam de seus hospedeiros mas não os matam... a não ser de propósito. Porque estão putos, talvez.

Também tinha de pensar em si mesma. Janice podia falar em fugir, simplesmente abrir a porta e fugir desesperadamente, mas o que talvez não entendesse era que se Tak a pegasse, antes de conseguir fugir, certamente a mataria. E se *saísse* de casa, até onde teria de ir para ficar em segurança? O outro lado da rua? O final da quadra? Terre Haute? New Hampshire? Micronésia? E mesmo na Micronésia, não achava que conseguisse esconder-se. Porque havia um elo mental entre eles. O telefonezinho vermelho PlaySkool — o Takfone — provava isso.

Sim, queria sair. Ah, sim, muito. Mas às vezes o diabo conhecido era melhor que o desconhecido.

Dirigiu-se mais uma vez à cozinha, e mais uma vez parou, agora para olhar o janelão com sua vista da rua. Achara que a saraivada de chuva batia no vidro com força suficiente para parecer fumaça, mas na verdade a fúria da tempestade já passara. O que via não apenas *parecia* fumaça; *era* fumaça.

Correu até a janela, olhou a rua, e viu a casa de Hobart em chamas sob a chuva, mandando grandes nuvens brancas para o céu cinzento. Não viu nenhum veículo ou pessoas em volta da casa (e a própria fumaça obscurecia-lhe a visão do menino e do cachorro mortos), e por isso olhou para a Rua do Urso. Onde estavam os carros de polícia? Os bombeiros? Não os via, mas viu o bastante para fazê-la gritar baixinho entre as mãos — não sabia como haviam chegado ali —, enconchadas na boca.

Um carro, o de Mary Jackson, tinha certeza, no gramado entre a casa dos Jackson e a do Velho Doutor, a frente quase erguida contra a cerca de estacas entre as duas propriedades. Tinha a mala aberta e a traseira parecia destroçada. Não foi o carro que a fez gritar, porém. Além dele, estendida no gramado do Doutor como uma peça caída de estatuária, via-se o corpo de uma mulher. Audrey fez um ligeiro esforço mental para se convencer de que era outra coisa, um manequim de loja de departamentos, talvez, caído por algum motivo no gramado de Billingsley... mas desistiu. Era Mary Jackson, sem dúvida, e tão morta... bem, tão morta quanto o falecido marido da própria Audrey.

Tak, ela pensou. Foi Tak? Ele saíra?

Você sabia que ele vinha se preparando para alguma coisa, pensou friamente. Você *sabia*. Sentiu-o arregimentando as forças, sempre no monte de areia brincando com aqueles malditos furgões, ou defronte da TV, comendo hambúrgueres, bebendo leite achocolatado, e assistindo, assistindo, assistindo. Você sentiu, como um temporal que se arma numa tarde quente...

Além da mulher, na casa dos Carver, viam-se mais dois corpos. David Carver, que às vezes jogava pôquer com Herb e os amigos nas noites de quinta-feira, jazia na calçada de sua casa como uma baleia encalhada na praia. Tinha um enorme buraco na barriga, acima do calção de banho que sempre usava quando lavava o carro. E, deitada de bruços na varanda da casa de Carver, uma mulher de bermuda branca. Metros de cabelos ruivos espalhavam-se em torno da cabeça, numa auréola frisada. A chuva reluzia nas costas nuas.

Mas não é uma mulher, pensou Audrey. Sentiu frio em todo o corpo, como se lhe houvessem esfregado a pele com gelo. É só uma garota. A que visitava os Reed esta tarde. Antes que eu fosse passar algum tempo em 1982. A amiga de Susi Geller.

Audrey deu uma olhada na quadra abaixo, de repente certa de que estava imaginando tudo aquilo, e que a realidade ia voltar ao seu lugar como um elástico solto assim que ela visse a casa dos Hobart em pé, intata. Mas a casa dos Hobart continuava em chamas, ainda soltando imensas nuvens brancas de fumaça de cedro defumado, e quando ela olhou para a rua acima, continuou vendo cadáveres. Cadáveres de seus vizinhos.

— A coisa começou — sussurrou, e da toca atrás dela, como uma maldição horrivelmente presciente, Rory Calhoun berrou:

— *Vamos varrer esta cidade do mapa!*

Fuja!, gritou Jan lá atrás, uma voz dentro de sua cabeça, e não da TV, mas igualmente urgente. *Seu tempo não está mais apenas quase esgotado, já se esgotou! Fuja, Aud! Fuja! Corra! Fuja!*

Tudo bem. Ia abrir mão de sua preocupação com Seth e fugir. Isso poderia voltar para obcecá-la mais tarde —, se *houvesse* um mais tarde — mas por ora...

Lançou-se para a porta da frente, e já estendia a mão para a maçaneta quando uma voz falou às suas costas. Parecia a voz de uma criança, mas só porque lhe chegava através das cordas vocais de uma criança. Fora isso, não tinha tom, não tinha amor, era medonha.

Pior que tudo, não era inteiramente desprovida de humor.

— Espera aí, dona — disse Tak, a voz de Seth Garin imitando a de John Payne. — Por que a gente simplesmente não espera, e pensa melhor?

Ela tentou girar a maçaneta da porta, para experimentá-la pelo menos — já fora longe demais para voltar. Ia sair para a chuva forte e simplesmente correr. Para onde? Qualquer lugar.

Mas, em vez de girar a maçaneta, a mão caiu de lado, oscilando como um pêndulo quase exausto. Em seguida, viu-se virando, resistindo com toda sua vontade mas ainda assim se virando, e encarando a coisa no arco que dava para o covil... e pensou, considerando o que passava a maior parte do tempo lá dentro, que *covil* era a palavra exata para o que a sala se tornara.

Ela voltara de seu lugar seguro.

Que Deus a ajudasse, voltara de seu lugar seguro, e o demônio escondido dentro do filho autista de seu irmão morto a pegara tentando fugir.

Sentiu Tak rastejando para dentro de sua cabeça, assumindo o controle, e embora visse e sentisse tudo, não podia sequer gritar.

3

JOHNNY MERGULHOU POR cima do corpo estirado, de bruços, da amiga ruiva de Susi Geller, a cabeça ressoando de uma bala que lhe passara gritando pelo ouvido esquerdo... e realmente *parecia* gritar. O coração disparava no peito como um coelho. Afastara-se o bastante na direção da casa dos Carver para ser apanhado numa espécie de terra de ninguém onde os dois furgões abriam fogo, e sabia que era extremamente afortunado por ainda continuar vivo. Por um momento, lá, quase ficara paralisado, como um animal surpreendido por dois faróis se aproximando. Então a bala — uma coisa que parecia do tamanho de uma lápide de cemitério — lhe passara pelo ouvido e ele seguira para a porta aberta da casa dos Carver, cabeça baixa e braços bombeando. A vida simplificara-se de forma impressionante. Esquecera Soderson e sua lasciva expressão de cumplicidade meio bêbeda, esquecera a preocupação por Jackson não perceber que sua recém-falecida esposa vinha voltando para casa, aparentemente, de um daqueles interlúdios sobre os quais se compunham músicas *western-country*, esquecera Entragian, Billingsley, todos eles. Seu único pensamento fora que ia morrer na terra de ninguém entre as duas casas, assassinado por psicóticos que usavam máscaras e apetrechos estranhos e brilhavam como espectros.

Agora estava num corredor escuro, simplesmente feliz por perceber que não molhara a calça, nem coisa pior. Gente gritava em algum lugar lá atrás. Na parede, via-se um júri de figurinhas de porcelana de Hummel. Tinham sido postas em pequenas cantoneiras... e os Carver pareciam tão normais em outros aspectos, pensou. Pôs-se a dar risadinhas e apertou a palma de uma das mãos sobre os lábios para abafar o som. Decididamente não era uma situação para risadinhas. Sentiu um gosto na pele, só o gosto de seu próprio suor, claro, mas por um momento pareceu quase um gosto de xoxota, e ele se curvou, certo de que ia vomitar. Compreendeu que quase certamente desmaiaria se o fizesse, e esse pensamento ajudou-o a controlar o ímpeto. Tirou a mão da boca, e isso ajudou mais ainda. Também não sentia mais vontade de rir, o que na certa era bom.

— Meu *pai!* — Ellen Carver uivava atrás dele.

Johnny tentou lembrar-se se alguma vez na vida — no Vietnã, por exemplo — ouvira um lamento tão aflito, penetrante, sair de uma garganta jovem assim, e não conseguiu.

— *MEU PAI!*

— Corra, querida.

Era a recém-viúva Pie — David sempre a chamara assim. Ainda aos soluços ela própria, mas já querendo consolar. Johnny fechou os olhos, tentando assim livrar-se de tudo aquilo, e, ao contrário, sua hedionda memória mostrou-lhe o que ele acabara de passar por cima — na verdade *mergulhar* por cima. A amiga de Susie Geller. Uma ruivinha, exatamente como a da tira de quadrinhos dos *Peanuts*.

Não podia deixá-la ali fora. Parecia tão morta quanto Mary e o pobre velho Dave, mas ele saltara por cima dela como por cima de uma fogueira, o ouvido vibrando da bala que passara perto e os bagos tão duros e encolhidos como dois caroços de cereja, um estado em que não se podia fazer um diagnóstico sensato.

Abriu os olhos. Uma mocinha de Hummel, de touca e com um cajado de pastora, fazia-lhe um convite de louça. Ei, marujo, não quer desfiar uma lãzinha comigo? Johnny encostava-se na parede, apoiado nos antebraços. Uma das outras figurinhas de Hummel caíra da pequena cantoneira e jazia em cacos a seus pés. Johnny supôs que ele mesmo a derrubara quando se esforçava para não vomitar e tirar aquele terrível fecho da piada — não sei quanto aos outros dois, mas o cara do meio parece Willie Nelson — da cabeça.

Olhou devagar para a esquerda, ouvindo rangerem os tendões do pescoço, e viu que a porta de entrada dos Carver ainda estava aberta. A de tela continuava entreaberta; a mão da ruiva, branca e imóvel como uma estrela-do-mar jogada numa praia, ficara presa nela. Fora, o ar era cinzento da chuva, que caía com um chiado constante, como o maior ferro a vapor do mundo. Ele sentia o cheiro da grama, como um doce perfume molhado. Temperado com uma pitada de fumaça de cedro. Que Deus abençoe o relâmpago, pensou. A casa em chamas traria a polícia e os bombeiros. Mas por enquanto...

A garota. Uma garotinha ruiva, como a paixão de Charlie Brown. Johnny saltara direto por cima dela, tomado pelo impulso cego de salvar o próprio rabo. Compreensível no calor do momento, mas não podia deixá-la daquele jeito. Se quisesse dormir à noite.

Andou para a porta. Alguém o agarrou pelo braço. Ele virou e viu a cara atenta e medrosa de Dave Reed, o gêmeo de cabelos escuros.

— Não — disse Dave, num sussurro rouco de conspirador. O pomo-de-adão subiu e desceu na garganta como uma coisa num sulco. — Não faça isso, Sr. Marinville, eles podem ainda estar lá fora. O senhor vai atrair o fogo.

Johnny olhou a mão em seu braço, pôs a sua sobre ela, e com delicadeza mas decisão retirou-a. Atrás de Dave, viu Brad Josephson observando-o. Tinha o braço passado pela considerável cintura da mulher. Belinda parecia tiritar de frio da cabeça aos pés, e havia muita coisa nela para tiritar. Lágrimas escorriam pelas suas faces, deixando reluzentes fios escuros.

— Brad — disse Johnny. — Ponha todo mundo que está aqui na cozinha. Tenho certeza de que é o cômodo mais longe da rua. Sente todos no chão, está bem?

Empurrou de leve o garoto Reed para aquele lado. Dave foi, mas devagar, sem nenhum ritmo no andar. Para Johnny, parecia um brinquedo de corda com as engrenagens enferrujadas.

— Brad?

— Tudo bem. Não vá deixar que estourem sua cabeça, agora. Já teve o bastante disso hoje.

— Não vou deixar. Estou ligado nela.

— Cuide de que ela fique ligada a você.

Johnny viu Brad, Belinda e Dave Reed cruzarem o corredor em direção aos outros — na penumbra, não passavam de sombras amontoadas — e depois virou-se para a porta de tela. Viu que havia um buraco do tamanho de um pulso no painel de cima, com pontas de tela rasgada enrolando-se nas bordas. Uma coisa maior do que lhe agradava pensar (do tamanho de uma lápide de cemitério, talvez) passara por ali, milagrosamente não acertando os vizinhos amontoados... ou assim ele esperava. Nenhum deles gritava de dor, pelo menos. Mas, puxa, que era, em nome de Deus, que os caras dos furgões tinham atirado? O que era daquele tamanho?

Caiu de joelhos e arrastou-se para o ar frio e úmido que entrava pela porta de tela. Para aquele cheiro gostoso de chuva e grama. Quando chegou o mais perto que podia, com o nariz quase na tela, olhou para a direita e depois para a esquerda. À direita, tudo bem — podia ver quase até a esquina, embora a própria Rua do Urso estivesse perdida na neblina da chuva. Nada ali — nenhum furgão, alienígenas, loucos vestidos como refugiados do exército de Stonewall Jackson. Viu sua própria casa ao lado; lembrou-se de si mesmo tocando seu violão e entregando-se às suas velhas fantasias folclóricas. O errante Jack Marinville, sempre a caminho do próximo horizonte com aquelas suas sedentas botas Eric Andersen, em busca das violetas da aurora. Pensava no violão agora com uma saudade tão aguda quanto inútil.

A visão à esquerda não era tão boa; péssima, na verdade. A cerca de estacas e o Lumina batido de Mary bloqueavam qualquer perspectiva importante ladeira abaixo. Alguém — um franco-atirador confederado, digamos — podia estar acocorado quase em qualquer parte ali embaixo, à espera do próximo bom alvo. Um escritor ligeiramente gasto, com um monte de fantasias baratas ainda chacoalhando na cabeça, daria um bom alvo. Na certa não havia ninguém lá, claro — eles sabiam que os policiais e os bombeiros iam chegar a qualquer minuto, e deviam ter-se escafedido —, mas, *na certa*, só, não parecia o suficiente nas circunstâncias. Pois nenhuma das circunstâncias fazia sentido.

— Senhorita? — disse ao bolo espalhado de cabelos ruivos no outro lado da porta de tela. — Ei, senhorita? Está me ouvindo? — Engoliu em seco e ouviu um clique alto na garganta. O ouvido não mais gritava, mas continuava um constante zumbido lá dentro. Passou-lhe pela cabeça que ia viver um bom tempo com aquilo. — Se não pode falar, mexa os dedos.

Não houve nenhum som, e os dedos da garota não se mexeram. Ela parecia não respirar. Ele via a chuva escorrendo pela pele pálida da ruiva entre a alça do bustiê e o cós da bermuda, porém nada mais parecia mover-se. Só os cabelos pareciam vivos, exuberantes e vibrantes, uns dois tons mais escuros que laranja. Gotas d'água deslizavam por eles como minúsculas pérolas.

O trovão voltou a ribombar, menos ameaçador agora, afastando-se. Ele estendia a mão para a porta de tela quando se ouviu um estampido muito mais alto. Para Johnny, pareceu uma espingarda de pequeno calibre, e ele se jogou no chão.

— Foi só uma telha, acho — sussurrou uma voz de trás, e ele deu um grito de surpresa.

Virou-se e viu Brad Josephson atrás.

Também engatinhando. O branco dos olhos brilhava mais no rosto escuro.

— Que porra está você fazendo aqui? — perguntou Johnny.

— Patrulha de Diversão dos Brancos — disse Brad. — Alguém tem de cuidar pra que vocês não se divirtam demais: faz mal pro coração.

— Achei que você ia levar o resto deles pra cozinha.

— E é lá que eles estão — disse Brad. — Sentadinhos no chão, numa fila arrumada. Cammie Reed tentou o telefone. Está mudo, exatamente como o seu. Na certa o temporal.

— Éééé, na certa.

Brad olhou a massa de cabelos ruivos na varanda da casa dos Carver.

— Ela também está morta, não está?

— Não sei. Acho que sim, mas... vou empurrar a porta de tela, tentar me certificar. Alguma objeção?

Esperava que Brad dissesse porra, sim, fazia objeções, todo um maldito *livro* cheio delas, mas ele apenas balançou a cabeça.

— Melhor continuar agachado enquanto eu faço isso — disse Johnny. — À direita, está tudo bem, mas à esquerda não posso ver além do carro de Mary.

— Vou ficar mais achatado que uma cobra numa prensa mecânica.

— Espero que nunca vá a nenhum dos seminários literários que eu faço — disse Johnny. — E cuidado com esses cacos de louça, não vá cortar a mão.

— Vá — disse Brad. — Se vai fazer isso, faça logo.

Johnny abriu a porta. Hesitou, não sabendo como prosseguir, depois tomou a mão estrela-do-mar da garota fria e procurou o pulso. Por um momento, nada, mas então...

— Acho que está viva! — sussurrou para Brad. A voz saiu engasgada de emoção. — Acho que sinto o pulso!

Esquecendo que ainda podia haver gente com armas à espreita ali fora na chuva, Johnny escancarou a porta de tela, agarrou um punhado dos cabelos da garota e levantou a cabeça. Brad acotovelava-se com ele agora na entrada; Johnny ouvia a respiração ofegante dele, sentia cheiro de suor misturado com loção de barba.

O rosto da garota veio, só que não de fato, porque não havia rosto algum. Ele só viu uma dilacerada massa vermelha, e um buraco preto que fora a boca. Embaixo, uns pontos brancos que a princípio julgou ser arroz. Aí compreendeu que eram os dentes, o que restara deles. Os dois gritaram em perfeita harmonia de soprano, o de Brad a varar como um chuço o ouvido já tinindo de Johnny. A dor pareceu ir direto ao centro dele.

— Que foi? — gritou Cammie Reed, de trás da porta de vaivém que dava para a cozinha. — Ai, meu Deus, que foi que aconteceu agora?

— Nada — exclamaram os dois, também juntos, e então se entreolharam.

O rosto de Brad Josephson ficara de uma estranha cor cinzenta.

— Não saia daí — gritou Johnny. Queria gritar mais alto, mas parecia não conseguir nenhum verdadeiro volume na voz. — Fique na cozinha!

Percebeu que ainda segurava os cabelos da garota morta. Estava enroscado, como uma esponja de palha de aço desfiada...

Não, pensou friamente. Não como uma palha de aço. Como um escalpo seria mais parecido, um escalpo humano.

Fez uma careta a essa idéia e abriu os dedos. O rosto da garota caiu de volta na varanda de concreto com um estalo molhado que ele teria dispensado. A seu lado, Brad gemia, e apertou a parte interna do antebraço contra a boca para abafar o som.

Johnny puxou a mão, e quando a porta de tela se fechou, julgou ver um movimento do outro lado da rua, na casa dos Wyler. Um vulto passando na sala de visitas, atrás da moldura da janela. Mas não podia se preocupar com pessoas ali, agora. No momento, estava apavorado demais para se preocupar com qualquer pessoa, inclusive ele mesmo.

O que queria — a única coisa no mundo que queria *de fato*, parecia — era ouvir o barulho dos carros de polícia e bombeiros chegando.

Ouvia apenas o trovão, o crepitar do fogo na casa dos Hobart e o assobio da chuva caindo.

— Larga... — começou Brad, depois parou e fez um barulho de engasgo, alguma coisa entre ânsia de vômito e uma engolida em seco. — Larga ela.

Sim. Que mais, pelo menos por ora, havia a fazer?

Começaram a recuar pelo saguão, de quatro. Johnny foi de marcha à ré primeiro, depois girou, roçando com os mocassins os cacos das figurinhas de Hummel caídas. Brad já passara a porta para a sala de jantar dos Carver e quase chegava à cozinha onde sua mulher, também de joelhos, esperava por ele. O considerável traseiro de Brad balançando de um lado para outro seria considerado cômico em outras circunstâncias.

Alguma coisa atraiu o olhar de Johnny e ele parou. Havia uma pequena mesa decorativa perto da porta da sala de jantar, onde David Carver jamais presidiria outro jantar de peru de Ação de Graças ou de ganso de Natal. A mesinha estivera carregada, puxa, com uma dezena ou mais de figurinhas de Hummel. Não estava de pé, mas encostada na parede à direita da porta, como um bêbado cochilando encostado num poste de luz. Uma das pernas fora ceifada. As pastoras, leiteiras e jovens camponeses jaziam caídos agora de costas ou de bruços, e havia outros cacos de porcelana debaixo da mesa, onde um ou mais tinham caído e se espatifado. Entre os pedaços pintados, via-se outra coisa, uma coisa preta. Na escuridão, Johnny tomou-a primeiro pelo cadáver de um imenso besouro morto. Outro passo de rastos afastou-o dessa idéia.

Virou o rosto para trás, para olhar o buraco do tamanho de um punho no painel de cima da porta de tela. Se uma bala fizera aquilo, ao percorrer a última parte da trajetória de descida...

Traçou o curso que essa bala hipotética teria tomado e viu que, sim, podia ter decepado a perna da mesa, derrubando a própria mesa e deixando-a naquela posição inclinada de bêbeda surpresa. E depois, tendo perdido a força, caíra?

Johnny enfiou a mão no amontoado de cacos de porcelana, esperando não se cortar (a mão tremia terrivelmente, e a concentração não a firmava), e pegou o objeto negro.

— Que foi que achou? — perguntou Brad, rastejando para ele.

— Brad, volte já pra cá! — sussurrou Belinda, furiosa.

— Cala a boca — respondeu-lhe Brad. — Que foi que você achou aí, John?

— Não sei — ele disse, e ergueu a coisa.

Julgava *saber*, na verdade soubera tão logo concluíra não serem os restos de algum estranho besouro de verão. Mas não se parecia com nenhuma bala que já vira em sua vida. Não fora a que tirara a vida da garota, isso parecia certo; teria ficado achatada e torta, disforme. Aquela coisa parecia não ter sequer um arranhão, embora tivesse sido disparada, atravessado um painel da porta de tela e decepado a perna de uma mesa.

— Deixa eu ver — disse Brad.

A mulher rastejara para o lado dele e olhava por cima de seu ombro.

Johnny deixou-a cair na pálida palma de Brad, um cone preto de uns vinte centímetros de comprimento, da ponta, que parecia afiada o bastante para cortar pele, até a base circular. Imaginava que tinha uns seis centímetros de diâmetro no ponto mais largo. Era de sólido metal preto, e sem qualquer marca, até onde Johnny podia ver. Não tinha círculos concêntricos gravados na base, nem marca de percussão (nem o furo brilhante do percussor da arma, aliás), nem nome de fabricante, nem gravação de calibre.

Brad olhou-o.

— Que *diabo* é isso? — perguntou, parecendo tão perplexo quanto Johnny se sentia.

— Deixa eu ver — disse Belinda, em voz baixa. — Meu pai me levava pra atirar, e eu era uma boa ajudante mirim, pra recarregar. Me dê aqui.

Brad passou o objeto para ela. Belinda girou o cone de metal entre os dedos, aproximou-o dos olhos. O trovão rugiu lá fora, o estampido mais agudo nos últimos minutos, e todos se sobressaltaram.

— Onde você achou isso? — ela perguntou a Johnny.

Ele apontou para o monte de cacos de porcelana esparramados embaixo da mesa inclinada.

— Ééé? — Ela parecia cética. — Como é que não atravessou a parede?

Agora que ela fizera a pergunta, Johnny percebia que era das boas mesmo. O projétil atravessara uma tela e uma frágil perna de mesa; por que não entrara na parede, deixando apenas um buraco para trás?

— Eu nunca vi nada igual a esta gracinha em minha vida — disse Belinda. — Claro, não vi *tudo*, longe disso, mas posso dizer que isso não saiu de uma pistola, nem de espingarda ou escopeta.

— Contudo, era com escopetas que eles estavam atirando — disse Johnny. — Escopetas de cano duplo. Tem certeza de que isso não podia...

— Não sei nem como isso foi lançado — ela disse. — Não tem nenhuma espoleta no fundo, com certeza. E é tão *pesadona*. Parece a idéia que um menino faz de uma bala.

A porta de vaivém entre o corredor e a cozinha se abriu, batendo contra a parede e assustando-os ainda mais que o trovão. Era Susi Geller. Tinha o rosto horrivelmente lívido, e para Johnny parecia velhíssima com seus onze anos

— Tem alguém gritando aí do lado, na casa de Billingsley — disse. — Parece uma mulher, mas é difícil dizer. Está assustando as crianças.

— Tudo bem, querida — disse Belinda. Parecia perfeitamente calma, e Johnny a admirou por isso. — Agora volte pra cozinha. A gente vai pra lá num segundo.

— Onde está Debbie? — perguntou Susi. Sua visão do corredor até a varanda era misericordiosamente bloqueada pelos volumosos corpos dos Josephson. — Será que foi pra casa vizinha? Achei que ela estava bem atrás de mim. — Fez uma pausa. — Não acham que é ela que está gritando, acham?

— Não, eu sei que não — disse Johnny, e ficou assustado ao descobrir-se mais uma vez a ponto de cair numa louca risada. — Agora vá, Suze.

Ela voltou para a cozinha, deixando a porta fechar-se atrás. Os três se entreolharam por um momento, com olhos de conspiradores doentes. Nenhum deles disse coisa alguma. Então Belinda devolveu o incômodo cone preto a Johnny, passou engatinhando por ele até a porta da cozinha e abriu-a. Brad seguiu-a de quatro. Johnny ficou olhando a bala por mais um instante, pensando no que dissera a mulher, que parecia a idéia que uma criança fazia de uma bala. Estava certa. Visitara seu quinhão de escolas primárias desde que começara a escrever as crônicas do Gatinho Pat, e vira muitos desenhos, grandes mamães e papais sorridentes sob sóis de lápis de cera, estranhas paisagens verdes enfeitadas com árvores marrom-escuras, e aquilo parecia ter saído inteiro de um daqueles desenhos, de algum modo tornado real.

Bebezinho, bebezinho, disse uma voz no fundo de sua mente, mas quando tentou localizá-la, para perguntar se realmente sabia alguma coisa ou apenas chutava, ela desaparecera.

Johnny guardou a bala no bolso direito da frente da calça, junto com as chaves do carro, e seguiu os Josephson para a cozinha.

4

STEVEN JAY AMES, um concorrente eliminado na grande corrida de obstáculos americana, tinha um lema, que era:

NÃO TEM PROBLEMA, CARA.

Tirara um D no primeiro semestre no Instituto Tecnológico de Massachusetts, apesar de ter feito alguns pontos no Teste de Aptidão Escolar, mas, ora,

NÃO TEM PROBLEMA, CARA.

Transferira-se da engenharia elétrica para a engenharia geral, e como suas notas continuaram não passando dos mágicos 2,0, fizera as malas e descera a estrada para a Universidade de Boston, pois decidira abandonar os estéreis salões das ciências pelos verdes campos da Literatura Inglesa. Coleridge, Keats, Hardy, um pouco de T. S. Eliot. Eu devia ser duas garras dentadas cruzando os pisos do universo, e lá vamos nós em torno da pêra espinhenta; a *angst* do século vinte, cara. Saíra-se bem na UB por algum tempo, depois fora reprovado no primeiro ano, em grande parte vítima da jogatina de bridge, dos pileques e da erva. Mas

NÃO TEM PROBLEMA, CARA.

Vagara a esmo por Cambridge, zanzando, tocando violão e trepando, mas na verdade

NÃO TEM PROBLEMA, CARA.

Quando Cambridge começou a ficar meio velha, simplesmente pôs o violão na caixa e saiu pegando carona até a cidade de Nova York.

Nos anos seguintes, cruzara com as garras dentadas empregos de vendedor, contornara a pêra espinhenta como *disc-jockey* numa emissora de *heavy rock* em Fishkill, Nova York, engenheiro de emissora, promotor de shows de rock (seis bons shows, seguidos de uma pesadelesca fuga de Providence no meio da noite — dera um pinote de uns 60 mil dólares nuns caras muito barra pesada, mas

 NÃO TEM PROBLEMA, CARA),

guru da quiromancia no passeio de tábuas de Wildwood, Nova Jersey, e depois técnico de violão. Aí parecia estar sua vocação, de algum modo, e se tornou o quebra-galho no norte do estado de Nova York e sudeste da Pensilvânia. Gostava de afinar e consertar violões, era uma boa. Também se mostrava muito melhor consertando-os que tocando-os. Nesse período deixou igualmente de puxar fumo e jogar bridge, o que simplificou ainda mais as coisas.

Dois anos antes, morando em Albany, fizera amizade com Deke Ableson, dono da Boate Sorriso, uma boa casa de beira de estrada, onde a gente podia se fartar de *blues* praticamente qualquer noite que quisesse. Steve aparecera pela primeira vez na Sorriso como técnico de violão *free lance*, depois ascendeu quando o técnico de som da boate sofreu um pequeno ataque cardíaco. A princípio, isso *foi* um problema, talvez o primeiro verdadeiro da vida adulta de Steve, mas por algum motivo ele se apegou ao trabalho, apesar do medo de foder tudo e ser linchado pelos motoqueiros embriagados. Parte disso se deveu a Deke, que era diferente de todo dono de boate que ele já conhecera até então: não era ladrão, nem libertino, nem um desses caras que só podem justificar a própria existência deixando os outros infelizes e com medo. Também *gostava* mesmo de *rock-and-roll*, que a maioria dos donos de boates conhecidos de Steve detestava, preferindo Yanni ou Zanfir e sua Flauta de Pã quando sozinhos em seus carros. Deke era exatamente um daqueles caras que Steve, que se lembrara de preencher um formulário de imposto de renda exatamente uma vez na vida, realmente gostava, o tipo de cara com

PROBLEMA ZERO.

A mulher dele também era boa gente, de fácil convivência e dona de uns olhos mansos e sonolentos, senso de humor, uns seios lindos e, até onde podia dizer Steve, nenhum osso desleal no corpo. Melhor que tudo, Sandy também era uma viciada em bridge em recuperação. Steve tivera muitas conversas sérias com ela sobre a quase incontrolável vontade de cobrir uma parada, sobretudo num jogo a dinheiro.

Em maio daquele ano, Deke comprara uma boate enorme — uma espécie de House of Blues — em San Francisco. Deixara a Costa Leste com Sandy três semanas antes. Prometera a Steve um bom emprego, se embalasse todas as porcarias deles (discos, na maior parte, mais de dois mil, anacronismos como Hot Tuna, Quicksilver Messenger Service e Canned Heat) e as levasse numa caminhonete alugada. Resposta de Steve:

NÃO TEM PROBLEMA, DEKE.

Ora, não ia à Costa Oeste havia quase sete anos, e calculava que a mudança lhe faria bem. Recarregar as velhas Duracells.

Levara um pouco mais de tempo do que esperava para arrumar os trecos de Albany, arranjar a caminhonete, carregá-la e pôr o pé na estrada. Recebera vários telefonemas de Deke, o último meio irritado, e quando Steve mencionara isso, Deke respondera que, bem, era assim que a gente se sentia depois de passar três semanas dormindo em *sleeping bags* e se virando com meia dúzia de camisetas — ele ia chegar ou não? Já estou indo, já estou indo, respondera Steve. Vai com calma, garotão. E se mandara. Na verdade, se mandara há três dias. Tudo numa boa, a princípio. Então, naquela tarde, estourara a mangueira do radiador, ou alguma coisa assim, ele pegara a saída de Wentworth em busca do Grande Posto de Gasolina Americano, e aí — ô, bicho — fora aquela grande explosão debaixo do capô, e todos os mostradores no painel do carro começaram a dar más notícias. Ele esperava que fosse apenas uma vedação hidráulica estourada, mas na verdade soara mais como um pistão. De qualquer modo, a caminhonete Ryder, que se mostrara uma beleza desde o dia que saíra de Nova York, de repente se transformara num animal. Ainda assim,

NÃO TEM PROBLEMA;

basta encontrar o Sr. Bom de Chave e deixá-lo fazer seu trabalho.

Steve dera uma volta errada, porém, afastando-se da área comercial em torno do pedágio para um bairro muito mais residencial, o tipo de lugar onde um Sr. Bom de Chave não costumava fazer ponto no horário de trabalho. Já vinha mimando a caminhonete a essa altura, a fumaça saindo pela grade, a pressão do óleo caindo, a temperatura subindo, um desagradável cheiro de *fritura* saindo pelas ventoinhas... mas realmente

NÃO TEM PROBLEMA, CARA.

Bem... talvez um

problеminha mínimo

para o pessoal da Ryder, era verdade, mas Steve achava que eles agüentariam o fardo. Então — ei, lindo, *baby* — uma lojinha de bairro com uma placa azul de telefone pendurada acima da porta... e o número para ligar se tivesse problema de motor bem ali no quebra-sol do lado do motorista.

ABSOLUTAMENTE NENHUM PROBLEMA,

a história de sua vida.

Só que *agora* tinha um problema. Um problema que fazia o domínio do painel de som da Boate Sorriso parecer uma chateação menor comparativamente.

Estava numa casinha que cheirava a tabaco de cachimbo, numa sala de visitas com fotos de animais emolduradas — animais muito especiais, segundo as legendas — nas paredes, uma sala de visitas onde só a imensa cadeira informe defronte da TV parecia na verdade usada, e acabara de amarrar seu grande lenço de pescoço na perna onde recebera um ferimento a bala, de raspão, mas um *ferimento a bala* autêntico, ainda assim, e pessoas gritavam, apavoradas e aos berros, a mulher esquelética de blusa sem mangas também fora ferida (e nada de raspão no caso dela), *havia* pessoas *mortas* lá fora, e se tudo isso não era problema, imaginava que "problema" era um conceito sem sentido.

Alguém lhe agarrou o braço acima do pulso, dolorosamente. Não apenas o agarrou, na verdade, mas *beliscou*. Ele baixou os olhos e viu a garota do guarda-pó azul da loja, a dos cabelos doidões.

— Não me deixe nervosa — ela disse, com uma voz irada. — Aquela senhora precisa de ajuda, senão vai morrer, logo *não* me deixe nervosa.

— Não tem problema, docinho — ele disse, e só ouvir as palavras, quaisquer palavras, saírem de sua boca já o fez sentir-se mais forte.

— Não me chame de docinho que eu não lhe chamo de pãozinho — ela disse, com uma vozinha afetada de quem não está para brincadeiras.

Ele caiu na risada. Pareceu muito estranho naquela sala, mas não se importou. Ela também pareceu não se importar. Simplesmente virou a cabeça para ele com a mais apagada sombra de sorriso nos cantos da boca.

— Tudo bem — ele disse. — Eu não chamo você de docinho, você não me chama de pãozinho, e nenhum de nós fica nervoso, é justo?

— Ééé. E sua perna?

— Está legal. Parece mais uma esfoladura que um ferimento de bala.

— Sorte sua.

— Ééé. Eu podia passar um pouco de desinfetante aí, se tivesse uma chance, mas comparado com ela...

— *Gary!* — berrou o objeto da comparação.

Steve viu que o braço dela não estava de modo algum preso ao resto do corpo; parecia pendurado por uma pequena tira de carne. O marido, também esquelético (mas com um pneu suburbano na cintura mal começando a tomar forma), fazia uma espécie de dança impotente, de pânico, em torno dela. Lembrava a Steve um nativo num filme antigo de selva, fazendo o babaca dançar em torno de um meditativo ídolo de pedra.

— *Gary!* — ela tornou a berrar. O sangue corria do ombro mutilado num fluxo constante, colorindo de marrom lamacento o corpete cor-de-rosa. Ela tinha o rosto, branco como papel, empapado de suor; o cabelo grudava-se em grumos na curva do crânio. — *Gary, pare de ficar aí como um cachorro procurando um lugar pra mijar e me ajude...*

Desabou de costas contra a parede entre a sala de visitas e a cozinha, arquejando em busca de ar. Steve esperava que dobrasse os joelhos, mas não. Em vez disso, ela agarrou o pulso esquerdo com a mão direita e levantou com cuidado o braço ferido para Steve e Cynthia. O fio torcido de cartilagem que ainda o ligava ao resto do corpo emitiu um som de esguicho, como um pano de prato molhado torcido, e Steve teve vontade de dizer-lhe que não fizesse aquilo, que ficasse quieta, antes que acabasse arrancando a maldita coisa como a asa de uma galinha assada.

E então lá estava Gary fazendo a dança do babaca diante dele, pulando como um homem num *pogo*, manchas de vermelho febril cobrindo o rosto pálido. Forme um pequeno contrabaixo com essas acrobacias, pensou Steve.

— Ajude ela! — gritou Gary. — Ajude minha mulher! Ela vai sangrar até morrer!

— Não posso — começou Steve.

Gary estendeu a mão e agarrou a frente de sua camiseta. *Quando não houver mais lugar no inferno,* dizia a camiseta, *os mortos vão andar pela terra.* Gary ergueu o rosto magro e febril para o de Steve. Os olhos faiscavam de gim e pânico.

— Você está com eles? É um deles?

— Eu não...

— Você está com os atiradores? Diz a verdade!

Mais irado do que julgaria possível (a ira não era, em geral, o seu barato, de modo algum), Steve tirou com um tapa as mãos do homem de sua velha e queridíssima camiseta e deu-lhe um empurrão. Gary cambaleou um passo para trás, primeiro arregalando os olhos e depois estreitando-os.

— Tudo bem — disse. — Tudo bem, ééé. Você pediu. Você pediu, e agora vai ter. — E partiu para cima.

Cynthia meteu-se entre os dois, dando uma olhada em Steve por um momento, na certa para assegurar-se de que ele ainda não estava em posição de ataque, e depois encarou Gary.

— Que porra foi que deu em você? — perguntou-lhe.

Gary sorriu com cara de bêbedo.

— Ele não é daqui, é?

— Nossa, eu também não! Sou de Bakersfield, Califórnia. Isso por acaso *me* torna um deles?

— Gary! — O grito soou como o latido de um cachorro que correu demais numa estrada poeirenta e está quase sem fôlego. — Pára de foder tudo e me ajuda! Meu braço...

Continuava a mantê-lo estendido, e o que Steve pensava agora, não queria, mas não podia evitar, era no Carnes de Primeira do Mucci, em Newton. Um cara de camiseta branca, touca branca e avental sujo de sangue, estendendo uma posta de carne sem pelanca para sua mãe. *Sirva ao ponto com um pouco de geléia de menta do lado, Sra. Ames, e sua família jamais vai pedir galinha assada de novo. Eu garanto.*

— *Gary!*

O cara magrela com bafio de gim deu um passo na direção dela, depois virou-se para Steve e Cynthia. O sorriso presumido, de bêbado, desaparecera. Agora ele parecia apenas enojado.

— Não sei o que fazer por ela — disse.

— Gary, seu cérebro de rato doente — disse Marielle em voz baixa, desamparada. — Seu total idiota.

O rosto dela tornava-se cada vez mais branco. Ela ficara, de fato, daquele famoso tom de branco mais branco. Tinha manchas marrons sob os olhos — pareciam abrir-se como asas — e o chinelo esquerdo era agora todo vermelho, em vez de branco.

Vai morrer se não conseguir socorro já, pensou Steve. A idéia o fez sentir-se ao mesmo tempo espantado e meio estúpido. Socorro *profissional* era o que pensava, achava. A turma do pronto-socorro de uniforme verde, dizendo coisas tipo "Dez centímetros cúbicos de epi, stat". Mas não havia nenhuma turma assim por perto, e aparentemente não vinha nenhuma. Ainda não ouvia sirenes, só o barulho do trovão retirando-se devagar para o leste.

Na parede à esquerda, viu a foto emoldurada de um cachorrinho marrom, de olhos sinistramente inteligentes. Na tira embaixo da foto, cuidadosamente impressa em letras de fôrma, lia-se DAISY, PEMBROKE CORGI, 9 ANOS. SABIA CONTAR. REVELOU VISÍVEL CAPACIDADE DE SOMAR NÚMEROS PEQUENOS. À esquerda de Daisy, o vidro agora salpicado do sangue da mulher magra, havia um Collie que parecia escarnecer da câmera. A legenda embaixo deste dizia: CHARLOTTE, BORDER COLLIE, 6 ANOS. SABIA ORDENAR FOTOGRAFIAS E SEPARAR AS DOS SERES HUMANOS QUE CONHECIA.

À esquerda de Charlotte, via-se a fotografia de um papagaio que parecia fumar um Camel.

— Nada disso está acontecendo — disse Steve, num tom de voz de conversa, quase alegre. Não sabia se falava com Cynthia ou consigo mesmo. — Acho que estou num hospital, em algum lugar. Bati de frente com a caminhonete, é o que acho. É como *Alice no país das maravilhas*, só que em versão adulta.

Cynthia abriu a boca para responder, e então o cara velho, o que supostamente vira a Pembroke Corgi Daisy somar seis mais dois e dar oito, entrou trazendo uma velha bolsa de plástico preto. Seguia-o o policial (chamava-se mesmo Collie, perguntava-se Steve, ou era apenas uma estranha fantasia provocada pelas fotos nas paredes da sala?), tirando o cinto das passadeiras. Por último, flutuando, parecendo estonteado, vinha Peter Como-É-Mesmo-a-Cara-Dele, marido da mulher que jazia morta lá fora.

— Ajude ela! — berrou Gary, esquecendo Steve e suas teorias conspiratórias, pelo menos por enquanto. — Ajude ela, Doutor, está sangrando como uma porca na faca!

— Você sabe que eu não sou médico mesmo, não sabe, Gary? Só um velho médico de cavalos, é só o que sou.

— Não me chame de porca — interrompeu-o Marielle. A voz era quase baixa demais para ser ouvida, mas os olhos, fixos no marido, fulgiam de viva malignidade. Ela tentou aprumar-se, não conseguiu e, ao contrário, escorregou mais para baixo contra a parede. — Não me... chame disso.

O velho doutor de cavalos virou-se para o policial, parado logo além da porta da cozinha, nu da cintura para cima, com o cinto agora esticado entre os punhos. Parecia o leão-de-chácara de uma espelunca onde Steve trabalhara no som, certa vez, para um grupo chamado The Big Chrome Holes.

— Eu tenho de fazer isso? — perguntou o policial de peito nu.

Ele mesmo estava bastante pálido, mas Steve achou que parecia raçudo, pelo menos até então.

Billingsley fez que sim com a cabeça e pôs a bolsa na grande poltrona defronte da televisão. Abriu-a e remexeu lá dentro.

— E depressa. Quanto mais sangue ela perder, piores se tornam as chances. — Ergueu o olhar, uma bobina de sutura numa das mãos nodosas e tesouras cirúrgicas de ponta curva na outra. — Não é nada divertido pra mim também. A última vez que vi um paciente com uma coisa semelhante foi um pônei confundido com um veado e baleado na pata dianteira. Amarre isso o mais alto que puder no ombro dela. Vire a fivela para o lado do peito e *aperte* mesmo.

— Onde está Mary? — perguntou Peter. — Onde está Mary? Onde está Mary? *Onde está Mary?*

Cada vez que repetia a pergunta, a voz se tornava mais chorosa. A quarta repetição foi pouco mais que um ganido em falsete. Abruptamente, afundou o rosto nas mãos e afastou-se de todos, encostando a testa na parede entre BARON, um *retriever* Labrador, que sabia soletrar o próprio nome com blocos, e DIRTYFACE, uma cabra de olhar amuado que aparentemente conseguia tocar algumas músicas rudimentares numa gaita. Ocorreu a Steve que se um dia ouvisse uma cabra tocando "A Rosa Amarela do Texas" numa Hohner, provavelmente se mataria.

Enquanto isso, Marielle Soderson fitava Billingsley com a intensidade de um vampiro olhando um homem que se cortou ao barbear-se.

— Está doendo — coaxou. — Me dá alguma coisa pra isso.

— Sim — disse Billingsley —, mas primeiro a gente faz o torniquete.

Sacudiu a cabeça impaciente para o policial. Collie adiantou-se. Tinha o couro do cinto agora passado pela fivela, formando um laço. Estendeu as mãos cautelosamente para a mulher magrela, cujos cabelos louros haviam ficado dois tons mais escuros com o suor. Ela ergueu o braço bom e o empurrou com força surpreendente. O policial não esperava por isso. Cambaleou dois passos para trás, bateu no braço da poltrona do velho e caiu nela. Parecia um cômico que acaba de levar um tombo num filme.

A mulher magra não lhe lançou um segundo olhar. Concentrava a atenção no velho, e na bolsa preta do velho.

— *Já!* — ladrou para ele, e realmente soou como um latido. — Me dê alguma coisa *já* pra dor, seu puto velho charlatão, ela está me matando!

O policial se desvencilhou da cadeira e atraiu a atenção de Steve, que captou a mensagem, assentiu com a cabeça e começou a aproximar-se pela direita da tal Marielle, flanqueando-a. Tenha cuidado, disse Steve a si mesmo, ela está pirada, pode arranhar, morder ou qualquer outra porra; logo, tenha cuidado.

Marielle desencostou-se da parede, oscilou, firmou-se e avançou para o velho. Mantinha mais uma vez o braço à frente, como se fosse a Prova A num julgamento. Billingsley recuou um passo, olhando nervoso do policial de peito nu para Steve.

— Me dá um pouco de Demerol, seu fuinha! — ela gritou em sua voz esganiçada, exausta. — Ou me dá ou eu lhe enforco até você latir como um sabujo! Eu...

O policial acenou com a cabeça mais uma vez para Steve e saltou à esquerda. Steve moveu-se com ele e passou um braço pelo pescoço da mulher. Não queria sufocá-la, mas ficou apavorado por pegá-la por trás, talvez agarrando o braço ferido por engano e machucando-a mais.

— Parada, quieta! — gritou.

Não pretendia gritar, apenas *dizer*, mas foi como saiu. No mesmo instante, o policial deslizou o laço do cinto pela mão esquerda dela, e pelo braço acima.

— Segura, companheiro! — gritou o policial. — Imobiliza ela!

Por um ou dois segundos, Steve conseguiu, mas aí uma gota de suor, quente e ardendo, lhe caiu no olho e ele afrouxou o golpe no pescoço da mulher, no momento mesmo em que Collie Entragian apertava o torniquete improvisado com o cinto. Marielle curvou-se para a direita, o olhar de falcão maligno ainda fixo no velho, e o braço soltou-se nas mãos do policial de peito nu. Steve viu o relógio de pulso dela, um Indiglo com o ponteiro de segundos parado entre o quatro e o cinco. O cinto ficou pendurado um instante sobre o ombro da mulher, e em seguida caiu no chão, um laço sem nada dentro. A balconista estremeceu, os imensos olhos arregalados no braço que o policial segurava. Collie olhava-o boquiaberto.

— Bota no gelo! — berrou Gary. — Bota no gelo imediatamente! Imediata...

Então, de uma só vez, pareceu compreender realmente o que acontecera. O que o policial segurava. Abriu a boca, torceu a cabeça de uma maneira estranha e vomitou na foto do papagaio que fumava cigarro.

Marielle não notou nada disso. Cambaleou para o veterinário visivelmente aterrorizado, a mão restante estendida.

— Quero uma injeção e quero *já*! — coaxou. — Está me ouvindo, sua velha? Quero a porra de uma injeção pra apagar...

Desabou de joelhos. A cabeça caiu, pendurada. Então, com imenso esforço, ela ergueu mais uma vez o queixo. Por um momento, seu olhar fixo de verruma encontrou o de Steve.

— Quem caralho é você? — perguntou com voz clara, perfeitamente compreensível, e depois caiu de cara no chão. O topo da cabeça foi parar a centímetros dos calcanhares de Peter, o homem que perdera a esposa. Jackson, lembrou Steve de repente. É o sobrenome dele, Jackson. Peter Jackson continuava virado para a parede, o rosto enfiado nas mãos. Se desse um passo para trás, pensou Steve, tropeçaria nela.

— Caralho — disse o policial, em voz baixa, perplexo.

Em seguida, baixou os olhos e compreendeu que ainda segurava o braço da mulher. Caminhou rígido até a cozinha, com ele estendido à frente. O barulho da chuva caindo parecia muito alto nos ouvidos de Steve.

— Vamos lá — disse o velho. — Ainda não acabamos. Ponha esse cinto nela, filho. Aperte pro lado do peito. Tem coragem?

— Acho que sim — disse Steve, mas ficou muito aliviado quando Cynthia, a balconista, pegou o cinto e se ajoelhou ao lado da mulher inconsciente com ele nas mãos.

Extraído de "O Corredor de Força", Episódio 55 de MotoKops 2200, *argumento original para televisão de Allen Smithee:*

ATO 2

FADE IN:

INT. CENTRO DE CRISE, QG DOS MOTOKOPS

A sala é dominada, como sempre, pela imensa Situstela. Em pé diante dela, numa plataforma flutuante, está o CORONEL HENRY, *com um ar sério. Sentado à Mesa de Crise, em forma de ferradura, está o restante do esquadrão dos MotoKops:* SNAKE HUNTER, BOUNTY, MAJOR PIKE, TOOTY E CASSIE.

Na Situstela, vemos uma PAISAGEM ESPACIAL. *Ao longe vê-se a Terra, apenas uma moeda verde-azul nessa distância. Parece bastante pacífica.*

SNAKE HUNTER *(com o habitual desprezo)*

Então, qual é o grande drama? Não vejo nada que pareça muito — Que...??!!

De repente, o CORREDOR DE FORÇA *aparece na Situstela, quase enchendo-a, eclipsando as estrelas dos dois lados. É como assistir à chegada da nave de Darth Vader no início do primeiro filme* Guerra nas estrelas*; em suma, apavorante!*

O CORREDOR *consiste em duas longas placas de metal, com grandes saliências quadradas projetando-se a intervalos.* O CORREDOR ZUMBE DE UM MODO SINISTRO, *e* FOGO AZUL CREPITA *de um lado a outro entre as saliências quadradas.*

CASSIE STYLES *suspira, olha a Situstela com desânimo.* O CORONEL HENRY *aperta um botão em seu controle manual, e a tela fica no MODO CONGELADO. Continuamos a ver a Terra, mas com o corredor de cada lado ela parece presa numa* REDE DE ELETRICIDADE *potencialmente letal!*

CORONEL HENRY (*para* SNAKE HUNTER)

Este é o grande drama! O Corredor de Força, criação de uma raça alienígena há muito desaparecida! Destrutivo... e apontado diretamente para a Terra!

CASSIE (*com desânimo*)

Ah, Deus do céu!

CORONEL HENRY

Relaxe, Cassie — ela continua a 150 mil anos-luz de distância. Isto é uma filmagem compósita.

MAJOR PIKE

Ééé, mas com que velocidade se move?

CORONEL HENRY

Este é o problema. Digamos apenas que, se não resolvermos essa crise nas próximas setenta e duas horas, acho que podem cancelar seus planos para o fim de semana.

ROOTY

Rut-rut-rut-rut!

SNAKE HUNTER

Cala a boca, Rooty!

(*ao* CORONEL HENRY)

Então, qual é o nosso plano?

CORONEL HENRY *suspende mais a plataforma flutuante, para poder usar seu apontador e fazer um círculo em duas saliências nos lados internos do corredor.*

CORONEL HENRY

A telemetria de zumbido registra que o Corredor de Força, em si, tem mais de 300 mil quilômetros de comprimento e mais de 70 mil quilômetros de largura, um corredor da morte em que nada pode viver! Mas talvez tenha um ponto fraco! Acho que essas formas quadradas são geradores de força. Se pudermos eliminá-las...

BOUNTY

Estamos falando de um ataque com os Power Wagons, chefe?

Passamos para o rosto lúgubre do CORONEL HENRY.

CORONEL HENRY

É a única chance da Terra.

INT. MESA DE CRISE, COM OS MOTOKOPS

SNAKE HUNTER

Um ataque com Power Wagons no Espaço Cósmico pode ser uma rápida viagem pro beleléu no céu.

ROOTY

Rut-rut-rut-rut!

TODOS

Cala a boca, Rooty!

INT. UM CORREDOR NO CENTRO DE CRISE

CORONEL HENRY *e* CASSIE STYLES *vão na frente, os outros MotoKops em seguida.* ROOTY, *como de hábito, vai murmurando atrás.*

CORONEL HENRY

Está preocupada, baixinha?

CASSIE

Claro que estou preocupada! Snake Hunter está certo! Os Power Wagons jamais foram projetados para as tensões de um ataque no espaço cósmico!

CORONEL HENRY

Mas não é só nisso que você está pensando.

CASSIE
Às vezes, eu odeio essa sua telepatia, Hank.

CORONEL HENRY
Vamos lá... diga.

CASSIE
Tem uma coisa nessas formas dentro do Corredor de Força que me incomoda. E se não forem geradores de força?

CORONEL HENRY
Que mais poderiam ser?

Chegaram à porta corrediça que dá para o Curral dos Power Wagons. O CORONEL HENRY *bate a mão na fechadura em forma de palma e a porta desliza para cima.*

CASSIE
Não sei, mas...

INT. CURRAL DOS POWER WAGONS, COM OS MOTOKOPS

CASSIE *arqueja com o choque, olhos arregalados!* CORONEL HENRY, *parecendo inflexível, põe o braço à volta dela. Os outros membros do esquadrão reúnem-se em círculo.*

ROOTY
Rut-rut-rut-rut!

SNAKE HUNTER
Ééé, Rooty, eu não poderia estar mais de acordo!

Ele fita ressentido o:

INT. CURRAL DOS POWER WAGONS, DA PERSPECTIVA DOS MOTOKOPS

Flutuando no meio dos Power Wagons estacionados, entre o Arrow Tracker de SNAKE HUNTER *e o Rooty-Toot de laterais prateadas, está um visitante sinistro: o Meatwagon,* ZUMBINDO BAIXINHO.

INT. RETOMA O ESQUADRÃO DOS MOTOKOPS

CORONEL HENRY
Motokops, preparar para o combate!

SNAKE HUNTER (a pistola de aturdir já na mão)
Ao seu comando, chefe.

Os outros se retiram.

INT. RETOMA O MEATWAGON

A Torrinha da Destruição DESLIZA PARA TRÁS, *revelando* SEM CARA, *sinistro como sempre em seu uniforme preto. Sentada atrás dele nos controles, com seu habitual olhar de altivez sexual, está a* CONDESSA LILI. *A Hipno-Jóia em volta de seu pescoço* FAÍSCA ALUCINADA *por todo o espectro de cores.*

SEM CARA
Plataforma flutuante, Condessa. Já!

CONDESSA LILI

Sim, ó Excelente.

A CONDESSA *puxa uma alavanca. Surge uma plataforma flutuante.* SEM CARA *pisa nela e desce flutuando até o piso do Curral. Está desarmado, e quando o CORONEL HENRY se adianta, guarda sua pistola de aturdir no coldre.*

CORONEL HENRY

Não está um pouco longe de casa, SEM CARA?

SEM CARA

Nossa casa é onde está nosso coração, meu caro Hank.

BOUNTY

Não há tempo para jogos.

SEM CARA

Na verdade, eu não poderia estar mais de acordo. O Corredor de Força se aproxima. Você, Coronel Henry, planeja um ataque com os Power Wagons...

MAJOR PIKE

Como sabe disso?

SEM CARA (*gélido*)

Porque é o que eu faria, seu idiota!

(*ao* CORONEL HENRY)

Um ataque com os Power Wagons é incrivelmente arriscado, mas também talvez seja a única chance da Terra. Você vai precisar de toda a ajuda que puder conseguir, e não tem nenhum Wagon sob seu comando tão potente quanto o Meatwagon.

SNAKE HUNTER

Isso é questão de opinião, seu cachorro. Meu Tracker Arrow...

CORONEL HENRY

Chega de bate-boca!

(*para* SEM CARA)

Que é que você propõe?

SEM CARA

Uma parceria até passar a crise. Deixar de lado as velhas disputas, pelo menos temporariamente. Um ataque conjunto ao Corredor de Força.

Oferece sua mão na luva negra. O CORONEL HENRY *começa a negociar, e então o* MAJOR PIKE *dá um passo à frente. Tem os olhos amendoados arregalados, e a boca-corneta treme alarmada.*

MAJOR PIKE

Não faça isso, Hank! Não pode confiar nele! É um truque!

SEM CARA

Compreendo como se sente, Major... nós dois compreendemos, não, Condessa?

CONDESSA LILI

Sim, ó Excelente.

SEM CARA

Mas desta vez não há nenhum truque, nenhuma carta escondida.

CORONEL HENRY (*ao* MAJOR PIKE)

E não temos opção.

SEM CARA

Na verdade, não. O tempo está se esgotando.

O CORONEL HENRY *estende a mão e pega a de* SEM CARA

SEM CARA

Parceiros?

CORONEL HENRY

Por enquanto.

ROOTY

Rut-rut-rut-rut!

FADE OUT. Fim do Ato 2.

Capítulo Seis

1

FALANDO AGORA COM a voz de Ben Cartwright, patriarca da Ponderosa, disse Tak:

— Dona, me parece que a senhora estava pensando em fugir.

— Não... — Era a voz dela, mas fraca e distante, como uma transmissão de rádio vinda da Costa Oeste, numa noite chuvosa. — Não, eu só ia à loja. Como estamos sem... — Sem o *quê?* Que poderia estar faltando que interessasse ao monstro, ou que ele acreditasse? E, graças a Deus, alguma coisa lhe veio à cabeça. — Xarope de chocolate! Da Hershey!

A coisa avançou para ela, da porta do covil, Seth Garin com a cueca dos MotoKops, só que agora Audrey via uma coisa espantosa e horrível: os dedos dos pés descalços da criança roçavam o carpete da sala de estar, mas fora isto ele flutuava, como um balão em forma de menino. Era o corpo de Seth, com os pulsos e tornozelos imundos e fétidos, mas não eram os olhos de Seth. De jeito algum. Agora era apenas uma coisa que melhor estaria num pântano.

— Diz que só ia dar um pulo no secos e molhados — disse a voz de Ben Cartwright. Fosse o que fosse Tak, era um mímico infernal. Tinha-se de admitir. — Que acha, Adam?

— Acho que ela está mentindo, pai — disse a voz de Pernell Roberts, o ator que interpretara Adam Cartwright.

Roberts perdera os cabelos com os anos, mas ainda saíra ganhando, pelo menos; os atores que faziam o papel de seu pai e irmãos tinham todos morrido desde os anos em que *Bonanza* mergulhara a galope no crepúsculo das reprises e da TV a cabo.

— Está mentindo, pai — disse a voz de Dan Blocker, e por um momento a criança quase flutuante na verdade *pareceu* Dan Blocker.

— Little Joe?

— Mentindo, pai.

— Rut-rut-rut-rut!

— Cala a boca, Rooty — disse a voz de Snake Hunter.

Era como se um grupo invisível de loucos talentosos lhe oferecesse um espetáculo. Quando a coisa à frente dela falou de novo, Snake Hunter tinha ido embora, e voltado Ben Cartwright, o inflexível Moisés de Sierra Nevada.

— A gente não gosta muito de mentirosos na Ponderosa, dona. Nem de fujões. Agora, o que acha que a gente deve fazer com a senhora?

Não me machuque, ela tentou dizer, mas não saiu palavra alguma, nem um sussurro. Tentou passar para algum circuito interno, visualizando o telefonezinho vermelho, só que agora com SETH estampado no plástico. Tinha medo de tentar alcançar Seth diretamente, mas jamais estivera numa enrascada daquelas. Se a coisa decidisse que a queria morta...

Viu o telefone na mente, viu-se falando nele, e o que tinha a dizer era dolorosamente simples: Não deixe ele me machucar, Seth. Você tinha poder sobre ele no início, sei que tinha. Talvez não muito, mas um pouco. Se ainda lhe restar algum, qualquer um, qualquer influência, por favor, não deixe ele me machucar, por favor, não deixe ele me matar. Estou infeliz, mas não o bastante pra querer morrer. Ainda não.

Procurou um adejar de humanidade nos olhos da coisa flutuante, o mínimo sinal de Seth, e não viu nada.

De repente, sentiu sua própria mão esquerda erguer-se e estapear sua face esquerda, com um som parecido ao de um graveto partindo. O calor invadiu a pele; era como se alguém houvesse dirigido uma lâmpada de bronzear para aquele lado de seu rosto. O olho esquerdo começou a marejar.

Agora sua mão direita erguia-se defronte de seus olhos, como uma serpente de um encantador indiano levantando-se da cesta. Permaneceu suspensa diante dela um momento, depois fechou-se devagar num punho.

Não, tentou dizer, por favor, não, por favor, Seth, não deixe, mas também desta vez nada saiu, e o punho abateu-se, os nós dos dedos muito brancos no quarto escuro, e então seu nariz pareceu explodir para cima em nuvens de pontos brancos como borboletas. Os pontos dançaram freneticamente diante de seus olhos, quando o sangue, quente e abundante, começou a escorrer pelos lábios e pelo queixo. Ela cambaleou para trás.

— Essa mulher é uma afronta à justiça no século vinte e três! — disse o Coronel Henry, com sua voz inflexível, uma voz que ela julgava mais odiosa e farisaica todas as vezes que passavam um episódio da porra do desenho. — Devemos mostrar-lhe os erros de sua conduta.

Hoss:

— Certo, coronel! Temos de mostrar a essa puta quem manda aqui!

— Rut-rut-rut-rut!

Cassie Styles:

— Eu concordo com Rooty! E um certo amaciamento é a maneira certa de começar.

Ela andava de novo — era levada, melhor dizendo. A sala de visitas fluía por seus olhos como uma paisagem passando de trás para diante pelas janelas de um trem. A face palpitava. O nariz latejava. Sentia gosto de sangue nos dentes. Agora visualizava um telefone ao estilo dos *MotoKops*, daqueles em que se pode de fato ver a pessoa com quem se fala, visualizava-se falando cara a cara com Seth nesse telefone. Por favor, Seth, é sua tia Audrey, está me reconhecendo, mesmo com os cabelos agora de uma cor diferente? Tak fez com que eu pintasse, pra parecer com o de Cassie, e quando eu saio tenho de usar uma fita azul como a dela, mas ainda sou eu, continuo sendo tia Audrey, a que trouxe você pra cá, a que tem tomado conta de você, tentado, pelo menos, e agora é você que tem de cuidar de mim. Não deixe ele me machucar muito, Seth, por favor, não deixe.

As luzes estavam apagadas na cozinha, que era uma taça de sombras escuras e tumultuadas. Quando ela cruzou o linóleo amarelo (alegre quando limpo, mas agora sujo e com um ar de icterícia), ocorreu-lhe uma idéia, de uma lógica terrível: por que Seth *iria* ajudá-la? Mesmo que estivesse recebendo sua mensagem, e que ainda pudesse ajudar, por que o faria? Fugir de Tak significava abandoná-lo ao seu destino, e era isso exatamente o que ela vinha tentando fazer. Se o menino ainda estivesse ali, devia saber disso tão bem quanto Tak.

Deixou escapar um soluço, fraco e distante como a respiração de um inválido, os dedos da ensangüentada mão esquerda tateando em busca do interruptor de luz junto ao fogão, que acharam e ligaram.

— Dê uma amaciada nela, pai! — gritou Little Joe Cartwright. — Dê uma amaciada nela, por Deus!

A voz de repente elevou-se, tornando-se a aguda risada do Robô Rooty. Audrey viu-se desejando ficar louca. Seria melhor que aquilo, não seria? Tinha de ser.

Em vez disso ficou olhando, passageira impotente dentro de seu próprio corpo, enquanto Tak a virava, a dirigia para a prateleira de temperos e usava a mão dela para abrir o armário em cima. A outra mão derrubou um Tupperware amarelo, que bateu no chão e espalhou macarrão para todo lado no linóleo. A farinha veio a seguir, caindo ao lado do seu pé e cobrindo as pernas. A mão enfiara-se no buraco que abrira e pegara o vaso de mel em forma de urso plástico. A outra agarrou a tampa, desatarraxou-a, jogou-a fora. Um momento depois, o urso era entornado acima da boca de Audrey, aberta à espera.

A mão na pança do urso pôs-se a espremer ritmadamente, mais ou menos como ela apertava a bomba de borracha da buzina de sua bicicleta na infância. O sangue do nariz quebrado começou a escorrer pela garganta abaixo. O mel inundou a boca, grosso e doce de engasgar.

— Engula! — gritou Tak, agora com sua própria voz. — Engula, sua puta!

Ela engoliu. Um gole, depois dois, depois três. No terceiro, a garganta pareceu trancar-se. Ela tentou respirar e não pôde. Tinha o esôfago bloqueado por um pesadelo de cola doce. Caiu de joelhos e pôs-se a atravessar o chão da cozinha de rastos, os cabelos ruivos escuros cobrindo-lhe o rosto, escarrando grandes gosmas de mel misturado com sangue. Subira também para o nariz, e pingava das narinas.

Por mais alguns instantes ainda, pareceu não poder respirar, e os pontinhos brancos que dançavam diante de seus olhos ficaram negros. Vou me afogar, pensou. Me afogar no mel Sue Bee.

Então o esôfago tornou a abrir-se um pouco, pelo menos o suficiente, e ela já arquejava ar para dentro dos pulmões, sugando-o pela garganta lisa, coberta de mel, chorando de terror e dor.

Tak caiu sobre os joelhos feridos de Seth Garin na frente dela e pôs-se a gritar em seu rosto.

— *Nunca* tente fugir de mim! *Nunca!* Está entendendo? Balance a cabeça, sua vaca idiota, mostre que está entendendo!

As mãos dele — as que ela não podia ver, as que estavam dentro de sua mente — agarraram-na e de repente a cabeça balançava para cima e para baixo, a testa batendo no chão a cada balançada, e Tak gargalhava. *Gargalhava.* Ela achou que ele ia continuar batendo sua cabeça no chão até levá-la a desmaiar e ficar ali esparramada na meleira que fizera.

Aí, tão de repente quanto começara, parou. As mãos desapareceram. Também a sensação da mente dele sumiu. Ela ergueu cautelosamente o olhar, limpando o nariz com as costas da mão, ainda lutando para inspirar e expirar em arquejos que eram meios engulhos. A cabeça latejava. Ela já a sentia inchando.

O menino olhava-a. E ela pensou que *era* ele. Não tinha plena certeza, mas...

— Seth?

Por um momento, ele apenas ficou ali agachado, sem assentir, sem balançar a cabeça. Depois estendeu a mão suja e limpou o queixo dela com dedos que ela mal sentia.

— Seth, pra onde ele foi? Cadê Tak?

Ele se esforçava. Ela o via lutando. Com seu medo, talvez, embora ela não soubesse se ele sentia medo. Mesmo que sentisse, era mais provável que fosse com seu defeituoso equipamento de comunicações que lutava no momento. Ele emitiu um gorgulho, um som parecendo ar nos canos de um banheiro, e ela pensou que aquilo provavelmente era tudo que podia expressar. Então, quando tentava levantar-se, duas palavras sufocadas saíram dele.

— Foi. Construindo.

Ela olhou-o, ainda respirando através de uma película de mel, mas sem notar isso por um instante. Sentiu o coração começar a bater um pouco mais rápido à palavra *foi.* Devia pensar outra coisa, sobretudo depois do que acabara de acontecer, mas...

— Ele está numa construção, querido? Foi pra uma construção. É isso que você está dizendo? Que construção?

— Construindo — repetiu Seth. Esforçava-se, balançando a cabeça de um lado para outro. Finalmente: — *Fazendo.*

Construindo, sim. Construção. Tak estava *construindo.* Que estava *fazendo* Tak... além de criar encrenca?

— Ele — disse Seth. — Ele. Ele. *Ele...*!

O menino bateu na própria coxa com uma frustração que ela jamais vira nele antes. Ela tomou o punho com que ele batera em si mesmo e abriu-o delicadamente.

— Não, Seth. — Sentiu o diafragma tornar a contrair-se, para vomitar (o mel era uma bola pesada no estômago), mas controlou-o. — Não faça isso, não. Relaxe. Me diga se conseguе. Se não conseguir, está tudo bem.

Uma mentira, mas se o deixasse mais tenso do que já estava, ele jamais seria capaz de botar para fora. Pior, podia ir embora. Ir embora e deixar a quente vaga que Tak tão facilmente habitava.

— Ele...! — Seth estendeu a mão para ela, tocou-lhe as orelhas.

Em seguida pôs as costas das mãos atrás das próprias orelhas e empurrou-as para a frente. Ela viu que também estavam sujas das longas horas passadas na caixa de areia — imunda — e sentiu as lágrimas ardendo nos olhos. Mas ele a olhava concentrado, e ela balançou a cabeça. Sim, entendia. Quando Seth tentava mesmo, era muito bom — tanto quanto precisava, pelo menos.

Ele escuta você, o menino dizia. Tak escuta você com meus ouvidos. E era claro que escutava mesmo. *Ele* escutava. Tak o Magnífico, criatura das mil vozes, a maioria das quais vinha equipada com sotaques do Oeste e um par de orelhas.

Fora Tak quem caíra de joelhos na frente dela, mas foi Seth quem se levantou, apenas um menininho magrela, com a cueca imunda. Ele dirigiu-se para a porta, depois voltou-se. A própria Audrey continuava de joelhos, tentando decidir se podia estender a mão até o balcão, de onde estava, ou se devia primeiro arrastar-se um pouco mais para perto.

Encolheu-se ao vê-lo voltar, achando que Tak retornara, que via o duro brilho da inteligência dele nos olhos de Seth. Quando ele chegou mais perto, ela viu que cometera um engano bastante natural. Seth chorava. Ela nunca o vira chorar antes, nem mesmo quando a procurava com os joelhos ralados ou a cabeça machucada. Até agora ela não tinha inteira certeza se ele *podia* chorar.

Ele passou-lhe os braços pelo pescoço e deixou cair a testa sobre a dela. Doeu, mas ela não recuou. Por um momento, teve uma imagem borrada mas bastante enfática do telefone vermelho, só que ampliada para dimensões enormes. Depois desapareceu, e ela ouviu a voz de Seth em sua cabeça. Julgara ouvi-lo em várias ocasiões, achando que ele tentava fazer contato telepático com ela. A sensação lhe vinha da maneira mais natural, quando resvalava para o sono ou acabava de acordar. Era sempre distante, como uma voz chamando por trás de densas camadas de neblina. Agora, porém, estava espantosamente próxima. Era uma voz de criança, e soava alegre e sem defeito.

Não culpo você por tentar fugir, dizia a voz. Audrey sentiu nela uma certa pressa e furtividade. Era como ouvir um menino murmurar uma fofoca vital de sala de aula ao colega de carteira quando a professora dava as costas por um breve instante. Vá se juntar aos outros, do outro lado da rua. Vai ter de esperar, mas não será muito. Porque ele está...

Sem palavras, outra imagem borrada invadiu a cabeça dela, expulsando temporariamente todo pensamento. Era Seth. Ele vestia um traje colorido de coringa, com um chapéu de guizos. Fazia malabarismos. Não com bolas; com bonecas. Bonequinhas de louça. Figurinhas de Hummel. Mas até ele deixar cair uma, que se despedaçou, e ela ver o rosto de Mary Jackson no chão junto a um dos borzeguins de califa do coringa, vermelho e branco e de bico virado, não percebeu que as bonecas eram seus vizinhos. Supôs que era responsável por pelo menos alguma daquelas imagens — vira mil vezes as figurinhas de Hummel de Kirstie Carver (um *hobby* chato se é que já houvera um, na opinião de Audrey) —, mas entendeu que qualquer coisa que ela pudesse acrescentar não mudava nem um pouco o que Seth tentava transmitir. Qualquer loucura. Tak estava com... sua *construção*, seu *fazer* — o que o mantinha muito ocupado.

Não ocupado demais quando eu corri para a porta há alguns minutos, ela pensou. Não ocupado demais para me deter. Não ocupado demais para me castigar, tampouco. Talvez da próxima vez seja sal enfiado em minha goela, em vez de mel.

Ou soda cáustica.

Eu lhe digo quando, voltou a voz da criança. *Fique na escuta, tia Audrey. Depois que os Power Wagons voltarem. Fique na escuta. É importante que você fuja.*

Desta vez, muitas imagens passaram tremulando. Algumas surgiam e desapareciam rápido demais para ela identificar, mas captou umas poucas: uma velha lata de Chef Boyardee jogada no lixo, uma velha privada quebrada caída de lado no monturo, um carro sobre blocos de madeira, sem rodas nem vidros. Coisas quebradas. Coisas consumidas.

A última coisa que viu antes de desfazer o contato foi o retrato de estúdio dela mesma na mesa da sala da frente. Os olhos do retrato haviam desaparecido, furados.

Seth soltou-a e recuou, observando-a agarrar-se à borda do balcão e fazer força para levantar-se. A barriga, pesada e densa com o mel que Tak a fizera engolir, parecia um contrapeso. Seth tinha agora a aparência de sempre — distante e desligado, com toda a curva emocional de uma pedra. Contudo, havia aquelas raias limpas sob os olhos. Sim, havia aquilo.

— Ah-oh — ele disse, com sua voz apática, sons que ela e Herb haviam especulado que talvez quisessem dizer *Audrey, oi*, e depois saiu da cozinha.

De volta ao covil, onde ainda continuava o climático tiroteio. E quando acabasse? Ora, o mais provável era retornar a fita para o aviso do FBI e recomeçar tudo de novo.

Mas ele falou comigo, ela pensou. Alto e claro, dentro de minha cabeça. Em sua versão do telefone PlaySkool. Só que a versão dele é *grande* demais.

Pegou a vassoura na despensa e pôs-se a varrer a farinha e o macarrão derramados. No covil, Rory Calhoun berrou:

— Você não vai a parte alguma, sua ianque barriga de porca!

— Não tem de ser assim, Jeb — murmurou Audrey, varrendo.

— Não tem de ser assim, Jeb — disse Ty Hardin (subxerife Laine no filme), e então o mau Coronel Murdock lhe deu um tiro; dentro de mais trinta segundos, seria morto a tiros ele próprio.

Audrey sentiu de novo um nó no diafragma. Duro. Foi até a pia, arrastando a vassoura com uma das mãos, e curvou-se. Vomitou, mas nada saiu. Um momento depois, a contração passou. Ela abriu a torneira de água fria, curvou-se, bebeu direto do jorro, depois jogou com cuidado uns dois borrifos na testa latejante. Sensação boa. Maravilhosa.

Fechou a torneira, voltou à despensa e pegou a pazinha de lixo. Tak estava construindo, dissera Seth. Tak estava fazendo. Mas o quê? E ao se ajoelhar desajeitada junto ao lixo que varrera, a vassoura numa das mãos e a pá na outra, ocorreu-lhe uma pergunta mais urgente: se ela *fugisse*, que seria de seu sobrinho? Que faria a coisa com Seth?

2

BELINDA JOSEPHSON segurou a porta da cozinha para o marido, depois aprumou-se e olhou em volta. A luz acima não estava acesa, mas o aposento ainda continuava um pouco mais claro do que antes. A tempestade passava, e ela supôs que dentro de mais uma ou duas horas voltariam o calor e a claridade.

Olhou o relógio de parede acima da mesa, e sentiu um breve lampejo de irrealidade: 4:03? Era possível que tivesse passado tão pouco tempo? Deu uma olhada mais atenta e viu que o ponteiro de segundos não se mexia. Estendeu a mão para o interruptor atrás da porta, quando Johnny se arrastou de quatro para dentro da cozinha e se colocou de pé.

— Não se dê o trabalho — disse Jim Reed.

Sentava-se no chão entre a geladeira e o fogão, com Ralphie Carver no colo. O menino tinha o polegar na boca, os olhos vidrados e apáticos. Belinda jamais gostara muito dele, não conhecia ninguém na rua que gostasse (com exceção da mãe e do pai, supunha), mas ainda assim teve pena.

— Não se dê o trabalho do quê? — perguntou Johnny.

— O interruptor. Faltou energia.

Belinda acreditou, mas acionou duas vezes o interruptor mesmo assim. Nada.

Havia muita gente naquele aposento — ela calculava onze, contando consigo mesma —, mas o surdo silêncio que caíra sobre eles fazia parecer menos. Ellie Carver ainda dava um ralo arquejo de vez em quando, mas tinha o rosto colado no seio da mãe, e Belinda achava que talvez estivesse na verdade dormindo. David Reed passava o braço em torno de Susi Geller. Sentada do outro lado da garota, também abraçando-a (garota de sorte, com esse conforto todo, pensou Belinda), estava a mãe dela. Cammie Reed, a mãe dos gêmeos, sentava-se encostada numa porta onde um cartaz dizia SUA VELHA DESPENSA. Belinda achava que Cammie não saíra inteiramente da coisa como os outros; os olhos tinham um ar frio, pensativo.

— Você disse que ouviu gritos? — perguntou Johnny a Susi. — Eu não ouvi grito nenhum.

— Acabou — disse a garota, desanimada. — Acho que talvez fosse a Sra. Soderson.

— Claro que era — disse Jim. Mudou Ralphie de posição no colo, encolhendo-se um pouco ao fazê-lo. — Eu reconheci. A gente passou a maior parte da vida ouvindo ela gritar com Gary. Não é, Dave?

Dave Reed fez que sim com a cabeça.

— Eu já teria matado ela a esta altura. Palavra.

— Ah, mas você não enche a cara, meu rapaz — disse Johnny, com sua melhor voz de W. C. Fields.

Tirou o telefone da cozinha do gancho, escutou, apertou o botão do zero umas duas vezes e tornou a pendurá-lo.

— Debbie está morta, não está? — perguntou Susi a Belinda.

— Psiu, menina, não — disse Kim Geller, parecendo assustada.

Susi não tomou conhecimento.

— Ela não foi pra casa vizinha de jeito nenhum. Foi? Não minta pra mim.

Belinda pensou em fazer exatamente isso, mas de algum modo não parecia direito. Segundo sua experiência, mesmo as mentiras bem-intencionadas em geral pioravam tudo. Mais loucura. Belinda pensou que tudo já estava suficientemente louco na Rua dos Álamos.

— É, querida — disse, maravilhando-se de como sempre falava como sulista, pelo menos para si mesma, quando tinha de dar más notícias a alguém. Talvez fosse parte da experiência negra que ninguém ainda se decidira a ensinar num curso universitário. O que tornava a coisa sobretudo interessante no seu caso era que jamais estivera ao sul da linha Mason-Dixon em toda a sua vida. — É, querida, receio que esteja, sim.

Susi levou as mãos ao rosto e pôs-se a soluçar. Dave Reed puxou-a para si e ela encostou o rosto no ombro dele. Quando Kim tentou puxá-la, ela enrijeceu o corpo e resistiu.

A mãe de Susi lançou a Dave um olhar ameaçador, que o rapaz não viu de modo algum. Ela voltou o rosto irado para Belinda então.

— Por que foi dizer isso a ela?

— A garota está caída lá na varanda, e com todo aquele cabelo ruivo é difícil pra burro não ver.

— Agora cale a boca — disse-lhe Brad. Pegou-a pelo pulso e puxou-a para a pia. — Não perturbe ela.

Ah, Deus, tarde demais, pensou Belinda, mas, prudentemente, nada disse.

Havia uma janela com tela atrás da pia. Olhando por ela, Belinda via à direita a cerca de estacas que separava o terreno dos Carver do do Velho Doutor. Também via o telhado verde da casa de Billingsley. Acima, as nuvens já pareciam desfazer-se.

Ela voltou-se e ergueu-se, sentando-se de lado na borda da pia. Depois curvou-se para a janela, sentindo o cheiro do metal e de todo o verão penetrando pela trama. Os cheiros combinados trouxeram uma momentânea nostalgia da infância, uma sensação ao mesmo tempo ótima e louca. Era estranho, pensou, como era sempre o cheiro das coisas que nos levava com mais força ao passado.

— *Alôô!* — gritou, pondo as mãos em concha em torno da boca. Brad agarrou-a pelo ombro, aparentemente querendo fazê-la parar, e ela o sacudiu com muita ênfase. — *Alôô, Billingsley!*

— Não faça isso, Bee — disse Cammie Reed. — Não é sensato.

E o que *seria* sensato, pensou Belinda. Ficar sentada no chão da cozinha esperando a chegada da cavalaria?

— Diabos, continue — disse Johnny. — Que mal pode fazer? Se as pessoas que deram os tiros ainda estiverem por perto, imagino que o lugar onde a gente está dificilmente será segredo pra eles. — Pareceu ocorrer-lhe uma idéia, e ele se acocorou diante da mulher do falecido carteiro. — Kirsten, David tinha uma arma? Um rifle de caça, ou talvez...

— Tem um revólver na mesa dele — ela disse. — Segunda gaveta à esquerda do vão dos joelhos. Está fechada, mas a chave está na gaveta mais larga em cima. Num pedaço de pano verde.

Johnny fez que sim com a cabeça.

— E a mesa? Onde fica?

— Ah. No pequeno gabinete dele. Lá em cima, no fim do corredor. — Ela disse tudo isso parecendo contemplar os próprios joelhos, depois ergueu uns olhos desesperados, desvairados, para ele. — Ele está lá na chuva, Johnny. E também o amigo de Susi. A gente não devia deixar eles lá na chuva.

— Já está passando — disse Johnny, e seu rosto sugeria que sabia como isso parecia inane. Mas pareceu satisfazer Pie, pelo menos temporariamente, e Belinda achava que era isso que importava. Talvez fosse o tom de Johnny. As palavras podiam ser inanes, mas ela jamais o ouvira parecer tão delicado. — Cuide de seus filhos, Kirstie, e não se preocupe com o resto por enquanto.

Levantou-se e dirigiu-se à porta de vaivém, andando agachado como num combate.

— Sr. Marinville? — chamou Jim Reed. — Posso ir com você?

Mas quando tentou pôr Ralphie de lado, surgiu nos olhos do menino um ar de pânico. Ele tirou o polegar da boca com um audível estalo e agarrou-se a Jim como uma craca, murmurando baixinho:

— Não, Jim, não.

E isso de uma maneira que fez Belinda arrepiar-se. Ela achava que os loucos provavelmente falavam assim quando ficavam sozinhos em suas celas à noite.

— Fique aí, Jim — disse Johnny. — Brad? E você? Uma viagenzinha às altas altitudes? Limpar os velhos sínus?

— Claro. — Brad olhou para a esposa com aquela expressão de amor e exasperação característica das pessoas que estão casadas há mais de dez anos. — Acha mesmo que está bem essa minha mulher ficar aí gritando?

— Eu repito: que mal pode fazer?

— Tenha cuidado — disse Belinda. Alisou por um breve instante o peito de Brad. — Fique de cabeça baixa. Me prometa.

— Prometo ficar de cabeça baixa.

Ela olhou para Johnny.

— E você?

— Hum? — Ele deu um sorriso encantador, e Belinda teve uma súbita intuição: era assim que o Sr. John Edward Marinville sempre sorria quando fazia promessas às mulheres. — Eu prometo.

Saíram, pondo-se um tanto constrangidos de joelhos ao passarem pela porta de vaivém e entrarem uma vez mais na sala da frente dos Carver. Belinda tornou a curvar-se para a tela. Além de chuva e grama molhada, sentia o cheiro da casa de Hobart queimando. Percebeu que também podia ouvir — um som estalado, chiado. O aguaceiro provavelmente impediria o fogo de espalhar-se, mas por onde andavam os cinco furgões, pelo amor de Deus? Para que eles ali pagavam seus impostos?

— *Alôô, Billingsley! Quem está aí?*

Após um momento, a voz de um homem (que ela não reconheceu) gritou de volta:

— *Nós somos sete! O casal de mais adiante na quadra...*

Tinham de ser os Soderson, pensou Belinda.

—*... mais o policial, e o cara casado com a morta. Tem também o Sr. Billingsley, e Cynthia, da loja!*

— *Quem é você?* — perguntou Belinda.

— *Steve Ames! Sou de Nova York! Tive problemas com minha caminhonete, saí da Interestadual e me perdi! Parei na loja lá embaixo pra usar o telefone!*

— Pobre cara — disse Dave Reed. — É como ganhar a loteria no inferno.

— *Que é que está acontecendo?* — perguntou a voz do outro lado da cerca. — *Você sabe o que está acontecendo?*

— Não! — gritou de volta Belinda.

Pensava rápido. Devia haver mais coisas para dizer, para perguntar, mas não conseguia se lembrar de absolutamente nada.

— *Deu uma olhada na rua? Está livre?* — gritou Ames.

Belinda abriu a boca para responder, e depois foi momentaneamente distraída pela teia de aranha do lado de fora da tela. O toldo da janela protegera-a do pior do aguaceiro, mas gotas de chuva pendiam dos fios como minúsculos e trêmulos diamantes. A proprietária-operadora achava-se no centro da teia. Não se mexia. Talvez morta.

— *Dona? Eu perguntei...*

— *Eu não sei!* — ela gritou de volta. — *Johnny Marinville e meu marido olharam, mas agora foram lá pra cima, pra...* — Mas não queria falar da arma. Idiotice, talvez, pensamento de quem está acuado, mas isso não mudava o que sentia — *pra dar uma olhada melhor! E vocês?*

— *Teve muito movimento por aqui, dona! A mulher da quadra...* — Uma pausa. — *Seu telefone está funcionando?*

— *Não!* — gritou Belinda. — *Nem telefone nem eletricidade!*

Outra pausa. Então, mais baixo, quase inaudível acima do barulho da chuva que diminuía, ela o ouviu dizer merda. Depois ouviu outra voz, que conhecia mas não pôde identificar imediatamente.

— *Belinda, é você?*

— *É* — respondeu, e olhou os outros em volta, em busca de ajuda.

— É o Sr. Jackson — disse Jim Reed, falando por trás do ombro de Ralphie.

O menino não conseguira juntar-se exatamente à irmã no refúgio do sono, mas Belinda achava que não ia demorar muito; o polegar já começara a afrouxar nos lábios.

— *Eu fui até a porta da frente!* — gritou Peter. — *A rua está deserta até a esquina adiante!* Inteiramente *deserta! Nenhum basbaque nem curioso da Jacintos nem na quadra seguinte da Álamos! Isso faz algum sentido pra você?*

Belinda pensou, franzindo o cenho, depois olhou em volta. Viu apenas olhos intrigados e cabeças caídas. Tornou a voltar-se para a janela.

— *Não!*

Peter deu uma risada. O som causou nela um arrepio igual ao que lhe causara o aflito murmúrio do pequeno Charlie Carver.

— *Está em boa companhia, Bee! Pra mim, também não!*

— Quem iria aparecer na quadra? — escarneceu Kim Geller. — Quem, em seu juízo perfeito? Com armas disparando e gente gritando e tudo?

Belinda não soube como responder a isso. Era lógico, mas não se sustentava... porque as pessoas não agiam logicamente quando as encrencas explodiam. Saíam para intrujar. Em geral faziam isso a uma distância que julgavam segura, mas saíam.

— *Tem certeza de que não tem ninguém depois da esquina?* — gritou.

Desta vez a pausa foi tão longa que ela já ia repetir a pergunta, quando falou uma terceira voz. Ela não teve dificuldade para reconhecer o Velho Doutor.

— *Ninguém daqui está vendo ninguém, mas a chuva levantou uma camada de vapor do asfalto! Enquanto não se afastar, a gente não pode ter certeza!*

— *Mas não tem sirenes!* — Peter, de novo. — *Está ouvindo alguma se aproximando do norte?*

— *Não!* — ela respondeu. — *Deve ser a tempestade!*

— Acho que não — disse Cammie Reed. Falou por si, *para* si, não para o grupo; se SUA VELHA DESPENSA não estivesse próxima da pia, Belinda não a teria ouvido. — Não, acho que absolutamente não.

— *Eu vou sair pra pegar minha mulher!* — gritou Peter.

Outras vozes se elevaram imediatamente em protesto contra essa idéia. Belinda não distinguia as palavras, mas o tom emocional era inequívoco.

De repente a aranha — a que ela julgara estar morta — saiu do centro de sua teia e, tomando um dos fios de seda, subiu até desaparecer sob o beiral. Não estava morta, afinal, pensou Belinda. Só fingindo de morta.

E então Kirsten Carver se curvava a seu lado, dando-lhe um encontrão tão forte com o ombro que ela teria caído de bunda dentro da pia se não conseguisse agarrar-se na quina de um armário acima. Pie tinha o rosto de uma palidez de pergaminho, os olhos chispando de medo.

— *Não saia lá fora!* — gritou. — *Eles vão voltar e matar você! Vão voltar e matar todos nós!*

Por alguns instantes, não veio resposta alguma da outra casa, e então Collie Entragian falou, com uma voz que parecia ao mesmo tempo de desculpa e divertida:

— *Não adianta, dona! Ele já foi!*

— *Você devia ter impedido ele!* — berrou Kirsten. Belinda passou um braço pelos ombros da mulher e ficou assustada com a alta vibração que sentiu. Como se Kirsten estivesse a ponto de explodir. — *Que espécie de policial é você!*

— Ele *não* é — disse Kim. Falou num tom de quem diz: que diabos você esperava? — Foi expulso da força. Tinha uma quadrilha de carros roubados.

Susi ergueu a cabeça.

— Eu não acredito.

— Que é que *você* sabe, na sua idade? — perguntou-lhe a mãe.

Belinda estava para descer da borda da pia quando viu uma coisa no gramado do fundo que a fez gelar. Estava presa numa das pernas do balanço das crianças e, como a teia de aranha, coberta das jóias das gotas de chuva.

— Cammie?

— Que foi?

— Venha cá.

Se alguém sabia o que era, seria Cammie; ela tinha um jardim no quintal, uma selva de plantas em vasos dentro de casa e o equivalente a uma biblioteca de livros sobre como cultivar tudo.

Cammie levantou-se de seu lugar junto à porta da despensa e aproximou-se. Susi e a mãe juntaram-se a ela; o mesmo fez Dave Reed.

— Que é? — perguntou Pie Carver, lançando um olhar desvairado a Belinda. A filha abraçava-se em suas pernas como se fosse um tronco de árvore, e ainda tentava esconder o rosto no quadril da mãe. — Que é?

Belinda ignorou-a e falou a Cammie.

— Veja aquilo ali. Junto aos balanços. Está vendo?

Cammie ia dizer que não, mas então Belinda apontou e ela viu. O trovão resmungava a leste, e o vento levantou uma breve rajada. A teia de aranha do lado de fora da janela tremeu e deixou cair minúsculas gotinhas de chuva. A coisa que Belinda vira se livrou do balanço e atravessou rolando metade do quintal dos Carver, na direção da cerca de estacas.

— Isso é impossível — disse Cammie, com voz normal. — Cardo-russo não dá em Ohio. Mesmo que desse... é verão. Eles *deitam raízes* no verão.

— Que é cardo-russo, mãe? — perguntou Dave. Tinha o braço passado pela cintura de Susi. — Nunca ouvi falar.

— Bolas de mato seco que saem rolando — disse Cammie na mesma voz apática. — Cardo-russo é uma bola de mato seco.

3

BRAD ENFIOU A CABEÇA pela porta do gabinete de Carver a tempo de ver Johnny tirar uma caixa verde e branca de balas de uma gaveta da escrivaninha. Na outra mão, o escritor tinha o revólver de David Carver. Rodara o cilindro para assegurar-se de que as câmaras estavam vazias; estavam, mas ele ainda segurava a arma meio sem jeito, com todos os dedos fora da guarda do gatilho. Para Brad, parecia um desses caras que vendem artigos duvidosos nos canais altos da TV a cabo: *Gente, esta belezinha aqui ventila qualquer intruso noturno bastante idiota pra arrombar sua casa, é, ventila, sim, mas esperem aí, tem mais! Também fatia! E pica! Vocês adoram batata frita mas não têm tempo de fazer em casa?*

— Johnny.

Ele ergueu o olhar, e pela primeira vez Brad viu claramente como o cara estava assustado. Isso o fez gostar mais dele. Não via nenhum motivo para ser assim, mas era.

— Tem um idiota no gramado da casa do Velho Doutor. Jackson, eu imagino.

— Merda. Isso não é muito inteligente, é?

— Não. Não vá dar um tiro em si mesmo com essa coisa aí. — Brad começou a deixar a sala, mas voltou. — A gente está maluco? Porque parece que sim.

Johnny ergueu as mãos à frente, as palmas para cima, dando a entender que não sabia.

4

JOHNNY OLHOU MAIS uma vez as câmaras do revólver — como se pudesse ter brotado uma bala dentro delas quando ele desviara o olhar —, depois fechou o cilindro. Enfiou a arma no cinto e guardou a caixa de balas no bolso da camisa.

A sala da frente era um campo minado com os brinquedos de Ralphie Carver; aparentemente, o menino não fora apresentado pelos pais à idéia de guardar as coisas depois de usá-las. Brad entrou no que devia ser o quarto da menina. Johnny seguiu-o. Brad apontou para fora da janela.

Johnny olhou lá embaixo. Era Peter Jackson, claro. Estava no gramado do Doutor, ajoelhado junto à esposa. Pusera-a sentada, um braço passado pelas costas dela. Enfiava o outro por baixo dos joelhos dobrados. A mulher tinha a blusa bastante erguida, nas coxas, e Johnny tornou a lembrar-se da desaparecida calcinha dela. Bem, e daí? E daí, porra? Johnny via as costas do homem estremecendo, sacudidas pelos soluços.

Uma luz prateada cruzou o alto de sua visão.

Ele ergueu o olhar e viu o que parecia um reboque Airstream — ou talvez um reboque de lanches — dobrando para a Álamos, vindo da Jacintos. Logo atrás vinha o furgão vermelho que liquidara o cachorro e o menino dos jornais, e mais atrás o outro de pintura metálica azul-escura. Ele olhou para o outro lado, a Rua do Urso acima, e viu o furgão com a pintura de Mary Kay e a antena parabólica em forma de coração, o amarelo que primeiro atropelara Mary de ré e depois a arrastara da rua, e o negro com a torrinha.

Seis. Seis em duas filas de três, convergentes. Ele vira veículos blindados americanos naquela mesma formação muito tempo atrás, no Vietnã.

Estavam criando um corredor de fogo.

Por um momento, não conseguiu se mexer. As mãos pareciam pender das pontas dos braços como blocos de cimento. Não podem, pensou, com uma espécie de fúria de náusea e descrença. Vocês não podem *voltar*, seus sacanas, não podem continuar *voltando*.

Brad não os via; olhava o homem no gramado da casa ao lado, absorto nos esforços de Peter para se levantar com o peso da esposa morta nos braços. E Peter...

Johnny mexeu a mão direita. Queria erguê-la; ela pareceu, ao contrário, flutuar. Ele passou-a em torno do cabo da arma e puxou-a do cós da calça. Não podia dispará-la; não havia balas nas câmaras. Também não podia carregá-la, em seu estado atual. Por isso baixou-a com o cabo para a frente, despedaçando a vidraça da janela do quarto de Ellen.

— *Entre!* — gritou para Peter, e a voz saiu baixa e sem força a seus próprios ouvidos. Deus do céu, que pesadelo era aquele, e como haviam se metido nele? — *Entre! Eles estão voltando de novo! Estão de volta! Estão voltando de novo!*

Desenho encontrado num caderno sem título que aparentemente servia de diário para Audrey Wyler. Embora não assinado, é quase certamente obra de Seth Garin. Supondo-se que sua inclusão no diário corresponda à época em que foi feito, isto foi no verão de 1995, após a morte de Herbert Wyler e a repentina partida da família Hobart da Rua dos Álamos. — Ed.

Capítulo Sete

Rua dos Álamos / 16:44 / 15 de julho de 1996

ELES PARECEM EMERGIR do vapor que se ergue da rua como dinossauros metálicos que se materializam. Janelas correm; a portinhola no lado do Dream Floater cor-de-rosa torna a abrir-se; o pára-brisa do furgão Freedom azul da Bounty's retrai-se numa lisa escuridão de onde despontam três canos acinzentados de escopetas.

O trovão ronca, e em algum lugar um passarinho emite um áspero grito. Há uma pausa de silêncio, e começa a fuzilaria.

É como se toda a tempestade se renovasse, só que pior, porque desta vez a coisa é pessoal. E as armas soam mais alto que antes; Collie Entragian, deitado de cara no chão, na porta entre a cozinha e a sala de visitas de Billingsley, é o primeiro a notar isso, mas os outros não demoram muito a perceber por si mesmos. Cada tiro é quase como uma explosão de granada, e seguido por um gemido baixo, alguma coisa entre um zumbido e um assobio.

Dois tiros vindos do Tracker Arrow vermelho, e o alto da chaminé de Collie Entragian não passa de poeira marrom no vento e pedaços de tijolos do tamanho de seixos, rolando pelo telhado abaixo. Um tiro atinge a coberta de plástico estendida sobre Cary Ripton, fazendo-a ondular como um pára-quedas, e outro rasga a roda traseira de sua bicicleta. À frente do Tracker Arrow está o furgão prateado, o que parece um antigo reboque de vender lanches. Parte do topo se ergue inclinado, e uma figura prateada — parece um robô vestindo um uniforme da infantaria dos Confederados — se curva para fora. Manda três rajadas de escopeta entrega especial para a casa em chamas de Hobart. Cada tiro parece tão alto quanto uma explosão de dinamite.

Descendo da Rua do Urso, o Dream Floater e o Justice Wagon despejam fogo sobre o 251 e o 249 — as casas de Josephson e de Soderson. As janelas voam para dentro. As portas são arrombadas. Uma rajada que soa como disparada por um pequeno canhão antiaéreo atinge o velho Saab de Gary. A traseira desmorona, voam lascas de vidro das lanternas vermelhas, e ouve-se um *vump!* quando o tanque de gasolina explode, envolvendo o carrinho numa bola de fumarenta chama rubra. Os adesivos de pára-choque — POSSO ANDAR DEVAGAR MAS ESTOU NA SUA FRENTE, na direita, CARRO DO ESTADO-MAIOR DA MÁFIA, na esquerda — tremulam no calor como miragens. O trio de furgões que avança para o sul e o que avança para o norte se encontram, passam um pelo outro e param diante da cerca de estacas que separa a casa de Billingsley da de Carver, mais à frente, e da de Jackson, mais atrás.

Audrey Wyler, que comia um sanduíche e tomava uma lata de cerveja *lite* na cozinha quando começou a fuzilaria, fica parada na sala de visitas, fitando a rua de olhos arregalados, esquecida de que ainda segura meio sanduíche de salame com alface e centeio numa das mãos. O fogo fundiu-se num contínuo rugido da Segunda Guerra Mundial, de rachar os ouvidos, mas ela não corre perigo; todo ele é atualmente dirigido para as duas casas defronte.

Ela vê o carrinho vermelho — o Buster — de Ralphie Carver subir no ar com um lado estourado, numa retorcida flor metálica. Rola sobre o cadáver encharcado de David Carver, pousa com as rodas para cima girando, e depois outro impacto quase a dobra no meio e joga-a sobre as flores à esquerda da entrada da garagem. Outra rajada estoura a porta de tela dos Carver; mais duas, do Bounty's Freedom, vaporiza a maioria das valiosas figurinhas de Hummel de Pie.

Abrem-se rombos na esmagada traseira do Lumina de Mary Jackson, e depois também ele explode, as chamas subindo e engolindo o carro de trás para a frente. Balas arrancam duas janelas do Velho Doutor. Aparece um buraco do tamanho de uma bola de beisebol na caixa de correspondência ao lado da porta dele; a caixa cai no capacho de boas-vindas, fumegando. Dentro, ardem um panfleto de propaganda do Kmart e uma carta da Sociedade Veterinária de Ohio. Outro estampido, e a aldraba do bangalô — a cabeça de um cão são-bernardo de prata — desaparece tão completamente quanto uma moeda na mão de um mágico. Parecendo indiferente a isso, Peter Jackson esforça-se para levantar-se com a esposa morta nos braços. Os óculos redondos sem aros, as lentes manchadas de água, reluzem na luz que se torna mais forte. Ele tem o rosto pálido mais que aflito; é o rosto de um homem cujo painel de fusíveis queimou todo. Mas Audrey vê que está parado lá, milagrosamente inteiro, milagrosamente...

Tia Audrey!

Seth. Muito fraco, mas decididamente Seth.

Tia Audrey, está me ouvindo?

Estou! Seth, que é que há?

Esquece! A voz parece à beira do pânico. *Você tem o lugar pra ir, não tem? O lugar seguro?*

Mohonk? Refere-se a Mohonk? Deve ser, ela conclui.

Sim, eu...

Vá pra lá!, grita a voz fraca. *Vá pra lá JÁ! Porque...*

A voz não conclui, e nem é preciso. Ela deu as costas à furiosa galeria de tiro da rua, voltou-se para o covil, onde o filme — *O Filme* — está passando de novo. O volume foi de algum modo aumentado muito além do que a Zenith deles pode produzir. A sombra de Seth salta estaticamente na parede, alongada e de certo modo horrível; lembra o que mais a assustava na infância: o demônio de chifres na parte da "Noite no Monte Calvo" do filme *Fantasia*. É como se Tak se contorcesse dentro do corpo do menino, entortando-o, esticando-o, forçando-o implacavelmente além de seus limites e fronteiras comuns.

E não é só isso o que acontece. Ela se volta para a janela, olha para fora. A princípio pensa que são seus olhos, algum problema com eles — talvez Tak os tenha derretido de alguma forma, ou entortado as lentes —, mas estende as mãos à sua frente e *elas* parecem corretas. Não, o erro é na Rua dos Álamos. Parece estar torcendo-se e saindo de perspectiva de um modo que ela não consegue definir bem, os ângulos mudando, as quinas inchando, as cores borrando. É como se a realidade estivesse a ponto de liquefazer-se, e ela acha que sabe por quê: acabou o longo período de preparação e discreto crescimento de Tak. Chegou a hora da ação. Tak está *fazendo*, Tak está *construindo*. Seth mandou-a sair, pelo menos por algum tempo, mas aonde pode *ele* ir?

Seth!, ela experimenta, concentrando-se o máximo que pode. *Seth, venha comigo!*

Não posso! Vá, tia Audrey! Vá já!

A agonia nessa voz é mais do que ela pode suportar. Volta-se de novo para o arco, o que leva ao covil, mas vê em vez disso um prado que desce para uma muralha de rocha. Há rosas silvestres; ela sente o cheiro delas, e o sensual e delicado calor da primavera chegando ao verão. E então Janice está a seu lado, e pergunta-lhe qual é sua música favorita absoluta de Simon e Garfunkel, e em breve as duas se acham mergulhadas numa discussão de "Homeward Bound" e "I Am a Rock", aquela que diz: "Se eu nunca amasse, nunca teria chorado."

Na cozinha dos Carver, os refugiados jazem no chão com as mãos trançadas na nuca e os rostos grudados no chão; em volta deles, o mundo parece despedaçar-se.

Vidros estilhaçam-se, móveis caem, alguma coisa explode. Ouvem-se horríveis sons de perfuração quando as balas atravessam as paredes.

De repente, Pie não suporta mais Ellie agarrando-se a ela. Ama-a, é claro que ama, mas é Ralphie que quer agora, e é Ralphie que deve ter; o esperto e sapeca Ralphie, que tanto parece com o pai. Empurra Ellen rudemente, ignorando o grito de espantada aflição da menina, e salta para o vão entre o fogão e a geladeira, onde Jim se encolhe sobre o frenético Ralphie, que berra, mantendo uma das mãos sobre a cabeça do menino, como um boné.

— *Mãããeee!* — choraminga Ellen, e tenta correr atrás dela.

Cammie Reed afasta-se da porta da despensa, agarra a menina pela cintura e joga-a de volta no chão, no momento em que uma coisa que soa como um gafanhoto monstro atravessa a cozinha zumbindo, bate na torneira da pia e a faz sair rodopiando como uma baliza de animadora de torcida. A maior parte da torneira despedaça a janela e a teia de aranha do outro lado. A água jorra do que restou, a princípio chegando quase até o teto.

— *Me dá ele!* — grita Pie. — *Me dá meu filho! Me dá meu f...*

Outro zumbido que se aproxima, este seguido por um clangor alto e musical, quando uma das panelas de cobre penduradas junto ao fogão é reduzida a um casco de fragmentos retorcidos e estilhaços voadores. E Pie de repente está apenas gritando, agora sem palavras, só gritando. Tem as mãos grudadas no rosto. O sangue esguicha por entre os dedos e pelo pescoço abaixo. Fios de cobre cobrem a frente da blusa desabotoada. Outros cobrem os cabelos, e um pedaço grande tremula no centro da testa como a lâmina de uma faca atirada.

— *Não posso ver!* — ela berra, e deixa cair as mãos. Claro que não pode; os olhos se foram. E também a maior parte do rosto. Lascas de cobre projetam-se das faces, dos lábios, do queixo. — *Me ajudem, eu não posso ver! Me ajude, David! Cadê você?*

Johnny, deitado de barriga no chão ao lado de Brad, no quarto de Ellen em cima, ouve-a gritando e compreende que aconteceu alguma coisa terrível. Balas costuram o ar acima deles. Na parede do outro lado há uma foto de Eddie Vedder; quando Johnny começa a rastejar para a porta do corredor, surge um grande rombo no peito de Eddie. Outro atinge o pequeno espelho acima da penteadeira de Ellen e o martela em fragmentos faiscantes. De algum lugar da quadra, misturando-se infernalmente com os gritos de Pie Carver embaixo, vem o zurro do alarme de um carro. E o fogo ainda prossegue.

Quando rasteja para o corredor coberto de brinquedos, ouve Brad a seu lado, num áspero arquejo. Está sendo um dia de ginástica dos diabos, para um cara com uma pança tão grande, pensa Johnny... mas então esse pensamento, os gritos da mulher lá embaixo e o rugido da fuzilaria, tudo é varrido de sua mente. Por um instante, parece-lhe que deu de cara com o punho direito de Mike Tyson.

— É o mesmo cara — sussurra. — Ah, Deus do céu, é o mesmo porra.

— Se abaixe, seu idiota! — Brad agarra-lhe o braço e puxa.

Johnny desaba para a frente, como um carro escorregando de um macaco mal colocado, sem compreender que está de quatro até desmoronar de novo. Balas invisíveis varam o ar acima de sua cabeça. O vidro numa foto de casamento emoldurada no alto da escada se estilhaça; a foto cai com um baque, virada para baixo no tapete. Um segundo depois, a bola de madeira em cima do pilar da escada se desintegra, espalhando um mortal buquê de lascas. Brad abaixa-se, cobrindo o rosto, mas Johnny apenas olha fixo alguma coisa no chão do corredor, esquecido de tudo mais.

— Que é que há com você? — pergunta-lhe Brad. — Quer morrer, quer?

— É ele, Brad — repete Johnny. Enfia os dedos nos cabelos e dá um curto e forte puxão, como para assegurar-se de que tudo isso está de fato acontecendo. — O... — Ouve-se um zumbido perverso, quase como uma corda de violão dedilhada, acima de suas cabeças, e o globo de luz do corredor explode, espalhando vidro sobre eles. — O cara que estava dirigindo o furgão azul — ele conclui. — Foi o outro que atirou nela... o humano... mas era esse o cara que estava dirigindo.

Estende a mão e pega um dos bonecos de Ralphie Carver no chão do corredor, agora entulhado de vidro e lascas, além de brinquedos. É um alienígena de testa rombuda, olhos amendoados escuros e imensos, e uma boca que não é boca coisa nenhuma, mas uma espécie de chifre de carne. Veste um uniforme iridescente esverdeado. Tem a cabeça calva, a não ser por uma faixa de duro cabelo louro. A Johnny, parece a escova sobre o elmo de um centurião romano. Cadê seu capacete, ele pergunta em pensamento à figurinha, as balas varando o ar a zumbir por cima, perfurando o papel de parede, despedaçando o reboco atrás. A figura parece o E.T. de Spielberg. Cadê seu capacete da cavalaria, cara?

— De que está falando? — pergunta Brad.

Está estendido de barriga no chão. Toma a figura, de uns vinte e cinco centímetros de altura, das mãos de Johnny e olha-a. Tem um corte numa das gordas bochechas. Vidro caído do globo de luz, supõe Johnny. Embaixo, a mulher que gritava se cala. Brad olha o alienígena, depois fita Johnny com olhos quase comicamente arregalados.

— Você só pensa merda — diz.

— Não — diz Johnny. — Não penso, não. Deus é testemunha que não. Eu nunca esqueço uma cara.

— Que está dizendo? Que os caras que estão fazendo isso usam máscaras pros sobreviventes não poderem identificar eles depois?

 A idéia não ocorreu a Johnny até esse instante, mas é boa.

— Acho que deve ser isso. Mas...

— Mas o quê?

— Não parecia máscara. Só isso. Não *parecia* máscara.

Brad fita-o por mais um instante, depois joga o boneco de lado e começa a rastejar para o poço da escada. Johnny pega-o, olha-o por um momento, depois se encolhe quando outra bala entra pela janela no fim do corredor — o que dá para a rua — e zumbe diretamente acima de sua cabeça. Enfia o boneco no bolso da calça que não contém a bala enorme e começa a rastejar atrás de Brad.

No gramado da casa do Velho Doutor, Peter Jackson continua de pé com a esposa nos braços, ileso no centro da tempestade de fogo. Vê os furgões com seus vidros escuros e seus contornos futuristas, vê os canos das escopetas, as bocas arrotando brasa, e entre o prateado e o vermelho vê o velho calhambeque Saab de Gary Soderson ardendo na entrada da garagem dele. Nada disso lhe causa muita impressão. Ele pensa agora como voltou do trabalho para casa. Por algum motivo, isso lhe parece muito importante. Pensa que vai começar toda narrativa dessa tarde terrível (não lhe ocorre que talvez não *sobreviva* à tarde terrível, pelo menos ainda) dizendo *Eu acabava de voltar do trabalho pra casa.* A frase já se tornou uma espécie de estrutura mágica em sua cabeça; uma ponte de volta ao mundo são e ordenado que ele supunha, apenas uma hora atrás, ser um direito seu, e que assim continuaria por anos e décadas futuros: *Eu acabava de voltar do trabalho pra casa.*

Também se lembra do pai de Mary, professor da Faculdade de Odontologia Meermont, no Brooklyn. Sempre sentiu um certo terror de Henry Kaepner, da integridade um tanto obcecante de Henry Kaepner; no fundo Peter sempre soube que Henry Kaepner o considerou indigno de sua filha (e no fundo, esta é uma opinião com que Peter Jackson sempre concordou). E agora Peter está parado na tempestade de fogo com os pés na grama molhada, imaginando como poderá algum dia dizer ao Sr. Henry Kaepner que seu pior temor se tornou realidade: o indigno genro fez com que sua filha única fosse assassinada.

Mas não é culpa minha, pensa Peter. Talvez eu possa fazê-lo compreender isso, se começar dizendo que acabava de voltar do tra...

— *Jackson.*

A voz varre suas preocupações, faz com que oscile sobre os pés, tenha vontade de gritar. É como se uma boca alheia se houvesse aberto dentro de sua mente, fazendo um buraco nela. Mary escorrega em seus braços, tentando livrar-se de seu poder, e Peter aperta-a com mais força contra si, ignorando a dor nos braços. Ao mesmo tempo, volta a ter uma vaga compreensão da realidade. A maioria dos furgões se movimenta de novo, mas muito devagar, ainda atirando. O cor-de-rosa e o amarelo agora despejam fogo sobre as residências dos Reed e Geller, despedaçando tanques de passarinhos, arrancando torneiras, destroçando janelas de porões, estraçalhando flores e arbustos, rasgando calhas que caem, tortas, no gramado embaixo.

Um deles, porém, não se move. O negro. Está parado do outro lado da rua, tapando a visão da maior parte da casa dos Wyler. A torrinha deslizou para trás, e agora uma figura reluzente, de um cinza brilhante e um negro mortal, sai como um espectro da janela de uma casa assombrada. Só que, vê Peter, a figura está em cima de alguma coisa. Parece uma almofada voadora e como que zumbe.

É um homem? Não pode dizer com certeza. Parece usar um uniforme nazista, um tecido todo negro e brilhante, com arremates prateados, mas não há rosto humano acima das abas da gola; rosto nenhum, na verdade.

Só escuridão.

— *Jackson, venha pra cá, parceiro.*

Ele tenta resistir, manter seu terreno, e quando a voz torna a vir, não parece uma boca, mas um anzol, enterrando-se dentro de sua cabeça, rasgando seus pensamentos. Agora ele sabe o que sente uma truta fisgada.

— *Vamos andando, parceiro!*

Peter atravessa os restos lavados pela chuva de um jogo de amarelinha na calçada (Ellen Carver e a amiga Mindy, de uma quadra acima, desenharam-no nesta mesma manhã), e pisa na sarjeta. A água em cachoeira enche um dos sapatos, mas ele nem sente. Em sua mente, ouve agora uma coisa estranha, uma espécie de trilha sonora. É tocada por um violão pinicado, como uma espécie de peça instrumental de Duane Eddy. Uma música que ele conhece mas não pode identificar. É o toque final enlouquecedor.

A figura brilhante na almofada flutuante desce ao nível da rua. Ao aproximar-se, Peter espera ver o pano negro (talvez náilon, talvez seda) cobrindo o rosto do homem, dando-lhe aquele ar espectral de ausência, mas *não* vê, e quando a vitrina da E-Z Stop explode na rua abaixo, ele compreende uma coisa terrível: não o vê porque não está ali. O homem do furgão negro na verdade não tem rosto.

— Ah, meu Deus — geme, numa voz tão baixa que ele mesmo mal pode ouvir. — Ah, meu Deus, por favor.

Duas outras figuras olham de cima da torrinha do furgão negro. Uma é um cara barbudo, usando os restos do que parece um uniforme da Guerra Civil americana. A outra é uma mulher de cabelos lisos e feições cruéis e belas. É pálida como um vampiro de história em quadrinhos. Usa um uniforme, como o do homem sem rosto, negro e prata, tipo Gestapo. Uma espécie de badulaque — do tamanho de um ovo de pombo — pende-lhe de uma corrente no pescoço, faiscando como um vestígio dos psicodélicos anos 60.

É um desenho animado, pensa Peter. A primeira e vaga tentativa de fantasia sexual de um garoto púbere.

Ao chegar mais perto do homem sem rosto, compreende uma coisa ainda mais terrível: ele na verdade não está absolutamente ali. Nem os outros dois, nem o furgão negro. Lembra-se de uma matinê de sábado — não podia ter mais de seis ou sete anos —, quando foi até a tela do cinema e ficou olhando para cima, compreendendo pela primeira vez como era barato o truque. De meio metro de distância, as imagens eram apenas gaze; a única realidade era a base brilhante de reflexo da tela, em si absolutamente vazia, tão sem traços quanto um banco de neve. Tinha de ser, para a ilusão funcionar. É a mesma coisa aqui, e Peter tem o mesmo tipo de estúpida surpresa agora que os sentiu. Estou vendo a casa de Herbie Wyler, pensa. Estou vendo através do furgão.

— *JACKSON!*

Mas *isso* é real, essa voz, como era real a bala que tirou a vida de Mary. Ele grita através de uma grade de dor, puxando o corpo dela para mais perto do peito por um momento, e depois deixando-a cair amontoada na rua sem sequer perceber. É como se alguém apertasse a boca de um megafone elétrico num de seus ouvidos, aumentasse todo o volume e gritasse seu nome dentro dele. O sangue esguicha-lhe do nariz e começa a minar dos cantos dos olhos.

— *POR AQUI, PARCEIRO!* — A figura negra e prata, agora insubstancial mas ainda ameaçadora, aponta a casa dos Wyler. A voz é a única realidade, mas é a única realidade que Peter precisa; como uma lâmina numa serra elétrica. Ele lança a cabeça para trás com tanta força que os óculos se entortam no rosto. — *A GENTE TEM UM TRABALHINHO PRA FAZER! MELHOR SE APRESSAR!*

Ele não caminha para a casa de Herbie e Audrey; é *puxado* para ela, empurrado para dentro. Quando atravessa a figura negra e sem rosto, uma imagem alucinada lhe enche a mente por um momento: espaguete, daquele tipo estranhamente vermelho que vem numa lata, e hambúrguer. Tudo misturado junto numa tigela branca com figuras de desenho animado da Warner Bros. — Pernalonga, Hortelino, Patolino — dançando na borda. Só *pensar* nesse tipo de comida em geral o deixa nauseado, mas no momento a imagem se fixa em sua mente, tem uma fome desesperada; anseia por esses pálidos fios de massa e o estranho molho vermelho. Por esse instante, até a dor em sua cabeça deixa de existir.

Atravessa a imagem projetada do furgão negro, quando ele recomeça a rodar, e então está andando pela trilha de cimento que conduz à casa. Os óculos finalmente desistem da tênue pressão que exercem em seu rosto e caem; ele não nota. Ainda ouve uns tiros isolados, mas distantes, em outro mundo. O violão pinicado ainda toca em sua cabeça, e quando a porta da casa dos Wyler se abre sozinha, trompetes juntam-se ao violão e ele identifica a música. É o tema de um velho seriado da TV, *Bonanza.*

Eu acabava de chegar em casa do trabalho, pensa, entrando numa sala escura, fétida, que recende a suor e hambúrguer velho. Eu acabava de chegar em casa do trabalho, e a porta bate, fechando-se às suas costas, e ele está atravessando a sala de visitas, a caminho do arco e do som da TV.

— Pra que está usando esse uniforme? — pergunta alguém. — A guerra acabou há uns três anos, você não soube?

Eu acabava de chegar em casa do trabalho, pensa Peter, como se isso explicasse tudo — sua esposa morta, a fuzilaria, o homem sem rosto, o ar rançoso daquela salinha —, e então a coisa sentada diante da TV vira o rosto para ele e Peter não pensa em nada.

Na rua lá fora, os furgões que compõem o corredor de fogo aceleram, o negro alcançando rapidamente o Dream Floater e o Justice Wagon. O homem barbudo na torrinha lança uma rajada final. Atinge a caixa de correspondência azul do Correio dos EUA diante do E-Z Stop, abrindo-lhe um buraco do tamanho de uma bola de *softbol.* Então os invasores dobram à esquerda para a Jacintos e desaparecem. O Rooty-Toot, o Freedom e o Tracker Arrow deixam a Rua do Urso, desaparecendo no vapor que primeiro os dissolve, e depois os engole.

Na casa dos Carver, Ralphie e Ellen berram à visão da mãe, que desabou na porta dando para o corredor. Mas ela não perdeu os sentidos; o corpo debate-se furiosamente de um lado para outro, com as convulsões que a despedaçam. É como se o sistema nervoso estivesse sendo varrido por fortes aguaceiros. O sangue esguicha em fios do rosto esfacelado, e ela emite um complexo ruído do fundo da garganta, uma espécie de rosnar cantado.

— *Mãe! Mãe!* — grita Ralphie, e Jim Reed está perdendo a batalha para impedir o menino, que se contorce e luta, de correr para a mulher agonizante na porta da cozinha.

Johnny e Brad descem a escada sentados — um degrau de cada vez, como crianças fazendo uma brincadeira —, mas quando o primeiro chega embaixo e percebe o que aconteceu, o que continua acontecendo, levanta-se e corre, primeiro abrindo a porta de tela escangalhada com um pontapé, depois pisando nos restos dos adorados Hummels de Kirsten.

— Não, se abaixe! — berra-lhe Brad, mas Johnny não lhe dá atenção.

Pensa só numa coisa, que é separar a mulher agonizante dos filhos o mais rápido possível. Eles não precisam assistir ao resto do sofrimento dela.

— *Mãaee!* — uiva Ellen, tentando sair de baixo de Cammie. Sangra pelo nariz. Tem os olhos desvairados mas infernalmente lúcidos. — *Mãããaeeee!*

Sem ouvir, deixados para trás os dias de preocupação com os filhos e o marido, e a secreta ambição de um dia criar ela própria belas figurinhas de Hummel (a maioria, pensava, provavelmente se pareceria com seu belo filho), Kirsten Carver estremece indiferente a tudo na porta, batendo os pés, erguendo e baixando as mãos, que tamborilam por um instante no colo e depois tornam a voar para cima como pássaros assustados. Rosna e canta, rosna e canta, sons que são quase palavras.

— Tire ela daqui! — berra Cammie para Johnny. Fita Pie com terror e pena. — Afaste ela das crianças, pelo amor de Deus!

Ele se abaixa, pega-a, e então Belinda ali está para ajudá-lo. Levam Kirsten para a sala de visitas dela e a colocam num sofá pelo qual ela morreu de angústia durante semanas, e que agora solta o estofo por um buraco enorme. Brad recua diante deles para dar espaço, lançando olhares nervosos à rua atrás, que mais uma vez parece deserta.

— Não *me* peça pra costurar isso — diz Pie, num tom de voz matreiro, e depois dá uma horrível gargalhada abafada.

— Kirsten — diz Belinda, curvando-se sobre ela e pegando uma de suas mãos. — Você vai ficar bem. Vai ficar ótima.

— Não *me* peça pra costurar isso — repete a mulher no sofá.

Desta vez parece estar pregando um sermão. A almofada sob sua cabeça escurece, a mancha de sangue espalhando-se visivelmente, sob o olhar dos três parados a seu lado. Para Johnny, é como aquelas nuvens que os pintores renascentistas às vezes punham em torno de suas Virgens. E então voltam as convulsões.

Belinda curva-se e segura os ombros de Kirsten, em contorções.

— Me ajudem aqui com ela — diz, sufocando, furiosa, a Johnny e ao marido. Voltou a chorar. — Ah, seus idiotas, sozinha eu não posso, me *ajudem* aqui com ela!

Na casa ao lado, Tom Billingsley continuou tentando salvar a vida de Marielle mesmo no auge do ataque, trabalhando com o equilíbrio de um cirurgião de guerra. Agora ela está costurada, e a hemorragia se reduziu a um empapado vazamento pela tripla bandagem de gaze, mas ao erguer o olhar para Collie, o Velho Doutor balança a cabeça. Na verdade, sente-se mais perturbado pelos gritos da casa vizinha do que pela operação que acabou de realizar. Não sente muita coisa por Marielle Soderson, positiva ou negativa, mas tem quase certeza de que a mulher que grita ao lado é Kirsten Carver, e de Kirsten ele gosta muito.

— Cara, ó cara — diz em voz alta. — Quer dizer, como está você?

Collie olha para Gary, querendo assegurar-se de que ele está fora do alcance do ouvido, e descobre-o xeretando na pequena cozinha do Doutor, indiferente aos gritos e ao choro das crianças na casa ao lado, ignorando que a operação de sua esposa acabou; abre e fecha armários com a meticulosidade do alcoólatra atrás de bebida. Sua olhada na geladeira em busca de cerveja, ou quem sabe uma vodca gelada, foi compreensivelmente curta; o braço da esposa está ali, na segunda prateleira. O próprio Collie o pôs lá, afastando as coisas — molho de salada, picles, a maionese, um resto de lombinho de porco na embalagem — para dar-lhe espaço. Não crê que venha a ser reimplantado, nem mesmo nessa era de milagres e maravilhas se pode fazer uma coisa dessas, mas ainda assim não pôde decidir-se a pô-lo na despensa do Doutor. Quente demais. Ia atrair moscas.

— Ela vai morrer? — pergunta Collie.

— Não sei — diz Billingsley. Faz uma pausa, lança sua própria olhada a Gary, dá um suspiro, passa a mão sobre a juba de cabelos brancos tipo Albert Einstein. — Provavelmente. Certamente, se não for logo pra um hospital. Precisa de muita ajuda. Acima de tudo, transfusão. E tem alguém ferido aí ao lado, pelo barulho. Kirsten, eu acho. E talvez não seja a única.

Collie balança a cabeça.

— Sr. Entragian, que acha que está acontecendo aqui?

— Não tenho a menor idéia.

Cynthia pega um jornal (é o *Dispatch*, de Columbus, não o *Shopper*, de Wentworth) que caiu na sala de visitas durante o barulho, enrola-o e rasteja devagar até a porta da frente. Usa o jornal para varrer os cacos de vidro — em quantidade surpreendente — do caminho à medida que avança.

Steve pensa em protestar, perguntando-lhe se ela talvez não sente desejo de morrer, mas cala-se. Às vezes tem idéias sobre as coisas. Idéias muito fortes, na verdade. Certa vez, quando lia mãos pacificamente na calçada de tábuas de Windwood, teve uma idéia tão forte, que deixou o emprego na mesma noite. Era sobre uma risonha garota de dezessete anos com câncer ovariano. Maligno, avançado, talvez um mês além de qualquer remédio humano. Não era a idéia que a gente queria ter sobre uma linda ginasiana de olhos verdes, se o lema da vida da gente era

NÃO TEM PROBLEMA.

A idéia que está tendo agora é exatamente tão forte quanto aquela, porém muito mais otimista: os atiradores foram embora, pelo menos por enquanto. Não há como ele saber disso, mas tem certeza, mesmo assim.

Em vez de chamar Cynthia de volta, junta-se a ela. A porta de dentro foi estourada por vários tiros de escopeta (também ficou tão seriamente empenada que Steve duvida que algum dia volte a fechar-se), e o vento que entra pela tela despedaçada é o paraíso — gostoso e frio no rosto suado. As crianças ainda choram na casa ao lado, mas os berros pararam, pelo menos por enquanto, o que é um alívio.

— Cadê ele? — pergunta Cynthia, parecendo desorientada. — Veja, lá está a mulher dele — aponta o corpo de Mary, que agora jaz na rua, suficientemente perto do outro lado para que mechas de cabelos ondulem na água que desce a sarjeta. —... mas cadê ele? O Sr. Jackson?

Steve aponta pela metade de baixo rasgada da tela.

— Naquela casa. Deve ser. Está vendo os óculos dele na trilha de cimento?

Cynthia espreme os olhos, e balança a cabeça.

— Quem é que mora ali? — pergunta-lhe Steve.

— Não sei. Não estou aqui o tempo suficiente pra...

— A Sra. Wyler e o sobrinho — diz Collie por trás deles. Eles se viram e o vêem agachado de cócoras, olhando os dois. — O menino é autista, ou disléxico, ou catatônico... um desses malditos *icos*, nunca sei diferençar um do outro. O marido dela morreu no ano passado, de modo que só tem os dois. Jackson... deve... deve ter... — Não se interrompe, mas a voz se esvai, as palavras se tornando cada vez mais baixas e finalmente caindo no silêncio. Quando torna a falar, a voz ainda é baixa... e muito pensativa. — Que diabo?

— Que é? — pergunta Cynthia, nervosa. — Que é?

— Está brincando comigo? Não está vendo?

— Vendo o quê? Estou vendo a mulher, e os óculos do mari... — Agora é a vez da voz dela se esvair.

Steve começa a perguntar o que é que há, e então compreende — mais ou menos. Acha que teria visto antes, mesmo sendo estranho à rua, se não tivesse a atenção desviada pelo cadáver, os óculos caídos e sua preocupação com a Sra. Soderson. Sabe o que tem de fazer a respeito, e mais que qualquer outra coisa esteve reunindo coragem para fazê-lo.

Agora, porém, simplesmente olha o outro lado da rua, deixando os olhos passarem devagar do E-Z Stop para a casa adiante, desta para a outra, onde as crianças jogavam disco quando ele entrou na rua, e depois para a diretamente defronte deles, onde Jackson deve ter-se jogado no chão quando a fuzilaria esquentou demais.

Houve uma mudança desde a chegada dos atiradores nos furgões.

Exatamente como, ele não sabe, sobretudo porque *é* um estranho ali, *não* conhece a rua, e em parte porque a fumaça da casa incendiada e o vapor que ainda sobe da rua molhada dão às casas do outro lado uma aparência quase espectral, como casas vistas numa miragem... mas *houve* uma mudança.

Na casa dos Wyler, o revestimento metálico externo foi substituído por toros, e onde havia uma janela panorâmica há agora três janelas de múltiplas vidraças mais convencionais — antiquadas, pode-se dizer. A porta tem suportes de madeira pregadas em Z nas tábuas verticais. A casa vizinha à esquerda...

— Me diga uma coisa — diz Collie, olhando a mesma casa. — Desde quando os Reed moravam numa porra duma cabana de toros?

— Desde quando os Geller moram numa *hacienda* de adobe? — responde Cynthia, olhando uma outra mais abaixo.

— Vocês estão brincando — diz Steve. Depois, em voz fraca: — Não estão?

Ninguém responde. Parecem quase hipnotizados.

— Sei que estou vendo mesmo — diz Collie por fim. Tem a voz atipicamente hesitante. — Está...

— Tremulando — diz a moça.

Ele volta-se para ela.

— Ééé. Como quando a gente vê uma coisa por cima de um incinerador, ou...

— Alguém aí ajude minha mulher! — grita-lhes Gary das sombras da sala de visitas.

Encontrou uma garrafa de alguma coisa — Steve não vê o quê — e está parado junto à foto de Hester, um pombo que gostava de fazer pintura a dedo. Não, pensa Steve, que pombo na verdade tenha dedo. Gary não está firme sobre os pés, e suas palavras soam engroladas.

— Alguém aí ajude Mar'elle! Ela perdeu a porra do braço.

— A gente precisa buscar socorro pra ela — diz Collie, balançando a cabeça. — E...

—... pro resto de nós — conclui Steve.

Na verdade está aliviado, por saber que mais alguém compreende isso, que talvez não tenha de ir sozinho. O menino na casa ao lado parou de chorar, mas ele ainda ouve a menina, dando grandes soluços aguados. Margrit Minhoca, pensa. É como o irmão a chamava. Disse que Margrit Minhoca ama Ethan Hawke.

Steve sente uma vontade súbita, tão forte quanto incomum, de ir à casa ao lado ver a menina. Ajoelhar-se diante dela, tomá-la nos braços, abraçá-la e dizer-lhe que pode amar a quem quiser. Ethan Hawke, Newt Gingrich ou qualquer um. Em vez disso, baixa o olhar para a rua adiante. O E-Z Stop, até onde pode ver, não mudou; o estilo ainda é Loja de Conveniência do Século Passado, às vezes conhecido como Pré-Moldado Pastel, às vezes conhecido como Natureza-Morta com Lixeira. Não bonito, longe disso, mas um fator conhecido, o que nas circunstâncias é um alívio. A caminhonete Ryder continua parada na frente, a placa de telefone azul ainda pendurada do gancho, o Homem de Marlboro ainda na porta, e...

... e o estande de bicicletas desapareceu.

Bem, não *desapareceu* exatamente; foi substituído.

Por uma coisa que parece, suspeitamente, uma barra de amarrar cavalos num filme de faroeste.

Com um esforço, ele arrasta primeiro os olhos e depois a mente de volta ao policial, que está dizendo que Steve tem razão, todos precisam de ajuda. Na casa dos Carver como na do Velho Doutor, a julgar pelo barulho.

— Tem uma mata atrás das casas deste lado da rua — diz Collie. — Atravessada por uma trilha. É usada principalmente pelos meninos, mas eu mesmo gosto. Se bifurca atrás da casa de Jackson. Um lado desce a Jacintos. Sai no abrigo de ônibus, na metade da quadra. O outro segue pra leste, pra Avenida Anderson. Se a Anderson, perdoem meu francês, também se fodeu...

— Por que devia? — pergunta Cynthia. — Não teve nenhum tiro pr'aqueles lados.

Ele lança-lhe um olhar estranho, paciente.

— Também não veio *ajuda* nenhuma daqueles lados. E nossa rua está fodida de uma maneira que não tem nada a ver com a fuzilaria, caso você não tenha notado.

— Ah — ela diz, com uma vozinha miúda.

— De qualquer modo, se a Avenida Anderson estiver tão pirada quanto a Rua dos Álamos... espero que não, mas se estiver... tem um viaduto que vai pelo menos até o fim dela, senão mais adiante. Talvez até Columbus Broad. Tem de ter gente lá.

Mas não parece acreditar de fato nisso.

— Eu vou com você — diz Steve.

O policial parece surpreso com a oferta, e depois, avaliando:

— Acha mesmo uma boa idéia?

— Na verdade, sim. Acho que os bandidos foram embora, pelo menos por enquanto.

— Que faz você pensar isso?

Steve, que não tem absolutamente intenção alguma de encerrar sua breve carreira como vidente de calçadão, diz que é apenas um palpite. Vê Collie Entragian pensando no assunto, e sabe que o policial vai concordar mesmo antes de ele abrir a boca. E não há nada de mediúnico nisso, tampouco. Quatro pessoas foram mortas na Rua dos Álamos nessa tarde (sem falar de Hannibal, o cachorro ladrão de disco), outras foram feridas, uma casa está ardendo até o chão, sem uma única porra de um carro de bombeiros para socorrê-la, pessoas alucinadas correm as ruas — maníacos homicidas — e o cara teria de ser louco para querer se arrastar sozinho pelo mato dali até a próxima quadra.

— E ele? — pergunta Cynthia, indicando Gary com o polegar.

Collie faz uma careta.

— Do jeito que está, eu não ia nem no cinema com ele, quanto mais no mato, com essa merda toda despencando em cima da gente. Mas se está falando sério, Sr... Ames, não é?

— Digamos Steve. E estou falando sério.

— Tudo bem. Vamos ver se o Velho Doutor tem uma ou duas armas dando sopa no porão. Aposto que sim.

Atravessam a sala de visitas, bem abaixados. Cynthia volta-se para segui-los, mas então um movimento atrai seus olhos. Ela se vira, e deixa cair o queixo. À surpresa, segue-se a repulsa, e ela tem de levar a mão à boca para abafar o grito que quer sair. Pensa em chamar os homens de volta. Que diferença faria?

Um urubu — *pode* ser um urubu, embora não se pareça com nada que ela já viu em livro ou filme — cruzou a fumaça, vindo da casa de Hobart, e pousou na rua, junto de Mary Jackson. É uma coisa enorme e desajeitada, estranha, com uma cabeça feia, pelada. Anda em torno dos cadáveres, parecendo alguém que examina um bufê antes de pegar um prato, e então mergulha a cabeça e arranca a maior parte do nariz da mulher.

Cynthia fecha os olhos e tenta dizer a si mesma que é um sonho, só um sonho. Seria legal se pudesse acreditar.

Do diário de Audrey Wyler.

10 de junho de 1995

Um susto esta noite. Um grande susto. As coisas andavam calmas ultimamente — com Seth, quer dizer —, mas agora tudo mudou.

A princípio, nenhum de nós soube o que havia — Herb tão intrigado quanto eu. Fomos tomar sorvete no Milly's da Praça, parte de nosso ritual habitual do sábado quando Seth está sendo "bonzinho" (o que significa quando está sendo Seth), e ele estava ótimo. Aí, quando dobramos com o carro no acesso, ele se pôs a fungar, o que às vezes faz — ergue o nariz e fareja como um cachorro. Eu detesto vê-lo fazer isso, e Herb também. Como os agricultores detestam ouvir notícias de furacão no rádio, acho. Li que os pais dos epilépticos aprendem a ficar atentos a sinais semelhantes antes de ataques... um obsessivo coçar a cabeça, palavrões, até mesmo futucar o nariz. Com Seth, é essa coisa de fungar. Mas não são ataques epilépticos. Eu queria que fossem.

Herb perguntou o que era assim que o viu fazendo isso, e não conseguiu nada, nem mesmo a habitual vocalização que ele faz. Comigo foi a mesma coisa. Nenhuma palavra; nem sequer um balbucio, só mais fungados. E assim que chegou em casa, foi a coisa da perna de pau — andando de um lugar para outro como se os joelhos não dobrassem. Saiu para os fundos, para a caixa de areia, foi para o quarto dele no andar de cima, desceu para o porão, tudo naquele silêncio sinistro. Herb seguiu-o por algum tempo, perguntando o que era, depois desistiu. Quando eu despejava a água suja de lavar pratos, Herb entrou acenando com um panfleto religioso que encontrara enfiado na caixa do leite junto à porta do lado & gritando "Aleluia! Sim, Jesus!". Ele é um amor, sempre tentando me animar, embora eu saiba que ele próprio não está indo tão bem. Ficou com a pele muito pálida, e estou assustada como emagreceu, sobretudo desde janeiro, mais ou menos. Talvez uns dez quilos, e pode chegar a 15, mas sempre que lhe pergunto a respeito, ele descarta a coisa rindo.

De qualquer modo, o panfleto era a típica baboseira batista. Tinha uma ilustração na frente, um homem agonizando, com a língua para fora, o suor escorrendo pelo rosto e os olhos revirados para cima. IMAGINE UM MILHÃO DE ANOS SEM UMA GOTA D'ÁGUA!, está escrito acima da ilustração. E embaixo: BEM-VINDO AO INFERNO! Verifiquei nas costas, e, claro, Igreja Batista da Aliança de Sion. Aquela turma de Elder.

— Veja — disse Herb —, é meu pai antes de pentear o cabelo de manhã.

Eu queria rir —, sei que ele fica feliz quando me faz rir — mas não pude. Sentia Seth em toda a nossa volta, quase estalando em nossa pele. Você sabe como a gente às vezes sente uma tempestade se formando.

Nesse momento ele entrou — as pernas de pau — com a horrível carranca que faz quando acontece alguma coisa que não se encaixa em seu plano geral de vida. Só que *não é* ele, *não é*. Seth é a criança mais meiga e bondosa, mais acomodada que posso imaginar. Mas tem essa outra personalidade, que estamos vendo cada vez mais. A da perna de pau. A que fareja o ar como um cachorro.

Herb perguntou-lhe o que era, o que estava pensando, e aí, de repente, ele — Herb, quer dizer — ergueu a mão e puxou o lábio inferior. Puxou-o para fora como um toldo de janela e se pôs a torcê-lo. Até sangrar. E o tempo todo seus pobres olhos lacrimejavam de dor e se esbugalhavam de medo, e Seth o olhava fixo com aquela carranca de ódio que ele arma, a que diz: "Eu faço o que bem quiser, vocês não podem me impedir." E talvez não possamos mesmo, mas acho que — às vezes, pelo menos — ele, Seth, pode.

— Pare de obrigar ele a fazer isso — eu gritei. — Pare agora mesmo.

Quando o outro, o *não*-Seth, fica fulo de verdade, os olhos parecem passar de castanhos para negros. Ele volveu esse olhar para mim então, e de repente *minha* mão se ergueu e eu me dei um tapa na cara. Com tanta força que o olho daquele lado se encheu d'água.

— Faça ele parar, Seth — eu disse. — Não é justo. Qualquer que seja o problema, a gente não é responsável. Nem sabemos qual é.

Nada, a princípio. Só aquele olhar sinistro. Minha mão tornou a subir, e então o olhar de ódio que ele me lançava mudou um pouco. Não muito, mas o bastante. Minha mão baixou e Seth voltou-se e olhou dentro do armário acima da pia, onde guardamos os copos. Os de minha mãe ficam na prateleira de cima, um belo cristal Waterford que eu só tiro nas festas. Ficavam lá em cima, pelo menos. Explodiram quando Seth os olhou, um após outro, como patos numa galeria de tiro. Quando acabaram, os onze que restavam, ele me olhou com aquele sorriso mau, de maligna satisfação, que dá às vezes quando nós o contrariamos e ele nos machuca por isso. Os olhos muito negros e às vezes velhos no rosto de criança.

Comecei a chorar. Não pude evitar. Chamei-o de menino mau & mandei-o embora. O sorriso se desfez. Ele não gosta que lhe mandem nada, mas isso menos ainda. Achei que podia me fazer me machucar de novo, mas então Herb se pôs na minha frente e lhe disse a mesma coisa, que fosse embora e se acalmasse, e depois descesse, que talvez a gente pudesse ajudá-lo a dar um jeito em qualquer problema.

Seth saiu, e eu pude ver, mesmo antes de ele atravessar a sala de visitas para subir a escada, que o outro ou fora embora ou estava indo. Ele não andava mais daquele horrível jeito rígido. (Herb chama-o de "o andar de Robô Sooty de Seth".) Depois, mais tarde, nós o ouvimos chorando em seu quarto.

Herb me ajudou a varrer os cacos de vidro, eu chorando feito uma idiota o tempo todo. Ele não tentou me consolar nem me distrair com uma de suas brincadeiras. Às vezes é muito ajuizado. Quando acabou (nenhum de nós sofreu o menor corte, uma espécie de milagre), ele disse o óbvio, que Seth tinha perdido alguma coisa. Eu disse não brinca, Sherlock, qual é a primeira pista? Depois me senti mal e abracei-o, e pedi desculpa, não queria ser uma megera. Herb disse que sabia disso, depois virou o estúpido panfleto batista e escreveu nas costas: "Que vamos fazer?"

Eu balancei a cabeça. Muitas vezes a gente nem se atreve a falar as coisas em voz alta, por receio de que ele esteja ouvindo — o não-Seth. Herb amassou o panfleto & jogou-o no lixo, mas isso não bastava para mim. Eu o peguei & rasguei em tiras. Mas primeiro me vi olhando o rosto suado, torturado na capa. BEM-VINDO AO INFERNO.

Esse aí é Herb? Sou eu? Quero dizer não, mas às vezes parece o inferno. Muitas vezes, na verdade. Por que mais estou mantendo este diário?

11 de junho de 1995

Seth dormindo. Exausto, talvez. Herb lá fora no quintal, procurando em toda parte. Embora eu ache que Seth já andou procurando. Pelo menos agora a gente sabe o que foi perdido. Seu Power Wagon, o Dream Floater. Ele ganhou toda essa merda dos MotoKops — figurinhas de super-heróis, QG, Centro de Crise, o Party Pad de Cassie, o Curral de Power Wagons, duas pistolas de aturdir, até mesmo lençóis "plataforma flutuante" para sua cama. Porém, mais que tudo, adora os Power Wagons. São furgões movidos a pilha, muito grandes, muito futuristas. A maioria tem asas que ele pode fazer sair empurrando uma alavanca no fundo, além de antenas parabólicas que realmente giram no topo (a do Dream Floater de Cassie Styles tem a forma de um coraçãozinho do Dia dos Namorados, isso depois de quase trinta anos de papo sobre direitos iguais & papéis-modelo para as meninas; me dá vontade de vomitar), pisca-piscas, ruídos de sirene, explosões espaciais, etc., etc.

Seja como for, Seth voltou da Califórnia com todos os seis atualmente no mercado: o vermelho (Tracker Arrow), o amarelo (Justice Wagon), o azul (Freedom), o negro (Meatwagon, pertence ao vilão), o prateado (Rooty-Toot, & pensar que alguém é pago para bolar essas merdas) e o estúpido cor-de-rosa, dirigido por Cassie Styles, o amor da vida de nosso jovem sobrinho. A paixonite dele na verdade é meio cômica e inocente, mas não tem nada de engraçado no que vem acontecendo por aqui atualmente. O "Duín Fuatá" de Seth desapareceu, e tudo isso é uma espécie de faniquito.

Herb me acordou me sacudindo às seis horas da manhã de hoje, me arrancou da cama. Tinha as mãos frias como gelo. Perguntei-lhe o que era, qual era o problema, e ele não quis dizer. Apenas me arrastou para a janela & me perguntou se via alguma coisa lá fora. Vi que o que queria dizer era se eu via o que ele via.

Eu via, claro. Era o Dream Floater, que parece meio art-deco, como uma coisa saída dos velhos gibis de Batman. Mas não era o Dream Floater de Seth, o brinquedo. Este tem uns dois palmos de comprimento, e talvez um de altura. O que a gente via era em tamanho natural, provavelmente quase quatro metros de comprimento e uns dois e meio de altura. Tinha a portinhola do topo meio aberta, & a antena parabólica em forma de coração girava, como no desenho.

— Nossa mãe — eu disse. — De onde saiu isso?

Só podia pensar que chegara voando, com os toquinhos de asa retráteis. Era como saltar da cama com um olho aberto e descobrir que um disco voador tinha pousado no quintal! Eu não conseguia respirar. Sentia como se alguém me tivesse dado um soco na barriga.

A princípio, quando ele me disse que aquilo não estava ali, não entendi o que queria dizer, e aí o sol subiu mais um pouco e percebi que podia ver através do carro as faias pretas atrás de nossa cerca. Na verdade ele <u>não estava</u> ali. Mas ao mesmo tempo <u>estava</u>.

— Ele está mostrando à gente o que não pode falar — disse Herb.

Perguntei se Seth estava acordado & Herb disse que não, que fora até o fim do corredor verificar e ele dormia profundamente. Isso me causou um arrepio que não posso descrever. Porque significava que estávamos ali parados de pijama, na janela de meu quarto, vendo o sonho de nosso sobrinho. Ali estava, no quintal, como uma grande bolha de sabão cor-de-rosa.

Ficamos ali parados uns vinte minutos, observando o carro. Não sei se esperávamos ver Cassie Styles sair ou o quê, mas nada de semelhante aconteceu. O furgão cor-de-rosa simplesmente ficou lá, a portinhola do topo meio levantada e a antena parabólica girando, e depois começou a desaparecer até não passar de um adejo. No fim a gente não podia dizer o que era, se não o tivesse visto quando mais intenso. Então ouvimos Seth se levantando e atravessando o corredor. Quando soou a descarga, o furgão já havia desaparecido.

Na hora do café, Herb puxou a cadeira para junto da de Seth, como faz quando quer conversar com ele. Em certos aspectos, acho Herb mais corajoso do que eu mesma jamais poderia ser. Sobretudo quando foi ele que...

Não, não vou escrever isso.

Seja como for, Herbie aproximou o rosto do de Seth — para que ele não tivesse de olhá-lo — & então falou numa voz baixa e bondosa. Disse que sabia qual era o problema, porque ele estava tão perturbado, mas que não precisava se preocupar, porque o Power Wagon de Cassie certamente estava em algum lugar da casa ou do quintal. A gente vai encontrar ele, disse. Durante tudo isso, Seth estava ótimo. Continuou comendo seu cereal & o rosto não mudou, mas às vezes a gente sabe que é ele e que está escutando, e compreendendo pelo menos um pouco. Então Herb disse:

— E se a gente <u>não puder</u> encontrar de jeito nenhum, arranja um novo.

& aí tudo virou um inferno.

A tigela de Seth saiu voando para o outro lado do aposento, espalhando leite e cereal por todo o chão da cozinha. Bateu na parede e quebrou-se. A gaveta debaixo do fogão se abriu, e tudo que eu guardava ali — caçarolas, fôrmas de doce, latas de biscoito — saiu voando. As torneiras das pias se abriram. A lavadora de pratos supostamente não funciona com a porta aberta, mas funcionou & a água se esparramou pelo chão. O vaso que eu tenho na prateleira da janela acima da pia atravessou todo o aposento & se espatifou na parede. O mais apavorante foi a torradeira. Estava ligada, eu tinha posto duas fatias, para comer com geléia, & de repente ela ficou rubra lá dentro, como se fosse uma fornalha, em vez de um pequeno eletrodoméstico. A alavanca subiu & a torrada voou até o teto, negra e fumegante. Parecia atômica. Caiu na pia.

Seth se levantou e saiu da cozinha. Com o andar de perna de pau. Herb e eu simplesmente continuamos olhando um para o outro por um ou dois segundos, & então ele disse:

— Aquela torrada bem que ia ficar boa com um pouco de manteiga de amendoim.

Eu o olhei boquiaberta a princípio, mas depois comecei a rir. Isso o fez rir também. A gente riu & riu, baixando a cabeça sobre a mesa. Para evitar que ele ouvisse, acho, só que era estupidez — Seth nem sempre precisa ouvir para saber. Não sei se ele lê pensamentos, exatamente, mas faz alguma coisa.

Quando por fim me controlei o suficiente para levantar a cabeça, Herb passava o pano de chão embaixo da lavadora de pratos. Ainda ria um pouco e enxugava os olhos. Graças a Deus por ele. Fui pegar a pá de lixo para varrer os cacos do vaso quebrado.

— Acho que ele está meio amarrado no velho Dream Floater — foi só o que Herb disse.

E para que dizer mais? Isso resume tudo.

Agora são três horas da tarde, e a gente "revirou toda a maldita casa", como diria minha velha amiga de escola Jan. Seth tentou ajudar, à sua maneira estranha. De certa forma me comoveu vê-lo virando as almofadas do sofá, como se o furgão desaparecido pudesse ter escorregado ali para baixo como uma moedinha ou uma crosta de pizza. Herb começou cheio de esperança, dizendo que o brinquedo era grande & colorido demais para a gente não ver, & eu achei que tinha razão. Na verdade, ainda acho que tem, logo, por que a gente não encontra? De onde escrevo, à mesa da cozinha, vejo Herb de quatro junto à sebe do fundo do quintal, futucando com o cabo de um ancinho. Gostaria de mandá-lo parar — é a terceira vez que procura ali —, mas não tenho ânimo.

Ruídos lá em cima. Seth está acordando de seu cochilo, portanto tenho de acabar isto. Esconder. Tentar esquecer, também. Mas tudo deve dar certo. Acho que ele consegue captar mais o que Herb pensa do que o que eu penso. Não há nenhum motivo concreto para isso, mas a sensação é forte. E tive o cuidado de não dizer a Herb que estou mantendo um diário.

Sei o que diria qualquer um que lesse o diário: estamos malucos. Malucos por ficar com ele em casa. O menino tem algum problema, um problema sério, e não sabemos o que é. Mas sabemos que é perigoso. Assim, por que fazer isso? Por que continuar? Não sei, exatamente. Por que o amamos? Por que ele está nos controlando? Não. Às vezes há coisas assim (Herb torcendo os lábios, eu me estapeando), coisas semelhantes a uma poderosa hipnose, mas não muitas. Na maioria das vezes ele é apenas Seth, uma criança na prisão de sua própria mente. Também é o último pedacinho de meu irmão. Mas, claro, além disso (e por cima disso, e por baixo disso, e em torno disso), é simplesmente amor. E toda noite, quando eu e Herb nos deitamos, vejo nos olhos de meu marido o que ele deve ver nos meus — que vencemos mais um dia, & se o fizemos hoje, podemos fazer amanhã. À noite é fácil dizer a nós mesmos que isso é apenas mais outro aspecto do autismo de Seth, na verdade não grande coisa.

Passos acima. Ele está indo para o banheiro. Quando acabar, descerá, esperando que tenhamos encontrado seu brinquedo desaparecido. Mas qual deles vai ouvir a má notícia? Seth, que apenas parecerá decepcionado (e talvez chore um pouco)? Ou o outro? O das pernas de pau, que atira coisas quando não consegue o que quer?

Pensei em levá-lo de volta ao médico, claro, e tenho certeza de que Seth também pensou... mas não a sério. Não depois da última vez. Estávamos lá os dois, & vimos como o outro, o não-Seth, se esconde. Como Seth lhe possibilita esconder-se: o autismo é um grande escudo dos diabos. Mas o verdadeiro problema não é o autismo, independente do que todos os médicos do mundo vêem ou não vêem. Quando abro a mente & afasto tudo que espero e desejo, eu sei disso. E quando a gente tentou conversar com o médico, dizer a ele porque estávamos ali de fato, não pudemos. Se alguém algum dia ler isto, imagino se poderá compreender como é horrível ter uma coisa que parece uma mão no fundo da boca, uma guarda entre as cordas vocais e a língua. A GENTE NÃO PÔDE FALAR, PORRA.

Estou com tanto medo.

Com medo do das pernas de pau, sim, mas de outras coisas também. Algumas que nem posso expressar, e outras que posso demasiado bem. Mas, por agora, o que mais me mete medo é o que poderá nos acontecer se não conseguirmos encontrar o Dream Floater. A porra do estúpido furgão cor-de-rosa. Onde pode estar? Se ao menos a gente pudesse encontrá-lo...

Capítulo Oito

1

NA HORA DA morte de Kirsten Carver, Johnny pensava em seu agente literário, Bill Harris, e na reação dele à Rua dos Álamos: puro e simples horror. Como bom agente, conseguira manter um sorriso neutro, embora meio duro, na viagem até o aeroporto, mas o sorriso começara a morrer quando haviam entrado na área residencial de Wentworth (que uma placa proclamava ser a COMUNIDADE "ALTO ASTRAL" DE OHIO!), e cedera inteiramente quando seu cliente, outrora posto no mesmo pé que John Steinbeck, Sinclair Lewis e (depois de *Prazer*) Vladimir Nabokov, parara diante da entrada de garagem da pequena e inteiramente anônima casa suburbana na esquina da Álamos com Urso. Bill ficara olhando fixo, com uma espécie de desorientada incompreensão, o regador de grama, a porta de tela de alumínio com o *M* no centro e aquele avatar da vida da classe média, um aparador de grama a motor, parado na entrada de garagem, como um deus de gasolina esperando ser cultuado. Dali, Bill volvera o olhar para um garoto patinando pela calçada do outro lado com fones de Walkman na cabeça, uma casquinha de sorvete do Milly's na mão e um feliz sorriso desmiolado na cara cheia de espinhas. Isso fora seis anos atrás, no verão de 1990, e quando Bill Harris, agente poderoso, tornara a olhar para Johnny, seu sorriso tinha desaparecido.

Você não pode estar falando sério, dissera Bill numa voz apática, de descrença. Ah, Bill, mas eu acho que sim, respondera Johnny, e alguma coisa em seu tom parecera chegar ao outro, pelo menos o bastante para, quando tornara a falar, parecer mais queixoso que descrente. Mas por quê?, perguntara. Deus do céu, por que *aqui*? Estou sentindo meu QI despencar, e ainda mal cheguei, porra. Sinto uma vontade quase irresistível de assinar o *Reader's Digest* e ouvir rádio. Por isso me diga o motivo. Acho que me deve isso. Primeiro o porra do detetive tatibitate, agora um bairro onde coquetel de frutas tropicais na certa é considerado coisa fina. Me diga qual é a transa, está bem? E Johnny dissera está bem, a transa é que tudo acabou.

Não, claro que não. Fora *Belinda* quem dissera isso. Não Bill Harris, mas Belinda Josephson. Ainda há pouco.

Johnny clareou a mente com um esforço e olhou em volta. Estava sentado no chão da sala de visitas, segurando uma das mãos de Kirsten nas suas. Uma fria e imóvel mão. Belinda se curvava sobre Kirstie, com um pano de prato na mão e um quadrado de linho branco — parecia a Johnny um guardanapo — dobrado no ombro, como uma toalha de garçom. Não chorava, mas mesmo assim tinha uma expressão de amor e dor no rosto que comoveu o coração de Johnny. Ela enxugava o rosto mascarado de sangue de Kirsten com o pano de prato, descobrindo o que restava das feições dela.

— Você disse... — começou Johnny.

— Você me ouviu. — Belinda estendeu o pano de prato manchado, sem olhar, e Brad o pegou. Ela tirou o guardanapo do ombro, desdobrou-o e estendeu-o sobre o rosto de Kirsten. — Que Deus tenha piedade de sua alma.

— Eu apóio isso — disse Johnny.

Havia alguma coisa de hipnótico nas pequenas papoulas vermelhas que brotavam no guardanapo de linho branco, três de um lado da forma coberta que era o nariz de Kirsten, dois do outro, talvez meia dúzia na testa. Johnny levou a mão à própria testa e limpou o equivalente a toda uma palma de suor.

— Deus, eu sinto muito.

Belinda olhou-o, depois o marido.

— Todos nós sentimos, eu acho. A questão é: que fazer agora?

Antes que qualquer um dos homens pudesse responder, Cammie Reed entrou na sala, vindo da cozinha. Tinha o rosto pálido mas composto.

— Sr. Marinville?

Ele virou-se para ela.

— Johnny — disse.

Ela teve de pensar nisso — outro caso clássico de pensamento retardado por estado de choque — antes de entender que ele queria que ela o chamasse pelo primeiro nome. Então entendeu e balançou a cabeça.

— Johnny, está legal, claro. Encontrou o revólver? E tem balas pra ele?

— Sim pras duas perguntas.

— Pode me dar? Meus rapazes querem sair pra ir buscar socorro. Eu pensei no assunto e decidi dar minha permissão. Quer dizer, se você deixar eles levarem a arma de David.

— Não faço nenhuma objeção a entregar a arma — disse Johnny, sem saber se falava toda a verdade sobre isso ou não —, mas deixar um abrigo pode ser extremamente perigoso, não acha?

Ela lhe lançou um olhar direto, sem sinal de impaciência nos olhos ou na voz, mas passou o dedo numa mancha de sangue na blusa ao falar. Uma lembrança do sangramento do nariz de Ellen Carver.

— Eu sei do perigo, e se fosse uma questão de sair pra rua, diria não. Mas os rapazes conhecem uma trilha que corta a mata atrás das casas deste lado. Podem tomar ela pra chegar à Avenida Anderson. Tem um prédio deserto lá que era depósito de uma empresa de mudanças...

— Irmãos Veedon — disse Brad.

—... e uma tubulação que vai do terreno atrás até Columbus Broad, onde se despeja num rio. Quando nada, eles podem chegar a um telefone que funcione e informar o que está acontecendo aqui.

— Cam, algum de seus rapazes sabe usar uma arma? — perguntou Brad.

De novo o olhar direto, que não dizia diretamente *Por que você insulta minha inteligência?*

— Os dois fizeram um curso de segurança com o pai há dois anos. O ponto principal eram os rifles e a segurança na caça, mas cobria armas pequenas, sim.

— Se Jim e Dave sabem dessa trilha, os atiradores que estão fazendo isso talvez também saibam — disse Johnny. — Já pensou nisso?

— Já. — A impaciência finalmente aparecendo, mas só um pouco. Johnny admirou o controle dela. — Mas esses... lunáticos... são estranhos. *Têm* de ser. Vocês já viram algum desses furgões antes de hoje?

Talvez tenha visto, a propósito, pensou Johnny. Não estou certo onde, mas se tiver um tempinho pra pensar...

— Não, mas acho... — dissc Brad.

— A gente se mudou pra cá em 1982, quando os meninos tinham três anos — disse Cammie. — Eles dizem que tem uma trilha que quase ninguém conhece, a não ser os meninos, e dizem que tem uma tubulação. Eu acredito neles.

Claro que acredita, pensou Johnny, mas isso é secundário. E também a esperança de que tragam socorro. Você só quer é vê-los fora daqui, não é? Claro que é, e eu não a censuro.

— Johnny — ela disse, talvez supondo que o silêncio dele significava oposição à idéia —, garotos não muito mais velhos que meus filhos lutaram no Vietnã, e não foi há tanto tempo assim.

— Alguns até mais novos — ele disse. — Eu estive lá. Eu vi. — Levantou-se, tirou o revólver da cinta com uma das mãos e pegou a caixa de balas no bolso da camisa com a outra. — Terei prazer em entregar isso a seus garotos... mas gostaria de ir junto com eles.

Cammie baixou o olhar para a barriga de Johnny — não tão grande quanto a de Brad, mas considerável. Não lhe perguntou por que queria ir, nem o que achava que adiantava isso. Tinha a mente mais tranqüila, pelo menos no momento. Disse:

— Os garotos jogam futebol no outono e fazem atletismo na primavera. Pode manter o ritmo deles?

— Não nos cem metros rasos nem no revezamento, claro — ele respondeu. — Numa trilha no meio do mato, talvez num viaduto? Acho que posso.

— Está se enganando a si mesmo, ou o quê? — perguntou Belinda abruptamente. Falava com Cammie, não com Johnny. — Quer dizer, se ainda tivesse um telefone funcionando ao alcance de um grito da Rua dos Álamos, acha que a gente ia estar aqui parado, com gente morta caída lá na frente, e uma casa queimando até embaixo?

Cammie olhou-a e tornou a tocar a mancha de sangue em sua blusa, depois voltou a olhar para Johnny. Às suas costas, Ellie espiava a sala de visitas por trás da quina da parede. Tinha os olhos arregalados de choque e dor, fios de sangue do nariz escorrendo pela boca e pelo queixo.

— Se está legal pros garotos, está legal pra mim — disse Cammie, não se referindo de modo algum à pergunta de Belinda.

Cammie Reed não tinha no momento nenhum interesse em especular. Talvez depois, mas não agora. Agora só uma coisa a *interessava*: rolar os dados enquanto julgava as possibilidades ainda a seu favor. Rolá-los e tirar os filhos pela porta dos fundos.

— Então que seja — disse Johnny, e entregou-lhe o revólver e as balas, antes de encaminhar-se para a cozinha.

Eram bons garotos, o que era bom, e também programados para seguir, nove em cada dez casos, o que os mais velhos quisessem. Nessa situação, isso era melhor ainda. Andando, Johnny tocou o objeto que guardara no bolso esquerdo da calça.

— Mas antes da gente ir, é importante que eu fale com alguém. Muito importante.

— Quem? — perguntou Cammie.

Johnny escolheu Ellen Carver. Abraçou-a, beijou uma das faces manchadas de sangue, e ficou feliz quando os braços dela lhe envolveram o pescoço e a menina lhe retribuiu o abraço com toda força. Não se comprava um abraço daqueles.

— Ralphie Carver — ele disse, e levou a irmã de Ralphie de volta para a cozinha.

2

NA VERDADE, Tom Billingsley *tinha* duas armas dando sopa, mas primeiro encontrou uma camisa para Collie. Não era grande coisa — uma velha camiseta dos Cleveland Browns, com um rasgão embaixo de um braço —, mas era extragrande, e melhor que tentar atravessar o mato nu da cintura para cima. Collie usara a trilha vezes suficientes para saber onde havia pés de amoras pretas, além de outros espinhos e garranchos, por lá.

— Obrigado — disse, vestindo a camiseta, enquanto o Velho Doutor os levava além da mesa de pingue-pongue no outro extremo de seu porão.

— Não me fale dessa camisa — disse Billingsley, estendendo o braço e puxando a cordinha que acendia as lâmpadas fluorescentes. — Nem me lembro de onde veio. Sempre fui torcedor dos Bengals.

No canto além da mesa de pingue-pongue havia um amontoado de equipamentos de pesca, alguns coletes de caça laranja e um arco sem corda. O Velho Doutor agachou-se com uma careta, afastou os coletes e encontrou uma colcha de retalhos enrolada e amarrada com um barbante. Dentro havia quatro rifles, mas dois desmontados. Ele pegou os dois inteiros.

— Acho que servem — disse.

Collie escolheu o .30-.06, que provavelmente servia mais para uma patrulha no mato que seu revólver regulamentar, pelo menos (e suscitaria menos perguntas se tivesse de atirar em alguém). Isso deixou Ames com o outro rifle, menor. Um Mossberg.

— Só tem câmaras pra .22 — disse o Doutor, desculpando-se, remexendo num armário junto à caixa de força e pondo caixas de balas em cima da mesa de pingue-pongue. — Mas é uma arma boa dos diabos, mesmo assim. Pega nove balas de vez. Que acha?

Ames deu um sorriso do qual Collie não pôde se impedir de gostar.

— Acho legal, uma boa transa — disse, pegando o Mossy.

Billingsley deu uma risada — um casquinar rachado de velho — e conduziu-os de volta para cima.

Cynthia pusera uma almofada sob a cabeça de Marielle, mas ela continuava caída na sala de visitas (sob a foto de Daisy, o Corgi de pendores matemáticos, na verdade).

Não tinham ousado movê-la; Billingsley temia que os pontos se abrissem. Continuava viva e inconsciente, o que também podia ser bom, em vista do que lhe acontecera. Mas respirava em grandes arquejos irregulares, que não soavam nada bons para Collie. Parecia uma respiração que podia parar a qualquer momento.

O marido dela, o charmoso Gary, estava sentado numa cadeira da cozinha, que virara, para pelo menos ver a esposa enquanto bebia. Collie viu que a garrafa que ele encontrara continha xerez para receitas de cozinha e sentiu um embrulho no estômago.

Gary viu-o (ou talvez sentiu-o) olhando e virou-se para ele. Tinha os olhos vermelhos e inchados. Magoado. Infeliz. Collie procurou e encontrou no coração uma certa simpatia pelo homem. Não muita, porém.

— Porra de bras perid — ele disse a Collie com uma voz pastosa, de confidência. — Deum daxuda.

Collie pensou bem e traduziu como sendo *Tenho de ajudar ela* ou *Deus ajude ela*, em bebedês.

— É — disse. — A gente vai buscar ajuda.

— Ê qui prunt. Bras perid.

— Eu sei.

Cynthia juntou-se a eles.

— O senhor era veterinário, não era, Sr. Billingsley?

Billingsley fez que sim com a cabeça.

— Era o que eu achava. Pode vir aqui? Dar uma olhada numa coisa na porta da frente?

— Você acha seguro?

— No momento, acho. A coisa que está lá fora... bem, eu preferia que o senhor visse por si mesmo. — Olhou os dois outros. — *Mesmos.*

Atravessou a sala de visitas à frente de Billingsley até a porta que dava para a Rua dos Álamos. Collie lançou uma olhada a Steve, que deu de ombros. Collie supunha que a moça queria mostrar a Billingsley como as casas do outro lado da rua haviam mudado, embora ele não soubesse o que isso tinha a ver com o fato de o Doutor ser veterinário.

— Puta merda — disse a Steve, quando chegaram à porta. — Voltaram ao normal! Ou não terá sido a gente que imaginou a mudança, pra começar?

Olhava fixo a casa de Geller. Dez minutos atrás, quando ele e a garota *hippie* e balconista tinham olhado por aquela mesma porta, podia jurar que a casa de Geller virara uma casa de adobe — daquelas que a gente via em fotos do Novo México e Arizona, quando eram territórios. Agora voltara a estar revestida de simples e velho alumínio ao estilo de Ohio.

— A gente não imaginou nada e nada voltou ao normal — disse Steve. — Pelo menos não inteiramente. Veja aquela ali.

Collie seguiu o dedo apontado de Steve e viu a casa de Reed. Voltara o moderno revestimento aluminizado, substituindo os toros, e o telhado era mais uma vez de telhas de asfalto, em vez do que quer que tivesse sido antes (grama, ele achava); a antena parabólica de tamanho médio voltara para cima da garagem. Mas os alicerces da casa eram tábuas brutas, em vez de tijolos, e todas as janelas se achavam hermeticamente fechadas. E havia seteiras nessas janelas, como se os moradores da casa esperassem, entre seus problemas quotidianos, ataques de índios, adventistas do sétimo dia e corretores de seguros. Collie não sabia ao certo, mas achava que a casa dos Reed não *tinha* janelas antes daquela tarde, quanto mais seteiras para rifles.

— Escuuuta. — Billingsley parecia alguém que houvesse chegado à conclusão de que tudo aquilo era um número de *Câmera Indiscreta.* — Aquilo são *barras de amarrar cavalo,* diante da casa de Audrey? São, não são? Que *significa* isso tudo?

— Esqueça — disse Cynthia.

Ergueu os braços, tomou o rosto do velho entre as mãos e virou-o como uma câmera sobre um tripé, para que ele visse o cadáver da esposa de Peter Jackson.

— Ah, meu Deus — disse Collie.

Uma ave negra empoleirava-se na coxa nua da mulher, as garras amarelas enterradas na carne. Já arrancara a maior parte do que restava do rosto, e agora atacava a carne embaixo do queixo. Collie teve uma breve e indesejada lembrança de que atacara Kellie Eberhart exatamente naquele lugar certa noite, no Drive-In de West Columbus, e ela lhe dissera que se a deixasse com marcas de chupão o pai na certa mataria os dois a tiros.

Não percebeu que erguera o rifle .30-.06 em posição de tiro até Steve empurrar o cano para baixo com a palma da mão.

— Não, cara. Não ia adiantar. Melhor não fazer barulho, talvez.

Tinha razão, mas... *Deus.* Não era só o que o bicho fazia, mas o que *era.*

— Por de bras perid! — anunciou Gary da cozinha, como receando que esquecessem disso se ele deixasse.

O Velho Doutor ignorou-o. Atravessou a sala de visitas como alguém que espera receber um tiro mortal a cada momento, mas agora parecia ter esquecido completamente assassinos, furgões estranhos e casas que se transformam.

— Meu Deus do céu, vejam aquilo! — exclamou, num tom que parecia muito de respeito. — Eu devia fazer uma foto. É! Desculpem... Vou pegar minha câmera...

Ia voltando-se. Cynthia agarrou-o pelo ombro.

— A câmera pode esperar, Sr. Billingsley.

Com isso, ele pareceu retornar um pouco à situação.

— É... eu acho, mas...

A ave voltou-se, como se os ouvisse, e pareceu fitar o bangalô do veterinário com os olhos rubros. O crânio róseo parecia negro de tantos tocos de penas. O bico era um simples gancho amarelo.

— Aquilo é um urubu? — perguntou Cynthia. — Ou será um abutre?

— Urubu? *Abutre?* — O Velho Doutor pareceu espantado. — Deus do céu, não. Eu nunca vi uma ave daquela em minha vida.

— Em Ohio, o senhor quer dizer — disse Collie, sabendo que não era isso que Billingsley queria dizer, mas querendo ouvir por si mesmo.

— Quero dizer *em qualquer parte.*

A *hippie* olhou da ave para Billingsley, e depois de novo para a ave.

— Que é então? Uma nova espécie?

— Nova espécie uma ova! Desculpe meu francês, senhorita, mas aquilo é uma porra de um mutante! — Billingsley olhou fixo, encantado, a ave abrir as asas, batendo-as para chegar um pouco acima na perna de Mary. — Vejam como o corpo é grande, e como as asas são curtas em relação ao corpo... a porra da coisa faz uma avestruz parecer um milagre de aerodinâmica! Não sei nem se as asas são do mesmo *comprimento.*

— É — disse Collie. — Também acho que não são.

— Como ele pode *voar*? — perguntou o Doutor. — Como pode *voar*?

— Não sei, mas pode — Cynthia apontou as grossas colunas de fumo que agora haviam apagado todos os vestígios do mundo adiante da Rua dos Jacintos. — Saiu voando da fumaça. Eu vi.

— Sei que viu, não acho que alguém pegou um... um Avemóvel e largou ali, mas como ele *pode* voar está além de toda... — Não terminou, olhando a coisa. — Embora eu possa entender agora por que você achou que era um urubu, antes da inevitável reconsideração. — Collie achou que o Velho Doutor falava mais para si mesmo a essa altura, mas escutou com atenção mesmo assim. — *Parece* um urubu. No desenho de uma criança, pelo menos.

— Hum? — fez Cynthia.

— No desenho de uma criança — repetiu Billingsley. — Talvez uma criança que o misturasse na cabeça com uma águia calva.

3

A VISÃO DE RALPHIE Carver feriu o coração de Johnny. Afastado por Jim Reed, cuja solicitude fora superada pela excitação diante da missão iminente, Ralphie estava de pé entre o fogão e a geladeira, com o dedo na boca e uma grande mancha molhada espalhando-se pela frente do calção. Desaparecera toda a impetuosidade de moleque. Tinha os olhos enormes, parados e brilhantes. Parecia a Johnny os viciados em droga que ele conhecera.

Johnny parou logo além da porta da cozinha e pôs Ellie no chão. A menina não queria, mas ele conseguiu finalmente arrancar as mãos dela do pescoço. Também ela tinha os olhos chocados, mas nada do misericordioso vidrado que ele via nos do irmão. Johnny olhou atrás dela e viu Kim e Susi Geller sentadas no chão abraçadas. Provavelmente está ótimo para a mamãe, pensou, lembrando que a mulher parecera lutar com o jovem David Reed pela posse da menina. Ele a ganhara, mas agora David tinha coisa mais importante a fazer; ia para a Avenida Anderson e destinos desconhecidos. Mas isso não mudava o fato de que havia duas crianças ali, deixadas órfãs desde o almoço.

— Kim? — ele perguntou. — Será que pode ajudar um pouco com...

— Não — ela disse.

Nada mais, nada menos. E calma. Nenhum desafio no olhar, nenhuma histeria no tom... mas tampouco solidariedade.

Passava o braço em torno da filha, a filha um braço em torno dela, tão aconchegadas quanto possível, apenas uma dupla de garotas brancas sentadas à espera de que as nuvens passassem. Compreensível, talvez, mas ainda assim Johnny ficou furioso; de repente, ela representava todos os seus conhecidos que se entediavam quando a conversa chegava à Aids, ou às crianças sem teto, ou ao desmatamento das florestas tropicais; todos que passavam por um homem ou mulher sem teto dormindo na calçada sem sequer um olhar para baixo. Como ele próprio fizera um dia. Johnny imaginava-se pegando-a pelos braços, levantando-a, girando-a e plantando um bom chute bem no meio daquele estreito rabo do Meio-Oeste. Talvez isso a acordasse. Mesmo que não, certamente faria com que *ele* se sentisse um pouco melhor.

 — Não — ele repetiu, sentindo as têmporas latejarem de raiva estúpida.

— Não — ela concordou, e deu-lhe um ralo sorriso de pelo-menos-agora-você-entendeu.

Depois virou a cabeça para Susi e pôs-se a alisar os cabelos da garota.

— Venha cá, minha querida — disse Belinda a Ellen, abaixando-se e abrindo os braços. — Venha ficar um pouquinho com Bee.

A menina foi, calada, contorcendo o rosto numa terrível câibra de dor que fazia seu silêncio de algum modo parecer ainda pior, e Belinda abraçou-a.

Os gêmeos Reed observaram isso, mas na verdade não viram. Estavam parados junto à porta do fundo, os olhos brilhando de excitação. Cammie aproximou-se, postou-se à frente deles e avaliou-os com uma expressão que Johnny a princípio tomou por severa. Um momento depois, percebeu o que de fato era: um terror tão grande que só em parte podia ser ocultado.

— Tudo bem — ela disse, por fim. Tinha a voz seca e objetiva. — Quem vai levar a arma?

Os garotos se entreolharam, e Johnny percebeu um senso de comunicação entre eles — breve mas complexo, talvez uma daquelas coisas que só os gêmeos podem fazer. Ou talvez, pensou, seja simplesmente sua cuca que fundiu, John. Isso na verdade não era tão absurdo. Certamente *parecia* fundida.

Jim estendeu a mão. Por apenas um instante o lábio superior da mãe tremeu. Depois firmou-se e ela lhe passou o revólver de David Carver. Dave pegou as balas e abriu a caixa, enquanto o irmão rolava o cilindro do .45 e erguia a arma contra a luz, verificando se as câmaras estavam vazias, como Johnny fizera. A gente tem esse cuidado porque compreende o potencial de uma arma para matar e aleijar, pensou Johnny, porém é mais que isso. Em algum nível, sabemos que elas são más. Demoníacas. Mesmo seus maiores admiradores e partidários sabem disso.

Dave estendia a palma cheia de balas para o irmão. Jim pegou uma de cada vez, carregando o revólver.

— Aja como se seu pai estivesse a seu lado a cada minuto — disse Cammie, enquanto ele fazia isso. — Se pensar em fazer alguma coisa que ele não deixaria se estivesse aqui, *não faça*. Está entendido?

— Está, mãe.

Jim fechou o cilindro do revólver e esticou o braço com o dedo por fora da guarda do gatilho e o cano apontado para o chão. Tinha um ar ao mesmo tempo constrangido com as ordens da mãe — ela mais parecia o oficial comandante num velho romance de Leon Uris, deitando o verbo para dois recrutas — e loucamente excitado diante da perspectiva à frente.

Ela voltou a atenção para o outro gêmeo.

— David?

— Sim, mãe?

— Se vocês virem gente... estranhos... na mata, voltem imediatamente. Isso é o mais importante. Não façam perguntas, não respondam a nada que eles digam, nem sequer se aproximem deles.

Jim começou:

— Mãe, se eles não tiverem armas...

— Não façam *perguntas*, não *se aproximem* deles — ela repetiu.

Não falou muito mais alto, mas havia alguma coisa na voz que os fez encolherem-se um pouco. Alguma coisa que encerrava a discussão.

— E se eles avistarem policiais, Sra. Reed? — perguntou Brad. — Talvez a polícia tenha decidido que a mata é o melhor acesso à rua.

— É mais seguro manter distância — disse Johnny. — Qualquer policial que a gente encontrar pode estar... bem, nervoso. A gente sabe de policiais nervosos que feriram pessoas inocentes. Não pretendem, mas é melhor ir no certo. Evitar acidentes.

— Vai vir com a gente, Sr. Marinville? — perguntou Jim.

— Vou.

Nenhum dos gêmeos disse nada, mas Johnny gostou do alívio que viu nos olhos deles.

Cammie lançou a Johnny um olhar severo — *Já acabou? Posso voltar ao que interessa?* dizia o olhar —, e então retomou suas instruções.

— Vão pra Avenida Anderson. Se tudo parecer em ordem por lá... — Hesitou um momento, como se compreendesse como isso era improvável, e depois foi em frente. — ... peçam a alguém pra usar o telefone e chamem a polícia. Mas se estiver como aqui, ou se as coisas parecerem mesmo o mais mínimo... bem...

— Sujas — disse Johnny.

No Vietnã, tinham tantas palavras para a sensação de que ela falava quanto os índios para as variações do clima, e era engraçado como todas voltavam, acendendo-se como anúncios de néon numa sala escura. Sujou. Pirou. Sifu. Ééé, doutor, tudo me volta agora. Logo, logo, vou estar torcendo um lenço e amarrando na testa, para segurar o suor, e talvez chefiando a congregação no hip, hip, hurra.

Cammie ainda olhava seus garotos. Johnny esperava que se apressasse. Eles ainda retribuíam o olhar dela com respeito (e um pouco de medo), porém a maior parte do que ela podia dizer desse ponto em diante ia entrar por um ouvido e sair pelo outro de qualquer jeito.

— Se não gostarem do que virem na Avenida Anderson, peguem a tubulação que conhecem. Vão pra Columbus Broad. Chamem a polícia. Contem o que aconteceu aqui. E nem sequer *pensem* em voltar pra Rua dos Álamos!

— Mas mãe... — começou Jim.

Ela estendeu a mão e grudou os lábios dele com os dedos. Não dolorosamente, mas firme. Johnny podia imaginá-la com igual facilidade fazendo a mesma coisa quando os gêmeos tinham dez anos menos, apenas tendo de curvar-se para fazê-lo.

— Guarde o “mas mãe” pra outra hora — ela disse. — Agora simplesmente *escutem* a mãe. Vão pra um lugar seguro, chamem a polícia e fiquem fora até esta loucura acabar. Entenderam?

Os dois fizeram que sim com a cabeça. Cammie também balançou a dela e soltou os lábios de Jim, que dava um sorriso embaraçado — ô, cara, essa aí é minha mãe — e corava até as pontas das orelhas. Mas sabia que não devia reclamar.

— E tenham cuidado — ela concluiu.

Surgiu alguma coisa em seus olhos — um impulso de beijá-los, pensou Johnny, ou talvez apenas de cancelar tudo enquanto ainda podia. Depois, desapareceu.

— Pronto, Sr. Marinville? — perguntou Dave.

Olhava com inveja a arma que pendia da ponta do braço do irmão. Johnny suspeitou de que não iriam muito longe na trilha do meio da mata antes que ele pedisse para carregá-la um pouco.

 — Só um segundo — disse, e ajoelhou-se diante de Ralphie.

O menino recuou até tocar com o traseiro a parede, depois olhou para Johnny por cima do polegar. Ali embaixo, ao nível dele, o cheiro de urina e medo era tão forte que chegava a parecer uma selva.

Johnny tirou do bolso o boneco que encontrara no corredor do andar de cima — o alienígena de olhos graúdos, a boca em forma de chifre e a rígida faixa de cabelo amarelo correndo pelo centro da cabeça, fora isso, calva. Segurou-a defronte dos olhos do menino.

— Ralphie, que é isso?

Por um momento, achou que ele não ia responder. Então, devagar, Ralphie estendeu a mão não presa na boca e pegou o boneco. Pela primeira vez desde o início da fuzilaria, uma centelha de vida surgiu em seu rosto.

— É o Major Pike — disse.

— Ah?

— É. É um canopaleano. — Pronunciou a palavra com cuidado, com orgulho. — Quer dizer que é um nailienígena. Mas do bem. Não é como Sem Cara. — Uma pausa. — Às vezes ele dirige o Power Wagon Bounty. Major Pike não estava com eles, estava?

Lágrimas transbordaram dos olhos de Ralphie, e de repente Johnny se lembrou da história que todo garoto na época conhecia sobre o escândalo do time de beisebol Black Sox em 1919. Um menino se aproximara chorando de Shoeless Joe Jackson e pedira ao jogador que lhe dissesse que não houvera a trapaça — que lhe dissesse que não. E embora Johnny *tivesse* visto aquele monstrengo — ou alguém usando uma máscara para parecer com aquele monstrengo —, balançou imediatamente a cabeça e deu um reconfortante tapinha no ombro de Ralphie.

— O Major Pike é de algum filme da TV? — perguntou, mas já sabia a resposta.

A coisa se encaixava agora, talvez devesse ter-se encaixado bem mais cedo. Nos últimos anos, dera muitas aulas em escolas onde os adultos tinham de se curvar bastante para beber nos bebedouros, fizera muitas conferências em salas de bibliotecas onde as cadeiras tinham no máximo um metro de altura. Escutava as conversas deles, mas não via seus seriados nem ia a seus filmes. Sabia instintivamente que esse tipo de pesquisa atrasaria seu trabalho, mais do que ajudaria. Por isso não sabia tudo, e ainda tinha muitas perguntas, mas pensou que começava a acreditar que aquela loucura *podia* ser entendida.

— Ralphie?

— De um seriado da TV — disse Ralphie, falando em torno do polegar. Ainda segurava o Major Pike diante dos olhos, quase como fizera Johnny. — É um MotoKop.

— E o Dream Floater. Que é isso, Ralphie?

— Sr. Marinville — começou Dave —, a gente na verdade devia...

— Dê um segundo a ele — disse Brad.

Johnny não tirava os olhos de Ralphie.

— O Dream Floater?

— É o Power Wagon de Cassie — disse Ralphie. — Cassie Styles. Acho que ela é namorada do Coronel Henry. Meu amigo Jason diz que não, porque os MotoKops não têm namoradas, mas eu acho que sim. Por que os Power Wagons estão na Rua dos Álamos, Sr. Marinville?

— Não sei, Ralphie.

Só que quase sabia.

— Por que estão tão *grandes*? E se eles são do bem, por que atiraram em meu pai e minha mãe?

Ralphie largou o boneco do Major Pike no chão e chutou-o para o outro lado da sala. Depois levou as mãos ao rosto e se pôs a chorar. Cammie Reed adiantou-se, mas antes que pudesse chegar Ellen já se desvencilhara de Belinda. Foi até Ralphie e passou os braços em torno dele.

— Esqueça — disse. — Esqueça, Ralphie, eu tomo conta de você.

— *Isso* não será uma maravilha? — disse Ralphie, em meio aos soluços, e Johnny pôs a mão na boca quase com força suficiente para fazer sangrar os lábios.

Era a única maneira de poder impedir-se de explodir numa risada desembestada e cantada.

Se eles são do bem, por que atiraram em meu pai e minha mãe?

— Vamos, rapazes — disse, levantando-se e voltando-se para os gêmeos Reed. — Vamos à caça.

6

NA RUA DOS ÁLAMOS, o sol começava a se pôr. Era cedo demais para ele se pôr, mas se punha mesmo assim. Fulgia acima do horizonte no ocidente como um maligno olho rubro, transformando em fogo as poças na rua, entradas de garagem e varandas. Transformando em brasas os cacos de vidro que juncavam as quadras. Transformando os olhos do *faux* urubu em poços vermelhos, quando ele deixou o corpo de Mary Jackson, voou com suas asas incríveis e atravessou voando a rua até o gramado de Carver. Ali pousou, olhando do corpo de David Carver para o da amiga de Susi Geller. Parecia não saber por qual começar. Tanta coisa para comer, e tão pouco tempo. Acabou por escolher o pai de Ralphie, aproximando-se do morto numa série de passos desajeitados. Uma das patas amarelas tinha cinco garras; a outra, só duas.

Do outro lado da rua, na casa dos Wyler — em meio ao cheiro de sujeira, hambúrguer velho e sopa de tomate — a TV estrondeava. Era a primeira cena de bar de *Os Justiceiros.*

— Você é uma dona bem bonita — dizia Rory Calhoun. Com aquele escárnio na voz, que queria dizer: *Boneca, eu vou comer você como um sorvete antes que esse dramalhãozinho de merda chegue ao fim, e nós dois sabemos disso.* — Por que não se senta e toma um trago? Me traz um pouco de sorte?

— Eu não bebo com refugo — respondia friamente Karen Steele, e todos os homens de Rory Calhoun (os que não se achavam escondidos fora da cidade, quer dizer) riam.

— Ora, se não é mesmo uma boca de fogo — dizia Rory Calhoun, tranqüilo, e os homens riam mais.

— Quer uns Doritos, Pete? — perguntou Tak.

Agora falava com a voz de Lucas McCain, que cavalgava as montanhas da TV a cabo no seriado *The Rifleman.*

Sentado na poltrona diante da TV, Peter Jackson não respondeu. Tinha um sorriso largo. Sombras móveis cruzavam-lhe o rosto, de vez em quando fazendo o sorriso parecer um grito mudo, mas era um sorriso, sem dúvida.

— Ele devia comer um pouco, claro, pai — disse Tak, agora com a voz quase adolescente de Johnny Crawford, que fazia o filho de Lucas. — São dos bons. Cool Ranch. Vamos, Sr. Jackson, dente e gengivas neles, cuide das tripas, que aí vêm eles.

O menino segurou os salgadinhos na mão suja e sacudiu-os para cima e para baixo diante do rosto de Peter Jackson. Peter não tomou conhecimento. Olhava fixo a TV, através da TV, com olhos a saltarem do rosto como os de um exótico peixe de águas profundas que sofreu uma explosiva descompressão. E sorria.

— Parece que ele não está com fome, pai.

— Eu acho que está, filho. Com uma fome dos diabos. Está com fome, não está, Pete? Só precisa de uma ajudinha, só isso. *Pois então pegue a porra dos salgadinhos!*

Ouvia-se uma espécie de zumbido na sala. Uma faixa de estática apareceu ligeiramente na TV, onde Rory Calhoun agora tentava beijar Karen Steele. Ela deu-lhe um tapa na cara e derrubou-lhe o chapéu. Isso apagou o sorriso de escárnio, de provocação, dele. Ninguém — mesmo do gênero feminino — derrubava o chapéu de Jeb Murdock e ficava por isso mesmo.

Peter ergueu os salgadinhos devagar. Passou-os pela boca com o incansável sorriso e enfiou-os no nariz, esfarelando-os, prendendo alguns dos pedaços maiores nas narinas. Os olhos, esbugalhados de um modo estranho, não se desgrudavam da TV.

— Um pouco alto demais, Sr. Jackson. — Agora era a voz séria de Hoss Cartwright. Hoss fora um dos favoritos de Seth antes de Tak chegar e se instalar dentro dele, e portanto agora era um dos favoritos de Tak também. Eles rolavam assim, como uma roda. — Vamos tentar de novo, que tal?

A mão desceu lenta e trêmula, como um elevador de carga. Desta vez os salgadinhos entraram na boca de Pete, e ele se pôs a mastigar mecanicamente. Tak sorriu-lhe com a boca de Seth. Esperava — à sua estranha maneira, tinha emoções, embora nenhuma delas precisamente humana — que Peter estivesse gostando dos Doritos, porque iam ser sua última refeição. Já sugara muito da força vital dele, primeiro reabastecendo as enormes quantidades de energia que despendera nessa tarde, depois pegando mais. Preparando-se para a próxima etapa.

Preparando-se para a noite.

Peter mastigava e mastigava, os pedaços de Doritos transbordando do sorriso e caindo pela frente da camiseta, a que tinha na frente a cara sorridente do velho Sr. Smiley-Smile. Os olhos, esbugalhando-se tanto para fora das órbitas que pareciam repousar nas bochechas, tremiam com o movimento das mandíbulas. O esquerdo rachara como uma uva espremida quando Tak invadira a mente dele, roubando a maior parte — a parte útil —, mas ele ainda podia ver um pouco com o direito. O bastante para fazer a etapa seguinte sozinho. Quer dizer, assim que seu motor pegasse de novo.

— Peter? Ora, Peter, está me ouvindo, velhão? — Tak falava agora com o sincopado tom britânico de Andrew Case, o chefe de departamento de Peter.

Como todas as suas imitações, essa era muito boa. Não tanto quanto as dos filmes de caubói e seriados de TV (nas quais tivera muito mais prática), mas ainda assim nada mal.

E ele descobrira que a voz da autoridade operava maravilhas, mesmo nos que sofriam danos cerebrais terminais. Um vago adejo de vida surgiu nos olhos de Peter. Ele voltou-se e viu Andrew Case num elegante paletó quadriculado, em vez de Seth Garin em trajes dos MotoKops enfeitados de bolhas vermelho-alaranjadas de molho Chef Boyardee.

— Agora eu quero que você atravesse a rua, velhão. Pro mato, hem? Mas não precisa engatinhar daqui até a casa da vovó. Só até a trilha. Conhece a trilha no mato?

Peter fez que não com a cabeça. Os globos oculares saltados tremeram acima do esticado ríctus de palhaço nos lábios.

— Não importa, vai encontrar. É difícil não ver, velhão. Quando chegar na bifurcação, pode se sentar com seu... amigo.

— Meu amigo — disse Peter. Não exatamente uma pergunta.

— É, é isso aí.

Peter na verdade jamais conhecera o homem a quem ia se juntar na bifurcação da trilha, e jamais conheceria, na verdade, mas não havia sentido em dizer-lhe essas coisas. Não lhe restava mente suficiente para entendê-las, em primeiro lugar. E logo estaria morto, em segundo. Tão morto quanto Herb Wyler. Tão morto quanto o cara no carrinho de compras, o que ele logo iria encontrar no mato.

— Meu amigo — disse Peter uma segunda vez. Um pouco mais firme agora.

— Ééé. — O chefe de departamento britânico se fora; Tak voltara a John Payne dando uma de Gary Cooper. — Melhor ir se mandando, mermão.

— Pegar a trilha até a bifurcação.

— Acho que é isso aí.

Peter levantou-se como um velho brinquedo de corda com as engrenagens enferrujadas. Os globos oculares tremeluziam na onírica luz da TV.

— Melhor ir me mandando. E quando chegar na bifurcação, posso me sentar com meu amigo.

— Sim, senhor, é esse o babado. — Agora era a voz meio escarninha, meio gozadora de Rory Calhoun. — É um cara legal, esse seu amigo. A gente *pode dizer* que foi ele que começou esta coisa toda. Que acendeu o pavio, pelo menos. Agora te manda, mermão. Boa viagem, até a gente se topar de novo.

Peter atravessou o arco, sem volver o único olho para Audrey, caída de lado numa das cadeiras da sala de visitas, os olhos semi-abertos. Parecia desmaiada, ou talvez mesmo em estado de coma. Respirava lenta e regularmente. Tinha as pernas, longas e bonitas (a primeira coisa que atraíra Herb nos tempos em que ela ainda era Audrey Garin), estendidas para a frente, e Peter quase tropeçou nelas em seu andar de sonâmbulo rumo à porta da rua. Quando a abriu e a luz rubra do dia findante bateu em seu sorriso, o sorriso pareceu mais um grito que nunca.

Na metade da trilha de acesso à casa, com aquela luz rubra caindo como sangue em estrias no meio da ascendente coluna de fumaça da casa de Hobart, a voz de Rory Calhoun lhe invadiu a cabeça, rasgando-a como uma navalha: *Feche a porta atrás de si, mermão, será que nasceu num chiqueiro?*

Peter deu uma bêbeda meia-volta, voltou e fez o que lhe mandavam. A porta estava lisa e intata, a única na quadra não crivada de buracos de bala. Deu outra meia-volta (quase caindo na varanda ao fazer isso) e saiu para atravessar a luz rubra rumo à sua casa, onde subiria a entrada da garagem, o oitão, e passaria para o quintal. De lá, saltaria a baixa cerca de arame e entraria no mato. Encontraria a trilha. A bifurcação. O amigo. Se sentaria com o amigo.

Passou por cima do corpo esparramado da esposa, e parou quando um grito alucinado se ergueu no ar quente, fumacento: *Ru-rruuu*... Apesar de distante, esse grito causou uma onda de arrepio em seus braços. Que fazia um coiote em Ohio? Numa área residencial de Columb...

Melhor ir se mandando, mermão. Te manda, pivete.

Dor, ainda mais excruciante que antes. Ele gemeu por trás da curva gelada do sorriso. Mais sangue vazou do olho estourado e escorreu pela face.

Recomeçou a andar, e quando o grito voltou, desta vez seguido por um segundo, depois um terceiro e por fim um quarto — não reagiu. Pensava apenas na trilha, na bifurcação, no amigo. Tak deu uma conferida final na mente do homem (não demorou muito, uma vez que não restava em Peter muita mente a conferir) e retirou-se.

Agora eram só Tak e a mulher. A coisa supunha que sabia por que a deixara viver, como a ave que dizem viver nas mandíbulas mesmas do crocodilo, a salvo das presas do bicho porque as limpa, mas Tak não ia poupá-la por muito tempo mais. Em muitos aspectos, o menino fora um anfitrião inspirado — talvez o *único* anfitrião em que ele poderia ter vivido e crescido tanto —, mas havia aquela irônica desvantagem: o que Tak podia conceber e desejar, o corpo do menino não podia executar. Tak podia vestir a mulher e pintar os cabelos dela, deixá-la nua, fazê-la beliscar os próprios mamilos, e todo tipo de outras coisas pueris que desejasse. Não desejava. O que desejava era acasalar-se com ela, e isso não podia. Em certas circunstâncias, sentia que talvez conseguisse alguma espécie de união, apesar da imaturidade de seu anfitrião... mas o próprio Seth ainda estava lá dentro, e nas vezes em que Tak tentara de fato ele o impedira. Podia ter forçado o menino, e quase certamente prevalecido, mas talvez fosse mais sensato não fazê-lo. Não saíra de seu negro lugar sob a poeira de Nevada, após aqueles milênios todos de aprisionamento, para fazer sexo com uma mulher muito mais jovem que ele e muito mais velha que o corpo que o abrigava.

E para que *saíra*?

Ora... para se divertir. E...

Para ver televisão, sussurrou uma voz bem no fundo de sua mente. *Para ver televisão, comer espaguete pré-cozido, e fazer. Construir.*

— Quer me experimentar, xerife? — perguntou Rory Calhoun, e os olhos de Tak desviaram-se para a TV.

Alguns dos outros podiam estar entrando no mato. Tak podia ter-se assegurado disso se o desejasse de fato, mas não desejava. Que entrassem no mato se quisessem. Não iam gostar do que iam encontrar. E aonde podiam ir? De volta, só isso. De volta às casas. Num sentido muito real, não havia mais lugar nenhum. Enquanto isso, ele poupava sua energia. Ia relaxar e ver o filme. Logo logo estaria na hora de trazer a noite.

— Por que a gente simplesmente não espera, e pensa melhor? — perguntou John Payne, e Seth e Tak tornaram a juntar-se, como os filmes de caubói (aquele em particular) sempre faziam com eles.

Tak curvou-se para a frente, sem tirar os olhos da tela, e pegou uma tigela cheia de uma mistura solidificada de espaguete e hambúrguer franco-americanos. Pôs-se a comer, os olhos grudados na tela da TV, indiferente aos nacos de carne que lhe caíam pelo peito nu de vez em quando, indo parar no colo. Logo ia começar o duelo final — CA-POU e CA-BAM diretos —, e ele deixou-se vagar para a história e para as prateadas imagens preto e branco, bebendo a atmosfera de violência tão densa e elétrica quanto uma tempestade iminente.

Enquanto a coisa olhava, em transe, Seth Garin separou-se dela e afastou-se com a sorrateirice de Joãozinho do Pé de Feijão se arrastando ao lado do gigante adormecido. Lançou uma olhada à TV e não ficou surpreso ao ver que, apesar do que Tak acreditava, não gostava mais tanto assim de Os Justiceiros. Depois deu as costas, encontrou uma das passagens secretas que fizera durante o reinado de Tak e desapareceu em silêncio dentro dela. Afundou mais em sua mente, a passagem levando-o sempre para baixo. Primeiro andou, depois começou a correr. Não entendia muito mais daquele mundo do que do mundo externo, mas agora era o único que tinha.

Do argumento cinematográfico de *Os Justiceiros*, de Craig Goodis e Quentin Woolrich:

EXT. RUA PRINCIPAL DIA

O XERIFE STREETER *vê o* SUBXERIFE LAINE *levantar* CANDY. *Atrás deles, na casa de adobe onde fica a Lavanderia Chinesa de Lushan, vários trabalhadores chineses observam da porta, onde se amontoam.*

CANDY
Que é que vocês chineses estão aí olhando?

Desta vez eles não recuam.

TRABALHADOR CHINÊS
Você! Agola plecisa lavá lôpa, craro, craro!

Os outros CHINESES *riem. Até* STREETER *ri um pouco. CANDY parece estonteado. Não acredita que* STREETER *o tenha vencido numa luta justa, não acredita que esses "chinas" estejam rindo dele, não acredita que nada disso esteja acontecendo.*

STREETER
Melhor ir entrando, pessoal.

Os TRABALHADORES DA LAVANDERIA *voltam para dentro, mas ficam olhando pelas janelas.*

STREETER (*para* LAINE)
Veja que ele pegue o chapéu, Josh. Eu não gostaria que ele fosse pra cadeia sem chapéu.

Sorrindo, LAINE *pega o chapéu de cavalaria, de aba quebrada na TESTA, que caiu da cabeça de* CANDY *quando* STREETER *o derrubou por cima da barra de amarrar cavalos. Agora, com um sorriso mais largo que nunca, o* SUBXERIFE LAINE *enfia-o na cabeça do derrotado valentão. Sobe uma nuvem de poeira.*

LAINE
Vamos lá, Capitão. Guardei pra você a melhor tenda do acampamento. Espere só pra ver.

A CENA CONTINUA

Empurra o estonteado e derrotado CANDY *para a cadeia.* O XERIFE STREETER *observa-os partir com um sorriso, e a princípio não vê as portas de vaivém do Lady Day Saloon se abrirem, quando o* MAJOR MURDOCK *sai para a calçada. Uma vez na vida, o sorriso de escárnio, marca registrada de* MURDOCK, *desapareceu.*

MURDOCK
Acha que botar Candy na cadeia vai resolver seus problemas, Xerife?

STREETER *volta-se para ele.* MURDOCK *joga a aba do guarda-pó da cavalaria para trás, liberando o cabo do Colt do Exército.*

STREETER (sorri)
Será que prendi meu primeiro fantasma? Onde está enfurnado o resto de seus justiceiros? Desatoya Canyon? Skate Rock? Já está preparado pra me dizer?

MURDOCK
Você é maluco como um piolho de cobra!

STREETER

É mesmo? Bem, vamos ver. Imagino que não vai ter nenhum fantasma cavalgando esta noite, sem o Capitão Candell para distribuir os lençóis.

Ainda sorrindo, STREETER *torna a voltar-se para a cadeia.*

MURDOCK

E se eu dissesse a você que os justiceiros estão muito mais perto que Desatoya Mountain ou Skate Rock? E se eu dissesse a você que estão nos arredores da cidade, só esperando os primeiros tiros? Que tal isso pra você, Ianque?

STREETER

Creio que ia achar ótimo.

Ergue o olhar, leva os dedos à boca e ASSOBIA.

EXT. TELHADOS DA RUA PRINCIPAL

HOMENS *começam a surgir de trás de todo cartaz, chaminé e fachada. Antes* CIDADÃOS *aterrorizados, agora com ar sinistro e armados de rifles. Estão na lavanderia chinesa, no Armazém da Terra da Coruja, no Mercantil de Worrell e até na Casa Funerária de Craven. Entre eles, vemos o* PREGADOR YEOMAN *e o* ADVOGADO BRADLEY. YEOMAN*, não mais receoso de que os justiceiros sejam uma aparição sobrenatural destinada a castigar a cidade pelos seus pecados, ergue uma das mãos para o XERIFE, saudando-o.*

RETOMA A RUA PRINCIPAL, COM STREETER E MURDOCK

STREETER *retribui a saudação de* YEOMAN *com um aceno da mão e volta-se para* MURDOCK*, que parece furioso e confuso. Uma combinação perigosa!*

STREETER

É, traga eles, se é o que quer.

O rosto de MURDOCK *se encrespa. Ele deixa cair a mão até pairar pouco acima do cabo do Colt. Nenhum dos dois vê* LAURA *sair do Saloon por trás de* MURDOCK*. Ela usa um de seus trajes de lantejoulas e traz sua pistolinha* DERRINGER.

MURDOCK

Quer me experimentar, Xerife?

STREETER

Por que a gente simplesmente não espera? Pensa melhor nisso tudo?

Mas sabe que é tarde demais, forçou MURDOCK demais. STREETER deixa cair a mão para pouco acima do cabo de sua arma.

MURDOCK

Acabou o tempo de conversar, Xerife.

STREETER

Ora, se é assim que você quer.

MURDOCK

Você podia ter ficado de fora e ninguém se machucava.

STREETER

Não é assim que a gente faz as coisas por aqui. A gente... (vê LAURA)

STREETER

Laura, não!

Enquanto está distraído, MURDOCK *saca a arma.* LAURA *precipita-se entre os dois, apontando a* DERRINGER *para* MURDOCK. *Puxa o gatilho, mas ouve-se apenas um* CLIQUE. *A arma negou fogo. Uma fração de segundo depois,* MURDOCK *dispara seu Colt da cavalaria, e a bala destinada a* STREETER *atinge* LAURA. *Ela* DESMORONA.

EXT. TELHADOS

Os CIDADÃOS *erguem os rifles para atirar.*

RETOMA RUA PRINCIPAL DIANTE DO SALOON

MURDOCK *vê o que vai acontecer e mergulha de volta pelas portas de vaivém, para a relativa segurança do Lady Day.* STREETER *persegue-o com dois tiros, depois corre para* LAURA *e ajoelha-se ao lado dela.*

RETOMA TELHADOS

FLIP MORAN, *o homem da estrebaria, solta uma rajada. Dois outros seguem o exemplo, mas só dois, por sorte.*

RETOMA RUA PRINCIPAL DIANTE DO SALOON

Uma BALA ASSOBIA ricocheteando de uma das portas de vaivém, arrancando uma lasca.

STREETER

Não atirem, ele foi embora!

RETOMA TELHADOS

Os homens baixam as armas. FLIP MORAN *parece confuso e envergonhado.*

EXT. STREETER E LAURA, CLOSE

A carapaça do XERIFE *se despedaçou temporariamente. Ele baixa o olhar para a agonizante* DANÇARINA DE CABARÉ *e compreende que a ama!*

STREETER

Laura!

LAURA (*tossindo*)

A arma negou fogo... você sempre disse... nunca confie em arma escondida...

A tosse a interrompe.

STREETER

Não fale. Vou mandar Joe Prudum buscar o dou...

LAURA (*tossindo*)

Tarde... tarde demais. Só me abrace!

STREETER *abraça-a. Ela ergue os olhos para ele* CURIOSAMENTE.

LAURA
Ora, Xerife!... você está chorando?

EXT. FUNDOS DO LADY DAY

MURDOCK *sai disparado.* O SARGENTO MATHIS *ainda está lá, segurando os cavalos.*

SARG
Que foi que houve? Eu ouvi tiros!

MURDOCK (*monta no cavalo*)
Esqueça. Está na hora de chamar a turma.

SARG
Quer dizer...?

De repente, a insanidade de MURDOCK se desencadeia. Os olhos CHAMEJAM. Os lábios se arreganham num rosnado que quase parece um SORRISO. É o sorriso do ANIMAL acuado.

MURDOCK
A gente vai varrer esta cidade do mapa!

Tocam os cavalos, para ir juntar-se ao resto dos justiceiros.

Capítulo Nove

1

STEVE E COLLIE não precisaram saltar a cerca no fundo do quintal do Doutor; havia um portão, embora eles tivessem de arrancar uma da boa quantidade de hera bastante entranhada para poder usá-lo. Só trocaram algumas palavras duas vezes antes de chegar à trilha. A primeira vez, foi Steve quem falou. Olhou as árvores em volta — na maioria umas coisinhas mirradas, parecendo mato, agora misteriosas com o gotejar da água da chuva pingando das folhas — e perguntou:

— São álamos?

Collie, que estivera abrindo caminho com dificuldade em torno de uma moita particularmente feroz de espinheiros, voltou a cabeça para ele.

— Como?

— Eu perguntei se essas árvores são álamos. Como a gente veio da Rua dos Álamos, eu apenas imaginei.

— Ah. — Collie olhou em volta, na dúvida, trocando o.30-.06 de uma das mãos para a outra e passando o braço pela testa. Fazia muito calor no meio do mato. — Não sei se são álamos, pinheiros ou malditos eucaliptos, pra lhe dizer a verdade. Botânica nunca foi meu forte. Aquela ali é um salgueiro de rabo magro, e é só o que eu sei do assunto.

Com isso, retomou a marcha.

Cinco minutos depois (Steve já se perguntando se *havia* mesmo uma trilha ali atrás, ou era só o que eles queriam acreditar), Collie parou. Olhou para trás, além de Steve, os olhos tão intensos que o próprio Steve se virou para ver o que ele olhava. Viu apenas o emaranhado verde que já haviam atravessado. Nenhum sinal da casa do Doutor; nem da de Jackson. Via uma minúscula cunha vermelha que julgava poder ser a chaminé em cima da casa dos Carver, mas só isso. Quase podiam estar a cem quilômetros da mais próxima habitação humana. Pensar nisso — e perceber que era uma idéia concreta — causou-lhe um arrepio.

— Como? — perguntou, achando que o policial ia lhe perguntar por que não ouviam nenhum carro, nem mesmo o carango rebaixado de um garoto, nem um único sistema de som incrementado, nem moto, nem buzina, nem grito, nem *nada*.

Em vez disso, Collie disse:

— A luz está acabando.

— Não pode. São só... — Steve olhou o relógio, mas ele parara. Na certa a bateria se fora; nunca a substituíra desde que a irmã lhe dera de presente de Natal dois anos atrás.

Mas era estranho que parasse exatamente pouco depois das quatro, que não podia ser muito depois de ele ter entrado naquele maravilhoso bairro.

— Só o quê?

— Não sei ao certo, meu relógio parou, mas pense só. Não pode ser muito mais que cinco e meia, cinco e quarenta e cinco. Talvez até menos. Eles não dizem que a gente exagera o tempo transcorrido quando está numa situação de crise?

— Eu nem sei quem são "eles", nunca soube — disse Collie. — Mas olhe a claridade. O *tom* da claridade.

Steve olhou, e de fato o policial tinha certa razão. Steve não gostou de admitir, mas tinha, sim. A luz caía enviesada por entre o emaranhado (e essa era a palavra adequada para aquilo, não mata) em quentes raios rubros. Sol rubro de noitinha, alegria na marinha, pensou, e de repente, como se isso fosse um gatilho, tudo tentou desabar sobre ele, tudo que estava errado, e não suportou. Ergueu as mãos e tapou os olhos, dando-se uma boa porrada no lado da cabeça com a coronha do .22 que levava, sentindo a bexiga afrouxar, sabendo que estava na iminência de molhar a cueca, e nem ligando. Cambaleou para trás e — de longe, parecia — ouviu Collie Entragian perguntando se estava tudo bem. Com o que lhe pareceu o maior esforço de sua vida, Steve respondeu que sim, e obrigou-se a baixar as mãos, para olhar de novo aquela rubra luz de delírio.

— Me deixa fazer uma pergunta bem pessoal — disse. Achou que a voz não saíra nem remotamente semelhante à sua. — Você está com muito medo?

— Muito.

O cara grandão limpou mais suor da testa. Fazia muito calor ali, mas apesar das folhas gotejantes e farfalhantes, o calor parecia estranhamente seco a Steve, nem um pouco como uma estufa. Também os cheiros eram assim. Não desagradáveis, mas secos. Egípcios, quase.

— Mas não perca a esperança — disse Collie. — Acho que estou vendo a trilha.

Era de fato a trilha, entraram nela menos de um minuto depois de recomeçarem a caminhar, e Steve viu sinais — reconfortantes, nas circunstâncias — dos animais que haviam usado aquela trilha de caça: uma embalagem de batata frita, o invólucro de um maço de figurinhas do beisebol, duas baterias talvez tiradas do Walkman de um garoto depois de se esgotarem, iniciais talhadas numa árvore.

Viu uma coisa muito menos reconfortante do outro lado da trilha: uma planta deformada, espinhosa e de um verde virulento, em meio aos pés de sumagro e às moitas. Havia mais duas atrás, os braços nodosos espetados rígidos para cima, como os braços de um policial de trânsito alienígena.

— Puta merda, está vendo aquilo ali? — perguntou.

Collie balançou a cabeça.

— Parecem cactos. Ou *cacti.* Ou como quer que se diga quando tem mais de um.

É, pensou Steve, mas só da maneira como as mulheres pintadas por Picasso na fase cubista parecem mulheres mesmo. A simplicidade dos cactos e sua falta de simetria — como a ave de asas descasadas — davam-lhe um aspecto surrealista que fazia doer sua cabeça. Era como olhar uma coisa que não entrava exatamente em foco.

Parece mesmo *um pouco com um urubu,* dissera o Velho Doutor. *No desenho de uma criança.*

Tudo começava a arrumar-se em sua mente. Não *encaixar-se,* pelo menos ainda não, mas arrumar-se, no que lhes haviam ensinado a chamar de ajuste em Álgebra I. Os furgões que pareciam adereços de uma matinê de sábado para as crianças. A ave. Agora aqueles violentos cactos verdes, como uma coisa que a gente vê no desenho de um esforçado aluno da primeira série.

Collie aproximou-se do mais perto na trilha e estendeu um dedo hesitante.

— Cara, não faça isso, está maluco! — disse Steve.

Collie ignorou-o. Estendeu mais o dedo. Mais próximo. Mais próximo ainda, até....

— *Opa!* Seu filho...!

Steve deu um salto. Collie puxou a mão e olhou-a como um garoto com um novo arranhão interessante. Depois virou-se para Steve e estendeu-a. Uma gota de sangue, pequena, escura e perfeita, formava-se na papila do indicador.

— São reais o bastante pra furar — disse. — Pelo menos esse aí.

— Claro. E se envenenar você? Como uma coisa da Bacia do Congo, uma coisa assim?

Collie deu de ombros, como a dizer tarde demais, companheiro, e recomeçou a andar pela trilha, que seguia para o sul naquele ponto, rumo à Jacintos. Com o sol vermelho-laranja inundando as árvores pela direita, pelo menos era impossível perder-se. Começaram a descer a ladeira. Steve via cada vez mais cactos deformados no mato à esquerda da trilha. Na verdade se amontoavam contra as árvores em determinados lugares. O mato rasteiro escasseava, e por um bom motivo: a camada superior do solo também rareava, substituída por uma areia granulosa que parecia... parecia...

O suor escorreu para os olhos de Steve, ardendo. Ele limpou-o. Muito calor, e a luz muito forte e rubra. Sentiu um enjôo no estômago.

— Veja.

Collie apontou. Vinte metros à frente, outro monte de cactos guardava uma bifurcação na trilha. Projetando-se deles como a proa de um navio, via-se um carrinho de compras virado. À luz agonizante, as varetas da cesta de metal pareciam ter sido mergulhadas em sangue.

Collie deu uma pequena corrida até a bifurcação. Steve apressou-se para alcançá-lo, não querendo se separar dele nem por uns poucos metros. Quando Collie chegou à bifurcação, uivos ergueram-se no ar, agudos e no entanto de certa forma enjoativamente suaves, como um mau coro de barbeiros: *Uuuu! Uuuu! U-Uuuu!* Fizeram uma pausa, e depois voltaram, mas desta vez fundindo-se e latindo, provocando arrepios em cada centímetro da pele de Steve. Meus filhos da noite, ele pensou, e no olho mental viu Bela Lugosi, um espectro em preto e branco, abrindo a capa. Talvez uma imagem não tão sensacional assim, nas circunstâncias, mas às vezes a mente da gente vai aonde quer.

— Nossa! — disse Collie

E Steve pensou que ele se referia aos uivos — coiotes uivando em algum ponto a leste, onde devia haver casas e lojas e cinco diferentes tipos de restaurantes de búrgueres —, mas o policial grandão não olhava para aquele lado. Olhava para baixo. Steve seguiu o olhar dele e viu um homem sentado ao lado do carrinho de compras. Recostava-se num cacto, espetado nos espinhos como um grotesco lembrete humano ali deixado para eles encontrarem.

Uu-Uu-Uuuuu...

Steve estendeu a mão, sem pensar, e encontrou a do policial. Collie sentiu seu contato e agarrou. Foi um apertão duro, mas Steve não se incomodou.

— Ah, merda, eu *já vi* esse cara — disse Collie.

— Como, em nome de Deus, você sabe? — perguntou Steve.

— As roupas. O carrinho. Ele esteve na rua uma ou duas vezes desde o início do verão. Tornei a ver ele de novo, ia mandar dar o fora. Na certa é inofensivo, mas...

— Mas o quê? — Steve, que fora vagabundo uma ou duas ocasiões em sua vida, não sabia se se sentia puto ou divertido. — Que achava que ele ia fazer? Roubar a pintura em veludo de Elvis favorita de alguém? Tentar filar um gole daquele tal Soderson?

Collie deu de ombros.

O homem espetado no cacto vestia calça cáqui remendada e uma camiseta ainda mais velha, mais suja e mais esfarrapada que a que Billingsley encontrara para Collie. Tinha os velhos tênis remendados com fita isolante. Eram os trajes de um vagabundo, e os bens que haviam caído do carrinho virado sugeriam a mesma coisa: um velho par de sapatos caros, um pedaço de corda puída, uma boneca Barbie, uma jaqueta azul com BUCKEYE LANES estampado nas costas em fio dourado, uma garrafa de vinho pela metade, tampada com o que parecia o dedo de uma luva de *soirée* de senhora, e um rádio incrementado que devia ter pelo menos uns dez anos. O gabinete de plástico fora consertado com cola de avião. Também havia pelo menos uma dúzia de sacos plásticos, cada um cuidadosamente enrolado e amarrado com barbante.

Um vagabundo morto no mato. Mas como, em nome de Deus, morrera? Os olhos saltavam das órbitas e pendiam dos nervos ópticos ressequidos sobre as faces. Os dois pareciam esvaziados, como se a força que os empurrara para fora também os houvesse rasgado. O nariz sangrara copiosamente sobre os lábios e os tocos de barba eram grisalhos no queixo. Mas o sangue não escondia a boca — Steve desejava que o fizesse. O homem tinha a boca distendida num sorriso enorme e curvo, que parecia ter puxado os cantos até quase as sujas orelhas. Alguma coisa — alguma força — o esmagara e matara contra o grupo de cactos com força suficiente para expulsar os globos oculares do rosto. E, no entanto, a mesma força o deixara sorrindo.

Collie apertava sua mão com mais força que antes. Esmagava os dedos.

— Quer soltar? — perguntou Steve. — Está quebrando meus...

Ergueu o olhar para o braço da bifurcação que seguia para a esquerda, a que devia conduzi-los à Avenida Anderson e ao socorro. Seguia por cerca de dez metros e depois se abria como a boca de um funil para um mundo deserto de pesadelo. O fato de não ter nenhuma semelhança com Ohio não causou impressão alguma em Steve, pelo simples motivo de que não tinha semelhança com qualquer paisagem que ele já vira na vida. Ou vislumbrado em sonhos.

Além das últimas árvores sãs e verdes, via-se uma vasta expansão de terra bruta esbranquiçada, que corria para um perturbado horizonte de picos serrilhados. Não tinham sombra nem textura, nem dobras, afloramentos ou vales. Eram as negras e mortas montanhas dos lápis de cera de uma criança.

A trilha não desaparecia, mas alargava-se, tornava-se uma espécie de estrada de desenho animado. Via-se uma roda de carroça meio enterrada à esquerda. Adiante, uma ravina de pedra cheia de sombras. À direita, uma placa de aviso, letras negras sobre tábua branca desbotada.

Para Ponderosa

dizia. A placa tinha em cima uma caveira de boi tão deformada quanto os cactos. Além dela, a estrada corria estreita até o horizonte, numa perspectiva que se estreitava artificialmente, e fez Steve lembrar-se dos cartazes de *Encontros Imediatos do Terceiro Grau.* Já havia estrelas no céu acima das montanhas, estrelas impossíveis de tão grandes. Não pareciam brilhar, mas piscar, apagando-se e acendendo-se como luzes de árvore de Natal. Vieram os uivos de novo, desta vez não um trio ou quarteto, mas todo um coro. E não do pé das montanhas; não *havia* pé de montanhas. Só deserto plano, manchas verdes de cactos, a estrada, a ravina, e ao longe o colar de dentes de tubarão que eram as montanhas.

Collie sussurrou:

— Que *é* isso, pelo amor de Deus?

Antes que Steve pudesse responder — *A mente de uma criança*, teria dito, se tivesse a oportunidade —, veio um baixo rosnado da ravina. Para Steve, soou quase como o barulho de uma potente máquina de navio. Então dois olhos verdes abriram-se nas sombras, e ele deu um passo atrás, a boca secando. Ergueu o Mossberg, mas as mãos pareciam blocos de madeira, e a arma, mixuruca, inútil. Os olhos (flutuavam como olhos de história em quadrinhos num aposento escuro) pareciam do tamanho de umas malditas bolas de *futebol americano*, e ele achou que não queria ver o tamanho do bruto que vinha com eles.

— A gente pode matar? — perguntou. — Se avançar pra cima da gente, você acha que...

— Olhe em volta! — interrompeu Collie. — Veja o que está acontecendo!

Ele o fez. O mundo verde recuava deles e o deserto avançava. A folhagem sob seus pés primeiro ficou clara, como se alguma coisa houvesse sugado toda a sua seiva, depois desapareceu, à medida que a terra escura e úmida se desbotava e granulava. *Contas.* Era o que ele estivera pensando poucos momentos atrás, que a camada de cima do solo fora substituída por aquela misteriosa merda redonda parecendo contas. À direita, uma das árvores raquíticas de repente engordou. Isso foi acompanhado pelo som que a gente faz quando mete o dedo num lado da boca, puxa e solta. O tronco esbranquiçado da árvore virou verde e criou espinhos. Os galhos fundiram-se, a cor das folhas parecendo espalhar-se e borrar-se quando elas se tornavam braços de cactos.

— Sabe, acho que talvez esteja na hora de ir batendo em retirada daqui — disse Collie.

Steve não se deu o trabalho de responder; em vez disso, falou com os pés. Um momento depois, os dois voltavam correndo pela trilha para o lugar onde a haviam pegado. A princípio, Steve pensava apenas em não furar os olhos num galho, nem dar de cara numa moita de espinhos, nem passar das baterias esgotadas, que era onde deviam virar à direita e dirigir-se para o portão de Billingsley. Depois tornou a ouvir o rosnado tossido, e tudo mais se desfez em insignificância. Soara perto. A criatura de olhos verdes da ravina seguia-os. Diabos, *perseguia-os.* E ganhava terreno.

2

OUVIU-SE UM TIRO, e Peter Jackson virou devagar a cabeça para aquele lado. Percebeu (uma vez que ainda podia perceber alguma coisa) que estivera parado na borda de seu quintal e olhava (uma vez que ainda podia olhar alguma coisa) a mesa no pátio. Havia uma pilha de livros e revistas em cima dela, a maioria eriçada de marcadores de páginas. Vinha trabalhando num artigo erudito intitulado "James Dickey e a Nova Realidade do Sul", saboreando a idéia de que ia causar um bocado de polêmica em certas igrejinhas da elite acadêmica. Talvez o convidassem a outras universidades para participar de mesas de debates! Mesas de debates para as quais viajaria com todas as despesas pagas! (Dentro do razoável, claro.) Como sonhara com isso. Agora, tudo parecia distante e sem importância. Como o tiro no mato, e o grito que se seguira, e os dois tiros que haviam seguido o grito. Mesmo os rosnados — como um tigre que houvesse fugido do zoológico e estivesse escondido na mata deles — pareciam distantes e sem importância. Importava apenas... apenas...

— Encontrar meu amigo — disse. — Chegar à bifurcação na trilha e me sentar com meu amigo. Melhor... ir me mandando.

Atravessou o pátio na diagonal, batendo na borda da mesa com o quadril ao passar. Um número de *Verse Georgia* e vários de seus livros de pesquisa caíram da pilha no tijolo molhado cor-de-rosa. Peter ignorou-os. Tinha a vista cada vez menos eficiente fixa na mata que passava por trás das casas do lado leste da Rua dos Álamos. Seu interesse, de quase toda a vida, pelas notas de pé de página o abandonara.

3

QUANDO ACONTECEU, Jan não falava exatamente de Ray Soames; perguntava-se por que Deus fizera um mundo onde não se podia deixar de querer ser beijada e apalpada por um homem que quase sempre — diabos, sempre — tinha os tornozelos sujos e lavava os cabelos quatro vezes por mês, talvez. E isso num mês bom. Portanto, na verdade falava de Ray, apenas omitia nomes.

E pela primeira vez, desde que chegara ali, *fugira* para ali, Audrey sentiu um toque de impaciência, o suave surto de cansaço da amizade. Parecia que perdia afinal a paciência com Jan.

Parada na entrada da sala de visitas, Audrey olhava o prado até o muro de rochas, ouvindo o zumbido das abelhas e perguntando-se o que, mesmo, fazia ali. Pessoas precisavam dela, pessoas que ela conhecia e, na maioria dos casos, gostava. Uma parte dela — e bastante persuasiva — tentava fazê-la acreditar que elas não importavam, que não apenas se achavam seiscentos quilômetros a oeste dali, mas quatorze anos à frente, só que era uma mentira, persuasiva ou não. *Aquele* lugar era a ilusão. *Aquele* lugar era a mentira.

Mas eu preciso estar aqui, pensou. Preciso mesmo, mesmo.

Talvez, mas a relação de amor-ódio de Janice com Ray Soames de repente a entediava até as lágrimas. Tinha vontade de girar nos calcanhares e dizer: *Ora, por que não pára de se lamuriar e dá um chute nele? Você é jovem, bonita, tem um belo corpo. Sei que pode arranjar alguém de cabelos e hálito limpos para esfregar as partes de seu corpo que mais ardem.*

Dizer uma coisa terrível daquelas a Jan podia fazê-la ser expulsa daquele lugar seguro, tão certo quanto Adão e Eva haviam sido expulsos do Jardim do Éden por comerem a maçã que não deviam, mas isso não mudava sua maneira de sentir. E se conseguisse manter a boca fechada sobre o amor obsessivo de Jan, o que viria a seguir? A centésima qüinquagésima afirmação de Jan de que, embora Paul pudesse ser o Beatle mais lindo, John era o único com quem ela pensaria seriamente em ir para a cama? Como se os Beatles jamais se houvessem separado; como se John não tivesse morrido.

Então, antes de poder dizer ou fazer qualquer coisa, um novo som invadiu aquele lugar tranqüilo, onde em geral só havia o zumbido das abelhas, o cricrilar dos grilos na relva e as vozes murmurantes das duas jovens. Era um tinido, leve mas de algum modo exigente, como a sineta de uma professora primária de antigamente, chamando as crianças de volta do recreio para os estudos.

Voltou-se, percebendo que a voz de Jan cessara, e não era de admirar. Ela desaparecera. E sobre a mesa tosca, com iniciais entrelaçadas que remontavam quase à Primeira Guerra Mundial, o Takfone tocava.

Pela primeira vez em todas as suas visitas, o Takfone tocava.

Encaminhou-se devagar para ele — foram necessários apenas três passos curtos — e ficou a olhá-lo, o coração batendo forte. Parte dela gritava-lhe que não atendesse, que sabia agora e sempre soubera o que o toque daquele telefone significava: que o demônio de Seth a encontrara. Porém que mais podia fazer?

Fuja, sugeriu friamente uma voz (talvez de seu próprio demônio). Fuja para esse mundo lá fora, Audrey. Desça a ladeira, espantando as borboletas à frente, até o muro de rochas e a estrada do outro lado. Vai dar em New Paltz, essa estrada, e não importa que tenha de andar o dia todo para chegar lá e acabe com bolhas nos calcanhares. É uma cidade universitária, e em algum ponto da Rua Principal haverá uma janela com um aviso — PRECISA-SE DE GARÇONETE. Pode abrir seu caminho trabalhando a partir de lá. Vá. Você é jovem, tem de novo vinte e poucos anos, é saudável, não é feia, e nada deste pesadelo aconteceu ainda.

Não podia fazer isso... podia? Nada daquilo era *real*, afinal. Era apenas um refúgio em sua mente.

Trim, trim, trim.

Leve, mas exigente. Me pegue, dizia. Me pegue, Audrey. Me pegue, parceirinha. A gente tem de ir pra Ponderosa, só que desta vez você não volta mais.

Trim, trim, trim.

Ela se curvou de repente e plantou uma das mãos em cada lado do pequeno telefone vermelho. Sentiu a madeira seca nas palmas, as formas das iniciais entalhadas nas pontas dos dedos, e compreendeu que se se espetasse numa lasca naquele mundo, estaria sangrando ao voltar para o outro. Porque aquele *era* real, *era*, e ela sabia quem o criara. Seth fizera aquele abrigo para ela, de repente tinha certeza disso. Ele o tecera com as melhores lembranças e sonhos dela, dera-lhe um lugar aonde ir quando a loucura ameaçasse, e se a fantasia se esgarçava um pouco, como um tapete começando a mostrar os fios onde o tráfego de pés era mais intenso, não era culpa dele.

E ela não podia deixá-lo lá para se virar como pudesse. *Não queria.*

Audrey pegou o fone. Era ridiculamente pequeno, feito para uma criança, mas ela mal notou isso.

— Não faça mal a ele! — gritou. — Não faça mal a ele, seu monstro! Se tem de fazer mal a alguém, faça a m...

— Tia Audrey! — Era a voz de Seth, sem dúvida, mas mudada. Não havia gagueira, procura de palavras, recaídas em balbucios, e embora estivesse amedrontado, não parecia em pânico. — Tia Audrey, me escute!

— *Estou* escutando. Diga!

— Volte! Pode sair de casa agora! Pode fugir. Tak está no mato... mas os Power Wagons vão voltar! Você tem de sair antes que eles voltem!

— E você?

— Vou ficar bem — disse a voz no telefone, e Audrey julgou sentir uma mentira nela. Insegurança, pelo menos. — Você tem de chegar aos outros. Mas antes de ir...

Ela escutou o que ele queria que fizesse, e teve uma absurda vontade de rir — por que nunca pensara naquilo por si mesma? Era tão simples! Mas...

— Você pode se esconder de Tak? — perguntou.

— Posso. Mas você tem de se apressar!

— Que vamos fazer? Mesmo que eu chegue aos outros, que *podemos* nós...

— Não posso explicar agora, não dá tempo. Você tem de confiar em mim, tia Audrey. Volte já, e confie em mim! *Volte! VOLTE!*

O último grito foi tão alto que ela afastou o telefone do ouvido e deu um passo para trás. Houve um instante de total e vertiginosa desorientação, quando ela caiu e bateu com o lado da cabeça no chão. A pancada foi amaciada pelo carpete da sala de visitas, mas provocou uma momentânea explosão de cometas cruzando sua visão. Ela se sentou, sentindo o cheiro de gordura de hambúrguer velho e o úmido odor de uma casa que há um ano ou mais não passava por uma limpeza abrangente nem uma arejada de alto a baixo. Olhou primeiro a cadeira de onde caíra, depois o telefone preso na mão direita. Devia tê-lo agarrado de cima da mesa no mesmo instante em que agarrara o Takfone no sonho.

Só que não fora sonho, nem alucinação.

Levou o telefone ao ouvido (aquele era preto, e de um tamanho que combinava com o seu rosto) e escutou. Nada, claro. Havia eletricidade na casa, mesmo que não houvesse em nenhuma outra parte da quadra — Tak tinha de ter sua TV —, mas em algum ponto emudecera o telefone.

Audrey levantou-se, olhou o arco que levava ao covil, e soube o que veria se desse uma olhada lá dentro: Seth em transe, Tak inteiramente desaparecido. Mas não dentro do filme desta vez, ou não exatamente. Ela ouviu gritos confusos e o que quase certamente fora um tiro do outro lado da rua, e lembrou-se de um versículo do Gênese, alguma coisa sobre o espírito de Deus pairando sobre as águas. Teve uma idéia de que o espírito de Tak também estava em movimento, tratando de seus próprios assuntos, e se tentasse fugir agora, na certa *conseguiria.* Mas se chegasse aos outros e lhes contasse o que sabia, e eles acreditassem, que poderiam fazer para escapar do fascínio ao qual haviam sido atraídos? Que fariam com Seth para escapar de Tak?

Ele me mandou ir, pensou. É melhor confiar nele. Mas primeiro...

Primeiro havia o que ele a mandara fazer antes de partir. Tão simples... mas podia resolver muita coisa. Tudo, se dessem muita sorte. Audrey correu para a cozinha, ignorando os gritos e o barulho de vozes do outro lado da rua. Agora que se decidira, sentia-se quase esmagada pela necessidade de correr, concluir essa última tarefa antes que Tak tornasse a voltar sua atenção para ela.

Ou antes que mandasse o Coronel Henry e seus amigos de novo.

4

QUANDO TUDO DEU errado, foi de uma maneira espetacularmente repentina. Johnny perguntava-se mais tarde até onde a culpa era sua — perguntava-se sem parar — e não obtinha uma resposta clara. Certamente sua atenção falhara, embora isso fosse antes da merda bater de fato no ventilador.

Seguira atrás dos gêmeos Reed quando se dirigiam para o mato, rumo à trilha, e deixara a mente vagar, porque os garotos andavam com uma lentidão de dar agonia, para não fazer barulho roçando num único arbusto nem quebrando um único galho. Nenhum deles tinha a mínima idéia de que não estavam sós na mata; quando haviam entrado nela, Collie e Steve já se achavam na trilha, e bem à frente, rumando em silêncio para o sul.

A mente de Johnny voltara ao horrorizado exame que Bill Harris fizera da Rua dos Álamos, no dia de sua visita em 1990, a princípio dizendo que ele não podia estar falando sério, depois, vendo que estava, perguntando-lhe qual era a transa. E Johnny Marinville, que contara as aventuras de um gato que tinha um equipamento de tirar impressões digitais, respondera: *A transa é que não quero morrer ainda, e isso significa fazer um pouco de trabalho editorial. Um Johnny Marinville revisado, se você assim quer. E eu posso fazer. Porque tenho o desejo, que é importante, e porque tenho as ferramentas, o que é vital. Pode dizer que é apenas outra versão do que faço. Estou reescrevendo minha vida.* Reesculpindo *minha vida.*

Fora Terry, sua primeira esposa, quem lhe dera o que podia, na verdade, ter sido sua última oportunidade, embora não tivesse dito isso a Bill. Ele nem sabia que, após quase vinte anos em que a comunicação dos ex-cônjuges se fizera apenas por meio de advogados, Johnny e a ex-Theresa Marinville haviam iniciado um cauteloso diálogo, às vezes por carta, mas sobretudo por telefone. Esse contato aumentara desde 1988, quando Johnny finalmente largara a bebida e as drogas — para sempre, esperava. Contudo, ainda havia alguma coisa errada, e num dado momento da primavera de 1989 ele se vira dizendo à primeira ex-esposa, a quem um dia tentara esfaquear com uma faca de cortar manteiga, que aquela vida de sobriedade lhe parecia sem sentido e sem meta. Não podia se imaginar escrevendo outro romance. Essa chama parecia ter-se apagado, e não tinha saudades do tempo em que acordava pela manhã com ela lhe torrando o cérebro... junto com a inevitável ressaca. Essa parte parecia acabada. E podia aceitar isso. O que achava que não podia aceitar era como a antiga vida, da qual seus romances faziam parte, ainda o cercava por todos os lados, sussurrando-lhe dos cantos e murmurando de sua velha IBM toda vez que a ligava. Eu sou o que você foi, dizia-lhe o zumbido da máquina de escrever, e o que sempre será. Jamais foi uma questão de auto-imagem, ou mesmo de ego, mas só do que estava impresso em seus genes desde o início. Fuja para os confins da terra, alugue um quarto no último hotel, vá até o fim do corredor, e quando abrir a porta, eu vou estar lá dentro instalada numa mesa, emitindo meu mesmo velho zumbido, o que você ouviu em tantas trêmulas manhãs de ressaca, e vai ter uma lata de Coors ao lado de suas anotações, e um grama de coca na gaveta de cima da esquerda, porque no fim é isso que você e todos vocês são. Como disse certa vez um sábio qualquer, não existe gravidade; a terra simplesmente suga.

— Você devia desenterrar o livro infantil — ela dissera, despertando-o assustado de seu devaneio.

— *Qual* livro infantil? Eu nunca...

— Não se lembra de *Pat, o Gato Detetive*?

Ele demorou um minuto, mas acabou se lembrando.

— Terry, isso foi só uma historinha que eu inventei pro monstrinho de sua irmã, numa noite em que ele não parava de chorar e achei que ela ia ter um ataque...

— Você gostou o suficiente pra passar pro papel, não foi?

— Não me lembro — ele disse, lembrando.

— Eu *sei* que passou, e ainda deve ter isso em algum lugar, porque nunca joga nada fora. Sacana anal! Sempre desconfiei que guardava até suas malditas *melecas*. Numa caixa de Sucrets, talvez, como isca de pesca.

— Na certa dariam *ótimas* iscas de pesca — ele dissera, não pensando no que dizia, mas perguntando-se em vez disso onde poderia estar a historinha (oito ou nove páginas manuscritas).

Na Coleção Marinville da Fordham? Era possível. Na casa em Connecticut onde morara com Terry, a casa onde ela morava agora, de onde lhe falava naquele mesmo instante? Bem possível. Na época dessa conversa, a casa ficava a menos de quinze quilômetros.

— Você precisa encontrar essa história — ela dissera. — Era boa. Você escreveu numa época em que era bom de um jeito que nem sabia. — Uma pausa. — Ainda está aí?

— Ééé.

— Eu sempre sei quando estou lhe dizendo coisas que você não gosta — ela disse, animada —, porque é a única hora em que você fecha a boca. Fica todo ensimesmado.

— Eu não fico ensimesmado.

— Fica, fica.

E então ela lhe dissera o que talvez fosse o mais importante. Mais de vinte milhões de dólares em direitos autorais haviam sido gerados por essa lembrança casual da história que ele um dia inventara para fazer dormir o chato do sobrinho, e zilhões de livros com a crônica das tolas aventuras de Pat haviam sido vendidos em todo o mundo, mas o que ela dissera a seguir parecera mais importante que toda a grana e os livros. Parecera na hora, e ainda parecia. Ele supunha que ela falara no seu tom habitual de voz, mas as palavras haviam batido em seu coração como as de uma profetisa numa gruta de Delfos.

— Você precisa dar meia-volta — dissera-lhe a mulher que agora era Terry Alvey.

— Hum? — ele perguntara, quando recuperara o fôlego. Não queria que ela percebesse como suas palavras o tinham abalado. Não queria que ela soubesse que ainda tinha esse tipo de poder sobre ele, mesmo após aqueles anos todos. — Que quer dizer *isso*?

— Pro tempo em que você se sentia bom. *Era* bom. Eu me lembro desse cara. Era legal. Não perfeito, mas legal.

— Ninguém volta pra casa, Terr. Você devia estar doente na semana em que deram Thomas Wolfe no curso de Literatura Americana.

— Ah, me poupa disso. A gente se conhece há tempo demais pra esses joguinhos de Sociedade de Debates. Você nasceu em Connecticut, foi criado em Connecticut, fez sucesso em Connecticut, e foi um vagabundo bêbedo e narcotizado em Connecticut. Não precisa *ir* pra casa, precisa *sair* de casa.

— Isso não é dar meia-volta, é o que nós do AA chamamos de tratamento geográfico. E não dá certo.

— Você precisa dar meia-volta em sua *cabeça* — ela respondera; paciente, como se falasse com um filho. — E seu corpo precisa de um novo chão onde pisar, eu acho. Além disso, não está bebendo mais. Nem se drogando. — Uma ligeira pausa. — Está?

— Não — ele dissera. — Bem, heroína.

— Ah-ah.

— Pra onde você sugeriria que eu fosse?

— Pro último lugar em que você pensaria — ela respondera sem hesitar. — O lugar mais improvável da Terra. Akron ou Afeganistão, não faz diferença.

Esse telefonema fizera Terry rica, porque ele dividira os lucros do Gato com ela, centavo por centavo. E o trouxera para ali. Não para Akron, mas para Wentworth, na Boa e Alegre Comunidade de Ohio. Um lugar onde nunca estivera antes. Escolhera a área de primeira, fechando os olhos e enfiando um percevejo num mapa de parede dos Estados Unidos, e Terry se revelara certa, apesar da horrorizada reação de Bill Harris. O que ele originalmente julgara ser uma temporada sabática havia...

Perdido nesse devaneio, trombou direto nas costas de Jim Reed. Os garotos haviam parado na beira da trilha. Jim erguera o revólver e apontava-o para o sul, a cara pálida e sombria.

— Que... — começou Johnny, e Dave tampou-lhe a boca com a mão antes que ele pudesse dizer mais alguma coisa.

5

OUVIU-SE UM TIRO, depois um grito. Como se o grito houvesse sido um sinal, Marielle Soderson abriu os olhos, arqueou as costas, emitiu um som longo e gutural, que talvez fossem palavras, e começou a tremer toda. Os pés matraquearam no chão.

— Doutor! — gritou Cynthia, correndo para Marielle. — *Doutor!*

Gary chegou primeiro. Tropeçou na porta da cozinha, e teria caído de joelhos sobre a barriga da esposa, se Cynthia não o empurrasse para trás. O cheiro de xerez de cozinha pairava em torno dele como uma nuvem doce.

— Que fô que tev? — ele perguntou. — Que fô que tev com min epô?

Marielle sacudia a cabeça de um lado para outro, batendo-a na parede. A foto de Daisy, a Corgi que sabia contar e somar, caiu e bateu no peito dela. Por sorte, o vidro não se quebrou. Cynthia pegou-a e jogou-a de lado. Ao fazer isso, viu que a gaze no toco de braço da mulher ficara vermelha. Os pontos — alguns, pelo menos — haviam se rompido.

 — *Doutor!* — ela gritou.

Ele veio correndo da porta, onde estivera parado olhando, quase hipnotizado pelas mudanças que ainda se davam. Ouviam-se rosnados na mata lá atrás, outros gritos, outros tiros. Pelo menos dois. Gary olhou para aquele lado, piscando feito uma coruja.

— Que fô que tev?

Marielle parou de tremer. Moveu os dedos, como se tentasse estalá-los, e depois também isso parou. Os olhos vazios fitavam o teto. Uma única lágrima escorreu do canto do esquerdo. O Doutor pegou o pulso e tentou senti-lo. Olhava fixo para Cynthia com uma espécie de intensidade desesperada enquanto fazia isso.

— Acho que se você quiser continuar trabalhando lá embaixo vai ter de trocar esse guarda-pó de caixeira por um vestido de cabaré — disse. — O E-Z Stop agora é um cabaré. O Lady Day.

— Ela morreu? — perguntou Cynthia.

— É — disse o Velho Doutor, baixando a mão de Marielle. — Se isso serve pra alguma coisa, acho que as chances dela acabaram quinze minutos atrás. Precisava de uma unidade de trauma, não de um veterinário velho de mãos trêmulas.

Mais gritos. Berros. Alguém gritava lá, gritava e berrava que alguém devia ter detido alguém, devia ter detido alguém. Cynthia teve uma certeza súbita: Steve, um cara de quem já passara a gostar, morrera. Os atiradores estavam lá, e o tinham matado.

— Que fô que tev? — perguntou Gary pela terceira vez.

Nem o velho nem a moça lhe responderam. Embora estivesse ali, ajoelhado na porta da cozinha ao lado dela, quando Billingsley declarara sua esposa morta, Gary pareceu não compreender o que acontecia até o Doutor puxar a capa de veludo marrom do sofá e cobri-la com ela. Então, compreendeu, bêbedo ou não. O rosto começou a tremer. Ele tateou por baixo da capa do sofá, encontrou a mão da esposa, puxou-a para fora e beijou-a. Depois encostou-a na face e pôs-se a chorar.

6

QUANDO JIM REED viu vultos avançando rápido para ele na trilha, sua excitação desapareceu. O terror ocupou o espaço deixado por ela. Pela primeira vez, ocorreu-lhe que ir até ali talvez não tivesse sido uma idéia muito brilhante.

Se virem estranhos no mato, voltem imediatamente. Fora o que sua mãe dissera. Mas ele não podia nem mexer-se. Estava paralisado. Depois, ouviu um horrível rosnado no mato baixo, o som de um animal, e entrou em pânico. Não viu Collie Entragian e Steve Ames, quando eles apareceram; viu assassinos que tinham deixado seus furgões para infiltrar-se no mato. Não ouviu o abafado berro de Johnny, nem o ouviu lutando para livrar-se das mãos de Dave que o agarravam.

— *Atire, Jimmy!* — guinchava Dave. A voz era um falsete trêmulo, assustado. — *Atire, Jeezum Crow, são eles!*

Jim apertou o gatilho e o que estava à esquerda desabou, levando as mãos ao topo da cabeça, onde um escalpo vermelho tingiu o cabelo e expôs o osso. O rifle que o homem trazia caiu em um lado da estrada. O sangue invadiu seus dedos e se espalhou pela face.

— *Pegue o outro agora!* — Dave ganiu. — *Acerte-o, Jimmy, acerte-o antes que ele nos acerte!*

— Não, não atire! — disse o outro cara, erguendo as mãos. Tinha um rifle numa delas. — Por favor, cara, não atire em mim!

Mas ele ia, ia matá-lo a tiros. Jim apontou-lhe o revólver, mal sabendo que gritava com o cara, xingando-o: chupador, sacana, veado. Só queria matar o cara e voltar para sua mãe. Ele e Dave. Vir ali fora um terrível engano.

7

JOHNNY ASSENTOU OS dois cotovelos na barriga de Dave Reed, magra e dura mas não preparada. Dave soltou um surpreso *Uuf!* e Johnny livrou-se de suas garras. Antes que Jim pudesse atirar de novo, já pegara o braço dele e o torcia com ferocidade. O garoto gritou de dor. Abriu a mão e o revólver de David Carver bateu no chão.

— *Que está fazendo?* — berrou Dave. — *Ele vai matar a gente, você está louco?*

— Seu irmão acabou de atirar em Collie Entragian, que mora mais abaixo na quadra, logo, quem é louco? — perguntou Johnny.

Sim, fora o que o garoto fizera, mas de quem era a culpa? Era ele o adulto ali. Devia ter tomado o revólver assim que estivessem a uma segura distância dos olhos fanáticos e das ordens secas de Cammie Reed. Podia tê-lo feito; por que não fizera?

— Não — sussurrou Jim, virando-se para ele e balançando a cabeça. — Não! — Mas seus olhos já sabiam; estavam enormes, e enchendo-se de lágrimas.

— Por que *ele* estava aqui fora? — perguntou Dave. — Por que não avisou a gente, pelo amor de...

O rosnado, que na verdade não parara, reafirmou-se no rubro ar quente, elevando-se rapidamente para um ronco. O homem ainda de pé — o cara da caminhonete de aluguel — virou-se para ele, erguendo instintivamente a mão. O rifle numa delas era bem pequeno, e o cara talvez tivesse razão usando-o daquele jeito, mais protegendo o pescoço com ele do que apontando-o.

Então a criatura que os perseguira na trilha saltou do mato. A capacidade de pensar conscientemente de Johnny cessou quando o viu — podia apenas *ver*. Essa visão clara — mais uma praga que uma bênção — jamais lhe falhara antes, e não o fez então.

A coisa era um pesadelo de casaco marrom-amarelado, olhos verdes tortos e uma boca cheia de dentes laranja. Não era um gato, mas uma mal concebida deformação felina. Saltou, despedaçando o rifle Mossberg erguido com as enormes patas e arrancando-o das mãos crispadas que o seguravam. Depois, ainda rosnando, avançou para a garganta de Steve.

Do diário de Audrey Wyler:

12 de junho de 1995

Tornou a acontecer — o sonho acordado. Se é isso que é. Terceira ou quarta vez, mas a primeira (eu acho) desde que venho mantendo este diário, & de longe o mais vívido. Parece acontecer sempre quando as coisas por aqui não vão indo bem, & Deus do céu, as coisas aqui nunca vão bem!

Herb levantou-se com Seth hoje de manhã, tomou o chuveiro com ele (isso poupa muito tempo), e quando desceram Seth estava amuado & Herb tinha o começo de um olho roxo. Não precisei perguntar nada. Seth fizera-o esmurrar-se a si mesmo, da mesma forma como o fizera torcer o próprio lábio quando voltamos da sorveteria e ele descobriu que seu maldito Power Wagon tinha desaparecido. Olhei para Herb & ele balançou a cabeça de leve para mim, mandando-me ficar calada. O que eu fiz. Descobri que a gente sempre acha algum motivo para se sentir agradecida; neste caso, que fazer Herb esmurrar-se fora *só* o que Seth fizera (embora na verdade não seja ele quem faz as coisas ruins, mas o outro, o Menino das Pernas de Pau). Seth gosta de ficar junto à pia do banheiro e ver Herb barbear-se de manhã. Acho que o MPP podia aparecer e fazê-lo cortar a garganta com seu barbeador BIC descartável. Assusta-me escrever uma coisa dessas, mas às vezes é melhor pôr a coisa no papel. Como espremer material infectado de um corte.

O Menino das Pernas de Pau começou antes de eu sequer pôr o café da manhã na mesa — sempre sei quando é ele em vez de Seth, porque os olhos não são castanho-escuros, mas quase negros.

— Onde meu Duim Fuatá? — ele perguntou.

— A gente ainda não encontrou o Dream Floater — eu disse — mas sem dúvida vamos encontrar.

— Eu quero meu Duin Fuatá! — ele gritou no máximo dos pulmões, e Herb como que estremeceu. Pelo menos, quando grita, ele não atira coisas. — Eu quero a porra do meu DUIN FUATÁ!

— Não diga palavrão na frente de sua tia Audrey — disse Herb, e eu tive medo do olhar que o MPP lhe lançou então, muito medo, mas o olhar firme de Herb não vacilou.

Ele é muito corajoso. Não leva desaforo. E foi o MPP que acabou baixando os olhos.

— Eu quero meu Duin Fuatá — ele murmurou com a voz amuada que eu mais detesto. — Eu quero meu Duin Fuatá, achem ele.

Fiz-lhe uma rabanada, em geral o que mais gosta, mas ele não quis comer. Só saiu (nas pernas de pau) para o covil. Logo logo ouvi o videocassete, depois uma das fitas dos MotoKops. Ele tem quatro ou cinco, cada uma com uma dúzia de episódios. Eu realmente passei a detestar essas estúpidas vozes de desenho animado, sobretudo a de Cassie. Às vezes gostaria que Sem Cara a matasse e jogasse o cadáver decapitado numa vala em alguma parte. Deus me ajude, eu gostaria de estar brincando, mas não estou.

Enquanto eles cacarejavam lá dentro (ele sempre aumenta o volume, o que às vezes é bom), perguntei a Herb como ia explicar o olho roxo no trabalho. Ele falou em falsete & piscou os olhos e disse:

— Vou dizer à turma que bati numa porta, querida.

Tentava fazer brincadeira do assunto. Não deu certo.

O pior de hoje não foi Seth atirando coisas, como fez quando Herb sugeriu que podíamos comprar outro Dream Floater. Não fez isto hoje. Quase desejo que o tivesse feito. Simplesmente vai de aposento em aposento, nas pernas de pau, os olhos fuzilando, o lábio inferior esticado, ainda à procura do P.W. desaparecido. Às vezes entra no covil para ver TV, mas nem mesmo Bonanza o segurou por muito tempo hoje. Tentei fazê-lo falar, mas ele não quis. & o problema é... oh, eu queria saber escrever melhor, expressar isso de um modo que alguém que leia (não que alguém algum dia vá fazê-lo, imagino) compreenda. É como se ele — o MPP — gerasse uma espécie de eletricidade venenosa quando está puto. Parece emiti-la direto do corpo, como uma aranha tecendo seda elétrica, ou nuvens de tempestade lançando raios. A coisa vai se avolumando até que a gente tem vontade de correr de aposento em aposento, gritando e batendo a cabeça em tudo. É real, não apenas uma sensação, mas uma coisa física. Faz a gente suar (& um suor malcheiroso, como quando temos febre alta), & os músculos tremem, & a boca seca. Vou escrever aqui uma coisa que nunca disse a Herb. Às vezes, quando fica assim, eu vou ao banheiro, tranco a porta & me masturbo feito uma louca. É a única coisa que parece aliviar um pouco a pressão. Os orgasmos são tão fortes que me assustam. Como bombas explodindo.

Senti tudo isso antes, quando o Menino das Pernas de Pau dentro de Seth está puto com alguma coisa, mas nunca durou nem se acelerou tanto. No meio da tarde, foi como se toda a casa estivesse cheia de gás natural, esperando apenas um fósforo para explodir. Eu estava na cozinha, andando de um lado para outro, a cabeça doendo tanto que sentia os globos oculares pulsando, & não parava de querer sorrir. Não sei por quê, nada disso tem graça alguma, mas quanto mais minha cabeça doía, quanto mais meus globos oculares latejavam, quanto mais eu sentia a atmosfera da casa se fechando sobre mim — mais queria sorrir. Nossa!

Fui até a pia & olhei o quintal pela janela. Seth estava sentado na caixa de areia com as mãos no colo, e rodando e rodando em torno de sua cabeça, lá estavam eles. Tracker Arrow, Rooty-Toot, Meatwagon e o resto, afundando e mergulhando uns sob os outros, fazendo círculos e rolando, descendo para tocar e arremeter numa pista de pouso que Seth fez para eles na caixa de areia, às vezes voando em formação pelo quintal, passando por baixo da cadeira dele como dublês de pilotos num filme e depois fazendo a curva e voltando. Brinquedos de criança, todos de cores vivas, missões de vôo no quintal. Sei que devo estar parecendo uma louca varrida, mas juro por Deus que é verdade. Às vezes Seth bombardeia Hannibal, o cachorro do vizinho com eles & H foge com a cauda entre as pernas. Herb também já viu isso.

Qualquer outra criança vendo os Power Wagons dos MotoKops a fazer esses truques estaria rindo & aplaudindo & gritando, mas não o Menino das Pernas de Pau. Ele simplesmente fica lá sentado na caixa de areia com os lábios esticados & os olhos fuzilando.

Seth olhando os furgões e eu a ele, sentindo o que quer que esteja dentro dele a sair em ondas, enchendo o ar com um zumbido que está sobretudo na cabeça da gente. Eu me sentia a ponto de saltar fora de minha própria pele, de pirar bem ali diante da pia, & então, de repente, veio o sonho acordado. É a coisa mais maravilhosa, e embora eu chame de sonho acordado, não é isso que parece; parece real. Nele, eu revivo uma tarde de fim de semana que passei no hotel de Mohonk Mountain com minha amiga Jan. Isso foi em 1982, antes de qualquer das duas se casar. A gente ficava sentada conversando não sei quanto tempo — ela quase sempre sobre o cara apatetado e sebento pelo qual estava maluca na época, e eu que gostaria de tirar três meses de folga depois da formatura e ver um pouco do país.

É tão bonito lá em Mohonk, tão apaziguante. Estamos fazendo um piquenique. O ar está quente. Jan tem um ar tão deslumbrante quanto eu me sinto. Sei que não é verdade, & que vou voltar para esta bagunça toda, mas enquanto estou lá, nada disso importa. Jan & eu conversamos, sinto o sol em meu rosto, o cheiro das flores. É tão maravilhoso. Não sei o que é nem por que acontece, mas como um antídoto aos ataques do MPP é melhor que bater siririca no banheiro até criar calo. Imagino se Seth tem alguma coisa a ver com isso.

Eu gostaria que Herb tivesse um lugar para ir, mas acho que não tem. Suas piadas tolas são o mais próximo disso que ele pode chegar, coitado. Eu gostaria de poder falar a ele do meu lugar, talvez até levá-lo lá, mas não seria prudente. Acho que o MPP pode descobrir com Herb coisas que não pode comigo. & Herb parece tão cansado. É injusto para nós dois que isto esteja acontecendo, mas para Herb é horrivelmente injusto.

13 de junho de 1995

O "Duin Fuatá" voltou ainda há pouco. Não sei se sinto medo ou alívio.

Quer dizer, claro que estou aliviada, qualquer um estaria, esta casa tem sido como um campo de concentração desde sábado, mas que virá agora? Como vai reagir MPP? Graças a Deus ele tirava um cochilo quando a campainha tocou, & graças a Deus que Herb está no trabalho, porque MPP às vezes espiona a mente dele, eu sei que sim. Acho que não pode fazer isso comigo se eu não deixar, ou se estiver desprevenida.

Cara. Reli isto, é absolutamente louco. Deixe-me respirar fundo e começar de novo do começo. Preciso de tempo. Seth não dorme direito desde a noite de sexta-feira, e se eu der sorte ele talvez cochile até as quatro e meia. Isso me dá pelo menos uma hora.

Lá pelas três horas, quando eu passava o aspirador de pó na casa, alguém bateu na porta da cozinha. Abri, & lá estavam o Sr. Hobart, que mora mais adiante na rua, e o filho dele, um garoto gorducho e ruivo, com óculos de lentes grossas e pele pastosa. Meio repulsivo, se querem saber a verdade. O menino trazia nos braços um furgão Dream Floater. Não havia dúvida de que era o de Seth. Não precisei ver a lanterna traseira quebrada e o arranhão do lado do motorista para saber disso, mas na verdade vi as duas coisas. Fiquei atônita. Tentei dizer alguma coisa & não pude, a garganta trancada. Não sei o que teria resultado se eu pudesse falar!

Está quente hoje, uns trinta graus, mas o Sr. Hobart se vestia como um diácono (o que sem dúvida é), de terno e sapatos negros. O filho usava a versão júnior do mesmo traje, & fungava. E tinha uma bela mancha na cara. Aposto minha conta bancária que foi o velho quem a pôs lá.

Não fez diferença o fato de eu não poder falar, porque Hobart tinha tudo de cor.

— Meu filho tem uma coisa a dizer à senhora, Sra. Wyler — disse, e baixou o olhar para o menino, como a dizer é sua vez, não cague tudo. — Hugh?

Fungando mais que nunca, Hugh disse que tinha cedido à Voz Tentadora de Satanás (imagino que seja VTS, como o Menino das Pernas de Pau é MPP) & roubado o brinquedo de Seth. Falou rapidinho mesmo, chorando cada vez mais. Acabou dizendo:

— A senhora pode chamar a polícia, que eu faço uma confissão completa. Pode me dar uma surra, senão meu pai me dá.

Ouvir isso foi como quando a gente liga para a previsão do tempo & a gravação diz: "Para saber as atuais condições, aperte 1. Para saber a previsão atual, aperte 2. Para saber as condições das estradas, aperte 3." Acho que foi uma bênção eu estar tonta. Se não estivesse, poderia ter dado uma risada, e não havia nada engraçado naqueles dois, ali parados tão santos & envergonhados. Eu sentia mais medo deles — do pai, sobretudo — do que sinto de Seth na maioria dos dias.

E sentia medo POR eles, também.

— Eu sinto muito — disse o garoto, ainda declamando como se as palavras estivessem escritas em cartões de lembrete à sua frente. — Pedi perdão a meu pai, pedi perdão ao Senhor Jesus e agora estou pedindo perdão à senhora.

Eu me refiz o suficiente então para receber o furgão dele — estava tão tensa que quase o deixei cair nos dedos dos pés — e dizer-lhe que não era necessária nenhuma surra.

— O menino também tem de pedir desculpas a seu filho — disse o Sr. Hobart.

Parecia Moisés sem barba e com um bom corte de cabelo, se se pode imaginar Moisés num terno e colete da Sears. Após o que tem acontecido por aqui nos últimos meses, eu não tenho problema para imaginar coisa alguma. É parte do meu problema.

— Se a senhora quiser nos levar a ele, Sra. Wyler.

Diabos se o FDP hipócrita não começou a tentar entrar na base do empurrão! Empurrei-o de volta, eu lhe digo (e quase deixei cair o Dream Floater de novo ao fazer isso). A última coisa que eu queria era aquele ladrãozinho gorducho parado na frente do Menino das Pernas de Pau. O que eu queria era que os dois fossem embora de minha casa, e depressa. Antes que suas vozes ou suas vibrações emocionais (e embora não chorasse, Hobart estava pelo menos tão perturbado quanto o filho, talvez mais) o despertassem.

— Seth não é meu filho, é meu sobrinho — eu disse —, e está tirando um cochilo no momento.

— Muito bem — disse Hobart, fazendo um leve e rígido aceno com a cabeça. — Nós voltaremos depois. Hoje à noite está bem? Se não, posso trazer Hugh de volta amanhã de tarde. Mal posso tirar um segundo de folga à tarde... trabalho no triturador de minérios em Ten Mile, a senhora sabe... mas os assuntos de Deus devem ter sempre precedência sobre os do homem.

A voz ficava mais alta à medida que ele falava, como a voz de caras como ele sempre parecem fazer, é como se não pudessem dizer que precisam dar uma cagada sem transformar isso num sermão. Comecei a ficar realmente com medo de que Seth acordasse. & esse tempo todo, juro que é verdade, o menino olhava em volta, como se quisesse ver se não havia mais alguma coisa digna de palmear. Eu diria que dia virá em que Hughie vai acabar num divã de analista, só que gente como os Hobart não crê em analistas, crê?

Dirigi-os para a porta & mantive-os em marcha até a calçada, quer dizer, fui um rolo compressor. Enquanto isso, o menino perguntava sem parar, como um disco arranhado:

— A senhora me perdoa? Me perdoa?

Quando chegamos à calçada, percebi que estava furiosa com os dois. Não só pelo inferno que tínhamos atravessado, mas porque eles agiam como se eu fosse de algum modo responsável pela alma imortal do porrinha ladrão. Além do mais, eu me lembrava do modo como os olhos dele corriam por toda parte, vendo o que era que a gente tinha em nossa casa que ele não tinha na dele.

Estou quase certa — certa mesmo, na verdade — de que muitos dos "estranhos poderes" de Seth têm muito pouco alcance, como os transmissores de rádios que havia antes nos *drive-ins*, que dirigiam o som do filme direto para o rádio do carro da gente. Assim, quando os levei até a rua, me senti segura (<u>relativamente</u> segura, pelo menos) para perguntar como Hugh Hobart viera a roubar o Power Wagon de Seth, para início de conversa.

Diante disso, <u>père</u> e <u>fils</u> trocaram um olhar. Foi um olhar esquisito, nervoso, e percebi que nenhum dos dois se incomodava muito com a idéia da surra, ou mesmo de uma visita dos tiras, mas não gostavam da idéia de discutir o roubo de fato. Nem um pouco. Não admira que os fundamentalistas detestem tanto os católicos. A idéia de confessar-se deve fazer murchar os colhões deles.

Mesmo assim, eu os encurralei, & finalmente saiu. Foi William quem falou mais; a essa altura, o menino chegara à conclusão de que não gostava de mim. Estreitara os olhos, que também pararam de vazar.

A maior parte da coisa eu mesma podia ter imaginado. Os Hobart pertencem à Igreja Batista da Aliança de Sion, e uma das coisas que fazem como bons membros da igreja é "difundir o Evangelho". Isso significa deixar panfletos como o que Herb encontrou espetado em nossa caixa de correspondência, aquele sobre um milhão de anos no inferno & sem uma gota d'água. William e Hugh fazem isso juntos, um tipo de transa de pai e filho, imagino, um santo substituto para a Pequena Liga de beisebol ou futebol americano. Eles se atêm mais a casas que parecem temporariamente vazias, querendo "difundir a palavra & plantar a semente, não meter-se em discussões" (palavras de William Hobart), ou deixam seus recadinhos de amor no pára-brisa dos carros parados na rua.

Devem ter chegado à nossa casa pouco depois de termos saído para o Milly's. Hugh subiu a entrada da garagem e enfiou o panfleto sob a caixa de correspondência, e, claro, viu o Dream Floater onde Seth o deixara. Mais tarde, depois que o pai o liberara pelo resto do dia, mas antes de voltarmos do shopping center, Hugh voltara... & cedera à sempre popular VTS (Voz Tentadora de Satanás). A mãe descobrira o P.W. ontem, segunda-feira, quando Hugh estava na escola & ela arrumava o quarto dele. Ontem à noite haviam tido uma "conferência de família" a respeito, e chamado seu pastor para pedir conselho, feito uma prece pelo telefone, e agora estavam aqui.

Assim que desembucharam a história, o menino recomeçou com "A senhora me perdoa?". Mas na segunda vez eu disse:

— Pare de ficar dizendo isso.

Ele fez um ar como se eu lhe houvesse dado um tapa na cara, e a cara do pai se enrijeceu. Eu estava cagando. Agachei-me para poder olhar direto nos olhinhos de porco de Hugh. Não era muito fácil vê-los, tampouco, por causa da caspa e manchas de gordura nos óculos.

— Perdão é entre você e seu Deus — eu disse. — Quanto a mim, vou ficar calada sobre o que você fez, e aconselho os Hobart a fazer o mesmo.

Eles o farão, tenho toda certeza. Eu só precisava olhar a mancha na cara de Hugh, na verdade, para saber disso. Não sei sobre a mãe do monstrinho, mas o que ele fez está decididamente <u>matando</u> o pai.

Hugh deu um passo atrás, e pude ver em sua cara que a coisa não estava saindo como devia, & ele me detestava por isso. Tudo bem. Eu também o detesto um pouco. Não surpreende, surpreende?, após o fim de semana que tivemos por causa de seus dedos leves.

— Vamos deixar a senhora agora, Sra. Wyler, se já acabou — disse Hobart. — Hugh precisa meditar muito. No quarto dele. De joelhos.

— Mas eu <u>não</u> acabei — eu disse. — Não de todo.

Não olhava para ele. Olhava para o menino. Acho que tentava olhar além do ódio & vergonha & hipocrisia, para ver se restava um menino de verdade em algum ponto ali dentro. E terei visto um? Na verdade não sei.

— Hugh — eu disse —, você sabe que as pessoas só têm de pedir perdão quando fazem uma coisa errada, não sabe?

Ele balançou a cabeça, cauteloso... como se estivesse depondo num tribunal & achasse que um dos advogados lhe preparava uma armadilha.

— Então sabe que foi errado roubar o brinquedo de Seth.

Ele tornou a balançar a cabeça, mais relutante que nunca. A essa altura, praticamente se escondia por trás da perna do pai, como se tivesse três anos, em vez de oito ou nove.

— Sra. Wyler, não acho que seja necessário intimidar o menino — disse o seu velho.

Inacreditavelmente formal! Está disposto a deixar que eu dobre o menino sobre meus joelhos & bata no rabo dele como se fosse um pandeiro, mas quando quero que o menino diga em voz alta que errou, de repente é maltrato. Aí tem uma lição, mas diabos se eu sei qual é.

— Não estou intimidando ele, mas quero que o senhor saiba que os últimos dias foram muito diferentes por aqui — eu disse. Era ao adulto que eu respondia, mas era ao menino que falava de fato. — Seth gosta muito de seus Power Wagons. Por isso, o que eu quero é o seguinte, Hugh. Quero que me diga que o que você fez foi errado, e mau, e que sente muito. Então a gente acaba.

Hugh me fuzilava com os olhos, & se olhar matasse, eu não estaria escrevendo neste caderno agora. Mas sentia medo? Por favor. Quando se trata de meninos putos, eu vivo com o campeão dos campeões.

— Sra. Wyler, a senhora acha mesmo necessário isso? — perguntou Hobart.

— Acho, sim, senhor — eu disse. — Mais pro seu filho que pra mim.

— Pai, eu tenho de fazer isso? — ele choramingou.

Ainda me lançava o olhar de Raio da Morte por trás dos óculos imundos.

— Diga o que ela quer ouvir — disse Hobart. — Remédio amargo, é melhor tomar de um gole só.

Então deu um tapinha no ombro do filho, como para dizer sim, ela está sendo má, uma verdadeira megera, mas a gente tem de agüentar isso.

— Foi-foi-mau-foi-errado-me-desculpe — disse o menino, como se voltasse a ler os cartões-lembrete. Fuzilando-me com os olhos o tempo todo, sem mais lágrimas nem fungados.

Ergui os olhos & vi o mesmo olhar vindo do pai. Os dois jamais pareceram mais iguais do que naquele momento. As pessoas são espantosas. Eles subiram a rua, assustados mas assim como exaltados com a idéia de ser crucificados, como haviam feito com seu chefe. Em vez disso eu fiz o menino admitir o que ele era, & doeu, & os dois me odeiam por isso.

O importante, porém, é o seguinte: 1) o D.F. voltou e 2) os Hobart não vão falar do assunto. Às vezes a vergonha é a única mordaça que funciona com as pessoas. Devo inventar uma história para contar a Seth, e depois contar a mesma história a Herb. A verdade simplesmente não é segura.

Pés no andar de cima, indo para o banheiro. Ele acordou. Queira Deus que eu esteja certa ao achar que ele não pode ler meus pensamentos.

Mais tarde

Grande suspiro de alívio. E talvez deva parabenizar-me um pouco também, eu acho. A Crise do Dream Floater passou, sem causar estragos (quer dizer, fora alguns pratos & meus belos copos Waterford quebrados). Seth e Herb estão dormindo. Eu mesma pretendo subir assim que tenha escrito um pouco neste caderno (manter um diário nessas circunstâncias é perigoso, mas, Deus, traz tanto alívio) e depois pô-lo em cima do armário da cozinha, que é onde o guardo.

O fato de Seth acordar naquela hora, antes de eu ter muita chance de pensar no que ia lhe dizer, revelou-se uma bênção disfarçada. Quando ele desceu, ainda de olhos inchados, eu simplesmente lhe entreguei o D.F. O que aconteceu com o rosto dele — a maneira como desabrochou em surpresa & prazer, como uma flor ao sol — quase valeu todo o maldito espetáculo de horror. Vi os dois naquele ar alegre, Seth e o MPP. O MPP simplesmente feliz por ter seu Power Wagon de volta. Seth, eu acho, feliz por outros motivos. Talvez esteja enganada, dando-lhe demasiado crédito, mas acho que não. Acho que Seth estava feliz porque sabe que o MPP vai maneirar com a gente agora. Pelo menos por um tempo.

Houve um tempo em que pensei, como boa universitária que sou, que o MPP era apenas outro aspecto da personalidade de Seth — a parte amoral que os freudianos chamam de id —, mas não sei mais. Fico me lembrando da viagem que os Garin fizeram pelo país pouco antes de Bill & June & as duas crianças maiores morrerem. Depois me lembro do que nosso pai nos falou quando éramos adolescentes e íamos tirar a carteira de motorista, primeiro Bill, depois eu. Ele nos disse que algumas coisas nós nunca devíamos fazer: dirigir com pressão baixa nos pneus, dirigir bêbedo e dar carona.

Teria Bill pegado um carona no deserto sem nem mesmo saber? Um carona que ainda está viajando dentro de Seth? É uma idéia maluca, talvez, mas já percebi que este é o momento em que surge a maioria das idéias malucas, tarde da noite, quando a casa está em silêncio & os outros dormindo. E maluco nem sempre quer dizer errado.

Seja como for, sem tempo para mentiras elaboradas, contei uma mentira simples. Disse que o encontrara na adega, quando fui ver se havia mais bolsas de aspirador de pó. Já havíamos remexido por lá, claro, mas eu disse que estava atrás da escada. Seth aceitou isso sem perguntas (nem sei se ao menos ligou, tão feliz estava por ter de volta seu "Duin Fuatá", mas de qualquer modo era com o MPP que eu falava, na verdade). Herb fez apenas uma pergunta: como o P.W. foi parar lá? Seth jamais vai à adega, acha que é assombrada, e H. sabe disso. Eu disse que não sabia, e — milagre dos milagres — isso parece ter encerrado o assunto.

Seth passou a noite toda acordado em seu covil, em sua poltrona favorita, com o Dream Floater no colo, como uma menina com sua boneca favorita, vendo TV. Herb trouxe um filme do TV Video Clip. Apenas uma coisa velha em preto e branco da sessão de ofertas, mas Seth gosta mesmo dele. É um filme de caubói (claro) de fins da década de 50. Já viu duas vezes.

Com Rory Calhoun. Chama-se Os Justiceiros.

19 de junho de 1995

Acho que temos problema.

William Hobart veio aqui hoje de manhã, furibundo. Herb saíra para trabalhar uns vinte minutos antes de ele aparecer, graças a Deus, e Seth estava lá no fundo, no quintal.

— Quero lhe fazer uma pergunta, Sra. Wyler — disse. — A senhora ou seu marido tiveram alguma coisa a ver com o que aconteceu com meu carro ontem de noite? Basta um simples sim ou não. Se tiveram, é melhor dizer logo.

— Não sei do que o senhor está falando — eu disse, e devo ter parecido convincente, porque ele se acalmou um pouco.

O Sr. Hobart me levou até a calçada (fiquei satisfeita por ir, pois quanto mais longe de Seth no quintal, melhor) & apontou para sua casa. Ele tem uma daquelas coisas de quatro rodas, um Explorer, talvez, uma coisa assim. Tinha todos os pneus esvaziados e todas as janelas quebradas, incluindo o pára-brisa e o vidro traseiro.

— Ah, meu Deus, sinto muito — eu disse.

E sentia mesmo, embora talvez não pelos motivos que ele achava.

— Peço desculpas pela minha acusação — ele disse, rígido como roupa engomada. — Acho que pensei... o brinquedo que Hugh pegou... se a senhora ainda estivesse zangada...

Veículo por veículo, acho que queria dizer, como olho por olho.

— Já esqueci aquilo tudo, Sr. Hobart — eu disse. — E não sou o que o senhor chamaria uma pessoa vingativa, em nenhuma circunstância.

— A vingança é minha, disse o Senhor, eu castigo — ele disse.

— Certo — eu disse.

Não sei se é ou não, mas naquela altura só queria me livrar dele. O homem causa arrepios.

— Devem ter sido vândalos — ele disse. — Bêbedos. Claro que ninguém da rua ia fazer uma coisa dessas.

Espero que <u>tenham sido</u> vândalos. Espero, sim. E como poderia ter sido Seth — ou o Menino das Pernas de Pau, se quiserem — se estou certa que os poderes dele são de curto alcance. A menos que a capacidade dele esteja aumentando. O alcance se alargando.

Não ouso falar disso a Herb.

24 de junho de 1995

Quando desci a escada hoje de manhã para fazer o café da manhã, vi os Reed em sua calçada, ainda de roupão. Saí. Tem feito calor, mas choveu no meio da noite — forte — & o ar estava mais frio, com aquele cheiro gostoso de molhado que vem após uma chuva de verão.

Manhã cedo de sábado, senão toda a rua teria saído, acho. Havia um carro da polícia parado diante da casa de Hobart, onde se viam cacos de vidro por toda parte, na entrada da garagem & na grama, faiscando ao sol. William e a esposa (Irene), parados na varanda da frente, de pijama, falavam com os policiais. O ladrãozinho, escondido atrás deles, chupava o polegar. Meio velhinho para isso, mas deve ter sido uma manhã difícil <u>chez</u> Hobart. A casa tinha todas as janelas abertas, em cima e embaixo.

Cammie disse que tinha acontecido por volta das quinze para as seis, ela acabara de acordar & ouvira.

— Não tão barulhento quanto seria de esperar com esses vidros todos, mas o bastante pra gente saber o que era — disse. — Esquisito, hum?

— Muito — eu disse.

Minha voz soou normal, mas não ousei dizer mais nada, para o caso de ela se tornar trêmula.

Cammie disse que olhara tão logo ouvira o barulho, mas as pessoas que atiraram as pedras já tinham ido embora (se a polícia <u>encontrar</u> realmente alguma pedra, eu as comerei com molho de espaguete).

— Quem quer que tenha sido, deve ter agido muito depressa. — Cutucou Charlie com o cotovelo. — O grandalhão aqui dormiu durante tudo isso.

— Primeiro o carro dele, agora isso — disse Charlie. — Vândalos uma ova, alguém quis se vingar de Will Hobart.

— É — eu disse. — Deve ter sido.

<u>Mais tarde</u>

Encontrei os chinelos de Seth enfiados bem para baixo da cama dele. Por acaso. Estava procurando uma meia perdida. Chinelos molhados, o pêlo cor-de-rosa assentado, pedaços de grama grudados nas solas. Ele saíra de noite, então. Ou hoje de manhã cedo. E eu sei aonde ele foi? Não sei?

Mal... mas graças a Deus o alcance dele não está se alargando como desconfiei que estivesse. Isso seria ainda pior.

<u>26 de junho de 1995</u>

Esperei até Herb ir para o trabalho — eu não queria que fosse, estava tão pálido e doente, mas ele disse que tinha um importante relatório a fazer, e uma grande apresentação esta tarde — depois fui aos fundos falar com Seth.

Ele estava sentado na caixa de areia, brincando em silêncio com os caras dos MotoKops, o Centro de Crise do QG e o que Herb chama brincando de "Ponderosa". É um conjunto de fazenda com curral que Herb viu numa venda de quintal ao voltar do trabalho para casa um dia, em março ou abril. Fez um retorno para voltar & comprar. Não é de fato a Fazenda Ponderosa de <u>Bonanza</u>, claro, mas a casa-grande, com seus lados de toros, <u>parece</u> um pouco com ela. Tem também um barracão (parte do telhado afundado, mas fora isso em boa forma) e vários cavalos de plástico (dois com apenas três pernas) para o curral. Herb pagou dois paus por tudo, & tem sido um dos brinquedos preferidos de Seth desde então. O que é engraçado (& meio estranho) é como ele incorporou rápida e facilmente, em suas fantasias, a fazenda com os MotoKops. Acho que todas as crianças são assim, não se interessam por limites arbitrários, sobretudo quando estão brincando, mas continua sendo uma estonteante mistura de gêneros ver Cassie e Sem Cara cavalgando uma pileca de plástico de três pernas pelo velho curral.

Não que eu estivesse pensando em nada disso hoje de manhã, isso eu lhes digo. Estava com medo, o coração batendo no peito feito um tambor, mas quando ele ergueu o olhar para mim, me senti um pouco melhor. Era Seth, não o outro. A cada vez que vejo a carinha pálida e meiga de Seth, eu o amo mais, e odeio mais o outro.

Perguntei a ele o que estava acontecendo com os Hobart — não adiantava me enganar mais achando que ele não sabe o que aconteceu com o Dream Floater — & ele não respondeu. Só ficou me olhando. Perguntei se ele tinha saído escondido sábado de manhã e ido lá quebrar as janelas deles. Também nenhuma resposta. Então perguntei o que ele queria, o que era preciso acontecer para que parasse. Achei que não ia responder também esta. Então ele disse, com muita clareza para Seth:

— Eles devem se mudar. Devem se mudar logo. Não posso segurar por muito tempo mais.

— Segurar o quê? — perguntei, mas ele não quis dizer mais nada, só se recolheu para onde quer que se recolha.

Mais tarde, quando ele fazia o lanche (o de sempre, Chef Boyardee & leite achocolatado), subi & me sentei na cama & fiquei pensando. Depois que meu irmão e família morreram, as testemunhas falaram de um furgão vermelho que talvez tivesse uma antena parabólica ou alguma outra forma de telecomunicação em cima. Um furgão misterioso, como disseram os jornais.

O Tracker Arrow é vermelho. E tem uma parabólica em cima.

Eu disse a mim mesma que estava inteiramente louca, e depois pensei no Dream Floater que Herb e eu vimos no quintal. Não era real, claro, mas era do tamanho natural... e Seth estava dormindo quando a gente viu. Talvez não operando com toda potência.

E se o MPP se cansar de apenas quebrar janelas? E se mandar o Tracker Arrow (ou o Dream Floater, o Justice Wagon ou o Freedom?) passar atirando pela casa dos Hobart?

Não posso segurar por muito tempo mais, disse Seth.

27 de junho de 1995

Passei a maior parte do dia em Mohonk com Jan Goodlin. Sei que não devia — não passa de uma fuga igual à das drogas e do álcool —, mas é difícil resistir. Falamos de nossos pais, dos vexames que passamos no secundário, o de sempre. Trivial e maravilhoso. Até o fim. Vi que o telefonezinho desaparecera, o que significava que era hora de voltar, & Jan me disse:

— Você sabe onde ele está obtendo a energia para agir contra os Hobart, não sabe, Aud?

Claro que sei: com Herb. Está roubando-a como um vampiro rouba sangue. E acho que Herb sabe, também.

28 de junho de 1995

No fim da manhã de hoje, eu estava sentada à mesa da cozinha, preparando uma lista de compras, quando ouvi o uup-uup-uup da sirene de uma ambulância. Saí para a frente da casa a tempo de vê-la encostar diante da casa dos Hobart, com as luzes piscando. A equipe de pronto-socorro saltou & correu para dentro. Tornei a entrar em casa — corri, na verdade — e olhei o quintal, da cozinha. Seth desaparecera.

Os Power Wagons estavam alinhados na caixa de areia, em diagonal, como ele sempre os põe quando acaba de brincar por algum tempo, a Ponderosa toda arrumadinha, com os cavalos de plástico no curral, o Centro de Crise do QG mais adiante, perto do balanço... mas nem sinal de Seth. Se eu lhes dissesse que fiquei surpresa, estaria mentindo.

Quando voltei para a frente, as pessoas, paradas do lado de fora em suas calçadas, rua acima e abaixo, olhavam a casa dos Hobart. Vi Dave e Jim Reed de pé na entrada da garagem deles e perguntei se tinham visto Seth.

— Lá está ele, Sra. Wyler — disse Dave, apontando a loja.

Seth estava parado junto ao estande de bicicletas, olhando o outro lado da rua, como o resto de nós.

— Deve ter ido pegar um chocolate.

— É — respondi, sabendo que a) Seth não tem dinheiro; b) Seth mal consegue falar com Herb e comigo, quanto mais com caixeiros de loja que não conhece; c) Seth jamais sai do quintal.

Ele não pode, mas às vezes o Menino das Pernas de Pau pode, ao que parece. Para ficar ao alcance de agir.

Cerca de cinco minutos depois, a equipe de pronto-socorro ajudava Irene Hobart a sair de casa. O filho, Hugh, segurava a mão dela & chorava. Eu odiava aquele menino, odiava absolutamente, mas não odeio mais. Agora só tenho pena dele & temo por ele. Irene tinha a frente do vestido coberta de sangue. Segurava uma compressa no nariz, & um dos atendentes comprimia sua nuca. Meteram-na na ambulância — Hugh entrou atrás — & foram-se embora.

Ela voltou menos de duas horas depois (a essa altura Seth se achava encafuado em segurança no covil, vendo velhos filmes de caubói na TV a cabo). Kim Geller apareceu para um cafezinho & me contou que fora saber se podia fazer alguma coisa por Irene. É a única na quadra que se poderia chamar de amiga dos

Hobart. Disse que está tudo sob controle, mas que Irene levou um susto. Sofre de séria hipertensão. Toma medicação para isso, mas a coisa ainda está mal controlada. Já teve sangramentos pelo nariz antes, mas nunca tão grave quanto este. Disse a Kim que começou de repente, o sangue simplesmente esguichando das narinas, e não parou nem quando ela pôs compressa gelada. Hugh ficou com medo e ligou para 911. O pessoal do pronto-socorro insistiu em levá-la para o hospital, para ver se precisava cauterizar o interior do nariz, embora o sangramento já quase houvesse parado quando a ambulância chegou à casa.

Chamei Seth para dentro e comecei a sacudi-lo. Disse que tinha de parar. Ele apenas me olhava, a boca trêmula. Fui eu que parei, furiosa e com vergonha de mim mesma. Estava sacudindo o errado.

Mas via o outro. Juro que via. Escondido por trás dos olhos de Seth e rindo de mim. Acho que o mais terrível é como o MPP sabe deixar Hugh Hobart em paz. Apenas assistindo.

29 de junho de 1995

Acordei hoje de madrugada por volta das três horas, e a outra metade da cama estava vazia. O banheiro também. Desci, amedrontada. Ninguém na sala de visitas, no covil ou na cozinha. Saí para a garagem & encontrei Herb sentado à sua bancada, sem nada no corpo além das meias com que dorme, & chorando. Ele pôs iluminação de alta intensidade lá há dois anos — lâmpadas com abajures de metal, semelhantes às que se vêem nos salões de bilhar — & naquela claridade toda pude ver como emagreceu. Tem uma aparência horrível. Como se tivesse anorexia nervosa. Tomei-o nos braços e ele chorou como um bebê. Não parava de dizer que estava cansado, muito cansado, o tempo todo. Falei que ia levá-lo ao Dr. Evers logo de manhã cedo. Ele apenas riu, disse que eu sabia o que ele tinha.

E eu sei, claro.

1º de julho de 1995

Outra ambulância na casa de Hobart hoje, no fim da tarde. Assim que a vi, corri para cima, à procura de Seth, que supostamente tirava um cochilo. Não estava lá. Janela aberta — janela de segundo andar — & nada de Seth. Quando saí, vi-o do outro lado da rua, segurando a mão de Tom Billingsley. Corri e peguei-o.

— Não tenha medo, ele está bem — disse Tom. — Só saiu pra passear um pouco, não foi, Sethinho?

— Nunca atravesse a rua sozinho! — eu disse a ele. — Nunca!

Tornei a sacudi-lo, apesar de mim mesma. Idiota; era o mesmo que sacudir um bolo de cera.

Desta vez, quando o pessoal do pronto-socorro saiu, usava a padiola, com William Hobart estendido nela.

— Parece que ultimamente, tirando a má, esses Hobart não têm tido sorte nenhuma — disse Tom.

Esta devia ser a semana de férias do Sr. Hobart, mas ele vai passar pelo menos parte dela no Hospital Municipal. Caiu da escada, quebrou a perna & a bacia. Kim me disse depois que ele bebe, diácono da Aliança de Sion ou não. Talvez beba, mas não creio que tenha sido este o motivo de sua queda na escada.

3 de julho de 1995

Não há nenhum Menino das Pernas de Pau. Nunca houve. Há uma coisa dentro de Seth — não um id, outra manifestação de sua personalidade, um carona, mas uma coisa semelhante a uma tênia. Essa coisa pensa. E fala. Falou comigo hoje — chama-se Tak.

6 de julho de 1995

Alguém atirou no gato angorá dos Hobart ontem à noite. Aparentemente, só restaram sangue & pêlos. Kim diz que Irene H. está histérica, acha que todo mundo na rua quer pegá-los, porque sabem que eles vão para o céu & o resto vai para o inferno.

— Por isso estão fazendo este inferno na terra pra gente — foi o que ela disse a Kim.

Pediu a Kim que lhe dissesse quem fez aquilo, disse que Hugh estava arrasado, não queria sair de seu quarto, só ficava lá na cama, chorando & dizendo que era tudo sua culpa, porque era um pecador. Quando Kim disse que não sabia e achava que ninguém na Rua dos Álamos ia atirar no gato dos Hobart, a Sra. Hobart disse que ela era exatamente igual ao resto & que não eram mais amigas. Kim ficou muito perturbada, mas não tanto quanto eu.

Que devo fazer, em nome de Deus? Ninguém ainda se machucou seriamente, mas...

8 de julho de 1995

Ah, Deus, obrigada. Um caminhão da Mayflower apareceu na rua pouco depois das nove hoje de manhã & parou na frente da casa dos Hobart. Eles vão se mudar.

16 de julho de 1995

Ah, seu sacana de uma porra, seu merda. Ah, como pôde você? Ah, seu sacana, se eu pudesse pegá-lo. Se você deixasse que Seth & eu o pegássemos. Ah, Deus, Deus, Deus.

Minha culpa? Sim. ATÉ ONDE, eis a questão. Meu bom Jesus, como posso viver sem ele. Como continuar com isso? Eu não sabia que podia haver tanta dor em todo o mundo & até onde é minha culpa, ATÉ ONDE? Seu sacana, Tak, seu sacana. Acabei com isso de escrever neste caderno. Pra que achei que ia servir mesmo?

Ah, Herb, eu sinto tanto, eu amo você, desculpe.

19 de outubro de 1995

Recebi uma resposta à minha carta hoje, séculos depois de desistir de receber. Quem respondeu foi um engenheiro de minas chamado Allen Symes. Ele trabalha num lugar chamado Poço da China, na cidade de Desespero, Nevada. Diz que viu Bill e a família dele, mas não houve nada, apenas mostrou a mina e eles foram embora, não aconteceu nada.

Está mentindo. Na certa nunca vou saber por quê, ou o que aconteceu lá, mas isto eu sei. Ele está mentindo.

Deus me ajude.

Capítulo Dez

1

FOI RÁPIDO DEMAIS, mas a capacidade de Johnny, meio maravilhosa e meio terrível, de ver e seqüenciar tudo, se mostrou à altura.

Entragian, morrendo mas ferido demais para saber disso, rastejava para um dos cactos primitivos no lado esquerdo da trilha, a cabeça tão baixa que deixava uma babugem de sangue no chão. O crânio reluzia entre as mechas pendentes de cabelo como uma pérola fosca. Parecia escalpelado.

No meio da trilha, uma valsa bizarra. A criatura da ravina — um sinistro leão da montanha de Picasso, com protuberantes presas laranja — erguia-se nas patas traseiras, as dianteiras nos ombros de Steve. Se o hippie houvesse baixado os braços, quando o gato lhe arrancara o pífio .22, já estaria morto. Em vez disso, cruzara-os sobre o peito, e agora empurrava os cotovelos e antebraços no peito da fera.

— *Atira nele!* — gritava. — *Pelo amor de Deus, atira nele!*

Nenhum dos gêmeos se mexeu para pegar o revólver no chão. Não eram gêmeos idênticos, mas os rostos mostravam uma idêntica expressão de angústia.

O leão da montanha (fazia mal aos olhos de Johnny apenas olhá-lo) emitiu um grito meio de mulher e lançou a cabeça triangular para a frente. Steve recuou a sua para trás e tentou derrubar a criatura para um lado. Mas ela se agüentou nas patas e os dois puseram-se a dançar um tango bêbedo, as garras do gato enterrando-se mais fundo nos ombros dele, e agora Johnny via as manchas de sangue espalhando-se pela camisa, onde as garras — tão alucinadamente exageradas quanto as presas, só que negras em vez de laranja — se cravavam. A cauda açoitava furiosa de um lado para outro.

Deram outra meia-volta, e Steve trançou os pés um no outro. Por um momento, oscilou no limite do equilíbrio, ainda mantendo longe o leão da montanha com os braços cruzados. Adiante deles, Entragian chegara ao cacto. Tocou os espinhos com o topo da cabeça sangrando e horrivelmente distendida, depois desabou e rolou de lado. A Johnny, pareceu uma máquina que finalmente parou. Os coiotes uivaram, ainda invisíveis porém mais próximos agora; o ar ardia com a fumaça da casa incendiada.

— *Atira na porra desta coisa!* — berrou Steve.

Conseguira recuperar o equilíbrio, mas em breve ia ficar sem espaço para recuar; estava à beira da trilha. Um passo dentro do espinhoso matagal, dois no máximo, e cairia. E aí aquele pesadelo lhe rasgaria a garganta.

— *Atira nele, por favor, está me rasgando!*

Johnny nunca estivera tão aterrorizado em sua vida, mas apesar disso descobriu que só o primeiro passo era de fato difícil; quebrada a trava em seu corpo, o terror parecia não importar muito. Afinal, o pior que a criatura podia fazer era matá-lo, e a morte pelo menos acabaria com aquela sensação de terremoto dentro dele.

Pegou o rifle de Entragian — consideravelmente maior que o que o gato arrancara das mãos do cabeludo —, viu que a trava de segurança estava fechada e empurrou-a para o outro lado com o polegar. Então enfiou o cano do .30-.06 no lado da enorme cabeça do leão da montanha.

— *Empurra!* — berrou, e Steve empurrou.

A cabeça do gato balançou para cima e para o lado, expondo o pescoço. Os dentes brilharam como coral venenoso. A luz do sol bateu nos olhos verdes, fazendo-os parecer em chamas. Johnny ainda teve tempo de pensar se Entragian carregara a arma — provavelmente jamais ia escrever outro livro do Gatinho Pat se ele não o tivesse feito — e virou a cabeça um pouco de lado e puxou o gatilho. Ouviu-se um satisfatório estalo de bombinha, o cano cuspiu uma língua de fogo, e Johnny sentiu o cheiro de pêlo sapecado, além do da casa incendiada. O leão da montanha caiu de lado, a cabeça quase destroçada, o pêlo da nuca fumegando. O que havia dentro do crânio estourado não era sangue, osso e tecido, mas uma coisa fibrosa cor-de-rosa, que lembrou a Johnny a vedação a jato que pusera no segundo andar e no sótão de sua nova casa no ano seguinte à mudança.

Steve cambaleou, batendo os braços em busca de equilíbrio. Marinville estendeu uma mão, mas estava ofuscado e foi uma tentativa apenas simbólica. Steve se estatelou no matagal ao lado da trilha, junto das patas do leão da montanha, que estertoravam. Johnny curvou-se, pegou-o pelo pulso e puxou-o. Manchas negras dançavam-lhe diante dos olhos, e por um pavoroso segundo achou que ia desmaiar. Então Steve estava de pé, e a visão de Johnny clareava de novo.

U-uu-uuuuu...

Johnny olhou em volta, nervoso. Ainda não via nada, mas os filhos da puta pareciam mais próximos que nunca.

2

DAVE REED CONTINUAVA pensando que muito em breve ia acordar. Não importava que estivesse sentindo o cheiro do sangue e do suor do policial, ao se ajoelhar ao lado dele, ouvindo o som da torturada respiração do homem (e da sua própria), vendo o único olho agonizante e o cérebro — branco e enrugado — a sair por um buraco aberto no crânio. *Tinha* de ser um sonho. Claro que seu irmão não podia ter atirado no cara que morava defronte, um policial corrupto, sim, mas também o cara que um dia mandara Cary Ripton tentar lançar a bola de beisebol com o dedo passado sobre as costuras, em vez de ao lado... e demonstrara isso com um arremesso sensacional.

Parece que fez cocô nas calças, pensou Dave, e de repente teve vontade de vomitar.

O policial estendeu a mão e fechou os dedos como ganchos na camisa de Dave.

— Ferido — sussurrou em voz rouca. — *Ferido.*

— Não... — Dave engoliu em seco, pigarreou — tente falar.

Atrás dele, incrivelmente, ouvia Johnny Marinville e o cara hippie discutindo se prosseguiam ou não. Estavam loucos, tinham de estar. E Marinville... onde andara ele? Como podia ter deixado acontecer aquilo? Era um porra de um *adulto*!

Com um arrepio do esforço, Collie Entragian ergueu um cotovelo. O olho que lhe restava fitou o garoto com feroz concentração.

— Nunca — ele sussurrou. — *Nunca...*

— Senhor... Sr. Entragian... é melhor o senhor apenas...

U-u-UUUUUU!

Bastante próximo desta vez para fazer Dave Reed sentir como se sua pele gelasse. Tinha vontade de arrancar o rosto de Johnny Marinville, por não ter impedido aquilo antes que fosse irrevogável. Mas o olho do tira o mantinha pregado ali como um inseto espetado num alfinete, e uma das mãos estriadas de sangue do homem agarrava sua camisa no punho frouxo. Talvez pudesse soltar-se dele, mas...

Mas era mentira. Ele se *sentia* como um inseto espetado num alfinete.

— Nunca tomei droga... nem vendi... nada disso — sussurrou Entragian. — Nunca peguei um centavo. Eles forjaram. Tinha gente levando bola... eu descobri.

— O senhor... — começou Dave.

— *Eu descobri!* Entende... o que estou dizendo? — Ergueu a mão que não segurava a camisa de Dave, abriu-a, pareceu examiná-la. — Mãos... limpas.

— Ééé, tudo bem — disse Dave. — Mas é melhor não tentar falar. O senhor está... bem... meio machucado, e...

— *Jim, não!* — gritou Marinville às suas costas. — *Não!*

Dave descobriu de repente que podia se soltar facilmente do homem agonizante.

3

— QUE É QUE A gente faz? — perguntou Johnny ao cabeludo, quando, do outro da trilha, o gêmeo de cabelos negros se ajoelhou junto ao homem no qual seu irmão atirara.

Johnny ouvia o débil ruído do murmúrio de Entragian, que parecia querer fazer uma boa confissão antes de expirar. O escritor reaprendera uma hedionda realidade nessa tarde: as pessoas em geral demoram a morrer, e quando se vão, se vão sem muita dignidade... e na certa nem percebem que estão indo.

— *Fazer?* — perguntou Steve. Olhava para Johnny com um espanto quase cômico, e correu uma das mãos pelos cabelos, espalhando vermelho sobre o grisalho. Mais sangue espalhava-se pelos ombros da camisa, onde se haviam enterrado as garras do gato. — Que quer dizer com *fazer*?

— A gente vai em frente ou volta? — perguntou Johnny. Tinha a voz rouca, urgente. — Que é que há lá na frente? Que foi que você viu?

— Nada — disse Steve. — Não, retiro isso. É pior que nada. É... — Olhou atrás de Johnny e arregalou os olhos.

Johnny voltou-se, achando que o hippie devia ter visto os coiotes, que finalmente tinham chegado, mas não eram eles.

— *Jim, não!* — gritou. — *Não!*

Sabendo que já era tarde demais, vendo-o na cara pálida de Jim Reed, onde tudo fora cancelado.

4

O MENINO FICOU lá parado, com o revólver encostado no lado da cabeça, só o tempo suficiente para Steve Ames esperar que talvez não fosse fazer aquilo, que mudara de idéia no penúltimo instante, naquele último vestibulozinho do talvez não, antes do interminável corredor do tarde demais, e então Jim puxou o gatilho. Contorceu o rosto, como se tivesse sido atingido por um gás doloroso de moderada intensidade. A pele pareceu saltar para um lado do crânio, a face esquerda estufando-se para fora. Depois a cabeça rachou, as ambições de escrever grandes ensaios (para não falar das de se meter sob a calcinha de Susi Geller) virando vapor no estranho ar crepuscular, gosma vermelha espalhada num dos insanos cactos que pareciam espetos. Ele cambaleou um passo para a frente sobre os joelhos dobrados, o revólver caindo da mão, e desabou. Steve volveu o rosto atônito para Johnny: eu não vi o que acabo de ver. Volte a fita, passe de novo, e vai ver também. Eu não vi o que acabo de ver. Nenhum de nós viu. Não, cara. Não.

Só que vira. O garoto, tomado de remorso e horror com o que fizera ao cara do outro lado da rua, suicidara-se num impulso diante deles.

— *Você devia ter impedido!* — gritou Dave Reed, lançando-se contra Johnny. — *Você devia ter impedido, por que não impediu? Por que não impediu?*

Steve tentou agarrar o garoto ao passar, mas a dor nos ombros era insuportável. Só pôde ficar olhando impotente quando Dave agarrou Johnny e o derrubou. Rolaram duas vezes, de um lado ao outro da trilha. Johnny acabou por cima, pelo menos no momento.

— Dave, me escuta...

— *Não! Não! Você devia ter impedido! Você devia ter impedido!*

O garoto esbofeteou Johnny primeiro com a mão direita, depois com a esquerda. Soluçava, as lágrimas escorrendo pelas faces pálidas. Steve tentou de novo ajudar e conseguiu apenas distrair Johnny, que tentava imobilizar os braços do garoto com os joelhos. Dave ergueu com força o quadril, jogando Johnny para fora da trilha à esquerda. Johnny estendeu o braço para aparar a queda e em vez disso encheu a mão de espinhos de cacto. Soltou um rugido de dor e surpresa.

Steve agarrou o ombro de Dave Reed com a mão direita — pelo menos esse braço reagia um pouco — mas o garoto se livrou facilmente, sem sequer olhar para trás, e saltou sobre as largas costas de Johnny Marinville, fechou as mãos sobre a garganta dele e começou a esganá-lo. E em toda a volta deles, no dia a escurecer rapidamente, os coiotes uivavam — uivos perfeitamente redondos, como Steve jamais ouvira quando menino, embora fosse nascido e criado no Texas.

Uivos daqueles só se ouviam no cinema.

5

Os DOIS HOMENS queriam ir com ela, mas Cynthia não quis nem saber — um era velho, o outro bêbedo. O portão no fundo do gramado continuava aberto. Um instante depois de atravessá-lo, ela já abria caminho com esforço pelo meio do mato, rumo à trilha. Viu vários cactos antes de chegar (havia mais agora, e expulsavam a vegetação normal da área verde), mas não os registrou. Ouvia os sons de uma luta à frente: respiração forçada, um grito de dor, o impacto de um soco acertado. E coiotes. Não os via, mas pareciam estar em toda parte.

Ao chegar à trilha, uma esbelta lourinha de jeans passou por ela sem sequer olhá-la. Cynthia sabia quem era — Cammie Reed, a mãe dos gêmeos. Seguindo-a e arquejando forte, vinha Brad Josephson. Fios de suor escorriam-lhe pelo rosto; o entardecer fazia parecer que chorava lágrimas de sangue.

O sol está se pondo, pensou Cynthia, ao pegar a trilha e correr atrás dos outros. Se a gente não chegar logo lá, pode se perder. E não seria cômico *isso*?

Então ouviu um grito à frente. Não, um grito não; um guincho. Horror e dor misturados. A tal Reed. Cynthia ouviu Brad dizer "Não, não, porra", no momento em que o alcançava.

Por um instante, as costas largas de Josephson esconderam o que se passava, e então ele se curvou ao lado de Cammie e Cynthia viu dois corpos esparramados em cada lado da trilha. Nas sombras que se adensavam, não pôde ver de quem eram — só que eram homens e pareciam ter tido uma morte feia —, mas viu Steve de pé junto à bagunça, do lado esquerdo da trilha, e a visão dele a fez sentir-se alegre. Quase a seus pés, jazia a carcaça de um animal horrivelmente deformado, metade da cabeça despedaçada.

Cammie Reed, ajoelhada ao lado de um dos cadáveres, não o tocava, mas mantinha as mãos trêmulas sobre ele, palmas para cima, chorando. Tinha no rosto uma expressão de agonia homicida. Cynthia viu o calção de Eddie Bauer e compreendeu que era um dos filhos dela.

Mas tinham dentes tão perfeitos, pensou Cynthia, estupidamente. Devem ter custado uma fortuna a ela e ao marido.

Brad esforçava-se para arrancar o outro gêmeo (Dave, achava Cynthia que se chamava, ou talvez fosse Doug) de cima de Johnny Marinville. O negrão enorme passara o braço sob os do adolescente e fechara as mãozonas na nuca de Dave, o que lhe dava plena vantagem. Ainda assim, o garoto não se soltava facilmente.

— Me solta! — berrava. — *Me solta, seu filho da puta! Ele matou meu irmão! Ele matou Jimmy!*

Cessou o choro da Sra. Reed. Ela ergueu os olhos, e a expressão parada e interrogadora em seu rosto branco assustou Cynthia.

— Como? — ela perguntou, tão baixo que era como se falasse consigo mesma. — *Que* foi que você disse?

— *Ele matou Jimmy!* — berrou Dave Reed.

Tinha a cabeça projetada para a frente, sob a pressão que Brad fazia na nuca, mas ainda apontava inequivocamente para Johnny, que se punha de pé. O sangue escorria de uma das narinas do escritor.

— Não — disse Johnny, arquejando. A mulher não o escutava, Cynthia viu isso claramente no rosto branco e paralisado, mas Marinville não. — Entendo como você se sente, Dave, mas...

A mulher baixou os olhos. Cynthia também. As duas viram o .45 caído na trilha no mesmo instante, e lançaram-se sobre ele. Cynthia caiu de joelhos e na verdade foi a primeira a tocá-lo, mas de nada valeu. Dedos duros como mármore e fortes como as garras de uma águia fecharam-se sobre sua mão e tomaram o revólver.

—... foi só um terrível acidente — Johnny resmungava. Parecia falar principalmente para Dave. Dava a impressão de estar doente, à beira de um desmaio. — É assim que você tem de pensar. Quanto...

— Cuidado! — gritou Steve, então. — Nossa mãe, dona, não! Não!

— Você matou Jimmy? — perguntou a mulher, com uma voz de uma frieza mortal. — Por quê? Por que fez isso?

Mas não estava interessada na resposta, parecia. Ergueu o .45, apontando-o para a testa de Johnny Marinville. Não havia dúvida na mente de Cynthia de que pretendia matá-lo. De que o *teria* matado, não fosse o recém-chegado, que se meteu entre Cammie e seu alvo pouco antes de ela apertar o gatilho

6

BRAD RECONHECEU O ZUMBI, apesar do andar hesitante e errático e da cara distorcida. Não sabia que espécie de força fora responsável pela transformação do simpático professor universitário de inglês da rua deles naquela coisa que via agora, nem queria saber. Ver já bastava. Era como se alguém cuja prodigiosa força só fosse superada por uma sádica crueldade houvesse tomado a cabeça de Peter Jackson entre as mãos e espremido. Os olhos do homem saltavam das órbitas; o esquerdo na verdade explodira e pendia da face. O sorriso era ainda pior, um grotesco ríctus de uma orelha a outra, que lembrava a Brad o Coringa das histórias em quadrinhos de Batman.

Todos pararam; o Velho Marinheiro de Coleridge, com seu olhar brilhante e enfeitiçado, poderia ter feito parte do grupo. Brad sentiu os dedos, trançados na nuca de Dave, afrouxarem, mas o menino não fez nenhum esforço imediato para soltar-se. O cabeludo de camiseta ensangüentada obstruía parcialmente o caminho de Peter, e por um instante Brad achou que ia haver uma colisão. No último segundo, o *hippie* conseguiu dar um único passo desajeitado para trás, abrindo espaço. Peter voltou a cabeça estranhamente distendida para ele. A luz que morria brilhou nos globos oculares saltados e nos dentes expostos.

— Encontrar... meu... amigo... — disse Peter ao hippie. Tinha a voz fraca e incerta, como se houvesse sido gaseado o suficiente para ficar confuso, mas não para ser derrubado. — Me... sentar... com... meu amigo.

— Vai, cara, te manda — disse o hippie com voz insegura, depois encolheu o ombro, afastando-se do homem sorridente.

O *hippie* estava ferido de algum modo, e era óbvio que esse movimento lhe doía, mas ele o fez mesmo assim. Brad não o censurou. Tampouco ele quereria ser tocado por aquela coisa, mesmo de passagem.

A coisa seguiu a trilha, chutando a perna do animal estendido, e Brad viu um fenômeno fantástico: o animal — uma espécie de felino — se decompunha com a velocidade de uma fotografia de tempo, o pêlo ficando negro e começando a emitir fios de malcheiroso vapor ou fumaça.

Continuaram paralisados — o hippie com os ombros sangrentos encolhidos; a balconista caída sobre um joelho; Cammie de pé na frente da moça e apontando a arma; Johnny com as mãos erguidas, como se pretendesse agarrar a bala; Brad e Dave travados em sua pose de luta — quando Peter seguiu para o sul pela trilha, agora de costas para eles. A noite estava absolutamente parada, equilibrada num decrescente raio de luz solar. Até os coiotes haviam emudecido, pelo menos por enquanto.

Então Dave sentiu a ausência de força nas mãos que lhe seguravam o pescoço e soltou-se do golpe de Brad. Mas não mostrou nenhum interesse por Johnny. Em vez disso, atacou a mãe.

— *Você também!* — berrou. — *Você matou ele, também!*

Ela voltou-se para ele, o rosto chocado e atônito.

— *Por que mandou a gente pra aqui, mãe? Por quê?*

Arrancou a arma da mão dela, que não resistiu, segurou-a diante dos olhos por um instante, e depois jogou-a no mato... só que *não era* mato, não mais. As mudanças haviam continuado em toda a volta deles enquanto lutavam uns com os outros, e agora se viam numa eriçada e estranha floresta de cactos. Até o cheiro da casa queimada mudara; agora parecia algarobo queimando, ou talvez artemísia.

— Dave... Davey, eu...

Ela calou-se, e ficou apenas olhando-o. Ele retribuía o olhar, igualmente pálido, igualmente tenso. Ocorreu a Brad que não muito tempo atrás aquele garoto estava em seu gramado, rindo e jogando disco. Dave começou a contorcer o rosto. A boca descaiu e abriu-se com um tremor. Reluzentes fios de saliva estendiam-se entre os lábios. Começou a chorar alto. A mãe abraçou-o e pôs-se a balançá-lo.

— Calma, está tudo bem — disse. Os olhos pareciam pedras negras num leito de rio seco. — Calma, está tudo bem. Calma, querido, está tudo bem, mamãe está aqui e está tudo bem.

Johnny voltou para a trilha. Olhou ligeiramente o animal morto, que agora tremeluzia como uma coisa vista através da aura de uma fornalha e supurava rios de um grosso líquido rosado. Depois olhou para Cammie e o filho que lhe restava.

— Cammie — disse. — Sra. Reed. Não fui eu que atirei em Jim. Juro que não atirei. O que aconteceu foi...

— Cala a boca — ela disse, sem olhá-lo. Dave era meio palmo mais alto que a mãe, e devia pesar mais uns trinta e cinco quilos, mas ela o embalava com a mesma facilidade com que devia fazer quando ele tinha oito meses e sofria de cólicas. — Não quero saber o que aconteceu. Não me importa o que aconteceu. Vamos voltar. Você quer voltar, David?

Chorando, sem olhar, ele balançou a cabeça encostada no ombro dela.

Ela volveu os terríveis olhos secos para Brad.

— Traga meu outro filho. Não vamos deixar ele aqui com essa coisa. — Olhou por um breve instante a carcaça fumegante e fedorenta do leão da montanha, e depois de novo para Brad. — Traga ele, entendeu?

— Sim, dona — disse Brad. — Entendi perfeitamente.

7

DE PÉ NA PORTA da cozinha, Tom Billingsley olhava o portão dos fundos aberto, na crescente escuridão, e tentava entender os sons e vozes que ouvia além dele. Quando uns dedos lhe bateram no ombro, quase teve um ataque do coração.

Antigamente, teria girado com toda graça e acertado o intruso com o punho ou o cotovelo, antes que qualquer dos dois soubesse o que acontecia, mas o esbelto jovem capaz dessa rapidez e agilidade há muito desaparecera. Ele bateu, mas a ruiva de bermuda azul e blusa decotada teve tempo bastante para recuar, e os dedos de Tom, retorcidos pela artrite, encontraram apenas o ar inconsistente.

— Nossa, mulher! — gritou.

— Desculpe. — Audrey tinha o rosto, normalmente bonito, desfigurado: uma mancha em forma de mão na face esquerda e o nariz inchado, as narinas cobertas de sangue seco. — Eu ia dizer alguma coisa, mas achei que talvez fosse assustar ainda mais você.

— Que foi que houve com você, Aud?

— Deixa pra lá. Onde estão os outros?

— Alguns no mato, alguns na casa ao lado. Parece... — Ouviu-se um uivo. A luz vermelha desaparecera do ar, e restavam apenas brasas cor de laranja. — A coisa não parece muito boa pros que estão lá fora. Muita gritaria. — Lembrou-se de alguma coisa. — Cadê Gary?

Ela afastou-se para um lado e apontou. Gary jazia caído na porta entre a cozinha e a sala de visitas. Desmaiara segurando a mão da esposa. Agora que os gritos e berros da mata haviam parado — pelo menos temporariamente —, o Velho Doutor ouvia-o roncando.

— Aquela ali é Marielle, debaixo daquela coberta? — perguntou Audrey.

Tom fez que sim com a cabeça.

— A gente tem de se juntar aos outros, Tom. Antes que recomece. Antes que eles voltem.

— Você sabe o que está havendo aqui, Aud?

— Acho que ninguém sabe exatamente o que está havendo aqui, mas sei de alguma coisa, sim. — Apertou a base das palmas contra a testa e fechou os olhos. Para Tom, parecia uma aluna de matemática às voltas com uma enorme equação. Então ela deixou cair as mãos e tornou a olhá-lo. — É melhor a gente ir pra casa ao lado. Devemos ficar todos juntos.

Ele ergueu o queixo para Gary que ressonava.

— E ele?

— A gente não pode carregar, e mesmo que pudesse não ia poder passar ele por cima da cerca de David Carver. Você mesmo já vai fazer muito se conseguir.

— Eu dou um jeito — ele disse, meio picado. — Não se preocupe comigo, Aud, eu me viro muito bem.

Da mata veio um grito, mais um tiro, e depois um animal uivando de agonia. Em resposta, uivaram o que pareciam mil coiotes juntos.

— Eles não deviam ter ido lá — disse Audrey. — Sei por que foram, mas foi uma má idéia.

O Velho Doutor fez que sim com a cabeça.

— Acho que já sabem disso — disse.

8

PETER CHEGOU À bifurcação na trilha e olhou o deserto além, de uma brancura de osso à claridade da lua nascente. Depois baixou os olhos e viu o homem de calça cáqui remendada pregado no cacto.

— Oi... amigo — disse.

Afastou o carrinho de compras do vagabundo para sentar-se junto dele. Ao se encostar nos espinhos do cacto, sentindo-os deslizar nas costas, ouviu um tiro e um uivo de agonia. Tudo muito longe. Não importava. Pôs a mão no ombro do vagabundo morto. Os dois tinham sorrisos idênticos.

— Oi... amigo — tornou a dizer o outrora estudioso de James Dickey.

Olhou para o sul. O olho que lhe restava quase se fora, mas restava-lhe o bastante para ver a lua perfeitamente redonda subindo por entre as presas das negras montanhas Crayola. Era tão prateada quanto o fundo de um antigo relógio de bolso, e sobre ela via-se a cara sorridente e piscando de um olho do Homem da Lua, de um livro infantil de quadrinhos da Mamãe Gansa.

Só que aquela versão do Homem da Lua parecia usar um chapéu de caubói.

— Oi... amigo — disse Peter ao Homem da Lua, e encostou-se mais no cacto.

Não sentiu os exagerados espinhos que lhe perfuraram os pulmões, nem as primeiras gotas de sangue que lhe escorreram da boca sorridente. Estava com seu amigo. Encontrara seu amigo e agora estava tudo bem, olhavam o Caubói da Lua e estava tudo bem.

9

A LUZ DEIXOU o dia com uma rapidez que a Johnny lembrou os trópicos, e logo a espinhosa paisagem em volta não passava de um borrão negro. A trilha estava livre, pelo menos por enquanto — uma faixa cinzenta de pouco mais de meio metro, serpeando por entre as sombras —, mas se a lua não houvesse saído, provavelmente estariam metidos numa merda mais funda do que já estavam. Ele vira a previsão do tempo naquela manhã e sabia que era lua nova, não cheia, mas essa pequena contradição não parecia importante nas atuais circunstâncias.

Seguiram a trilha de dois em dois, como animais subindo a prancha da Arca de Noé: Cammie e o filho sobrevivente, depois ele e Brad (com o cadáver de Jim Reed balançando no meio) e em seguida Cynthia e o *hippie*, que se chamava Steve. A moça pegara o .30-.06, e quando o coiote — um pesadelo ainda mais deformado que o leão da montanha — saiu de um grupo de cactos à esquerda da trilha, foi ela quem liquidou o assunto.

A lua criava fantásticas tramas de sombra por toda parte, e por um momento Johnny pensara que o coiote era uma delas. Então Brad gritara:

— *Ei, CUIDADO!*

E a moça atirara quase ao mesmo tempo. O coice da arma a teria derrubado como um pino de boliche, se o *hippie* não a tivesse agarrado pelo fundilho das calças.

O coiote uivara e revirara para trás, as patas descascadas estertorando. Havia luar suficiente para Johnny ver que as patas terminavam em apêndices parecendo horrivelmente dedos humanos, e que ele trazia uma cartucheira como coleira. Os companheiros do bicho ergueram as vozes em uivos que podiam ser de luto ou risada.

A coisa começou a se decompor imediatamente, os dedos das patas ficando negros, a caixa torácica afundando, os olhos caindo como bolas de gude. Do pêlo começou a erguer-se um vapor, e com ele o fedor. Um instante depois, os riachos cor-de-rosa começaram a supurar do cadáver que se liquefazia.

Johnny e Brad depuseram delicadamente o corpo de Jim Reed no chão. Johnny pegou o .30-.06 e cutucou o coiote com o cano. Piscou os olhos de surpresa (surpresa *moderada*; sua capacidade de grande reação emocional parecia bastante esgotada) quando o cano deslizou pelo couro escuro sem qualquer sensação de resistência.

— É como cutucar fumaça de cigarro — disse, devolvendo a arma a Cynthia. — Acho que ele não está aí de modo algum. Acho que *nada* disso está aqui, na verdade.

Steve Ames adiantou-se, pegou a mão de Johnny e levou-a ao ombro de sua camisa. Johnny sentiu a linha de perfurações feitas pelas garras do leão. O sangue encharcara o algodão o bastante para esguichar sob seus dedos.

— A coisa que me fez isso não era fumaça de cigarro — disse Steve.

Johnny ia responder, mas foi distraído por um estranho som de chocalho. Lembrou-lhe coqueteleiras nos barzinhos de *be-bop* de sua juventude. Fora na década de 50, quando a gente não podia tomar um porre sem gravata, se era membro da turma do *country club*. O som vinha de Dave Reed, parado todo duro ao lado da mãe. Eram os dentes.

— Vamos — disse Brad. — Vamos nos mandar de volta pra um lugar protegido, antes que apareça mais alguma coisa. Morcegos vampiros, ou...

— Quer parar aqui? — perguntou Cynthia. — Estou lhe avisando, garotão.

— Desculpe — disse Brad. Depois, delicado: — Vamos andando, Cammie, está bem?

— Não me mande ir andando! — ela respondeu aborrecida.

Tinha o braço em torno da cintura de Dave. Era o mesmo que abraçar uma barra de ferro, pelo que Johnny podia ver. Quer dizer, tirando a tremedeira. E aquela coisa esquisita dos dentes.

— Não vê que ele está morto de medo? — ela perguntou.

Outros uivos vararam a escuridão. O fedor do coiote que Cynthia matara tornava-se rapidamente insuportável.

— Sim, Cammie, estou vendo — disse Brad. A voz era baixa e bondosa. Johnny pensou que o cara podia fazer uma fortuna como psiquiatra. — Mas vocês têm de ir andando. Senão a gente vai ter de deixar vocês aqui. *Temos* de voltar pra dentro. *Temos* de chegar ao abrigo. Sabe disso, não sabe?

— Cuide de trazer meu outro menino — ela disse, ríspida. — Não vai deixar ele ao lado da trilha pra os... não vai simplesmente deixar ele ao lado da trilha. *Não!*

— A gente leva — disse Brad com a mesma voz baixa, apaziguante. Baixou-se e pegou de novo as pernas de Jim Reed. — Não leva, John?

— Leva — disse Johnny, imaginando o que ia restar do pobre Collie Entragian quando amanhecesse... supondo-se que houvesse um amanhecer.

Collie não tinha a mãe certa para defendê-lo.

Cammie viu-os suspender juntos o corpo de seu filho, depois ergueu-se nas pontas dos pés e sussurrou alguma coisa no ouvido de Dave. Deve ter sido a coisa certa, porque o garoto voltou a mexer-se.

Deram apenas alguns passos, quando ouviram um chocalhar abafado logo à frente, o rangido de uma pisada na nova superfície do chão, depois um exasperado grito de dor. Dave Reed soltou um grito tão agudo quanto o de uma *starlet* num filme de horror. Esse som, mais que o de estranhos na mata, fez os colhões de Johnny encolherem-se contra as virilhas. Pelo canto dos olhos, viu o hippie pegar o cano da arma quando Cynthia a ergueu. Steve empurrou-o de volta, murmurando que ela esperasse, apenas esperasse.

— Não atirem! — gritou uma voz do emaranhado de sombras à frente e à esquerda. Era uma voz que Johnny reconhecia. — Somos amigos, logo relaxem. Está bem?

— Doutor?

Johnny, que estivera perto de soltar sua ponta de Jim Reed, tornou a firmá-la, apesar da dor nos ombros e braços. Antes de começarem os sons lá na frente, estivera pensando numa coisa de *O Mundo Não Perdoa*. As pessoas ficavam mais pesadas logo depois que morriam, escrevera Faulkner. Era como se a morte fosse a única maneira de a estúpida gravidade saber como comemorar sua existência.

— Doutor, é você?

— Ééé. — Dois vultos surgiram na escuridão e adiantaram-se com cautela para eles. — Eu me espetei na porra de um cacto. Que é que esses cactos estão fazendo em Ohio?

— Excelente pergunta — disse Johnny. — Quem está com você?

— Audrey Wyler, do outro lado da rua — respondeu uma mulher. — Podemos sair do mato, por favor?

Johnny soube de repente que não podia carregar sua ponta do corpo de Jim Reed até a casa dos Carver, quanto mais ajudar Brad a passá-lo por cima da cerca. Olhou em volta.

— Steve? Pode me substituir aqui por um tem... — Não concluiu, lembrando-se da dança do outro com o leão da montanha de Picasso. — Merda, não pode, não, pode?

— Ah, no... ossa! — A voz de Tom Billingsley transformou uma sílaba em duas, depois rachou na segunda como a de um adolescente. — Qual dos gêmeos é esse?

— Jim — disse Johnny. Depois, quando Tom se aproximou dele: — Você não pode, Tom, vai ter um ataque, ou alguma coisa assim.

— Eu ajudo — disse Audrey, juntando-se a eles. — Vamos. Vamos indo.

10

STEVE VIU QUE o velho veterinário e a mulher do outro lado da rua haviam pegado a trilha no mesmo ponto que ele e Entragian. Havia uma caveira de boi enterrada no chão onde antes estavam as baterias jogadas fora, e uma velha ferradura enferrujada onde antes estava o saco de batata frita, mas o invólucro das figurinhas de beisebol continuava ali. Ele abaixou-se, pegou-o e segurou-o à luz da lua. Figurinhas Upper Deck. Albert Belle com o bastão recuado atrás da cabeça e um ar predatório nos olhos. Steve percebeu uma coisa estranha: *aquilo* é que parecia um anacronismo, não os cactos, a caveira de boi, ou mesmo o gato monstruoso que se escondia na ravina. E nós, pensou. Nós é que somos as anormalidades agora, talvez.

— Em que está pensando? — perguntou Cynthia.

— Nada.

Soltou o invólucro. A meio caminho do chão, o papel *se abriu*, enfunando-se como uma vela de barco, passando do que talvez fosse verde-claro (era difícil dizer ao luar) para um branco luminoso. Ele arquejou. Cynthia, que se voltara para olhar a trilha atrás, apressou-se a girar de volta.

— Que foi?

 — Você viu?

— Não. O quê?

— Isto. — Ele se curvou e pegou-o.

O invólucro de figurinhas de beisebol era agora uma folha de papel barato. Nele via-se um vilão de barba emaranhada, olhos empapuçados e baços. PROCURADO, berrava o cartaz. ASSASSINATO, ASSALTO A BANCO, ASSALTO A TREM, ROUBO DE FUNDOS DA RESERVA, MOLESTAÇÃO E ATERRORIZAÇÃO, ENVENENAMENTO DE POÇOS MUNICIPAIS, ROUBO DE GADO, ROUBO DE CAVALO, ROUBO DE TÍTULOS DE PROPRIEDADE. Tudo acima da foto. Abaixo, em grandes tipos negros, o nome do vilão: JEBEDIAH MURDOCK.

— Dá uma folga — disse Cynthia, baixinho.

— Que quer dizer?

— Não é nenhum bandido, é um *ator.* Vi ele na TV.

Steve ergueu os olhos e viu que os outros se afastavam. Pegou a mão de Cynthia e correram atrás.

11

TAK PAIRAVA NA PORTA, entre o covil e a sala de visitas, com os dedos sujos dos pés de Seth mal tocando o tapete. Tinha os olhos brilhantes e febris; usava os pulmões do menino em arquejos rápidos e fortes. Seth estava de cabelos em pé, não apenas na cabeça, mas em todo o corpo. Quando qualquer parte dessa fina penugem corporal roçava na parede, emitia um fraco estalido. Os músculos do corpo do menino pareciam não apenas tremer, mas *vibrar.*

A morte do policial arrancara Tak de sua estupefação com a TV, e ele partira para pegar a essência do cadáver rápida e instintivamente, chegando ao limite de seu alcance... e passando, saltando para agarrar o prêmio como um jogador de beisebol roubando uma bola já além da cerca do campo central. E agarrando-a! A energia explodira dentro dele como *napalm,* outra barreira caíra, e vira-se mais próximo que nunca do centro único de Seth Garin. Não lá ainda — exatamente — mas muito perto agora.

E também suas percepções haviam explodido. Vira o garoto com o revólver fumegando na mão, entendera o que se passara, sentira o horror e a culpa, o potencial. Sem pensar — Tak não pensava, na verdade — saltara para dentro da mente de Jim Reed. Não podia controlá-lo fisicamente àquela distância, mas todo o equipamento de segurança que guardava o arsenal emocional do garoto entrara temporariamente em curto, deixando aberta essa parte dele. Tak tinha apenas um segundo — dois, no máximo — para entrar e girar todos os botões, sobrecarregando o garoto de realimentações, mas um segundo bastara. Tudo que fizera, afinal, fora apenas amplificar emoções já presentes.

A energia liberada pelo suicídio de Jim Reed iluminara Tak como um clarão e correra por seus nervos emprestados até a zona vermelha. Nova energia — energia *jovem* — inundara-o, substituindo as enormes quantidades que ele já tinha expendido até então. E agora ele pairava na porta, cantarolando, totalmente carregado, pronto para concluir o que começara.

Comida, primeiro. Estava faminto. Tak flutuou até o meio da sala de visitas e parou.

— Tia Audrey? — chamou com a voz de Seth. Uma voz meiga, talvez por ser tão pouco usada. — Tia Audrey, está aí?

Não. Sentiu que não estava. Tia Audrey às vezes podia — com a ajuda de Seth — bloquear a mente, mas nunca o pulsar constante da existência dessa mente: sua *presença*. Isso desaparecera agora, mas apenas da casa. Ela podia estar com os outros, na certa estava, mas não fora mais longe. Porque a Rua dos Álamos era cercada pelo deserto de Nevada, agora... só que não era exatamente a *verdadeira* Nevada, porém mais uma Nevada mental, aquela cuja existência Tak imaginara. Com a ajuda de Seth, claro. Não poderia ter feito *nada* daquilo sem Seth.

Tak tornou a encaminhar-se para a cozinha. A saída de tia Audrey provavelmente fora uma boa coisa. Tornava Seth mais fácil de controlar, menos provável que se tornasse uma distração num momento crucial. Não que o camaradinha apresentasse grande problema em qualquer circunstância; era poderoso, mas em muitos aspectos fundamentais, impotente. A princípio, fora uma queda de braço entre oponentes igualmente fortes... só que *não eram* igualmente fortes, na verdade. A longo prazo, força bruta jamais é páreo para a astúcia, e Tak tivera longos milênios para aperfeiçoar seus macetes. Agora, aos poucos, ganhava vantagem, usando os extraordinários poderes do próprio Seth Garin contra ele, como um astuto mestre de caratê lutando com um adversário forte mas estúpido.

Seth?, chamou Tak, ao flutuar para a geladeira. *Seth, onde está você, chapinha?*

Por um instante, chegou a pensar que Seth podia ter ido embora... só que não podia ser. Estavam inteiramente interligados agora, parceiros num relacionamento tão saprofítico quanto o dos gêmeos siameses fundidos na coluna vertebral. Se Seth deixasse aquele corpo, todos os sistemas parassimpáticos — coração, pulmões, eliminação, formação de tecido, função ondular cerebral — cessariam. Tak não poderia mantê-los, como não poderia um astronauta manter os milhares de complexos sistemas usados para lançá-lo no espaço e depois mantê-lo lá num ambiente estável. Seth era o computador, e sem ele o operador do computador morreria. Contudo, o suicídio não era uma opção para Seth Garin. Tak podia impedi-lo de praticar o ato exatamente como levara Jim Reed a ele. E sentia que Seth não *queria* se suicidar. Parte de Seth, na verdade, nem mesmo queria se livrar de Tak. Porque Tak mudara tudo. Dera-lhe Power Wagons que não eram meros brinquedos; dera-lhe filmes que eram reais; saíra do Poço da China com um par de botas de sete léguas de caubói do tamanho certo para um cauboizinho solitário. Quem iria *querer* que um amigo tão mágico fosse embora? Sobretudo se fosse ficar mais uma vez trancado no gulag do próprio crânio quando o fiel companheiro de cavalgada se fosse?

Seth?, tornou a chamar Tak. *Onde está você, velho poneizinho?*

E, no fundo da rede de grutas, túneis e tocas que o menino construíra (a parte dele que *não* queria Tak, a parte horrorizada com o estranho que agora morava em sua cabeça), Tak captou um vislumbre, um débil pulsar, que reconheceu.

Presença.

Era Seth, claro. Escondido. Confiante em que Tak não poderia vê-lo, ouvi-lo ou farejá-lo. E não podia mesmo, exatamente. Mas o pulsar estava presente, uma espécie de bip de sonar, e se precisasse de Seth, podia localizá-lo e arrastá-lo para fora. Ele não sabia disso, e se fosse um bom cauboizinho jamais teria de descobrir.

Sim, senhor, pensou a coisa, abrindo a geladeira, sou uma verdadeira patrulha de um homem só. Mas mesmo as patrulhas precisam comer. Têm uma fome poderosa, as patrulhas, caçando todos esses assaltantes de banco e gado.

Havia leite achocolatado fresco na prateleira de cima. Tak pegou o comprido vaso Tupperware com as mãos imundas de Seth, colocou-o no balcão e examinou o conteúdo da bandeja de carnes. Tinha hambúrguer, mas a coisa não sabia prepará-lo, e na certa não haveria informação sobre o assunto nos bancos de memória de Seth. Tak não fazia objeção a carne crua — na verdade até gostava —, mas em duas ou três ocasiões em que comera o hambúrguer assim o corpo de Seth ficara doente. Pelo menos tia Audrey dissera que fora a carne crua que o fizera adoecer, e Tak *achava* que ela não mentia (embora, com a tia Audrey, nunca tivesse completa certeza). A última rodada fora a pior — vômito e caganeira a noite toda. Tak desocupara as instalações até isso acabar, apenas passando de vez em quando para ver se não estava acontecendo nada estranho. Detestava as funções eliminatórias de Seth mesmo quando normais, e nessa noite estavam tudo, menos isso.

Logo, nada de hambúrguer.

Mas havia queijo bolonhês, e umas poucas fatias de queijo Kraft — os amarelos, dos quais Tak gostava em particular. Usou as mãos de Seth para pôr a comida no balcão, e a extraordinária mente que dividia com Seth para fazer vir flutuando um copo de plástico do McDonald's do armário onde eram guardados. Enquanto preparava um sanduíche, pondo carne e queijo no pão branco besuntado de mostarda, o vaso plástico ergueu-se e encheu o copo do McDonald's, no qual se via um desenho de Charles Barkley lutando com o Demônio da Tasmânia.

Tak bebeu metade do leite achocolatado em quatro grandes goles, arrotou, depois esvaziou o copo. Serviu um segundo copo com a mente, enquanto devorava o sanduíche, indiferente à mostarda que pingava e lambuzava os pés sujos de Seth. Engolia, mordia, engolia, bebia, arrotava. O ronco na barriga começou a diminuir. O problema da TV — sobretudo quando passava *Os Justiceiros* ou *MotoKops 2200* — era que Tak se interessava, entrava em sonhos intensos e esquecia de alimentar o corpo de Seth. Depois, de repente, os dois estavam tão famintos que Tak mal conseguia pensar, quanto mais planejar ou agir.

Acabou o segundo copo de leite achocolatado, segurando-o sobre a boca para pegar as últimas gotas, e jogou-o na pia com o resto dos pratos sujos.

— Não tem *nada* melhor que o grude ao pé da fogueira, pai! — gritou, em sua melhor imitação da voz de Little Joe Cartwright.

Depois voltou flutuando para a porta da cozinha, um imundo menino-balão com os restos de um sanduíche numa das mãos.

O luar entrava pelas janelas da sala de visitas. Além delas, a Rua dos Álamos desaparecera. Fora substituída pela Rua Principal de Desespero, Nevada, como era em 1858, dois anos depois de os poucos mineradores de ouro restantes compreenderem que o incômodo barro azul que raspavam de suas propriedades era na verdade prata bruta... e a cidade em declínio ser revitalizada por decepcionados mineiros independentes vindos das minas de ouro da Califórnia. Terra diferente, mesma ambição: arrancar uma rápida fortuna do solo adormecido. Tak não sabia nada disso, e certamente não pegara a coisa em *Os Justiceiros* (que se passava no Colorado, não em Nevada); era informação que Seth soubera por um sujeito chamado Allen Symes pouco antes de encontrar Tak. Segundo Symes, 1858 fora o ano em que a mina Cascavel Número Um desabara.

Do outro lado da rua, onde antes ficavam as casas dos Jackson e Billingsley, estavam a Lavanderia Chinesa do Lushan e a Mercearia do Worrell. Onde ficava a casa de

Hobart era agora o Armazém Geral da Terra da Coruja, e embora Tak ainda sentisse cheiro de fumaça, o empório não apresentava uma única tábua queimada.

Tak voltou-se e viu um dos Power Wagons no chão. Aparecia quase timidamente debaixo de uma das pontas do sofá. Tak fê-lo flutuar e atravessar a sala. O brinquedo parou diante dos olhos castanho-escuros de Seth, pairando em pleno ar com as rodas girando devagar, enquanto a coisa comia o resto do sanduíche. Era o Justice Wagon. Tak às vezes desejava que o Justice Wagon fosse de Little Joe Cartwright, e não do Coronel Henry. Então o Xerife Sreeter de *Os Justiceiros* se mudava para a Cidade de Virgínia e andava de furgão azul Freedom, em vez de a cavalo. Streeter e Joe Murdock — que acabava apenas ferido, não morto — se tornavam amigos... dos Cartwright também... e aí Lucas McCain e o filho se mudavam de sua fazenda no Novo México... e... bem...

— E eu seria pai — sussurrou a coisa. — Chefão de Ponderosa e o maior homem do território de Nevada. Eu.

Sorrindo, fez o Justice Wagon dar duas voltas lentas, lindas, em torno de Seth. E afastou as fantasias da cabeça. Eram belas fantasias, porém. Talvez até realizáveis, se pudesse adquirir essência suficiente das pessoas restantes do outro lado da rua — a coisa que saía delas quando morriam.

— Está chegando a hora — disse Tak. — Hora do cerco.

Fechou os olhos, usando os circuitos da memória de Seth para visualizar os Power Wagons... sobretudo o Meatwagon, que lideraria esse ataque. Sem Cara dirigindo, a Condessa Lili co-pilotando e Jeb Murdock na torre do artilheiro. Porque Murdock era o mais perverso.

Olhos fechados, a nova energia iluminando a mente como fogos de artifício do Quatro de Julho explodindo num céu de verão, Tak iniciou a tarefa de aquecimento. Demoraria um pouco, mas agora que as coisas haviam chegado até ali, tinha tempo.

Muito em breve, os justiceiros estariam de volta.

— Se prepare, pessoal — sussurrou Tak. Os punhos de Seth se cerravam nas pontas dos braços, fechados e tremendo. — Se preparem, porque a gente vai varrer esta cidadezinha do mapa.

[Allen Symes trabalhou na Empresa de Mineração Terra Funda, como geólogo, durante vinte e seis anos, de 1969 a 1995. Pouco antes do Natal de 1995, aposentou-se e mudou-se para Clearwater, na Flórida, onde morreu de um ataque cardíaco em 19 de setembro de 1996. O documento seguinte foi encontrado em sua mesa pela filha. Estava num envelope lacrado com a inscrição SOBRE O ESTRANHO INCIDENTE NO POÇO DA CHINA, PARA SER LIDO APÓS MINHA MORTE, POR FAVOR.

Esse documento é apresentado aqui exatamente como foi encontrado. — Ed.]

27 de outubro de 1995

A Quem Interessar Possa

Escrevo isto por três motivos. Primeiro, quero esclarecer uma coisa que aconteceu há um ano e três meses, no verão de 1994. Segundo, espero aliviar minha consciência, que se aquietou um pouco, mas ficou muito perturbada de novo depois que a tal Wyler me escreveu de Ohio e eu menti ao responder-lhe. Não sei se alguém pode aliviar a consciência escrevendo coisas na esperança de que sejam lidas depois, mas acho que vale a pena tentar; e posso querer mostrar isto a alguém — talvez mesmo à tal Wyler — depois de me aposentar. Terceiro, não consigo tirar da cabeça o modo como aquele menino sorriu.

O modo como sorriu.

Menti à Sra. Wyler para proteger a empresa, e o meu emprego, mas sobretudo porque podia mentir. O dia 24 de julho de 1994 foi um domingo, o lugar estava deserto, e eu fui o único que os viu. Também eu não estaria lá, se não tivesse trabalho burocrático para pôr em dia. Quem pensa que ser engenheiro de mineração é só emoção e viagens devia ver as toneladas de relatórios e formulários que eu tive de fazer e ler durante todos esses anos!

Seja como for, estava encerrando o expediente quando uma jardineira Volvo parou lá na frente e toda uma família saltou. Quero dizer aqui que nunca vi pessoas tão excitadas, a não ser a caminho de um circo, em toda a minha vida. Pareciam aquelas pessoas nos comerciais de TV que acabaram de ganhar um prêmio lotérico.

Eram cinco: o Pai (seria o irmão da mulher de Ohio), a Mãe, o Irmão Maior, a Irmã Maior e o Irmão Menor. O I.M. parecia ter uns quatro anos, embora, depois de ler a carta da Wyler (enviada em julho deste ano), eu saiba agora que era um pouco mais velho, apenas pequeno para a idade.

Seja como for, vi-os chegar pela janela ao lado de minha mesa, onde tinha a papelada espalhada. Claro como o dia, eu os via. Quedaram-se em volta do carro por um ou dois minutos, apontando o barranco ao sul da cidade, excitados como galinhas debaixo de um pé-d'água, e então o menininho arrastou o pai para o reboque-escritório.

Tudo isso se passou na sede de Nevada da Terra Funda, um reboque de largura dupla que fica a uns três quilômetros da estrada principal (a Rodovia 50), nos arredores de Desespero, uma cidadezinha conhecida pela mineração de prata por volta da época da Guerra Civil americana. Nossa principal operação naquele tempo era o Poço da China, de onde extraíamos cobre. Os ecologistas chamam isso de mineração predatória, embora não seja tão ruim como eles gostam de dizer.

Seja como for, o Irmão Menor puxou o Pai até os degraus do reboque, e o ouvi dizer:

— Bata, Pai, tem gente aí dentro, eu sei que tem.

O Pai pareceu surpreso pra burro com isso, embora eu não soubesse por quê, uma vez que meu carro estava parado ali em frente. Logo descobri que não era pelo que o pirralho dizia, mas por estar dizendo alguma coisa!

O Pai olhou o resto de seu clã em volta, e todos disseram a mesma coisa, bata na porta, bata na porta, bata na porta! Excitados pra burro. Meio engraçado e bonito, também. Eu estava curioso, admito de boa vontade. Via a placa do carro deles, e não conseguia imaginar o que uma família de Ohio fazia tão longe, em Desespero, numa tarde de domingo. Se o Pai não tivesse coragem suficiente para bater, eu mesmo ia sair e me divertir à beça com ele. "A curiosidade matou o gato, mas a satisfação o trouxe de volta", sabem como é.

Mas ele bateu, claro, e assim que abri a porta o pirralho passou correndo por mim. Foi direto à parede, ao mesmo quadro de avisos onde Sally pôs a carta da Sra. Wyler quando chegou, com as palavras ALGUÉM PODE AJUDAR A ESSA SENHORA em grandes letras vermelhas.

O pirralho examinou as fotos aéreas do Poço da China que mantemos afixadas no quadro de avisos, uma após outra. Talvez vocês tivessem de estar lá para compreender como foi estranho, mas aceitem minha palavra. Era como se ele houvesse estado no escritório uma dúzia de vezes.

— Aqui está, Pai! — disse, batendo o dedo em torno das fotos. — Aqui está! Aqui está! Aqui está a mina, a mina de prata!

— Bem — eu disse, meio rindo —, é cobre, filho, mas acho que você chegou bem perto.

O Sr. Garin deu-me um olhar meio envergonhado e disse:

— Desculpe, a gente não pretendia ir entrando assim.

Depois entrou assim ele mesmo e pegou o menino. Eu estava meio divertido. Não podia deixar de estar.

Ele carregou o pirralho para os degraus, onde devia achar que era o lugar deles. Sendo de Ohio, acho que não sabia que ir entrando assim é bastante natural em Nevada. O pirralho não esperneou nem deu ataque, mas não tirava os olhos das fotos do quadro de avisos. Era engraçadinho como um bebê, espiando por cima dos ombros do Pai com os olhinhos brilhando. O resto da família ficou embaixo, olhando para cima. Os garotos maiores quase explodiam de excitação, e a Mãe parecia quase no mesmo estado.

O Pai disse que eram de Toledo, e apresentou-se, e também à esposa e aos filhos.

— E este aqui é Seth — concluiu. — É uma criança <u>especial</u>.

— Ora, eu achava que todas eram especiais — respondi, e estendi a mão. — Manda lá, Seth; eu me chamo Allen Symes.

Ele me apertou a mão, muito esperto. O resto da família pareceu atônita, o Pai em particular, embora eu não visse por quê. Meu Pai me ensinou a apertar mãos quando eu tinha três anos; não é tão difícil assim, como aprender a fazer malabarismos ou tirar um ás de cima do monte de cartas. Mas tudo não tardou a ficar claro para mim.

— Seth quer saber se pode ver a montanha — disse o Sr. Garin, e apontou o Poço da China. A face norte <u>parece</u> um pouco uma montanha. — Acho que na verdade ele se refere à mina...

— É! — disse o pirralho. — A mina! Seth quer ver a mina! Seth quer ver a mina de prata! Hoss! Little Joe. Adam! Hop Sing!

Eu explodi na risada, pois fazia muito tempo que não ouvia esses nomes, mas o resto deles não riu. Simplesmente continuaram a olhar para o menino como se fosse Jesus ensinando aos doutores do templo.

— Bem — eu disse —, se quer ver a Fazenda Ponderosa, filho, eu acho que pode, embora fique muito a oeste daqui. E também tem excursões a minas, em que levam a gente para baixo num verdadeiro vagão de minério. A melhor provavelmente é a Betty Carr, em Fallon. Mas não tem excursões no Poço da China. É uma mina ativa, e não tão interessante quanto os velhos poços de ouro e prata. Aquele barranco que a você parece uma montanha é só um lado de um grande buraco no chão.

— Ele não entende muito do que você está dizendo, Sr. Symes — disse o irmão maior. — É um bom irmão, mas não muito rápido.

E bateu no lado da cabeça.

Mas o pirralho <u>entendera</u>, como era fácil ver, porque se pôs a chorar. Não alto nem com malcriação, mas baixo, como faz uma criança que perdeu alguma coisa de que gostava mesmo. O resto pareceu abatido ao ouvir isso, como se o cachorro da família houvesse morrido. A menininha chegou mesmo a falar alguma coisa que Seth jamais chorava. Isso me deixou mais curioso que nunca. Não entendia o que se passava com eles, e fiquei com uma comichão irresistível. Hoje gostaria de ter deixado para lá, mas não deixei.

O Sr. Garin pediu para falar comigo em particular, por um ou dois minutos, e eu disse claro. Ele entregou o pirralho à esposa — o menino ainda chorando daquele jeito baixinho, as grossas lágrimas simplesmente rolando pelas bochechas, e diabos me levem se a Irmã Maior não começou a pingar um pouco com ele. Então Garin entrou no reboque e fechou a porta.

Contou-me muita coisa sobre Seth Garin em pouco tempo, porém o mais importante era o quanto o amavam. Não que dissesse isso assim claramente (assim eu não teria acreditado mesmo). Simplesmente aparecia. Ele disse que Seth era autista, mal dizia uma palavra que se entendesse ou mostrava algum interesse pela "vida comum", mas quando avistara da estrada o paredão norte do Poço da China começara a balbuciar feito um louco, apontando-o o tempo todo.

— A princípio a gente simplesmente paparicou ele um pouco e continuou rodando — disse Garin. — Em geral, ele é quieto, mas de vez em quando entra num desses ataques de balbucios. June diz que são os sermões dele. Mas aí, quando ele viu que a gente não ia dar a volta nem mesmo diminuía a marcha, se pôs a falar. Não só palavras, mas frases. "Voltem, por favor, Seth quer ver mina, Seth quer ver Hoss, Adam e Little Joe."

Eu sei alguma coisa de autismo; meu melhor amigo tem um irmão no Sierra Four, a instituição de doentes mentais de Boulder City (nos arredores de Las Vegas). Estive lá com ele várias vezes, vi os autistas em primeira mão, e não sei se acreditaria no que Garin me dizia se não tivesse visto um pouco daquilo por mim mesmo. Muitas das pessoas no Sierra não apenas não falam, como nem sequer se mexem. Os piores parecem mortos, os olhos vidrados, o peito mal subindo e descendo de um modo que a gente veja.

— Ele adora filmes de caubói e programas de TV — disse o Sr. Garin — e só posso imaginar que o paredão da mina lhe lembra alguma coisa que deve ter visto num episódio de Bonanza.

Eu achei que ele podia até ter visto o paredão num episódio de Bonanza, embora não me lembre de ter dito isso a Garin. Muitas das cenas panorâmicas desses velhos seriados de TV (o que chamam de "segunda unidade") foram filmadas por aqui, e o Poço da China existe desde 57, logo é possível.

— De qualquer modo — ele disse — é um grande avanço para Seth... só que a palavra apropriada seria na verdade milagre. E ele falar como está fazendo ainda não é tudo.

— Sim — eu disse —, ele está realmente no mundo, pra variar.

Pensava nas pessoas do Lacota Hall, onde está o irmão de meu amigo. Aquelas nunca estavam no mundo. Mesmo quando choravam ou riam, ou faziam outros ruídos, era como se recebessem isso por telefone.

— É, está — disse Garin. — É como se um banco de luzes se acendesse dentro dele. Não sei o que causou isso, nem quanto tempo vai durar, mas... o senhor tem alguma maneira, qualquer uma, de levar a gente à mina, Sr. Symes? Sei que o senhor não deveria, e aposto que sua companhia de seguro teria um ataque se descobrisse, mas ia significar tanto pra Seth. Ia significar tanto pra todos nós. A gente está numa espécie de orçamento apertado, mas eu podia pagar quarenta dólares pelo seu tempo.

— Eu não faria isso por quatrocentos — eu disse. — Esse tipo de coisa a gente ou faz de graça, ou não faz. Vamos pegar um dos ATVs.[1] Seu filho mais velho pode dirigir, se o senhor não faz objeção. Também é contra as regras da empresa, mas acho que, perdido por um, perdido por mil.

---

[1]All Terrain Vehicle — *um veículo de esteiras, rodas ou as duas coisas juntas, projetado para rodar em terrenos muito acidentados. (N.T.)*

Qualquer um que esteja lendo isto, e talvez me julgando um idiota (e um idiota *irresponsável, ainda por cima*), eu só queria que visse a maneira como o rosto de Bill Garin se iluminou. Sinto pra burro o que aconteceu com ele e os outros na Califórnia — o que só sei pela carta da irmã —, mas me acreditem, quando digo que ficou tão feliz naquele dia que estou feliz por ter tido a oportunidade de fazê-lo assim.

Tivemos uma senhora tarde, mesmo antes de nosso "pequeno susto". Garin deixou o filho mais velho, John, nos levar dirigindo até o paredão da mina, e pergunta se o garoto estava excitado? Quase penso que o jovem Jack Garin teria votado em mim para Deus, se eu estivesse concorrendo ao cargo. Eram uma bela família, e dedicados ao menininho. A tribo toda. Creio que foi muito surpreendente ele simplesmente começar a falar de repente, mas quanta gente mudaria todos os seus planos só por uma coisa dessas, no calor do momento, ainda assim? Aquele pessoal o fez, e sem sequer uma palavra de contestação de ninguém, até onde eu via.

O pirralho tagarelou o caminho todo até a mina, falando um quilômetro por minuto. Muita coisa era balbucio, mas não tudo. Não parava de falar nas personagens de *Bonanza*, na Ponderosa, nos bandidos e nas minas de prata. Pensava num desenho animado, também. Acho que era Motor Cops. Mostrou-me um boneco do desenho, uma mulher de cabelos ruivos e uma arma que ele podia tirar do coldre e encaixar na mão dela. Também não parava de bater no ATV e chamá-lo de "Justice Wagon". Então Jack meio se estufou atrás do volante (devia estar dirigindo a velocíssimos 15 quilômetros por hora) e disse:

— Ééé, e eu sou o Coronel Henry. Aviso, Corredor de Força logo adiante!

E todos riram. Eu também, porque a essa altura já fora arrebatado pela emoção da coisa como o resto deles.

Estava tão excitado que só mais tarde percebi de fato uma das coisas que o menino dizia. Ele continuava falando na "velha mina". Se pensei alguma coisa a respeito disso, creio que foi em relação ao seriado *Bonanza*. Jamais me passou pela mente pensar que ele falava da Cascavel Número Um, porque não podia saber disso! Nem as pessoas de Desespero sabiam que a gente a tinha descoberto quando fazia explosões, uma semana antes. Diabos, por isso era que eu tinha tanta papelada para "traçar" numa tarde de domingo, escrevendo um relatório para o escritório sede sobre o que havíamos descoberto e relacionando diferentes idéias sobre como cuidar do assunto.

Quando a idéia de que Seth Garin falava da Cascavel Número Um me *ocorreu*, me lembrei que ele entrara correndo no reboque escritório, como se já houvesse estado lá um milhão de vezes antes. Fora direto às fotos no quadro de avisos. Isso me causou um arrepio, mas outra coisa, uma coisa que vi depois que a família Garin seguiu seu caminho para Carson, me causou um ainda maior. Chego lá daqui a pouco.

Quando chegamos ao pé do barranco, troquei de lugar com Jack e tomei a estrada dos equipamentos, bem revestida de cascalho e mais larga que algumas interestaduais. Cruzamos o topo e descemos do lado oposto. Todos soltavam exclamações, e eu acho que *é* um pouco mais que um simples buraco no chão. O poço chega a mais de trezentos metros no ponto mais fundo, e atravessa camadas de rocha que remontam à Era Paleozóica, 325 milhões de anos atrás. Algumas camadas do pórfiro são muito bonitas, cravejadas de reluzentes cristais roxos e verdes, que chamamos de "vermelho-granada". Do topo, o equipamento de remoção de terra no fundo do poço parece do tamanho de brinquedos. A Sra. Garin brincou dizendo que não gostava de lugares altos e talvez vomitasse, mas vocês sabem, não é uma piada de fato. Algumas pessoas vomitam *mesmo* quando transpõem a borda e vêem o abismo do lado de dentro!

Aí a menina (desculpem, não me lembro do nome dela, talvez fosse Louise) apontou para o outro lado do fundo do poço e disse:

— Que é aquele buraco com todas aquelas fitas amarelas em redor? Parece um olhão negro.

— É a nossa descoberta do ano — eu disse. — Uma coisa tão importante que ainda é um grande segredo. Eu conto a vocês se puderem guardar um segredo por algum tempo. Vão guardar, não vão? Senão, vou ficar encrencado com minha empresa.

Eles prometeram, e achei que não havia risco em contar a eles, viajantes de passagem e tudo mais. Também pensei que o menininho gostaria de saber, maluco como era por Bonanza e tudo. E, como disse, jamais me passou pela mente pensar que ele já sabia a respeito, só depois. Por que passaria, pelo amor de Deus?

— Essa é a velha Cascavel Número Um — eu disse. — Pelo menos, a gente acha que é. Descobrimos quando fazíamos explosões. A parte da frente da Cascavel desabou em 1858.

Jack Garin quis saber o que havia lá dentro. Respondi que não sabíamos, ninguém estivera lá, por causa das regras do governo. A Sra. Garin (June) quis saber se a empresa ia explorá-la depois, e eu disse que talvez, se obtivéssemos as permissões necessárias. Não contei mentira alguma a eles, mas contornei um pouco a verdade. Tínhamos posto as fitas de interdição, segundo as regras do Departamento de Minas, claro, mas isso não queria dizer que as autoridades soubessem da descoberta. Nós a tínhamos descoberto inteiramente por acaso, num plano de explosões bastante semelhante a qualquer outro, e quando a terra parou de rolar e a poeira assentou, lá estava ela — mas ninguém na empresa sabia se era o tipo de acaso que queríamos divulgar.

Que haveria um forte interesse se a notícia transpirasse, está claro. Segundo as histórias, quarenta ou cinqüenta chineses se achavam presos lá dentro quando a mina desabou, e se isso é verdade, ainda estavam lá, conservados como múmias numa pirâmide egípcia. Os fanáticos por história teriam um prato cheio apenas com as roupas e as ferramentas de mineração deles, para não falar dos próprios corpos. A maioria de nós, no local, estava muito interessada, mas não podíamos fazer muita exploração sem a firme aprovação dos chefões da Terra Funda em Phoenix, e ninguém com quem eu trabalhava achava que a obteríamos. A Terra Funda não é uma organização não lucrativa, como sei que qualquer pessoa lendo isto vai entender, e a mineração, sobretudo em nossos dias e época, é uma operação de alto risco. O Poço da China só vinha dando lucro desde 1992 ou por aí assim, e as pessoas que trabalham aqui nunca se levantam de manhã inteiramente seguras de que ainda terão emprego quando chegarem ao local de trabalho. Muita coisa depende do preço por libra do cobre (a mineração com lixívia não é barata), mas tem ainda mais a ver com questões ambientais. As coisas melhoraram um pouco ultimamente, a atual safra de políticos pelo menos tem algum juízo, mais ainda há qualquer coisa como uma dúzia de "processos de intimação" pendentes nos tribunais municipais ou federais, apresentados por pessoas (em sua maioria os "verdes") que querem nos fechar. Muita gente — incluindo eu mesmo, é melhor dizer — acharia que os altos executivos não iriam querer aumentar esses problemas bradando ao mundo que encontramos uma velha mina, provavelmente de grande interesse histórico. Como disse Yvonne Bateman, uma colega engenheira, pouco depois que a rodada de explosões descobriu o buraco:

— Seria bem dos amantes das árvores tentar fazer declarar toda a mina patrimônio histórico, ou com os federais ou com a Comissão Histórica de Nevada. Talvez seja a maneira de deter a gente pra sempre que eles vivem buscando.

Chamem essa atitude de paranóica, se quiserem (muitos chamam), mas quando um cara como eu sabe que 90 ou 100 homens dependem da mina para manter as famílias alimentadas, isso muda a perspectiva da gente e torna a gente mais cauteloso.

A filha (Louise?) disse que a coisa lhe parecia assombrada, e eu disse que a mim também. Ela me perguntou se eu entraria lá num impulso e respondi que nem pensar. Ela perguntou se eu tinha medo de assombração e eu disse que não, tinha de desabamentos. É espantoso que alguma parte do poço ainda esteja de pé. Foi cavado direto através de greda e cristal de riólito — restos do acontecimento vulcânico que esvaziou a Grande Bacia —, um material bastante instável mesmo quando a gente não está explodindo cargas de ANFO[2] por toda a área. Eu disse a ela que

[2]Ammonium nitrate and fuel oil *(Nitrato de amônia e óleo combustível). (N.T.)*

não entraria lá nem com uma aposta dupla, a menos e até que tudo fosse escorado com concreto e aço de metro e meio em metro e meio. Sem saber que ia entrar tão fundo lá que não veria o sol antes do dia acabar.

Levei-os para o escritório de campo e dei-lhes capacetes metálicos, depois lhes mostrei tudo em volta — escavações, caixas de lavagem, trituração de escória, separadores e equipamentos pesados. Fizemos uma senhora viagem de campo. O pequeno Seth deixara de falar a essa altura, mas tinha os olhos tão brilhantes quanto os vermelhos granada que encontrávamos na escória!

Muito bem, chego agora ao "pequeno susto" que me causou tantas dúvidas e pesadelos (para não falar num grave problema de consciência, que não é brincadeira para um mórmon que leva muito a sério a religião). E não pareceu tão "pequeno" assim a nenhum de nós na hora, nem me parece agora, se devo falar a verdade. Já o repassei na mente vezes sem conta, e quando estava no Peru (que é onde eu estava, vendo jazidas de bauxita, quando a carta de Audrey Wyler chegou à caixa de correspondência da Terra Funda em Desespero), sonhei com isso uma dúzia de vezes ou mais. Devido ao calor, talvez. Era quente dentro da Mina Cascavel. Estive em muitos poços de mina em minha época, e em geral são frios ou mesmo gelados. Li que algumas das minas de ouro profundas da África do Sul são quentes, mas nunca estive em nenhuma dessas. E a daqui não era quente, mas tórrida. E úmida, ainda por cima, como uma estufa.

Mas estou me adiantando, e não quero fazer isso. O que quero é contar tudo direto, de ponta a ponta, e graças a Deus que nada semelhante jamais vai voltar a acontecer. Em princípios de agosto, nem duas semanas depois de tudo isso, toda a obra desabou. Talvez tenha havido algum pequeno tremor abaixo, na camada devoniana, ou talvez o ar livre tenha tido um efeito corrosivo sobre as escoras de madeira expostas. Jamais vou saber ao certo, mas veio abaixo, um milhão de toneladas de argila, xisto e calcário. Quando penso em como o Sr. Garin e seu menino estiveram perto de ficar debaixo de tudo isso quando desabou (para não falar do Sr. Allen Symes, Geólogo Extraordinário), me dá tremedeira.

O garoto mais velho, Jack, queria ver a Mo, nossa maior escavadeira. Ela roda sobre esteiras e trabalha nas encostas internas, sobretudo cavando bancos a intervalos de quinze metros. Houve uma época, no início dos anos 70, em que Mo era a maior escavadeira no planeta Terra, e a maioria das crianças — sobretudo os meninos — é fascinada por ela. Os meninos grandes também! Garin queria tanto vê-la "de perto" quanto o jovem Jack, e supus que Seth se sentia do mesmo jeito. Mas nisso estava errado.

Mostrei-lhes a escada que sobe pelo lado da Mo para a cabine do operador, a mais de três metros do chão. Jack perguntou se podiam subir e eu disse que não, que era perigoso demais, mas podiam dar um passeio pelas lagartas, se quisessem. Fazer isso é uma senhora experiência, pois cada esteira é tão larga quanto a rua de uma cidade, e cada uma das lâminas de aço que a compõem tem um metro de largura. O Sr. Garin pôs Seth no chão, e subiram a escada para as lagartas da Mo. Eu subi atrás, esperando como o diabo que ninguém caísse. Se caísse, eu era o mais provável de ser fisgado num processo judicial. June Garin ficou embaixo, para fazer fotos da gente lá em cima abraçados, rindo. A gente fazia palhaçadas e caretas para a câmera, se divertindo a valer, até que a menina gritou:

— Volte, Seth! Volte já! Não devia estar aí!

Eu não podia vê-lo, porque ali em cima onde estava, na esteira da Mo, todo o resto da máquina tapava a visão, mas via bem a mãe dele, e como estava assustada quando o avistou.

— Seth! — ela berrou. — Volte já aqui!

Berrou duas ou três vezes, depois largou a câmera no chão e simplesmente correu. Era só o que eu precisava ver, ela largando a cara Nikon como um maço de cigarros vazio. Eu já estava de volta à escada nuns três saltos. Admira-me não ter caído e quebrado o pescoço. Admira-me mais ainda que Garin ou o garoto mais velho não o tenham, mas acho que nem pensei nisso na hora. Não pensei absolutamente neles, para falar a verdade.

O menino já subia a encosta para a entrada da velha mina, que ficava apenas a uns seis metros da boca do poço. Eu vi isso e soube que a mãe não ia alcançá-lo antes de ele entrar. Ninguém ia alcançá-lo, se era o que ele pretendia fazer. Meu coração queria descer para as botas, mas eu não deixei. Em vez disso, pus-me a correr o mais rápido que pude.

Alcancei a Sra. Wyler quando Seth chegava à entrada da mina. Ele parou ali por um segundo, e esperei que talvez não fosse entrar. Pensei que havia uma possibilidade de que, se a escuridão não o afastasse, o cheiro do lugar o fizesse — uma espécie de cheiro de fogueira velha de acampamento, tipo cinzas, borra de café e fiapos de carne velha, tudo misturado. Então ele entrou, apenas olhando para atrás para me observar gritando que não o fizesse.

Mandei a mãe afastar-se, pelo amor de Deus, que eu ia entrar e trazê-lo para fora. Mandei-a dizer ao marido e ao irmão a mesma coisa, mas claro que Garin não escutou. Não creio que na situação dele eu tivesse agido diferente.

Subi a encosta e rompi as fitas amarelas. O pirralho era pequeno o suficiente para poder passar por baixo. Ouvi o fraco rugido que a gente quase sempre ouve saindo dos velhos poços de mina. Parece o vento, ou uma cachoeira distante. Eu não sei o que é de fato, mas não gosto, jamais gostei. Não sei de ninguém que goste. É um som espectral.

Mas nesse dia ouvi outro do qual gostei menos ainda — um guincho baixo, sussurrado. Não ouvira nas outras vezes em que olhara para dentro do poço desde que fora descoberto, mas soube o que era imediatamente — atrito de argila e riólito. É como se o chão estivesse falando. Esse som sempre fazia os mineiros se retirarem nos tempos antigos, porque significava que os esteios podiam vir abaixo a qualquer momento. Acho que os chineses que trabalhavam na Cascavel em 1858 ou não sabiam o que o som significava ou não tinham permissão para dar-lhe atenção.

Escorreguei pouco depois de romper as fitas, e caí sobre um joelho. Vi uma coisa no chão. Era o boneco de plástico dele, a ruiva com a arma. Devia ter caído do bolso do menino pouco antes de ele entrar no poço, e vê-lo ali jogado naquele pó — material que a gente chama de ganga — parecia o pior tipo de sinal, e causou-me fortes arrepios. Peguei-o, enfiei-o no bolso e esqueci-o até mais tarde, quando a excitação acabara e o devolvi a seu dono. Descrevi-o para meu sobrinho pequeno e ele disse que era um boneco da Cassie Style, do programa dos Motor Cops, sobre o qual o pirralho não parava de falar.

Ouvi rocha deslizando e arquejos atrás de mim; olhei para trás e vi Garin subindo a encosta. Os outros três continuavam parados lá embaixo, juntos. A menina chorava.

— Volte já! — eu disse. — Este poço pode desabar a qualquer momento. Tem cento e trinta anos! Mais!

— Não me importa que tenha mil anos — ele respondeu, ainda subindo. — É meu filho e eu vou entrar atrás dele.

Eu não ia ficar ali parado discutindo com ele; às vezes, a única coisa que a gente pode fazer é se mexer, seguir se mexendo, e esperar que Deus segure o teto. E foi o que fizemos.

Estive em alguns lugares de meter medo em meus anos de engenheiro de minas, porém os mais ou menos dez minutos (e podem ter sido mais ou menos de fato; perdi todo senso de tempo) que passamos no velho poço da Cascavel foram de longe os mais apavorantes. A perfuração seguia para trás e para baixo num ângulo muito bom, e começamos a ficar sem a luz do dia antes de entramos mais que uns vinte metros. O cheiro do lugar — cinza fria, café velho, carne queimada — logo se tornou mais forte, e isso era estranho, também. Às vezes minas velhas têm um "cheiro mineral", mas quase sempre só isso. O chão embaixo era de detrito caído, e a gente tinha de pisar com muito cuidado apenas para evitar dar topadas e cair de cara. Os suportes e traves estavam cobertos de caracteres chineses, alguns entalhados na madeira, a maioria simplesmente pintada com fuligem de vela. Ver uma coisa daquelas faz a gente perceber que tudo que se lê nos livros de história aconteceu de fato. Não foi inventado nem um pouco.

O Sr. Garin gritava pelo menino, dizendo-lhe que voltasse, que não era seguro. Eu pensei em dizer-lhe que só o som de sua voz já seria o bastante para trazer o teto abaixo, como pessoas gritando às vezes são o bastante para provocar avalanches nas montanhas. Mas não o fiz. Ele não poderia parar de gritar. Só pensava no menino.

Eu tinha um canivete, uma lupa e uma lanterna Penlite, tipo lapiseira, no chaveiro. Desprendi a lanterna e iluminei os arredores. Continuamos descendo o poço, com a greda frouxa murmurando em toda a volta e aquele fraco rugido nos ouvidos, e aquele cheiro entrando pelo nariz. Senti o calor aumentando quase imediatamente, e quanto mais quente ficava, mais forte se tornava o cheiro de fogueira. Só que, no fim, não cheirava mais a fogueira. Cheirava a coisa podre. Algum tipo de carcaça.

Então chegamos ao poço dos ossos. Nós — nós da Terra Funda, quer dizer — tínhamos apontado holofotes para dentro do poço, mas eles não haviam mostrado muita coisa. Discutíramos muito sobre se realmente *havia* ou não alguma coisa ali dentro. Yvonne dizia que não, que ninguém teria continuado a descer num poço de mina cavado no chão daquele jeito, mesmo um bando de escravos chineses. Dizia que tudo não passava de muita conversa fiada — lenda, como dizia —, mas assim que Garin e eu já entráramos uns duzentos metros, minha pequena Penlite bastava para mostrar que ela estava errada.

Ossos amontoavam-se para todos os lados no chão da mina, caveiras, ossos de pernas, quadris e pélvis quebrados. As caixas torácicas eram as piores, todas parecendo rir como o gato Cheshire, de *Alice no País das Maravilhas*. Quando a gente pisava neles, nem sequer se quebravam, como se pensaria que fariam, apenas subiam em nuvem como pó. O cheiro era mais forte que nunca, e eu sentia o suor escorrendo pelo meu rosto. Era como estar numa sala de caldeira, em vez de numa mina. E as paredes! Eles não apenas tinham posto seus nomes ou iniciais ali onde estávamos, haviam escrito *por toda parte* com fuligem de vela. Era como se, quando a boca da mina desabou e eles se viram presos no poço, todos decidissem escrever seus testamentos nas traves de suporte.

Agarrei o ombro de Garin e disse:

— A gente foi longe demais. Ele ficou em algum canto e a gente não viu, no escuro.

— Não creio — ele disse.

— Por que não? — perguntei.

— Porque ainda estou sentindo ele lá na frente — disse, e ergueu a voz: — *Seth! Por favor, querido! Se está aí embaixo, volte pra gente!*

O que veio de volta me arrepiou os pêlos da nuca. Mais abaixo naquele poço, com o chão de greda, caveiras e ossos esboroados, ouvimos alguém cantando. Não palavras, apenas a voz do menino fazendo "La-la-la" e "Dum-dido-dum". Não chegava a ser uma melodia, mas o suficiente para eu reconhecer o tema musical de *Bonanza*.

Garin olhou para mim, os olhos brancos e arregalados na escuridão, e perguntou se eu ainda achava que a gente tinha passado por ele. Eu nada podia responder a isso, portanto continuamos a avançar.

Começamos a ver ferramentas entre os ossos — canecas, picaretas enferrujadas com uns cabinhos esquisitos e pequenas caixas metálicas com correias passadas por dentro, que reconheci do Museu dos Mineiros em Ely. Os mineiros as chamavam de *Keroseners*. Usavam-nas na testa como filactérios, com lenços enfiados por baixo para não queimar a pele. E comecei a ver que havia desenhos de fuligem de vela nas paredes, além de caracteres chineses. Eram coisas terríveis — coiotes com cabeças que pareciam aranhas, leões da montanha com escorpiões montados nas costas, morcegos com cabeças parecendo bebês. Tenho me perguntado desde então se vi de fato essas coisas, ou se o ar era tão mefítico ali no fundo que me causou alucinações. Não perguntei a Garin depois se vira alguma delas. Não sei ao certo se apenas esqueci ou se talvez não tive coragem.

Ele parou, abaixou-se e pegou uma coisa. Era uma pequena bota de caubói presa entre duas pedras. O pirralho devia tê-la prendido ali e tirado o pé para seguir em frente. O Sr. Garin ergueu-a para que eu pudesse vê-la à luz de minha lanterninha, e depois enfiou-a na camisa. Ainda ouvíamos os "la-la-las" e "dum-dim-duns", por isso sabíamos que ele continuava à frente. O som parecia um pouco mais próximo, mas eu não me permitia muita esperança. Abaixo do solo, a gente nunca sabe. O som se propaga de uma maneira esquisita.

E fomos seguindo, não sei até que distância, mas o piso continuava descendo, e o ar ficando mais quente. Viam-se menos ossos no chão do poço, porém mais rochas caídas. Eu podia erguer a lanterna para ver em que tipo de forma se achava o teto, mas não me atrevia. Não me atrevia sequer a pensar na profundidade a que chegáramos. Tinha de ser pelo menos de uns quatrocentos metros do ponto onde as explosões haviam cortado e aberto o poço. Provavelmente mais. E comecei a ter bastante certeza de que nunca mais íamos sair. O teto simplesmente viria abaixo, e pronto. Seria rápido, pelo menos, mais rápido do que fora para os mineiros chineses que haviam sufocado ou morrido de sede naquele mesmo poço. Não me saía da cabeça que tinha em casa cinco ou seis livros emprestados da biblioteca, e imaginava quem ia devolvê-los, e se alguém ia cobrar do meu pequeno espólio as multas pelo atraso. É engraçado o que passa pela cabeça da gente quando a gente se vê num aperto.

Pouco antes da lanterna mostrar o menino, ele mudou de música. Não reconheci a nova, mas o Pai me disse depois de sairmos que era o tema dos Motor Cops. Só falo disso porque, por um instante, pareceu que *outra pessoa* cantava os la-las e dum-di-dums junto com ele, numa espécie de contracanto. Sei que era apenas aquele leve rugido que mencionei, mas me causou um arrepio dos diabos, isso eu posso dizer. Garin também ouviu; eu o via um pouco à luz de minha lanterna, e parecia com tanto medo quanto eu. O suor escorria pelo rosto dele, e a camisa grudava-se no peito, como colada.

Então ele apontou e disse:

— Acho que estou vendo ele! *Estou* vendo ele. Lá está! Seth! Seth!

Saiu correndo atrás do menino, tropeçando nos detritos e oscilando como um bêbedo, mas de algum modo mantendo o equilíbrio. Eu só podia rezar a Deus que não trombasse num daqueles velhos barrotes de suporte. A madeira provavelmente se reduziria a pó, como os ossos que tínhamos pisado para chegar até ali, e seria o fim da história.

Então *eu* vi o menino, também — a gente não podia se enganar com os jeans e a camisa vermelha que ele usava. Estava parado diante do ponto em que o poço terminava. A gente via que não era apenas mais um desabamento, porque era a lisa superfície de uma rocha — o que chamamos de "lâmina" — e não detritos amontoados. Uma rachadura corria pelo meio da rocha, e por um minuto eu achei que o menino tentava se meter por ela adentro. Isso me assustou muito, porque ele parecia suficientemente pequeno para fazê-lo se quisesse, e dois caras grandões como nós jamais poderíamos segui-lo. Mas ele não tentava fazer isso. Quando cheguei um pouco mais perto, vi que estava inteiramente imóvel. Devo ter sido enganado pelas sombras criadas por minha lanterninha, é só o que posso imaginar.

O pai alcançou-o primeiro e puxou-o para seus braços. Apertava o rosto contra o peito do menino, por isso não viu o que eu vi, e só vi por um segundo. Desta vez não eram meus olhos que me pregavam truques. O menino *sorria*, e não era um sorriso bonito, tampouco. Os cantos da boca pareciam repuxados quase até as orelhas, e eu via todos os dentes. Tinha o rosto tão esticado que os olhos pareciam saltar da cabeça. Então o pai o puxou para dar-lhe um beijo, e o sorriso desapareceu. Fiquei satisfeito. Enquanto permaneceu o sorriso, ele não parecia de modo algum o menininho que eu vira pela primeira vez.

— Que foi que você estava fazendo? — perguntou o pai. Gritava, mas não era bem uma reprimenda mesmo assim, porque ele dava um beijo no menino praticamente a cada palavra. — Sua mãe está *morta* de medo! Por que fez isso? Por quê, em nome de Deus, veio aqui?

O que ele respondeu foi a última coisa compreensível que disse, e eu me lembro bem.

— O Coronel Henry e o Major Pike me mandaram — disse. — Me disseram que eu podia ver a Ponderosa. Aí dentro. — Apontou a fenda no meio da lâmina. — Mas não vi. Ponderosa sumiu.

Então deitou a cabeça no ombro do pai e fechou os olhos, como se estivesse esgotado.

— Vamos voltar — eu disse. — Eu sigo atrás de você, à direita, para iluminar onde você pisa. Não ande devagar, mas também não corra. E pelo amor de Deus, tente não esbarrar em nenhum dos esteios que sustentam este lugar.

Assim que pegamos o menino, o gemido no solo pareceu se tornar mais alto que nunca. Eu imaginava ouvir as madeiras rangendo. Em geral, não sou do tipo imaginativo, mas me soava como se tentassem falar. Mandar-nos sair enquanto podíamos.

Mas não resisti a lançar a luz da lanterna na fenda antes de voltarmos. Quando me curvei, senti ar fresco saindo, portanto não era apenas uma rachadura na lâmina; havia alguma espécie de fenda do outro lado. Talvez uma gruta. O ar que saía era quente como de uma fornalha, e tinha um fedor feroz. Um bafio, e prendi a respiração, para não vomitar. Era o cheiro de fogueira velha, porém mil vezes mais forte. Vasculhei o cérebro tentando pensar como alguma coisa tão fundo podia cheirar tão mal, e nada encontrava. Ar fresco é a única coisa que faz as coisas terem esse cheiro, e isso significa alguma espécie de respiradouro, mas a Terra Funda vinha cavando naquela área desde 1957, e se houvesse um respiradouro suficientemente grande para produzir um fedor daquele, certamente teria sido descoberto e tapado ou seguido para ver aonde levava.

A fenda parecia um S em ziguezague ou um raio, e não parecia haver nela muita coisa para <u>ver</u>, apenas uma espessa rocha — pelo menos dois palmos, talvez três. Mas tive a impressão de espaço abrindo-se do outro lado, e também havia aquele ar quente jorrando. Pensei ter visto talvez um punhado de pontos rubros como brasas dançando lá dentro, mas deve ter sido minha imaginação, porque quando pisquei os olhos já haviam desaparecido.

Voltei-me para Garin e mandei-o ir andando.

— Um segundo, me dê só um segundo — ele disse.

Tirara a pequena bota de caubói do menino de dentro da camisa e enfiava-a no pé dele. A coisa mais carinhosa. Havia tudo que a gente precisa saber do amor de um pai na maneira como ele fazia aquilo.

— Tudo bem — ele disse, quando acabou. — Vamos indo.

— Certo — eu disse. — Tente manter o equilíbrio.

Saímos o mais rápido que pudemos, mas ainda assim pareceu durar uma eternidade. Nos sonhos de que falei, vejo sempre o pequeno círculo de minha Penlite deslizando sobre as caveiras. Não vira tantas quando estava lá de fato, e algumas se haviam desmanchado, mas nos sonhos parecem milhares, caveiras de uma parede a outra, projetando-se redondas como ovos num desenho animado, e todas sorriem exatamente como o pequeno quando o pai o pegou, e nas órbitas dos olhos vejo pontinhos rubros dançando, como faíscas subindo de um incêndio.

No todo, foi uma caminhada pavorosa. Eu ficava olhando à frente, em busca da luz do dia, e por uma eternidade não a vi. Então, quando por fim vi (apenas um minúsculo quadrado, que eu podia cobrir com o polegar a princípio), o som da greda pareceu tornar-se mais alto que nunca, e decidi que o poço ia esperar até estarmos quase fora e desabar, como uma mão esmagando uma mosca. Como se um buraco no chão pudesse pensar! Mas quando a gente está de fato num lugar daquele, a imaginação pega fogo. O som se propaga de uma maneira esquisita; as idéias também.

E é melhor ir dizendo logo que ainda tenho algumas idéias sobre a Cascavel Número Um. Não vou dizer que fosse assombrada, nem mesmo num "relatório reservado", que talvez ninguém jamais leia, mas também não vou dizer que não fosse. Afinal, que lugar teria mais probabilidades de abrigar fantasmas que uma mina cheia de mortos? Mas quanto ao outro lado da lâmina de rocha, se vi mesmo alguma coisa lá — aquelas luzes rubras dançando —, não eram fantasmas.

As últimas dezenas de metros foram as piores. Precisei de toda força de vontade para simplesmente não passar correndo pelo Sr. Garin, e vi no rosto dele que sentia o mesmo. Mas não o fizemos, na certa porque sabíamos que íamos assustar ainda mais o resto da família se saíssemos disparados em pânico. Ao contrário, caminhamos como homens, Garin com o filho nos braços, ferrado no sono.

Foi esse o nosso "pequeno susto".

A Sra. Garin e as duas crianças maiores choravam, e todos se lançaram sobre Seth, paparicando-o e beijando-o como se mal acreditassem que ele estava ali. Ele acordou e sorriu para eles, mas não formou mais palavra alguma, apenas balbuciava. O Sr. Garin cambaleou até o paiol, que é um pequeno telheiro de zinco onde guardamos o material explosivo, e sentou-se encostado no lado. Trançou as mãos entre os joelhos e deixou cair a cabeça sobre elas. Eu sabia como se sentia. A esposa perguntou-lhe se estava bem e ele respondeu que sim, só precisava descansar e recuperar o fôlego. Eu disse que ia fazer isso também. Perguntei à Sra. Garin se podia levar os filhos de volta ao ATV. Disse que talvez Jack quisesse mostrar nossa Mo aos irmãos. Ela deu um meio riso, como a gente faz quando nada tem graça, e disse:

— Acho que a gente já teve aventura suficiente pra um dia, Sr. Symes. Espero que não leve a mal, mas eu só quero dar o fora daqui.

Eu disse que compreendia, e acho que ela compreendeu que eu precisava ter uma palavrinha com seu marido antes de tirarmos o time de campo. Não que eu não precisasse me refazer um pouco também! Minhas pernas pareciam borracha. Fui até o paiol e me sentei ao lado do Sr. Garin.

— Se a gente comunicar isso, vai ter muita encrenca — disse. — Pra empresa, e também pra mim. Provavelmente eu não seria demitido, mas poderia ser.

— Não vou dizer uma palavra — ele disse, erguendo a cabeça das mãos e olhando-me nos olhos.

E não creio que ninguém vá censurá-lo se eu acrescentar que estava chorando. Acho que qualquer pai teria chorado, depois de um susto daquele. Eu mesmo estava à beira das lágrimas, e nem mesmo pusera os olhos neles até aquele dia. Toda vez que pensava no ar carinhoso de Garin, enfiando aquela botinha no pé do filho, me subia um bolo à garganta.

— Eu ficaria muito agradecido — eu disse.

— Bobagem — ele disse. — Eu não sei como agradecer a você. Não sei nem por onde iniciar.

Eu começava a me sentir meio embaraçado a essa altura.

— Ora, vamos — disse. — A gente fez isso juntos, e tudo está bem quando acaba bem.

Ajudei-o a levantar-se, e voltamos para os outros. Já fizéramos a maior parte do percurso, quando ele pôs a mão em meu braço e me deteve.

— Você não deve deixar ninguém entrar lá — disse. — Nem mesmo se os engenheiros disserem que podem escorar tudo. Tem alguma coisa errada lá dentro.

— Sei que tem — eu disse. — Eu senti.

Lembrava-me do sorriso no rosto do menino — mesmo agora, tantos meses depois, me causa arrepio lembrá-lo — e quase disse a ele que o menino também tinha sentido. Depois decidi que não. De que teria adiantado?

— Se dependesse de mim — ele disse — eu jogava uma carga de seu paiol lá dentro e botava tudo abaixo. É uma sepultura. Que os mortos repousem nela.

— Não é uma má idéia — eu disse, e Deus deve ter pensado o mesmo, também, porque o fez por Si próprio menos de duas semanas depois.

Houve uma explosão lá. E, até onde eu sei, nenhuma causa foi determinada.

Garin deu um meio sorriso, balançou a cabeça e disse:

— Duas horas de estrada, e não vou nem acreditar que isso aconteceu.

Eu lhe disse que talvez fosse melhor assim.

— Mas uma coisa que não vou esquecer — ele disse — é que Seth falou hoje. E não apenas palavras ou frases que só a família pode entender. Falou mesmo.

Você não sabe como isso é espantoso, mas a gente, sim. — Acenou para a família, que a essa altura já voltara para o ATV. — E se ele pôde fazer isso uma vez, pode fazer de novo.

E talvez tenha feito, espero. Também gostaria de saber. Estou curioso sobre esse menino, e em mais de um aspecto. Quando lhe entreguei sua super-heroína, ele me sorriu e me deu um beijo na bochecha. E foi um beijo gostoso, embora me parecesse captar um pouco do bafio da mina em sua pele... aquele cheiro de fogueira, tipo cinza, carne e café frio.

Demos "um afetuoso *adieu*" ao Poço da China e levei-os de volta ao reboque do escritório, onde estava o carro deles. Até onde pude ver, ninguém nos prestou muita atenção, embora eu passasse de carro pela Rua Principal. Desespero numa tarde de domingo de verão quente parece uma cidade fantasma.

Lembro-me que fiquei ali parado, ao pé dos degraus do reboque, acenando, quando se dirigiram para a coisa terrível que a irmã de Garin disse estar à espera deles no fim da viagem — uma fuzilaria disparada de um carro em movimento. Todos acenaram de volta... quer dizer, fora Seth. O que quer que houvesse naquela mina, creio que tivemos sorte em sair... e ele ser o único sobrevivente do tiroteio em San Jose! É quase como se tivesse o que chamam de "vida encantada", não é?

Como eu disse, tinha sonhos com isso no Peru — sobretudo o sonho das caveiras, e com a minha lanterna naquela fenda —, mas, acordado, não pensava muito no assunto, até ler a carta de Audrey Wyler, a que estava pregada no quadro de avisos quando voltei. Sally perdeu o envelope, mas disse que era endereçado apenas à "Empresa de Mineração de Desespero". Sua leitura reforçou minha crença de que alguma coisa tinha acontecido quando Seth estava lá embaixo, alguma coisa sobre a qual talvez fosse errado mentir, mas eu menti. Como podia não mentir, quando nem sabia o que era essa alguma coisa?

Ainda assim, aquele sorriso.

Aquele sorriso.

Era um menininho simpático, e estou muito feliz que não tenha morrido na Cascavel (e podia ter morrido; todos podíamos) ou com os outros em San Jose, mas...

O sorriso parecia não pertencer de modo algum ao menino. Eu gostaria de explicar melhor, mas isso é o mais próximo que posso chegar.

Quero anotar mais uma coisa. Devem lembrar que eu disse que Seth falou da "velha mina", e que não relacionei isso com o poço da Cascavel, porque dificilmente alguém na <u>cidade</u> sabia a respeito, quanto mais viajantes de passagem vindos de Ohio. Bem, ali parado, comecei a pensar de novo no que ele tinha dito, olhando a poeira do carro deles assentar. Nisso e em como ele atravessara correndo o reboque-escritório e fora direto às fotos do Poço da China no quadro de avisos, como se já houvesse estado ali mil vezes antes. Como se <u>soubesse</u>. Tive uma idéia então, e voltou-me aquela sensação de arrepio. Tornei a entrar, para olhar as fotos, sabendo que era a única forma de afastar a sensação.

Eram seis fotos aéreas que a empresa encomendara na primavera. Peguei a pequena lupa do meu chaveiro e passei-a por elas, uma por uma. Tinha o estômago embrulhado, dizendo-me o que ia ver antes mesmo de ver. As fotos aéreas haviam sido feitas muito antes do esquema de explosões que descobrira o poço da Cascavel, de modo que não havia sinal dele. <u>Só que havia</u>. Lembram que escrevi que ele correu as fotos batendo nelas com os dedos, dizendo "Aqui está, aqui está o que eu quero ver, aqui está a mina"? A gente achou que ele falava do <u>poço</u>-mina, porque era para isso que serviam as fotos. Mas com a lupa pude ver as marcas que os dedos dele haviam deixado na lustrosa superfície delas. <u>Todas estavam na face sul</u>, onde descobrimos o poço. Era <u>isso</u> que ele nos dizia que queria ver, não o poço da mina, mas o túnel da mina que as fotos nem sequer mostravam. Sei como parece maluco, mas jamais duvidei disso. Ele sabia que estava ali. Para mim, as marcas dos dedos dele nas fotos — não apenas numa foto, mas em todas as seis — o provam. Sei que isso não se sustentaria num tribunal, mas não modifica o que sei. É como se alguma coisa naquela mina o sentisse passando pela estrada e o chamasse. E de todas as minhas perguntas, talvez só uma na verdade importe: estará Seth Garin bem? Eu gostaria de escrever à irmã de Garin e perguntar, na verdade uma ou duas vezes peguei a caneta para fazê-lo, mais aí me lembro que menti, e para mim é difícil admitir uma mentira. E, também, será que quero mesmo futucar onça com vara curta? Acho que não, mas...

Devia haver mais coisas a contar, talvez, mas não há. Tudo retorna àquele sorriso.

Não me agrada a maneira como ele sorriu.

Esta é minha declaração autêntica do que aconteceu; Deus, se ao menos eu soubesse o que foi que vi!

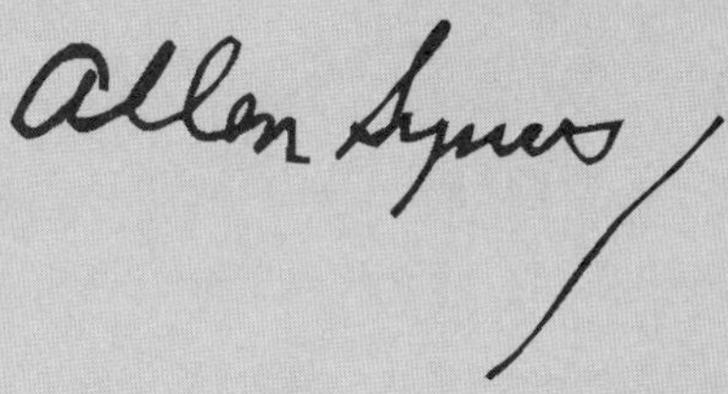

Capítulo Onze

1

O VELHO DOUTOR foi o primeiro a passar por cima da cerca dos fundos dos Carver. Surpreendeu a todos (até a si mesmo) trepando facilmente, com um único empurrão de Johnny nos fundilhos para lançá-lo. Parou no alto por um ou dois segundos, ajeitando as mãos a seu gosto. A Brad Josephson parecia um macaco magro ao luar. Pulou. Ouviu-se um grunhido baixo do outro lado das estacas.

— Está bem, Doutor? — perguntou Audrey.

— Ééé — disse Billingsley. — Inteirinho. Não estou, Susi?

— Claro — concordou Susi Geller, nervosa. Depois, através da cerca: — Sra. Wyler, é você? De onde *você* veio?

— Isso não importa no momento. A gente precisa...

— Que foi que houve lá? Todo mundo está bem? Minha mãe está tendo um ataque. Um *daqueles.*

Todo mundo está bem. Era uma pergunta a que Brad não queria responder. Ninguém queria, tampouco, pelas aparências.

— Sra. Reed? — disse Johnny. — Agora David, depois você.

Cammie lançou-lhe um olhar seco e voltou-se para Dave. Murmurou mais uma vez alguma coisa no ouvido dele, alisando-lhe os cabelos. David ouviu com uma expressão perturbada e respondeu murmurando, alto o suficiente apenas para Brad ouvir:

— Eu não quero.

Ela tornou a murmurar, com mais veemência desta vez. Brad pegou as palavras *seu irmão* perto do final. Dave ergueu os braços, agarrou-se ao alto da cerca e saltou com facilidade para o outro lado. Fez isso, até onde Brad pôde ver, sem qualquer expressão, a não ser pelo ar de leve nervosismo no rosto. Cammie foi em seguida, Audrey e Cynthia empurrando. Ao chegar ao topo, Dave ergueu as mãos para recebê-la. Cammie deslizou para elas, não tentando agarrar-se à cerca por segurança. Brad teve a idéia de que àquela altura ela teria gostado de uma queda. Talvez até de quebrar o pescoço. *Por que nos mandou aqui, mãe?*, gritara o menino, talvez intuindo que sua própria avidez para ir — e a de Jim — jamais serviria de circunstância atenuante na mente dela. Cammie iria sempre se culpar, e ele provavelmente deixaria que o fizesse.

— Brad? — Era uma voz que ele teve prazer em ouvir, embora raramente a ouvisse tão suave e preocupada. — Está aí, querido?

— Estou aqui, Bee.

— Está bem?

— Ótimo. Escuta, Bee, e não perca a calma. Jim Reed morreu. E também Entragian, de nossa rua.

Ouviu-se um arquejo, e então foi Susi Geller gritando sem parar o nome de Jim. Em Brad, tão exausto emocional quanto fisicamente, esses gritos despertaram mais irritação que piedade... e o temor de que atraíssem alguém ainda menos agradável que o grande gato e o coiote de dedos humanos.

— Susi! — Veio da casa a voz assustada de Kim Geller. E então também ela estava gritando, o som parecendo cortar o ar enluarado como uma afiada lâmina a girar: — *Suuuu-siiii! Suuuu-siiii!*

— *Cala a boca!* — berrou Johnny. — *Nossa, Kim, CALA A BOCA!*

Por um milagre, ela calou, mas a garota continuou gritando, como uma mal concebida Julieta no quinto ato.

— Deus do céu — murmurou Audrey.

Levou as mãos aos ouvidos, os dedos enfiados nos cabelos.

— Bee — disse Brad através da cerca —, cala essa menina aí. Não importa como.

— *JIM! — gritava Susi. — AAAHH, DEEUS, JIM! AH, DEEUS, NÃO! NÃO!*

Ouviu-se um tapa. Os gritos foram interrompidos quase imediatamente. Depois:

— Você não pode bater em minha *filha*! *Suuuu-siiii!* Não pode bater em minha *filha*, sua bruxa, pouco estou ligando pra suas idéias de... de ação afirmativa! Sua *bruxa* negra gorda!

— Ah, meu saco — disse Cynthia.

Agarrou os próprios cabelos de duas cores e espremeu os olhos como uma criança que não quer ver os minutos finais de um filme de horror.

Brad manteve os seus abertos e prendeu a respiração, esperando uma explosão nuclear de Bee. Em vez disso, sua mulher ignorou a outra, chamando baixinho através da cerca:

— Vai passar o corpo dele por cima da cerca, Bradley?

Parecia completamente composta, pelo que Brad deu completas graças.

— Ééé. Você, a mãe e o irmão peguem ele quando a gente passar.

— Vamos pegar.

Ainda calmíssima.

— Kim? — Brad chamou através das estacas da cerca. — Sra. Geller? Por que não entra em casa, dona?

— Sim! — disse Kim, num tom simpático. — Acho que é uma *boa* idéia. Vamos voltar pra casa, não é, Susi? Um pouco de água fria no rosto vai fazer a gente se sentir melhor.

Ouviram-se pisadas. Os fungados começaram a diminuir, o que era bom. Então os coiotes recomeçaram a uivar, o que era ruim. Brad olhou para trás e viu faíscas móveis de luz prateada no escuro emaranhado da mata. Olhos.

— A gente tem de se apressar — disse Cynthia.

— Você não sabe da missa nem a metade — disse Audrey.

Brad pensou: é o que receio. Voltou-se e pegou Jim Reed pelos ombros. Sentia, muito fraco, o cheiro de xampu e loção de barba que o garoto usara pela manhã. Na certa pensava nas garotas enquanto fazia isso. Johnny deu uma olhada nervosa para trás — para as faíscas móveis de luz, supôs Brad — e virou o corpo de Jim, até ter um braço em torno da cintura do garoto morto e o outro embaixo da bunda. Audrey e Cynthia pegaram as pernas.

— Prontos? — perguntou Johnny.

Eles fizeram que sim com a cabeça.

— No três, então. Um... dois... *três.*

Ergueram o corpo como um quarteto afinado. Por um horrível momento, Brad achou que suas costas, que agüentavam uma vergonhosa barriga nos últimos dez anos mais ou menos, iam travar-se. Então passaram o corpo de Jim por cima da cerca. Os braços do garoto morto pendiam dos lados, na postura de um acrobata de circo convidando o aplauso no clímax de um número fabuloso.

Ao lado de Brad, Johnny parecia à beira de uma parada cardíaca. A cabeça de Jim balançava frouxa para trás. Uma gota de sangue semicoagulado caiu e bateu na face de Brad, fazendo-o lembrar-se de gelatina de hortelã, por algum louco motivo, e o estômago se trancou como uma mão numa luva.

— Ajuda aqui! — arquejou Cynthia. — Pelo amor de Deus, *alguém...*

Apareceram mãos, que pairaram por um instante acima das estacas da cerca e depois se abriram em dedos que agarraram a camisa de Jim e o cós da bermuda. No momento em que Brad soube que não poderia segurar o corpo nem mais um segundo (jamais até então entendera de fato a idéia de *peso morto*), ele lhe foi tomado. Ouviu-se um baque de carne, e de uma pequena distância (na varanda dos fundos dos Carver, foi o palpite de Brad), Susi Geller soltou outro breve grito.

Johnny olhou-o, e Brad quase se convenceu de que o homem sorria.

— Parece que deixaram cair — disse Johnny em voz baixa.

Passou um braço pelo rosto suado, depois baixou-o. O sorriso — se fora isso mesmo — desaparecera.

— Opa — fez Brad.

— Ééé. Opa mesmo, porra.

— Ei, Doutor — exclamou Cynthia em voz baixa. — Pegue! Não se preocupe, está na trava de segurança!

Suspendeu o .30-.06, coronha para a frente, erguendo-se nas pontas dos pés para passá-lo por cima da cerca.

— Peguei — disse Billingsley. Depois, em voz mais baixa: — Aquela mulher e a filha idiota finalmente entraram em casa.

Cynthia trepou na cerca e passou por cima com facilidade. Audrey precisou de um empurrão e uma mão no quadril para equilibrá-la, e então estava do outro lado também. Steve foi a seguir, usando as mãos entrelaçadas de Brad e Johnny como caçamba, e depois sentando-se no topo por um momento, à espera de que passasse um pouco a dor nos ombros lacerados. Quando passou, virou-se na cerca para o lado de dentro e se projetou, mais saltando do que tentando deixar-se escorregar para baixo.

— Eu não posso passar pro outro lado — disse Johnny. — De jeito nenhum. Se tivesse uma escada na garagem...

U-u-UUUU!... U-u-UUUU!

Quase diretamente atrás deles. Os dois saltaram nos braços um do outro quase tão inconscientemente quanto crianças pequenas. Brad virou a cabeça e viu vultos acercando-se. Cada um se avolumava por trás de um par daquelas faíscas de luar semicirculares.

— Cynthia! — gritou Johnny. — Atire o rifle.

Quando a voz dela respondeu, pareceu assustada e incerta.

— Quer dizer, devolver por cima da...

— Não! Não! Só atire pra cima!

Ela disparou duas vezes o .30-.06, as explosões chicoteando o ar. O cheiro acre de pólvora atravessou as estacas da cerca. Os vultos que se aproximavam na mata pararam. Não recuaram, mas pelo menos pararam.

— Ainda esbofado, John? — perguntou Brad em voz baixa.

Johnny olhava os vultos nas sombras lá atrás. Tinha um sorriso estranho e trêmulo na boca.

— Nããão — disse. — Tenho um segundo fôlego... que acha você que está fazendo?

— Que é que parece? — perguntou Brad. Estava de quatro no pé da cerca. — Depressa, papaizão.

Johnny subiu nas costas dele.

— Nossa — disse. — Me sinto como o presidente da África do Sul.

Brad pareceu não entender a princípio. Quando entendeu, começou a dar uma risadinha. As costas doíam-lhe como o diabo, Johnny Marinville parecia pesar pelo menos duzentos e cinqüenta quilos e os calcanhares deixarem buracos na indignada coluna, mas as risadinhas continuaram mesmo assim; ele não podia evitar. Ali estava um intelectual branco americano, com educação de escola preparatória de excruciante correção — um escritor que um dia se juntara aos Panteras no palanque de Lenny Bernstein — usando um negro como banquinho de pé. Se isso não era a idéia de inferno para um liberal, Brad não sabia mais o que era. Pensou em gemer e gritar "Dipressa, inhô, que inhô tá matando o póbi do seu nego véio!", e as risadinhas se tornaram franca risada. Estava aterrorizado com a possibilidade de perder parte do rabo erguido para uma das feras da mata lá atrás, mas ria mesmo assim. Vou dar a ele um coro do "Velho Negro Joe", pensou, e uivou como um coiote ele próprio. As lágrimas escorriam dos olhos. Ele martelava o chão com o punho.

— Brad, que é que há? — sussurrou Johnny acima.

— Esquece! — ele disse, ainda dando risadinhas. — Só trate de sair das minhas costas! Puta merda, que é que tem nesses sapatos? Travas?

Então, graças a Deus, o peso se foi. Ouviram-se grunhidos quando Johnny tentou passar a perna por cima da cerca. Brad levantou-se, passou por mais um susto quando as costas ameaçaram travar, e depois meteu um ombro carnudo sob o rabo de Johnny. Um momento depois, ouviu outro grunhido de esforço e um grito abafado do outro ao descer.

O que o deixava inteiramente só e sem banquinho de pé.

Brad olhou o alto da cerca e pensou que parecia estar a uns trinta metros. Depois relanceou o olhar para trás e viu os vultos avançando de novo, fechando o cerco sobre ele num crescente cada vez menor.

Agarrou duas das estacas, e ao fazer isso alguma coisa rosnou atrás dele. Um roçagar no mato. Ele olhou para trás e viu uma criatura que parecia mais um porco selvagem que um coiote... só que o que na verdade parecia era um desenho malfeito de criança, nada mais, de fato, que um garrancho apressado que de algum modo ganhara vida. Todas as pernas tinham tamanhos diferentes, e terminavam em tocos rombudos que não pareciam patas nem dedos. Os olhos eram círculos prateados vazios. Focinho de porco. Só os dentes pareciam de fato reais, umas coisas tortas imensas, que saíam de cada lado da boca da fera.

A adrenalina bateu no sistema nervoso de Brad como uma coisa disparada de uma das seringas de cavalo do Velho Doutor. Ele esqueceu inteiramente as costas e guindou-se, dobrando os joelhos entre o peito e a cerca, quando ouviu a coisa atacar. Ela chegou pouco abaixo de seus pés, com força suficiente para fazer tremer toda a cerca. Então Johnny pegou um de seus pulsos e Dave Reed o outro, e Brad marinhou para o topo da cerca, deixando generosos pedaços de pele para trás. Tentou passar a perna esquerda e em vez disso bateu com o tornozelo numa das estacas. E então caiu, rasgando todo um lado da camisa no esforço para agarrar-se ao alto da cerca com a mão direita. Soltou a tempo de não quebrar o braço, mas quando aterrissou (parte em cima de Johnny, mas sobretudo em cima de sua esposa admiravelmente acolchoada), sentiu o sangue escorrendo da axila.

— Que tal sair de cima de mim, bonitão? — perguntou a própria dona admiravelmente acolchoada, parecendo sem fôlego. — Quer dizer, se não for nenhum incômodo pra você.

Brad arrastou-se de cima dos dois, desabou amontoado e rolou de costas. Olhou as estranhas estrelas, umas coisas inchadas piscando como as luzes de Natal que penduravam nas ruas principais das cidadezinhas, todo ano, no dia seguinte ao de Ação de Graças. O que via eram estrelas tão reais quanto ele era o rei da Prússia... mas estavam lá em cima mesmo assim. Estavam, sim, bem acima dele, e até onde estamos fritos, quando o próprio céu faz parte de uma maldita conspiração?

Brad fechou os olhos para não ter de vê-las. No olho da mente — o que mais se abria quando os outros dois se fechavam — viu Cary Ripton jogando-lhe seu *Shopper*. Viu sua própria mão, a que não segurava a mangueira, erguer-se e pegá-lo. *Boa, Sr. Josephson!*, gritara Cary, com franca admiração. Vinha de muito longe, aquela voz, como uma coisa ecoando num desfiladeiro. Mais perto, ouvia uivos que vinham da mata do outro lado da cerca (só que agora não era mata, era deserto). E estes foram seguidos por uma série de fortes impactos, com os porcos-coiotes lançando-se contra ela.

Nossa.

— Brad — disse Johnny. Voz baixa. Curvado sobre ele, a julgar pelo som.

— Que é?

— Você está bem?

— Perfeito. — Ainda sem abrir os olhos.

— Brad.

— *Que é?*

— Eu tive uma idéia. Prum filme.

— Você é um maníaco, John. — Olhos ainda fechados. Assim tudo ficava melhor. — Mas eu mordo a isca. Como vai se chamar esse filme onde eu entro?

— *Negro Não Sobe Cerca* — disse Johnny, e pôs-se a rir alucinadamente. Era um som exausto e meio louco. — Chamo Mario Porra Van Peebles pra dirigir. Larry Fishburne faz você.

— Claro — disse Brad, sentando-se dolorido. — Eu adoro Larry Fishburne. É muito intenso. Ofereça a ele um milhão de adiantamento. Quem resiste?

— Certo, certo — concordou Johnny, agora rindo tanto que mal podia falar; só as lágrimas lhe escorriam pelo rosto, e Brad achava que não eram lágrimas de riso.

Há menos de quarenta minutos, Cammie Reed estivera por um fio para estourar a cabeça dele, e Brad duvidava que Johnny houvesse esquecido isso. Duvidava que Johnny esquecesse muita coisa. Provavelmente era um talento de que se livraria, se tivesse oportunidade.

Brad levantou-se, pegou a mão de Bee e ajudou-a a levantar-se. Ouviam-se outros baques na cerca, mais uivos, e sons de dentes roendo, como se os famintos abortos do outro lado tentassem abrir caminho por entre as estacas, comendo-as.

— Que é que você acha? — perguntou Johnny, deixando Brad ajudá-lo também. Cambaleou, reequilibrou-se, enxugou os olhos encharcados.

— Acho que, na hora do vamos ver, eu subi direitinho — disse Brad. Abraçou a esposa, e olhou para Johnny. — Vamos, querido. Você escalou para o sucesso em cima de seu primeiro negro, deve estar inteiramente exausto. Vamos pra dentro de casa.

2

A COISA QUE SALTOU meio trôpega pelo portão do fundo do quintal de Tom Billingsley era a versão de uma criança do grande lagarto venenoso que Jeb Murdock derruba de um rochedo durante seu duelo com Candy, mais ou menos na metade de *Os Justiceiros*. A cabeça, porém, era de um fugitivo do Parque dos Dinossauros.

Subiu saltando os degraus do fundo, chegou à porta de tela e empurrou-a com o focinho. Nada aconteceu; a porta abria-se para fora. O lagarto esticou a cabeça sáuria para a frente e pôs-se a roer a tela embaixo. Três mordidas foram o bastante, e então estava na cozinha do Velho Doutor.

Gary Soderson teve a consciência distante de um vento fétido soprando em seu rosto. Tentou afastá-lo com a mão, mas isso só o fez tornar-se mais forte. Ergueu a outra mão, tocou uma coisa que parecia um sapato de couro de jacaré — um sapato de couro de jacaré muito grande — e abriu os olhos. O que viu curvado sobre ele, à distância de um beijo, fitando-o com uma curiosidade quase humana, era tão grotesco que ele não pôde nem gritar. A coisa-lagarto tinha olhos cor de laranja.

Aí está, pensou Gary, meu primeiro grande ataque de *delirium tremens*. Olá, marujada, AA logo à frente.

Fechou os olhos. Tentou dizer a si mesmo que não sentia cheiro de pântano nem ouvia os estalidos de uma cauda arrastando-se sobre o linóleo da cozinha. Segurou a mão da esposa morta. Disse:

— Não tem nada aí. Não tem nada aí. Não...

Antes de concluir a terceira repetição (e todos sabem que a terceira vez é a chave do encanto), o monstro já cravara os dentes em sua garganta e a rasgara.

3

JOHNNY VIU UNS pezinhos pela porta aberta da despensa e olhou. Ellie e Ralphie estavam deitados lá dentro, no que parecia um colchonete, abraçados. Dormiam profundamente, apesar dos tiros lá fora, mas mesmo no sono não haviam escapado inteiramente ao que acontecia; tinham os rostos pálidos e tensos, a respiração emitia um som líquido que o fazia lembrar soluços abafados, e Ralphie torcia os pés, como se no sonho estivesse correndo.

Johnny calculou que Ellie devia ter encontrado o colchonete e levado para a despensa, para ela e o irmãozinho deitarem-se; certamente não fora Kim Geller quem fizera aquilo. Kim e a filha haviam retomado seus antigos lugares junto à parede, só que agora se sentavam em cadeiras, não no chão.

— Jim morreu mesmo? — perguntou Susi, olhando para Johnny com olhos úmidos e brilhantes, quando ele entrou atrás de Brad e Belinda. — Eu simplesmente não acredito, a gente estava jogando disco como sempre, e ia ao cinema hoje de noite...

Johnny perdera inteiramente a paciência com ela.

— Por que não sai na varanda dos fundos e vê por si mesma?

— Por que está sendo tão sacana? — perguntou Kim, furiosa. — Minha filha talvez *jamais* supere um trauma sério como esse. Ela teve um *profundo choque*!

— Não foi a única — disse Johnny. — E por falar nisso...

— Deixa pra lá, cara, a gente não precisa brigar — disse Steve Ames.

Sem dúvida era verdade, mas Johnny não ligava mais. Apontou um dedo para Kim, que o olhava de volta com olhos ardentes e ressentidos.

— E por falar nisso, da próxima vez que você chamar Belinda Josephson de bruxa negra, eu enfio seus dentes pela goela abaixo.

— Ah, meu saco, não é que você acha mesmo que *caga* brasa? — perguntou Kim, revirando os olhos teatralmente.

— Pare com isso, John — disse Belinda, e pegou-o pelo braço. — Agora mesmo. A gente tem coisas mais importantes pra...

— Bruxa negra gorda — disse Kim Geller. — Não olhava para Belinda ao dizer isso, mas para Johnny. Ainda tinha os olhos em chamas, mas agora sorria. Ele achou que era o sorriso mais venenoso que já vira em sua vida. — Bruxa negra *crioula* gorda. — Dito isso, apontou para a própria boca e os dentes à mostra, como uma mulher tentando *suicidar-se* num jogo de adivinhação. A filha olhava-a pasma. — Tudo bem? Ouviu? Então venha. Enfie meus dentes pela minha goela abaixo. Vamos ver você tentar.

Johnny avançou, para fazer exatamente isso. Brad agarrou-o por um dos braços. Steve agarrou-o pelo outro.

— Saia daqui, sua idiota — disse o Velho Doutor. Tinha a voz dura e seca. Mas Kim entendeu, de algum modo, e lançou-lhe um olhar espantado, perplexo. — Saia daqui agora mesmo.

Kim levantou-se de sua cadeira, puxando Susi da dela. Por um instante, pareceu que iam para a sala de visitas juntas, mas então Susi se soltou. Kim estendeu a mão para ela, mas ela continuou a recuar.

— Que acha que está fazendo? — perguntou Kim. — Vamos pra sala de visitas! Vamos nos afastar desses...

— Eu, não — disse Susi, balançando rapidamente a cabeça. — Você, talvez. Eu, não. Um-hum.

Kim olhou-a fixo, depois voltou a Johnny. Tinha o rosto nauseado, numa espécie de odiosa confusão.

— Dê o fora daqui, Kim — disse Johnny. Ainda se via enfiando o punho na boca da mulher, mas a fúria passava e sua voz era quase firme. — Você está fora de si.

— Susi? Venha já pra cá. Vai se afastar dessa gente odienta.

Susi deu as costas à mãe, tremendo toda. Johnny achou que isso não mudava sua opinião sobre a garota como uma criatura superficial e fútil... mas pelo menos ela parecia um elo ou dois acima da mãe na cadeia da evolução.

Lentamente, como um robô enferrujado, Dave Reed ergueu os braços e abraçou-a. Cammie pareceu que ia protestar contra isso, mas desistiu.

— Tudo bem — disse Kim. Tinha de novo a voz clara e composta, a voz de alguém que faz um discurso num sonho. — Quando você precisar de mim, estou na sala de visitas. — Volveu os olhos para Johnny, a quem parecia identificar como a origem de toda a sua infelicidade. — E você...

— Pare — disse Audrey, ríspida. Espantados, todos se voltaram para ela, menos Kim, que deslizou para a escuridão da sala de visitas. — A gente não tem tempo pra essa *merda*. Temos uma oportunidade de sair disso... pequena... mas se vocês, idiotas, ficarem aí batendo boca, a gente só vai é morrer mesmo.

— Quem é você, madame? — perguntou Steve.

— Audrey Wyler.

Era alta, tinha pernas longas, fogosas e não pouco sensuais sob a bermuda azul, mas o rosto pálido e meio desvairado. Esse rosto lembrou a Johnny a aparência dos filhos dos Carver dormindo nos braços um do outro, e de repente se viu tentando lembrar da última vez que vira Audrey, e se divertira muito com ela. Não conseguiu. Era como se ela houvesse abandonado inteiramente a vida casual e passageira da rua.

Bebezinho, bebezinho, pensou de repente, *da mamãe mordeu o peitinho.* Então se lembrou dos furgões no chão do covil dos Wyler, na tarde em que passara algum tempo vendo *Bonanza* com Seth. E, lembrado isso, iniciou-se uma espécie de deslizamento em sua cabeça. Bandidos que pareciam artistas de cinema. O Major Pike, um bom nailienígena que vira mau. O cenário dos filmes de caubói. Sobretudo isso. *Ele adora os velhos filmes de caubói*, dissera Audrey naquele dia. Catava alguns dos brinquedos dele enquanto falava, fazendo isso como fazem as pessoas quando estão nervosas. Bonanza *e* The Rifleman *são os favoritos dele, mas quase qualquer coisa que passem na TV a cabo, ele vê. Quer dizer, se tiver cavalo.*

— É seu sobrinho, Audrey. Não é? É Seth que está fazendo isso.

— Não. — Ela ergueu uma das mãos e enxugou os olhos. — Seth, não. É o que está *dentro* dele.

4

— VOU CONTAR A VOCÊS o que puder, mas não temos muito tempo. Os Power Wagons vão estar de volta daqui a pouco.

— Quem está dentro deles? — perguntou o Velho Doutor. — Você sabe, Aud?

— Justiceiros. Bandidos. Policiais de ficção científica. E este lugar onde estamos é em parte o Velho Oeste mostrado na TV, e em parte um lugar chamado Corredor de Força, que só existe na versão em desenho animado do século 23 na TV. — Ela inspirou fundo e correu as mãos pelos cabelos. — Não sei tudo, mas...

— Conte tudo que puder — disse Johnny.

Ela olhou seu relógio e fez uma careta.

— Parou.

— O meu também — disse Steve. — O de todo mundo, imagino.

— Acho que tem tempo — disse Audrey. — Quer dizer, acho que ainda é cedo pra qualquer... qualquer *movimento* por enquanto. — Deu uma súbita risada, espantando Johnny. Espantando todos, ao que parecia. Não tanto pelo tom histérico como pela genuína alegria. Ela viu os olhares deles e controlou-se. — Desculpem... é uma espécie de trocadilho. Vocês não podem entender. Mas, seja como for, a gente tem de esperar. Se ele trouxer os justiceiros de volta enquanto isso, vamos ter de... agüentar eles, eu acho.

— Estão ficando mais fortes? — perguntou Cammie de repente. — Esses justiceiros, eles estão ficando mais poderosos?

— Estão — disse Audrey. — E se a coisa que faz isso pegou a energia das pessoas que morreram lá na mata, a rodada seguinte vai ser ainda pior. Rezo pra que isso não tenha acontecido, mas acho que provavelmente aconteceu.

Olhou-os em volta, inspirou bem fundo, e começou.

5

— A COISA QUE ESTÁ dentro de Seth se chama Tak.

— É um demônio, Aud? — perguntou o Velho Doutor. — Algum tipo de demônio?

— Não. Não tem nenhuma... nenhuma religião, acho que era o que vocês diriam. A menos que a TV conte. Parece mais um tumor, eu acho. Um tumor consciente, que gosta de crueldade e violência. Já está dentro dele há dois anos. Uma vez eu ouvi uma história, de uma mulher de Vermont que encontrou uma aranha viúva-negra na pia. Aparentemente, tinha vindo num caixote vazio que o marido levara pra casa do supermercado onde trabalhava. O caixote viera cheio de bananas da América do Sul. A aranha tinha entrado com elas ao serem encaixotadas. Acho que foi assim que Tak chegou à Rua dos Álamos. Só que agora é uma viúva-negra que fala. Essa coisa chamou Seth, quando ele e a família atravessavam o deserto. Atravessavam *Nevada*. A coisa sentiu ele, uma pessoa que ela podia usar, passando por perto, e *chamou*.

Baixou o olhar para as mãos, fortemente trançadas no colo. Agora Kim Geller estava parada na porta da sala de visitas, atraída pela história de Audrey Wyler. Audrey tornou a erguer os olhos. Falava para todos eles, mas era para Johnny que seus olhos voltavam sempre.

— Acho que no princípio estava fraca, mas não demais pra perceber que a família de Seth representava uma ameaça pra ela. Não sei até onde eles sabiam ou desconfiavam, mas sei que minha última conversa pelo telefone com meu irmão foi *muito* estranha. Acho que Bill podia ter me contado muita coisa... se Tak tivesse deixado.

— Essa coisa pode fazer isso? — perguntou Steve. — Controlar os outros assim?

Ela indicou a própria boca inchada.

— Minha própria mão fez isso — disse —, mas não era eu quem mandava nela.

— Nossa — disse Cynthia. Olhou nervosa as facas penduradas em seus cabides magnetizados acima do balcão da cozinha. — Isso é mau. *Muito.*

— Mas podia ser pior — disse Audrey. — Tak só exerce controle físico a pouca distância.

— Pouca como?

— Em geral, não mais de oito a dez metros. Além disso, sua influência física se esgota rápido. *Em geral.* Agora, tudo pode ser. Porque Tak jamais esteve tão carregado de energia.

— Deixe-a contar a história dela — disse Johnny.

Ele sentia o tempo quase como uma coisa tangível, escapando-lhes. Não sabia se recebia essa impressão de Audrey, ou se vinha de dentro de si mesmo, e não se importava. O tempo era curto. Jamais sentira tão fortemente uma intuição em sua vida. O tempo era curto.

— Ainda tem um menino dentro daquele corpo — ela disse, falando devagar e com grande ênfase. — Um menino meigo e especial, chamado Seth Garin. E o mais desprezível é que Tak usa o que a criança adora pra fazer suas chacinas. No caso de meu irmão e a família dele, foi o Tracker Arrow, um dos Power Wagons dos MotoKops. Eles estavam na Califórnia, no fim da viagem que passou por Nevada, quando aconteceu. Não sei onde Tak arranjou energia suficiente pra invocar o Tracker Arrow dos pensamentos e sonhos de Seth naquela etapa de seu desenvolvimento. Seth é a fonte básica de energia, mas não basta. A coisa precisa de mais pra engrenar de fato.

— É um vampiro, não é? — perguntou Johnny. — Só que suga energia psíquica, em vez de sangue.

Ela fez que sim com a cabeça.

— E a energia que usa é mais abundante quando alguém está sofrendo. No caso de Bill e do resto da família dele, talvez alguém na vizinhança tenha morrido ou se machucado. Ou...

— Ou talvez ele próprio pudesse machucar alguém — disse Steve. — Um vagabundo dando sopa, por exemplo. Um bebum empurrando um carrinho de supermercado. Seja quem for, aposto que morreu com um sorriso nos lábios.

Audrey olhou para ele, o rosto triste e nauseado.

— Você sabe.

— Não muito, mas o que sei se encaixa no que você está dizendo — disse Steve. — Tem um cara assim lá atrás. — Indicou com o polegar a direção geral da mata. — Entragian o reconheceu. Disse que esteve na rua umas duas ou três vezes antes do início do verão. Entrou no alcance de seu sobrinho, não foi? Como?

— Não sei — ela disse, desanimada. — Devo ter estado fora.

— Onde? — perguntou Cynthia. Achava que a Sra. Wyler era uma espécie de reclusa.

— Deixa pra lá — disse Audrey. — É uma espécie de lugar aonde vou. Vocês não iam entender. A questão é que Tak matou meu irmão Bill e o resto da família dele. E usou um dos Power Wagons pra fazer isso.

— Talvez só desse conta de um trombone então, mas agora pôs toda a orquestra pra tocar, não é? — perguntou Johnny.

Audrey desviara o olhar deles agora, mordendo os lábios, que pareciam secos e feridos.

— Herb e eu ficamos com ele, e em alguns aspectos... muitos, na verdade... eu jamais me arrependi. A gente não teve filhos. Ele era um menino adorável, uma doçura de menino...

— Alguém na certa amava a Bruxa Má também — disse Cammie Reed, com uma voz seca e rascante.

Audrey olhou para ela, ainda mordendo os lábios, e depois voltou para Johnny, pedindo compreensão com os olhos. Ele não *queria* compreender, depois de tudo que acontecera, sobretudo depois de ver a terrível distorção no rosto de Jim Reed quando a bala entrou no cérebro, mas achava que talvez compreendesse um pouco, pelo menos. Quisesse ou não.

— Os primeiros seis meses, mais ou menos, foram os melhores. Embora mesmo naquela época a gente soubesse que tinha *alguma coisa* errada, claro.

— Vocês o levaram a um médico? — perguntou Johnny.

— Não teria adiantado nada. Tak ia se esconder. Os testes não iam mostrar nada, tenho quase certeza. E depois... mais tarde... quando a gente voltasse pra casa....

Johnny examinou a boca inchada e disse:

— Ele ia castigar vocês.

— É. Eu e... — A voz engrolou-se, interrompeu-se, recomeçou como pouco mais que um sussurro. — Eu e Herb.

— Herb não se matou, se matou? — perguntou Tom. — Foi essa coisa-Tak que matou ele.

Ela tornou a fazer que sim com a cabeça.

— Herb queria que a gente se afastasse dele. Tak sentiu isso. E descobriu que não ia poder usar Herb pra... pra uma coisa que queria fazer. Fazer sexo... *experimentar* sexo... comigo. Herb não ia permitir. Isso deixou Tak furioso.

— Deus do céu — disse Brad.

— Tak matou Herb e se reabasteceu. Depois disso, Seth foi só o refém dele... mas era só o que ele precisava pra me manter na linha.

— Porque você ama o menino — disse Johnny.

— É, correto, porque eu amo o menino. — Não foi desafio que Johnny ouviu na voz dela, mas uma estranha e terrível vergonha. Cynthia passou uma toalha de papel para ela, mas ela apenas ficou com o papel na mão, como se não tivesse idéia do que fazer com ele. — Logo, de certa forma, meu amor é responsável por tudo que aconteceu. É terrível, mas provavelmente verdade. — Volveu os olhos molhados para Cammie Reed, sentada no chão com um braço em torno do filho que lhe restava. — Nunca achei que fosse chegar a isso. Vocês têm de acreditar. Mesmo depois que Tak expulsou os Hobart e matou Herb, eu não fazia idéia dos poderes dele. Do que *podiam* ser os poderes dele.

Cammie olhava-a, sem dizer nem denunciar nada no rosto de pedra.

— Desde que Herb morreu, Seth e eu temos vivido uma vida tranqüila — disse Audrey. Johnny pensou que era a primeira mentira que ela lhes dizia, embora talvez houvesse contornado a verdade uma ou duas vezes até chegar ali. — Seth tem oito anos, mas a escola não era problema. Eu cumpria algumas exigências do ensino em casa e enviava um formulário uma vez por mês ao Conselho de Educação de Ohio. Era uma piada, na verdade. Seth ficava vendo seus filmes e seriados de TV o tempo todo. Era essa a *verdadeira* educação dele. Brincava na caixa de areia. Comia... hambúrgueres e espaguete franco-americano, sobretudo... e tomava todo o leite achocolatado que eu preparasse. Na maioria das vezes *era* Seth. — Olhou-os com um ar de súplica. — Na maioria da vezes *era*. Só que... o tempo todo... Tak estava lá dentro. Crescendo. Deitando suas raízes cada vez mais fundo. Invadindo-o.

— E você não sabia que nada disso estava acontecendo? — perguntou Kim da porta. — Ah, espere, eu tinha esquecido. Ele matou seu marido. Mas você simplesmente passou por cima disso, não foi? Na certa como um acid...

— *Vocês não entendem!* — quase gritou Audrey. — Não sabem o que era viver com ele, e com aquela coisa dentro dele! Era Seth, e então eu tinha alguma idéia que não ocultava bem dentro da cabeça, e me via dando marradas numa parede repetidas vezes, como se fosse um brinquedo de corda e o menino meu dono quisesse me despedaçar. Ou eu mesma me socava o rosto, ou beliscava minha... minha pele...

Usou então a toalha de papel, não para enxugar os olhos, mas o suor da testa.

— Uma vez, ele fez com que eu caísse da escada — disse. — Foi por volta do Natal, no ano passado. Eu só tinha mandado que ele parasse de mexer nos embrulhos embaixo da árvore. Pensei que estava falando com Seth, entendem?, que Tak tinha ido lá pro fundo. Estava dormindo. Hibernando. O que quer que ele faça. Então vi os olhos escuros demais, não eram os de Seth, mas aí já era tarde demais. Me levantei da cadeira e fui pra escada. Não posso dizer a vocês como é, como é horrível... como ir de passageira num carro dirigido por um maníaco. Eu me virei no alto da escada e simplesmente... saltei do patamar. Como se saltasse de um trampolim. Não quebrei nada, porque a coisa amorteceu a queda no último segundo. Ou talvez fosse Seth. De qualquer forma, ainda foi um milagre. Não quebrei nenhum braço ou perna.

— Ou o pescoço — disse Belinda.

— Um-hum, ou o pescoço. Só estou tentando dizer que, sim, eu o amava... mas vivia aterrorizada pela *coisa.*

— Seth era o prêmio, e Tak o castigo — disse Johnny.

— Certo. E eu tinha meu lugar pra onde ir, também. Quando tudo ficava insuportável demais. Seth *ajudava* nisso, eu sei que ajudava. Assim, o tempo simplesmente... passou. Como passa, talvez, pras pessoas com câncer. A gente vai em frente, porque não tem outra escolha. A gente se acostuma a uma certa medida de dor e medo, e acha que vai parar, que *tem de* parar. Eu nunca soube que Tak planejava *isto.* Vocês têm de acreditar. Na maioria das vezes, eu podia proteger meus pensamentos dele. Nunca me ocorreu que ele tivesse pensamentos... *planos*... que escondia de *mim.* Ele esperou... e então acho que aquele vagabundo apareceu lá em casa quando eu estava fora... visitando minha velha amiga Jan... e aí...

Ela parou, quase visivelmente contendo-se, segurando-se.

— Este pesadelo em que a gente está é uma combinação de *Os Justiceiros* e *MotoKops 2200,* o filme de caubói e o desenho animado preferidos dele. Um episódio em particular, sobre o Corredor de Força. Eu vi uma porção de vezes; Seth tem não em uma, mas em *três* de suas coleções de fitas. É muito, mas muito assustador pra um desenho animado. Muito *intenso.* Seth ficava aterrorizado com ele... fez xixi na cama três noites seguidas depois que viu a primeira vez... mas também ficava entusiasmado. Sobretudo porque as personagens de sempre, as boas e as más, se juntam pra destruir os apavorantes alienígenas que se escondem no Corredor de Força. Esses alienígenas estão em casulos que o Coronel Henry a princípio toma por geradores de força, e o trecho em que eles saem e atacam os MotoKops assustaria qualquer um. Só que eu acho que nesta versão do "Corredor de Força" os casulos são nossas *casas.* E *nós...*

— Os alienígenas apavorantes — disse Johnny. Balançou a cabeça. — E acho que o que mais atrai as duas partes dele... ou da coisa... é a idéia da cooperação forçada. Se juntem, senão... As crianças gostam da idéia, porque as absolve da função de julgar, no que a maioria não é muito boa, pra começar.

Audrey também balançava a cabeça.

— É, parece correto. Como as personagens dos *Justiceiros*, bons e maus, sempre se juntaram com os MotoKops nas fantasias de Seth na caixa de areia. Nessas fantasias, o Xerife Streeter e Jeb Murdock se juntam, embora sejam inimigos mortais no filme.

— O que está acontecendo agora ainda é uma fantasia pra Seth? — perguntou Johnny. — Que é que você acha, Aud?

— Na verdade eu não sei — ela disse —, porque é difícil saber onde termina Tak e começa Seth... a gente tem de *sentir*, por assim dizer, nesse ponto. Quer dizer, em algum nível, ele provavelmente sabe que não é, como a criança sabe que não acredita em Papai Noel quando chega aos oito ou nove anos... Mas a gente detesta abrir mão desses faz-de-contas, não é? Eles têm um... — Interrompeu-se por um momento. O lábio inferior tremeu, depois voltou a firmar-se. — A maioria deles tem uma certa doçura, uma coisa que ajuda a superar os maus momentos. Tak deixou Seth encenar as fantasias dele numa tela maior do que a da maioria de nós, só isso.

— Diabos, ele as está encenando na realidade virtual — disse Steve. — É isso que você está descrevendo... o jogo último da realidade virtual.

— Tem outra possibilidade — disse Audrey. — Talvez Seth não possa mais deter Tak, ou sequer pôr um freio nele. Tak pode tê-lo amarrado, amordaçado e jogado dentro de um armário.

— Se Seth *pudesse* deter Tak, deteria? — perguntou Johnny. — Que é que você acha? Que é que você *sente*?

— Sei que deteria — disse logo Audrey. — Sei que, em algum ponto dentro dele, está aterrorizado. Como Mickey Mouse em *Fantasia*, quando a vassoura sai do controle dele.

— Vamos dizer que você tenha razão. Vamos dizer que Tak agora esteja dirigindo sozinho esta coisa que está acontecendo a todos nós. *Por que* ele está dirigindo? Que ganha com isso? Qual é o retorno?

— *A coisa* — ela disse, a boca descaindo no que Johnny julgou ser uma careta inteiramente inconsciente de nojo. — *A coisa*, não ele.

— Tudo bem, *a coisa*. Pra Seth, a Rua dos Álamos é o Corredor de Força, as casas são casulos e nós somos os alienígenas maus que moram dentro delas. É um duelo no Curral O.K. em versão estelar. Mas o que ganha Tak com isso?

— Uma coisa só dele — disse Audrey, e Johnny de repente se lembrou de uma velha letra dos Beatles: *Que vê você quando apaga a luz? Não sei dizer, mas sei que é meu.* — As fantasias sempre foram estritamente pra Seth, eu acho... são a maneira de Tak canalizar os poderes de Seth, que complementam os dele próprio. Tak... acho que Tak simplesmente gosta do que acontece com a gente.

Silêncio no aposento.

— Gosta — disse por fim Belinda. Falou num tom baixo, pensativo. — Que quer dizer com *gosta*?

— Quando a gente se machuca. A gente emite alguma coisa quando se machuca, alguma coisa que Tak... lambe, como sorvete. E quando a gente morre, é ainda melhor. Aí ele não precisa lamber. Pode simplesmente engolir a coisa inteira.

— Quer dizer que a gente é a comida — disse Cynthia. — É o que você está dizendo, certo? Pra Seth, a gente é um videogame, e pra esse Tak, a gente é a comida.

— Mais — disse Audrey. — Pense no que é a comida pra gente: fonte de energia. Tak está *fazendo*, foi o que Seth me disse. *Fazendo* e *construindo*. Não creio que o deserto onde Seth o pegou fosse a casa dele; acho que era a prisão dele. A casa é o que ele pode, em última análise, tentar recriar aqui.

— Pelo que vi até agora, não quero nem visitar este bairro, quanto mais morar aqui — disse Steve. — Na verdade...

— Deixe disso — disse Cammie. Tinha a voz áspera e impaciente. — Como a gente mata ele? Você disse que talvez tivesse um jeito.

Audrey olhou-a, chocada.

— Vocês não vão matar *Seth* — disse. — *Ninguém* vai matar Seth. Podem ir logo tirando *isso* da cabeça. Ele é só um garotinho inofensivo...

Cammie saltou sobre ela e agarrou-a pelos ombros. Fez isso antes que Johnny pudesse sequer pensar em mexer-se. A mulher enterrou fundo os polegares no alto dos seios de Audrey.

— Diga isso a Jimmy! — gritou no rosto estonteado dela. — Ele morreu, meu filho morreu, por isso não me venha choramingar que seu sobrinho é inofensivo! Não se *atreva*! Aquela coisa dentro dele é como uma tênia na barriga de um cavalo! *Dentro dele!* E se não sair...

— Mas vai sair! — disse Audrey. Começou a recuperar o controle de si, e a voz voltou a ficar calma. — Vai.

Cammie foi afrouxando devagar o aperto, e seu ar não era de confiança.

— Como? Quando?

Antes que Audrey pudesse responder, Kim disse:

— Estou ouvindo um zumbido. Parecem motores elétricos. — Elevou a voz, tremendo. — Ah, Deus, eles voltaram!

Agora Johnny também ouvia. Era o mesmo zumbido elétrico que ouvira antes, só mais alto. De certa forma, mais vital. Mais ameaçador. Ele olhou para a porta do porão e concluiu que provavelmente era tarde demais para tentar ir para lá, sobretudo com duas crianças dormindo na despensa.

— Pra baixo — disse. — Todo mundo no chão.

Viu Cynthia pegar a mão de Steve e apontar a porta da despensa com um dedo não muito firme. Steve balançou a cabeça e eles foram cobrir os corpos das crianças com os deles.

O zumbido aumentava.

— Rezem — disse Belinda de repente. — Todo mundo reze.

Johnny estava com medo demais para rezar.

Do diário de Audrey Wyler:

February 7, 1996

Have noticed something interesting, what may be a key way of deciding which of them is in charge, at any given time, of the body they share. They both care a great deal for the Cassandra Styles action figure, but Tak's caring is almost completely sexual. It strokes her plastic breasts & rubs her plastic legs. Two days ago I saw it sitting on the stairs & licking the crotch of her blue shorts & sporting an erection (hard to miss, when all it wears most days are underpants). And, of course, the fact that it wants me to wear Cassie-type clothes and has gotten me to dye my hair Cassie Styles red (horrible shade, too) has not escaped me.

Seth, on the other hand . . . when it's Seth, sometimes he just hugs the figure of Cassie, or strokes its stiff red hair, or kisses its cheek. He is pretending it's his mother. I don't know how I know that, but I do.

Must stop now. Crying again.

7 de fevereiro de 1996

Observei uma coisa interessante, que talvez seja uma maneira-chave de saber qual deles está no comando, em qualquer momento, do corpo que partilham. Os dois gostam muito do boneco de Cassandra Styles, mas o gosto de Tak é quase inteiramente sexual. Ele alisa os seios de plástico dela & esfrega as pernas de plástico. Há dois dias, eu o vi sentado na escada lambendo as virilhas da bermuda azul dela & com uma ereção (difícil de não ver, quando na maioria dos dias usa apenas uma cueca). E, claro, não me escapou o fato de querer que eu use roupas como as de Cassie e ter mandado que eu pintasse os cabelos com a cor ruiva dela (um tom horrível, ainda por cima).

Seth, por outro lado... quando é Seth, às vezes apenas abraça o boneco de Cassie, ou alisa os rígidos cabelos dela, ou beija o rosto dela. Finge que é a mãe dele. Não sei como sei disso, mas sei.

Tenho de parar. Chorando de novo.

Capítulo Doze

Rua Principal / Desespero / Tempo dos Justiceiros

COMO NA PRIMEIRA passagem, os furgões surgem como fantasmas, só que desta vez não é da neblina que surgem, mas da poeira do deserto, que brilha como lamê à luz do Velho Caubói da Lua.

Primeiro vem o Dream Floater cor-de-rosa de Cassie, com Candy atrás do volante, usando seu chapéu da cavalaria, de pala quebrada na testa, e a própria Cassie ao lado. No topo, a antena parabólica em forma de coração gira acelerada. Como um anúncio no telhado de um bordel, diria Johnny Marinville se a visse, mas não vê; está deitado no chão da cozinha dos Carver, junto ao Velho Doutor, as mãos cruzadas no alto da cabeça e os olhos fechados com força; no rosto, a expressão de um homem que espera o Armagedon, e breve.

O Dream Floater não entra na empoeirada Rua Principal vindo da Jacintos; a Jacintos desapareceu. Onde antes ficava, agora é apenas simples deserto, quase sem nada que o assinale... uma vez que o céu para aquele lado está quase inteiramente sem estrelas. É como se, ao volver os olhos para o agreste além daquele minúsculo amontoado de casas ao sul, o Criador houvesse perdido quase toda a Sua divina inspiração.

O Dream Floater tem os tocos de asas abertos, as rodas em parte recolhidas; corta o ar mais ou menos um metro acima dos buracos da rua. O motor pulsa firme. Ao passar pelo Lady Day na esquina, as seteiras se abrem. Laura DeMott, de *Os Justiceiros,* curva-se para fora. Tem nas delicadas mãos brancas não uma pistolinha Derringer, mas uma escopeta. É só uma escopeta de cano duplo, mas quando ela a dispara, o estampido é tão alto quanto o de um míssil portátil. O barulho é seguido por um gemido alto, agudo, e então a frente do cabaré explode. As portas de vaivém voam, por um momento flutuando loucamente e parecendo asas *de verdade.* Um instante de tremor cruza o que resta da frente do cabaré, quase como uma onda de calor, e nesse único instante, quem estivesse olhando veria o E-Z Stop por trás do Lady Day em chamas, como um prédio fantasma ou uma dupla exposição numa foto, a loja de conveniência também meio destruída e também ardendo.

Atrás do Dream Floater vem o Tracker Arrow, e atrás deste o Freedom. O pára-brisa polarizado do Freedom torna a descer. O Major Pike, um bom canopaoleano que deu para ruim, está agora atrás do volante do furgão de Bounty, mas o uniforme dos confederados e o chapéu quebrado na testa desapareceram (é Candy quem usa o chapéu agora; os justiceiros vivem trocando acessórios e peças de uniformes, isso faz parte da diversão). O Major veste de novo o iridescente uniforme dos MotoKops, e sem chapéu seu louro corte de cabelo dos índios Mohawk se acentua. Sentado a seu lado, no poço de navegação, o horrendo tipo caçador que Johnny já viu antes: o Sargento Mathis, principal auxiliar de Jeb Murdock após a surra e prisão do Capitão Candell.

A casa de Collie Entragian foi substituída pelo Armarinho das Duas Irmãs, onde se pode encontrar As Mais Elegantes Modas Femininas. O Sargento se curva para fora, mira a frente da loja com sua escopeta e aperta os gatilhos. Ouve-se outra ensurdecedora explosão dupla, e de novo aquele longo grito lamentoso, como uma bomba caindo pelo poço de gravidade rumo a seu alvo.

— *Façam isso parar!* — grita Susi. — *Oh, por favor, alguém FAÇA ISSO PARAR!*

A metade de cima do Duas Irmãs parece erguer-se numa tempestade de tábuas, telhas de ardósia, vidros e pregos. Mais uma vez há aquele adejo, quase tão rápido quanto a asa de um beija-flor, e nele pode-se vislumbrar a casa de Entragian, até mesmo a bicicleta e o corpo coberto de plástico de Cary Ripton, tremeluzindo como as miragens que se tornaram agora. Então a casa desaparece e é de novo o Duas Irmãs (onde, em *Os Justiceiros*, vemos pela primeira vez Laura DeMott, garota de cabaré com um coração de ouro, sub-repticiamente comprando tecido para um vestido de igreja), com metade do telhado destruído e todas as janelas arrombadas.

Do deserto (artemísia e imensas bolas de capim seco, redondas como nos desenhos animados), ao norte da Rua dos Álamos, onde agora é a Rua do Urso, surge o Power Wagon de Rooty-Toot. Rooty vem atrás do volante, os olhos piscando como sinais de trânsito; Little Joe Cartwright no assento ao lado, um sorriso de indiferença na cara, uma escopeta cromada com desenhos futuristas nas mãos. Logo atrás de Rooty-Tooty vem o Justice Wagon, e atrás dele surge um pesadelo elétrico zumbindo. À luz crua da lua, o Meatwagon parece envolto em seda negra. Sem Cara está na cabine de direção. A Condessa Lili vem na cabine de navegação, os olhos *sexy* reluzindo no pálido rosto de donzela-vampira. Acima deles, Jeb Murdock, na Torrinha da Condenação.

Porque é o mais perverso.

E assim começa o assalto final dos Power Wagons, com três furgões entrando no Corredor de Força pelo norte e mais três pelo sul. Explosões de escopeta horrivelmente amplificadas sacodem o ar; a sibilante passagem das balas lançadas das bocas dessas armas soa como um bando de almas penadas. O Hotel dos Vaqueiros (antes a casa dos Soderson) revira para trás nas fundações; primeiro o lado esquerdo se inclina, depois simplesmente desmorona, cuspindo tábuas secas e telhas de madeira. A casa ao norte dela — uma construção mal desenhada que Brad Josephson jamais reconheceria como a sua, com tanto amor conservada — parece explodir para todos os lados, lançando ao ar lascas irregulares de madeira e torrões de barro seco.

Do outro lado da rua, a falsa frente do Mercado & Mercantil de Worrell (antes a casa de Tom Billingsley; os cadáveres dos Soderson jazem num corredor de grandes sacos redondos, todos rotulados 8£ Eh Z) desintegra-se sob uma série de tiros de rifle do Justice Wagon — cada um deles soando tão alto quando uma granada de morteiro. O Coronel Henry dirige; saindo do alçapão de tiro e fazendo os disparos, Chuck Connors, também conhecido como Rifleman. Tem o filho ao lado, sorrindo de uma orelha a outra.

— Belo tiro, pai! — ele exclama quando as tábuas fumegantes da falsa frente ateiam fogo a uma década de detritos e poeira ocultos atrás.

Logo todo o prédio estará em chamas.

— Obrigado, filho — diz Lucas McCain, e vira seu Winchester, que dispara mísseis contra a Lavanderia Chinesa de Lushan. Esta, antes a casa de Peter e Mary Jackson, já foi bastante estragada pelo fogo de Rooty-Toot, mas isso não detém Rifleman. Seu filho junta-se à festa, disparando uma pistola. É uma arma pequena, mas cada tiro dela soa como um rojão de bazuca mesmo assim.

No fim da passada, uma nuvem de fumaça de pólvora paira sobre a Rua Principal. Várias das casas do lado oeste da rua — a *hacienda* de adobe onde antes a moravam os Geller, a cabana de toros onde os Reed tinham suas coisas, a casa malfeita que Brad e Belinda chamavam de lar — foram inteiramente destruídas. Os Vaqueiros ainda continuam de pé — mais ou menos — e o mesmo se dá com o Duas Irmãs no lado leste, mas o Mercantil logo se juntará ao Coruja (antes a casa dos Hobart) como outras tantas cinzas ao vento.

Só uma casa no lado leste da rua permanece como era antes de chegarem os justiceiros: a casa dos Carver. Tem buracos de balas no revestimento e janelas quebradas do ataque anterior, mas nesta passagem permaneceu completamente intocada.

O Dream Floater, o Tracker Arrow e o Freedom chegaram à extremidade norte do que antes era a quadra dois quarenta da Rua dos Álamos. O Rooty-Toot, o Justice e o Meatwagon chegaram à extremidade sul. A fuzilaria diminui, depois cessa de todo. As pessoas na casa dos Carver ouvem o estalar do fogo no outro lado da rua — o Mercado & Mercantil, no qual pensam como o bangalô do Velho Doutor —, mas fora isso há um profundo silêncio, que cai como bálsamo em seus ouvidos que zumbem. Nesse silêncio, os sobreviventes levantam cautelosamente a cabeça.

— Acham que acabou? — pergunta Steve, que não quer ser direto e dizer que não foi tão ruim como pensava... mas pensa.

— A gente deve... — começa Johnny.

— Estou ouvindo de novo! — grita Kim Geller da sala de visitas. Fala alto, tremendo à beira da histeria, mas o resto não tem motivo para não acreditar nela; afinal, está mais próxima da rua. — Aquele zumbido terrível. *Façam com que pare!* — Precipita-se pela porta da cozinha, os olhos esbugalhados e enlouquecidos. — *Façam com que pare!*

— Se deite, mãe — grita Susi, mas não se mexe do lado de Dave Reed, deitado com um braço por cima dela e a mão (a que a arrepiante mãe não pode ver) no seio. Susi não se importa nem um pouco com a mão dele; se importaria, na verdade, se ele a tirasse. Seu terror e sua preocupação quase maternal com o gêmeo sobrevivente combinaram-se para deixá-la realmente excitada pela primeira vez na vida. No momento só quer estar com David num lugar onde possam baixar as calças sem ser vistos.

Kim ignora a filha. Dirige-se para Audrey, agarra os cabelos dela e puxa a cabeça para trás.

— *Faça ele parar!* — grita no rosto pálido de Audrey. — *Ele é seu parente, foi você que trouxe ele pra cá, AGORA FAÇA ELE PARAR!*

Belinda Josephson mexe-se rápido; já se levantou de onde se deitava, cruzou o aposento e torceu o braço livre de Kim Geller para trás, quase antes que Brad possa piscar os olhos.

— *Ai!* — grita Kim, soltando imediatamente os cabelos de Audrey. — *Ai, solta! Solta, sua bruxa neg...*

Belinda já aceitou todo o chato papo racista que pretende aceitar por um dia. Puxa o braço de Kim ainda mais para cima antes que ela acabe a frase. A mãe de Susi, que apóia as Escoteiras e jamais manda embora a mulher da Sociedade do Câncer de mãos vazias, grita como um apito de fábrica na hora de encerrar o expediente. Então Belinda vira-a, dá-lhe um encontrão com o quadril e manda-a voando de volta para a sala de visitas. Kim bate numa parede. Em toda a sua volta, mais figurinhas de Hummel caem para a destruição.

— Pronto — diz Belinda, numa voz factual. — Ela estava pedindo isso. Eu não tenho de agüentar esse tipo de...

— Esquece — disse Johnny. O zumbido está mais alto agora, mais alto que nunca: uma batida constante, cíclica, como o som de um enorme transformador elétrico. — Se deite, Bee. Já. Todo mundo. Steve, Cynthia? *Protejam as crianças!* — Depois olha, quase com um ar de desculpas, para a tia de Seth Garin. — Você *pode* fazê-lo parar, Aud?

Ela faz que não com a cabeça.

— *Não* é ele. Agora, não. É Tak.

Antes de voltar a baixar a cabeça, vê Cammie Reed olhando-a, e há nesse olhar alguma coisa que a assusta mais que toda a gritaria e puxão de cabelo de Kim Geller. É um ar *sério*. Não de histeria, mas de assassinato puro e simples.

Mas quem Cammie mataria? Ela? Seth? Os dois? Audrey não sabe. Só sabe que não pode contar aos outros o que fez antes de partir, aquele detalhe simples que poderia resolver tanta coisa... *se*. Se se abrir a janela de tempo que espera; se ela agir certo quando isso se der. Não pode dizer a eles que há esperança, porque se Tak puder alcançar e pegar seus pensamentos, todas as esperanças falharão.

O tamborilar torna-se mais alto. Na Rua Principal, os Power Wagons voltam a rolar. O Dream Floater, Tracker Arrow e Freedom estão mais próximos da casa dos Carver e alcançam-na primeiro. Param em fila, o Tracker Arrow com Snake Hunter atrás do volante no meio, bloqueando a entrada de garagem onde o dono da mansão jaz morto (e com uma aparência muito piorada pelo desgaste a esta altura). Os outros três — Rooty-Toot, Justice e Meatwagon — vêm do sul e encompridam a fila de veículos.

A casa dos Carver (talvez ironicamente, é uma casa estilo fazenda) está agora toda bloqueada pelos Power Wagons. Da cabine de tiro do Dream Floater, Laura DeMott aponta a escopeta para a janela panorâmica despedaçada; da cabine de tiro do Tracker Arrow, Hoss Cartwright e um Clint Eastwood ainda muito jovem — faz Rowdy Yates, de *Rawhide*, nessa encarnação — também têm a casa na mira. Jeb Murdock está na Torrinha da Condenação do Meatwagon, com *duas* escopetas, cada uma serrada dez centímetros adiante dos cães armados, as coronhas apoiadas nos ossos dos quadris. Tem um largo sorriso, com o rosto de Rory Calhoun no auge.

Os alçapões do topo se abrem com barulho. Caubóis e alienígenas ocupam os pontos de tiro restantes.

— Nossa, pai, parece um maldito tiro ao peru selvagem — grita Mark McCain, e dá uma aguda risada.

— *Rut-rut-rut!*

— *CALA A BOCA, ROOTY!* — gritam todos em coro, e a gargalhada se torna geral.

Ao som dessa risada, alguma coisa dentro de Kim Geller, uma coisa até agora apenas seriamente entortada, finalmente se parte. Ela se levanta na sala de visitas e marcha para a porta de tela além da qual ainda jaz Debbie Ross. Os tênis de Kim rangem sobre os cacos de louça dos queridos Hummels de Pie Carver. O som dos motores à frente — aquela estranha batida que parece uma espécie de coração elétrico — está deixando-a louca. Mesmo assim, é mais fácil concentrar-se nisso que lembrar como aquela crioula metida primeiro quebrou seu braço e depois a jogou na outra sala, como se ela fosse um saco de roupa suja ou alguma coisa assim.

Os outros não sabem que ela partiu até ouvirem sua voz, hostil e aguda:

— Saiam daqui! Parem e dêem o fora daqui *já*! A polícia já vai chegar, vocês sabem!

Ao som dessa voz, Susi esquece inteiramente o gostoso que é Dave Reed apalpando seu seio, e como gostaria de ajudá-lo a esquecer a morte do irmão levando-o lá para cima e trepando com ele até estourar o fígado dele.

— *Mamãe!* — arqueja, e começa a levantar-se.

Dave puxa-a para baixo e passa-lhe um braço em torno da cintura, para se assegurar mais completamente de que ela não tornará a levantar-se. Perdeu o irmão, e acha que já basta por um dia.

Vamos, vamos, *vamos*, pensa Audrey... só que imagina que é de fato uma prece. Fecha os olhos com tanta força que vê pontinhos vermelhos explodindo por trás das pálpebras, as mãos cerradas em punhos, os restos pontudos das unhas enterrados nas palmas. Vamos, faça o que deve, faça seu serviço, comece...

— Vá — sussurra, sem saber que fala alto. Johnny, que ergueu a cabeça ao som da voz de Kim, agora olha para ela. — Vá, será que não pode? Pelo amor de Deus, *vá*!

— Do que está falando? — ele pergunta, mas ela não responde.

Lá fora, Kim desce o acesso da casa rumo aos Power Wagons parados no meio-fio. É o único ponto na antiga Rua dos Álamos onde ainda resta meio-fio.

— Estou dando uma oportunidade a vocês — ela diz, os olhos vagando de um dos monstros para outro.

Alguns usam ridículas máscaras espaciais, e o de trás do volante do vagão-restaurante na verdade veste uma fantasia completa de robô. Isso o faz parecer uma versão ampliada do R2D2 dos filmes *Guerra nas Estrelas*. Outros parecem refugiados de uma fila de coristas num filme de caubói. Alguns até parecem conhecidos... mas não é hora de se distrair com essas idéias tolas.

— Estou dando uma oportunidade a vocês — ela repete, parando pouco acima do ponto onde o acesso à casa dos Carver se junta à faixa de calçada restante da Rua dos Álamos. — Vão embora enquanto ainda podem. Senão...

A porta corrediça do Freedom se abre, e o Xerife Streeter salta. Sua estrela reflete o baço prateado de luar na lapela esquerda do colete. Ele ergue o olhar para Jeb Murdock — velho inimigo, novo aliado — na Torrinha da Condenação do Meatwagon.

— Bem, Streeter — diz Murdock. — Que é que você acha?

— Acho que você deve pegar essa cadela latindo aí — diz Streeter com um sorriso, e as duas escopetas serradas de Murdock explodem com barulho e fogo branco. Num momento, Kim Geller está parada na beira da calçada dos Carver; no momento seguinte, desapareceu inteiramente. Não, não bem inteiramente. Os tênis ainda estão ali, ainda com os pés dentro.

Uma fração de segundo depois, uma coisa que poderia ser um balde de água escura e lodosa, mas não é, bate na frente da casa dos Carver. Depois, com o som das duas escopetas ainda se afastando a rolar, Streeter grita:

— *Atirem! Atirem, porra! Varram eles do mapa!*

— Se abaixem — Johnny torna a gritar, sabendo que não adiantará; a casa vai desaparecer como um castelo de areia infantil diante de uma onda, e eles com ela.

Os justiceiros começam a atirar, e não é nada parecido com o que Johnny viu no Vietnã. É, ele pensa, como deve ter sido nas trincheiras em Ypres, ou em Dresden uns trinta anos depois. O barulho é incrível, uma concatenação de CA-POU e CA-BUM, e embora sinta que devia ter ficado imediatamente surdo (ou talvez logo morto, só com os decibéis), Johnny ainda pode ouvir os sons da casa sendo despedaçada à sua volta: tábuas partindo-se, janelas quebrando-se, figurinhas de louça explodindo como alvos numa galeria de tiro, o seco espatifar-se do reboco. Muito fraco, também ouve pessoas gritando. O cheiro acre de pólvora invade-lhe as narinas. Uma coisa invisível mas enorme atravessa a cozinha acima deles, e de repente grande parte da parede dos fundos é apenas detritos que voam pelo quintal e flutuam na superfície da piscina Kmart.

É, pensa Johnny. É isso aí, é o fim. E talvez seja melhor assim.

Mas então começa a acontecer uma coisa estranha. A fuzilaria não pára, mas *diminui*, como se alguém girasse o controle de volume. Não apenas os tiros, mas o assobio das balas que passam acima. E acontece depressa. Menos de dez segundos depois que ele notou a diminuição — e talvez estivesse mais para cinco — os sons cessam inteiramente. E também o zumbido dos motores dos Power Wagons.

Eles erguem a cabeça e olham-se uns aos outros em volta. Na despensa, Cynthia vê que ela e Steve estão brancos como fantasmas. Ergue o braço e sopra. O pó sobe da pele.

— Farinha — diz.

Steve passa as mãos nos cabelos compridos e estende-a para ela. Tem na palma um punhado de coisinhas pretas, brilhantes.

— Farinha não é tão ruim — disse. — Eu peguei azeitonas.

Ela acha que vai começar a rir, mas antes que possa, acontece uma coisa espantosa e totalmente inesperada.

Casa de Seth / Tempo de Seth

De todos os túneis que ele cavou para si durante o reinado de Tak — o Ladrão Tak, o Cruel Tak, o Déspota Tak —, este é o mais longo. De certa forma, criou sua própria versão da Cascavel Número Um. O poço aprofunda-se numa terra negra que ele supõe ser ele mesmo, e depois torna a subir para a superfície, como uma esperança. No fim, há uma porta com barras de ferro. Ele não tenta abri-la, mas não por medo de que esteja fechada. Muito pelo contrário. É uma porta em que não deve tocar enquanto não estiver inteiramente preparado; uma vez transposta, não há retorno.

Ele reza para que leve aonde pensa que leva.

Pelas fendas entre as barras de ferro da porta passa luz suficiente para iluminar o lugar onde ele está. Há fotos nas estranhas paredes de carne; uma é um retrato de grupo de sua família, com ele sentado entre o irmão e a irmã, outra uma foto dele de pé entre a tia Audrey e o tio Herb no gramado da casa deles. Estão sorrindo. Seth, como sempre, mostra-se solene, distante, não exatamente presente. Há também uma foto de Allen Symes, parado ao lado de (e apequenado por) uma das lagartas da Srta. Mo. O Sr. Symes usa o capacete metálico da Terra Funda e sorri. Essa foto não existe, mas não importa. É a casa de Seth, o horário de Seth, a mente de Seth, e ele a enfeita como quer. Não muito tempo atrás, haveria fotos dos MotoKops e das personagens de Os Justiceiros *pregadas, não apenas aqui, mas por toda a extensão do túnel. Não mais. Perderam seu encanto para ele.*

Fiquei velho demais pra eles, ele pensa, e esta é a verdade. Autista ou não, apenas oito anos ou não, ficou velho demais para bangue-bangues e desenhos matinais de sábado. De repente compreende que esta é quase certamente a verdade última, e que Tak jamais entenderia: ficou velho demais para eles. Tem o boneco de Cassie Styles no bolso (quando precisa de um bolso, simplesmente imagina um; é cômodo) porque ainda a ama um pouco, mas, fora isso? Não. A única questão é se pode ou não escapar deles, doces fantasias que talvez contivessem veneno desde o início.

E chegou a hora de descobrir isso.

Ao lado da foto de Allen Symes, uma pequena cantoneira projeta-se da parede. Seth viu e admirou as cantoneiras no corredor dos Carver, cada uma dedicada a uma figurinha Hummel, e esta foi criada pensando naquelas. Pelas fendas na porta passa luz suficiente para ver o que há nesta — não um pastor ou uma leiteira de Hummel, mas um telefone PlaySkool.

Ele pega-o e disca dois-quatro-oito no dial rotativo do telefone plástico. É o número da casa dos Carver. Em seu ouvido, o telefone toca... toca... toca. Mas estará tocando do outro lado? Estará ela ouvindo. Estará qualquer um deles ouvindo?

— Vamos — ele sussurra. Está inteiramente consciente e alerta; neste lugar profundo, não é mais autista que Steve Ames, Belinda Josephson ou Johnny Marinville... na verdade, é alguma coisa assim como um gênio.

Um gênio com medo, no momento.

— Vamos... por favor, tia Audrey, por favor, ouça... por favor, responda...

Porque o tempo é curto, e chegou a hora.

Rua Principal, Desespero / Tempo dos Justiceiros

O telefone na sala de visitas dos Carver começa a tocar, e como se isso fosse uma espécie de sinal diretamente enviado a seus mais profundos e delicados centros neurais, a estranha capacidade de Johnny Marinville, de ver e seqüenciar tudo, falha pela primeira vez em sua vida. Sua perspectiva trepida como as formas num caleidoscópio quando se gira o tubo, depois se desfaz em prismas e cacos brilhantes. Se é assim que o resto do mundo vê e sente em momentos de tensão, ele pensa, não admira que as pessoas tomem tantas decisões erradas sob pressão. Não lhe agrada nada sentir-se assim. É como ter febre alta e ver meia dúzia de pessoas em volta da cama. A gente sabe que quatro delas estão ali de fato... mas quais quatro? Susi Geller chora e grita o nome da mãe. Os filhos dos Carver acordaram de novo, claro; Ellen, esgotada por fim a capacidade de resistir com relativo estoicismo, parece estar tendo uma espécie de convulsão emocional, berrando a plenos pulmões e esmurrando as costas de Steve, que tenta abraçá-la e reconfortá-la. E Ralphie quer bater na irmã maior!

— Pare de abraçar Margrit! — ele troveja com Steve, enquanto Cynthia tenta contê-lo. — Pare de abraçar Margrit Minhoca! Ela devia me dar todo o chocolate. Ela devia me dar ele *TOOODO*, que nada disso ia acontecer!

Brad sai para a sala de visitas — para atender o telefone, supõe-se — e Audrey o agarra pelo braço.

— Não — ela diz, e depois, com uma espécie de polidez surrealista: — É pra mim.

E Susi já está de pé, e dispara pelo corredor para a porta da frente, para ver o que houve com a mãe (uma idéia bastante insensata, na humilde opinião de Johnny). Dave Reed tenta contê-la de novo e desta vez não consegue, por isso a segue, gritando o nome dela. Johnny espera que a mãe do rapaz o detenha a *ele*, mas Cammie deixa-o ir, enquanto lá no fundo coiotes que não parecem nada com qualquer coiote que já existiu na terra de Deus erguem os tortos focinhos e entoam loucas cantigas de amor para a lua.

Tudo isso ao mesmo tempo, girando como lixo colhido num ciclone.

Ele está de pé sem sequer perceber, seguindo Brad e Belinda na sala de visitas, que parece ter sido atravessada pelo Gigante Verde num ataque de fúria. As crianças continuam berrando na despensa, e Susi agora uiva no fim do corredor de entrada. Bem-vindos ao maravilhoso mundo da histeria estereofônica, pensa Johnny.

Audrey, enquanto isso, procura o telefone, que não está mais em sua mesinha ao lado do sofá. Na verdade, nem a própria mesinha está mais ao lado do sofá; está num canto distante, partida ao meio. O telefone jaz no chão em meio a uma chuva de cacos de vidro. Está fora do gancho, a parte móvel tão longe da base quando permite o fio, mas ainda tocando.

— Cuidado com os vidros, Aud — diz Johnny em voz alta, quando ela vai pegá-lo.

Tom Billingsley dirige-se ao buraco irregular na parede oeste, onde antes ficava a janela panorâmica, pisando nas ruínas explodidas e fumegantes da TV para chegar lá.

— Foram embora — diz. — Os furgões. — Faz uma pausa, depois acrescenta: — Infelizmente, a Rua dos Álamos também se foi. Parece Deadwood, Dakota do Sul, lá fora. Na época em que Jack McCall atirou em Wild Bill Hickock pelas costas.

Audrey pega o telefone. Atrás deles, Ralphie Carver grita agora:

— *Eu odeio você, Margrit Minhoca! Faça Mãe e Pai voltar senão eu vou odiar você eternamente! Eu odeio você, Margrit Minhoca!*

Atrás de Audrey, Johnny vê os esforços de Susi para livrar-se de Dave Reed diminuírem; ele a abraça, tirando-a do horror para as lágrimas, com uma paciência que, em vista das circunstâncias, Johnny não pode deixar de admirar.

— Alô? — diz Audrey. Escuta, o rosto pálido tenso e solene. — Sim — diz. — Sim, eu vou. Imediatamente. Eu... — Torna a escutar, e desta vez ergue os olhos para o rosto de Johnny Marinville. — Sim, está bem, só ele. Seth? Eu amo você.

Não põe o telefone no gancho, mas simplesmente o solta. Por que não? Johnny acompanha o fio e vê que a concussão que quebrou a mesa e jogou o telefone no canto também arrancou a tomada da parede.

— Vamos — diz-lhe Audrey. — Vamos atravessar a rua, Sr. Marinville. Só nós dois. Todos os outros ficam aqui.

— Mas... — começa Brad.

— Sem discussão, não tem tempo — ela lhe diz. — Temos de ir agora mesmo. Está pronto, Johnny?

 — Pego a arma que trouxeram da casa ao lado? Está na cozinha.

— Uma arma não ia adiantar nada. Vamos.

Ela estende a mão. Tem o rosto decidido e duro... a não ser pelos olhos. Estão aterrorizados, implorando a ele que a deixe fazer isso, seja lá o que for, por si mesma. Johnny toma a mão oferecida, os pés pisando em detritos e cacos de vidro. Ela tem a pele fria, e os nós dos dedos parecem ligeiramente inchados sob os dedos dele. É a mão com que o monstro a fez bater em si mesma, ele pensa.

Saem pela baixa entrada da sala de visita, passando pelos adolescentes, que se abraçam em silêncio. Johnny empurra a porta de tela e deixa Audrey sair na frente, por cima do cadáver de Debbie Ross. A frente da casa, a varanda e as costas da garota morta estão cobertos com os restos de Kim Geller — raias, manchas e grumos que parecem negros à luz da lua —, mas nenhum dos dois fala disso. À frente, adiante da calçada e do curto pedaço de meio-fio onde os Power Wagons não mais estão, vê-se uma larga rua de terra esburacada. Uma pancada de vento bate no lado do rosto de Johnny — traz um cheiro de fumaça, e uma bola de capim seco passa rolando, como se tivesse uma mola oculta. A Johnny, parece saída direto de um desenho animado de Max Fleischer, mas isso não o surpreende. É onde eles estão, não é? Numa espécie de desenho animado. Dêem-me uma alavanca, que eu movo o mundo, disse Arquimedes; a coisa do outro lado da rua na certa teria concordado. Claro, quisera mover apenas uma quadra da Rua dos Álamos, e com a alavanca das fantasias de Seth Garin para usar, conseguira isso sem muito esforço.

O que quer que os espere, há um certo alívio só em sair da casa e do barulho.

A varanda da casa dos Wyler parece mais ou menos a mesma, mas só isso. O resto é agora uma compridíssima construção feita de toros. Barras de amarrar cavalos enfileiram-se na frente. A fumaça sobe da chaminé de pedra, apesar do calor da noite.

— Parece um barracão de trabalhadores — ele diz.

Audrey faz que sim com a cabeça.

— O barracão da Ponderosa.

— Por que eles foram embora, Audrey? Os justiceiros e policiais do futuro de Seth. Que foi que fez eles irem embora?

— Pelo menos num aspecto, Tak é como o vilão num dos contos de fada dos irmãos Grimm — ela diz, seguindo na frente na rua. A poeira espirra de debaixo de seus sapatos. Os buracos da rua estão secos e duros como ferro. — Tem um calcanhar-de-aquiles, uma coisa que a gente jamais desconfiaria, se não tivesse vivido tanto tempo com ele quanto eu vivi. Odeia estar em Seth quando ele evacua as entranhas. Eu não sei se é alguma estranha espécie de coisa estética, uma fobia psicológica ou talvez mesmo um fato físico de sua existência... assim com a gente não pode deixar de se encolher se alguém finge que vai nos dar um soco, por exemplo... e pouco estou ligando.

— Que certeza você tem disso? — ele pergunta.

Já chegaram ao outro lado da larga Rua Principal. Johnny olha para os dois lados e não vê furgões; só desertos rochosos à direita e vazio — uma espécie de não-criação — à esquerda.

— Toda — ela diz, sombria. A calçada de cimento que leva ao 247 da Rua dos Álamos tornou-se um caminho de pedras. Na metade da subida para ele, Johnny vê a roseta da espora quebrada de um vaqueiro brilhando ao luar. — Seth me disse... às vezes eu o ouço dentro de minha cabeça.

— Telepatia.

— Hum-hum, eu acho. E quando Seth fala nesse nível, não tem problema mental nenhum. Nesse nível, é tão inteligente que chega a assustar.

— Mas tem completa certeza de que foi *Seth* quem falou com você? E mesmo que fosse, tem certeza de que Tak estava deixando que ele dissesse a verdade?

Ela pára a meio caminho da porta do barracão. Ainda segura uma das mãos dele; agora toma a outra, virando-o de frente para si.

— Escute, porque só temos tempo de eu lhe dizer isso uma vez, e nenhum pra você fazer perguntas. Às vezes, quando Seth fala comigo, deixa Tak escutar... porque, acho, assim Tak acredita que ouve *todas* as nossas conversas mentais. Mas não ouve. — Ela o vê começar a dizer alguma coisa e aperta as mãos, para calá-lo. — E eu *sei* que Tak o deixa quando ele evacua as entranhas. Não mergulha pro fundo apenas, *sai* dele. Já vi isso acontecer. Sai pelos olhos dele.

— Pelos olhos — sussurra Johnny, fascinado e horrorizado, e meio impressionado.

— Estou lhe contando isso porque quero que saiba se vir — ela diz. — Pontinhos vermelhos dançando, como brasas de uma fogueira. Tudo bem?

— Nossa — murmura Johnny. — Tudo bem.

— Seth adora leite achocolatado — diz Audrey, puxando-o para pô-lo de novo em movimento. — Daqueles que a gente faz com xarope Hershey's. E Tak adora o que Seth adora... menos uma coisa, eu acho que você diria.

— Você pôs um laxante, não foi? — pergunta Johnny. — Pôs laxante no leite achocolatado dele.

Quase tem vontade de juntar-se aos coiotes num bom uivo para a lua. Só que estaria uivando de rir. Parece que as possibilidades mais surrealistas da vida jamais se esgotam; a única chance de sobrevivência deles é uma brincadeira de acampamento.

— Ele me disse o que fazer e eu fiz — ela diz. — Agora vamos. Enquanto ele ainda caga fora o cérebro. Enquanto ainda há *tempo*. A gente tem de pegá-lo e correr. Tirar do alcance de Tak antes que ele possa voltar a entrar. E a gente pode fazer isso. O alcance dele é curto. A gente vai ladeira abaixo. Você carrega ele. E aposto que mesmo antes de chegar aonde antes ficava a loja vamos ver uma mudança da porra no meio ambiente. Lembre só que o segredo é ser rápido. Assim que a gente começar, nada de hesitação nem paradas.

Ela estende a mão para a porta e Johnny a detém. Ela o olha com um misto de medo e fúria.

— Ouviu quando eu disse que a gente tinha de entrar *agora mesmo*?

— Ouvi, mas tem uma pergunta que você *tem* de responder, Aud.

Estão sendo ansiosamente observados do outro lado da rua. Belinda Josephson separa-se do pequeno grupo que vigia e volta para a cozinha, para ver como Steve e Cynthia estão indo com as crianças. Nada mal, parece. Ellen funga, mas fora isso está de novo sob controle, e Ralphie parece ter-se exaurido, como um furacão que avança terra adentro. Belinda dá uma breve olhada em torno da cozinha vazia, agora aberta para o quintal, e vira-se para pegar o corredor e voltar aos outros. Dá um único passo, e pára. Uma pequena ruga vertical — a linha do pensamento de Bee, como diz o marido — surge no centro da testa. Não está inteiramente escuro ali junto à porta de tela, há luar... e esses são seus vizinhos, claro. Não é muito difícil distingui-los uns dos outros. Brad é fácil de identificar porque é seu vizinho mais próximo, tão próximo que ela pôde estender a mão e cutucá-lo à noite durante vinte e cinco anos. Dave e Susi são fáceis porque ainda se abraçam. O Velho Doutor é fácil por ser muito magro. Mas Cammie não é fácil. E não é porque não está ali. Nem na cozinha, tampouco. Terá ido lá para cima ou passado pelo buraco na parede da cozinha? Talvez. E...

— Vocês dois! — grita para dentro da despensa, de repente com medo.

— Que é? — pergunta Steve, parecendo um pouco impaciente.

Na verdade, sente-se um pouco impaciente. Finalmente estão conseguindo acalmar as crianças, e se essa mulher foder tudo ele acha que vai estourar os miolos dela com a primeira panela ou caçarola que encontrar.

— A Sra. Reed desapareceu — diz Bee. — E levou aquele rifle com ela. Estava descarregado? Vamos, me tranqüilizem. Digam que estava descarregado.

— Eu acho que não — diz Steve, relutante.

— Cague fogo e poupe fósforo — diz Belinda.

Cynthia olha-a por trás de um dos ombros caídos de Ralphie, os olhos arregalando-se de alarme.

— Será isso um problema? — pergunta.

— É possível — diz Bee.

Casa de Tak / Tempo de Tak

No covil onde passou tantas horas felizes — no seio da imaginação cativa de Seth Garin, pode-se dizer — Tak escuta e espera. Na tela da Zenith, caubóis em preto e branco, em trajes fantasmagóricos, cruzam a cavalo uma paisagem desértica. A cavalgada é silenciosa. Incorpóreo, agora que saiu de Seth, Tak tirou o som da TV com o melhor de todos os controles remotos — sua mente.

No banheiro ao lado da cozinha, ouve o menino. Ele emite os grunhidos baixos, porcinos, que Tak agora associa à sua função eliminatória. Para Tak, até mesmo os ruídos são revoltantes, e o ato em si, com suas cãibras e sensações de saída deslizante, inevitável, é horrendo. Até vomitar é melhor — pelo menos é rápido, sobe à garganta e sai.

Agora Tak sabe o que a mulher fez a ele: drogou o leite com alguma coisa para causar não um único ato de eliminação, mas trêmulas convulsões. Quanto lhe terá dado? Uma enorme batelada, pelo modo como Seth se sentia pouco antes de Tak fugir, e agora Tak entende tudo.

Ele tremula num canto superior escuro da sala — o Cruel Tak, o Déspota Tak — como um pequeno grumo de lanternas traseiras de bicicleta a pulsar e girar em torno umas das outras. Não ouve tia Audrey e Marinville mesmo com o som da TV desligado, mas sabe que eles estão ali, diante da porta da frente. Quando finalmente pararem de conversar e entrarem, Tak vai matá-los — primeiro o homem, e simplesmente refazer a energia que expendeu (ficar fora do corpo do menino é particularmente esgotante), depois a tia de Seth, pelo que tentou fazer. Vai se alimentar dela também, e ela morrerá lentamente, por suas próprias mãos.

O castigo do menino por tentar rebelar-se contra Tak será ver isso acontecer.

Contudo, Tak espera Seth; ele tem sido um digno adversário. (Como poderia não ser um recipiente capaz de conter Tak?) Desde o aparecimento do bebum, no dia anterior, Tak e o menino têm feito um jogo corajoso de pôquer, como Laura e Jeb Murdock em Os Justiceiros. *Agora tudo está em jogo, mas as cartas finais estão viradas para baixo. Quando forem desviradas, Tak sabe que vencerá. Claro que vencerá. Seu adversário não passa de uma criança, no final das contas, não importa o quanto sejam brilhantes os cursos inferiores de seu intelecto, e afinal a criança apenas acreditou um pouco mais do que é bom para ela. Sabe que Seth planejou expulsá-lo temporariamente de seu corpo, e embora o método exato tenha sido uma surpresa (e muito desagradável), mesmo esse tanto de conhecimento é mais do que Seth sabia que ele tinha. Mas há outra coisa, também.*

Seth não acredita que Tak possa reentrar nele quando realiza o repugnante ato para o qual se reservou o quartinho ao lado da cozinha.

Está enganado. Tak pode reentrar. Será desagradável — penoso mesmo —, mas pode reentrar. E como sabe que Seth não viu essa carta final, como viu algumas das outras que Tak tinha, mesmo apesar de seus maiores esforços para escondê-las?

Porque ele chamou a querida tiazinha de volta à casa para ajudá-lo a fugir.

E quando a querida tiazinha finalmente parar de hesitar lá fora e entrar, será... bem...

Justiçada.

Completamente justiçada.

As luzes vermelhas nas sombras giram mais depressa, excitadas pela idéia.

Rua Principal, Desespero / Tempo dos Justiceiros

— Você me ouviu dizer que a gente tinha de entrar agora mesmo?

Johnny faz que sim com a cabeça. Nenhum deles vê Cammie Reed atravessar a rua, da igreja de adobe que era o refúgio suburbano de Johnny Marinville para os restos da casa de taipa que antes era a de Brad e Belinda. Ela vem cabisbaixa e com o .30-.06 na mão.

— Sim, mas ainda tenho uma pergunta, Aud.

— Qual? — ela quase grita. — Pelo amor de Deus, qual?

— Ele pode saltar pra outra pessoa? Pra você ou pra mim, por exemplo?

Uma expressão que poderia ser de alívio mostra-se por um breve instante no rosto dela.

— Não.

— Como pode ter certeza? Foi Seth que lhe disse?

Ele acha por um momento que ela não vai responder, e não só porque quer pegar o menino enquanto ele ainda está na privada. A princípio toma a expressão dela por embaraço, depois vê que é mais profunda; embaraço, não: vergonha.

— Não foi Seth quem me disse — ela diz. — Eu sei por que ele tentou entrar em Herb. Pra poder... você sabe... me possuir.

— Queria fazer amor com você — ele diz.

— Amor? — ela pergunta, mal controlando a voz. — Não. Ah, não. Tak não entende nada de amor, está se lixando pra amor. Queria era me foder mesmo, só isso. Quando descobriu que não podia usar Herb pra isso, ele o matou. — Lágrimas escorrem pelo rosto dela agora. — Ele não desiste facilmente quando quer alguma coisa, você sabe. O que fez com ele... bem, imagine o que aconteceria com um dos sapatos do pequeno Ralphie se você tentasse enfiar seu pezão de adulto. Se continuasse batendo e empurrando, cada vez com mais força, indiferente à dor, ao que está fazendo com ele em sua obsessão de calçar, andar com ele...

— Tudo bem — ele diz.

Olha o pé do morro, quase esperando ver os furgões de volta, mas não há nada. Olha a rua acima e também não há nada; Cammie está parada oculta na sombra do Hotel dos Vaqueiros, precariamente inclinada para um lado.

— Captei a mensagem — acrescenta.

— Então a gente pode entrar? Você ao menos pretende entrar? Perdeu a coragem?

— Não — ele diz, e suspira.

Na porta do barracão há um antiquado ferrolho, mas quando ele tenta puxá-lo, o polegar passa direto. Por baixo, parecendo uma coisa a flutuar por trás de água turva, há uma simples e velha maçaneta suburbana. Quando Johnny a pega, forma-se em torno dela uma porta suburbana, primeiro por cima das placas e barras de ferro, e depois substituindo-as. A maçaneta gira e a porta abre-se para um aposento escuro com um cheiro rançoso de roupa suja. O luar inunda tudo, e o que Johnny vê o faz lembrar as histórias que leu em jornais de vez em quando, sobre velhos milionários reclusos que passam os últimos anos de suas vidas em quartos individuais, empilhando livros e revistas, colecionando bichos de estimação, tomando Demerol e comendo comida enlatada.

— Rápido, depressa — ela diz. — Ele está no banheiro de baixo. É ao lado da cozinha.

Passa por ele, pegando-lhe a mão, e o leva para a sala de visitas. Não há pilhas de livros e revistas, mas o senso de reclusão e insanidade mais aumenta que diminui à medida que avançam. O piso gruda de comida e refrigerante derramados; sente-se um cheiro de leite azedo por baixo; as paredes foram riscadas com desenhos a creiom, assustadores em sua primitiva preocupação com derramamento de sangue e morte. Lembram a Johnny um romance que leu há não muito tempo, chamado Blood Meridian.

Um adejo à esquerda. Ele volta-se para aquele lado, o coração acelerando, a adrenalina invadindo a corrente sangüínea, mas não vê nenhum caubói de revólver na mão nem alienígenas sinistros, nem mesmo um menininho atacando com uma faca. É só o tremeluzir de um reflexo de luz. Da TV, ele supõe, embora não haja som.

— Não — ela sussurra — não entre aí.

E o conduz para a porta logo em frente. A luz entra por ela, imprimindo um retângulo brilhante no tapete coberto de comida. A eletricidade pode não ter sido inventada no resto que era antes a Rua dos Álamos, mas ainda há muita aqui.

Agora Johnny ouve grunhidos, misturados com respiração abafada. Sons tão humanos — e tão instantaneamente reconhecíveis — como roncos, espirros, chiados, assobios. Alguém no toalete. Fazer o número dois, como diziam quando eram garotos. Uma quadrinha da escola primária lhe vem à lembrança: *Toma limonada, pra cagar de madrugada.* Opa, pensa Johnny, esse aí está no trono direitinho.

Quando entram na cozinha e ele olha em volta, ocorre-lhe que talvez a boa gente da Rua dos Álamos mereça o que lhe está acontecendo. Audrey vinha vivendo assim sabe Deus há quanto tempo, e a gente jamais teve idéia, ele pensa. Somos seus vizinhos, todos mandamos flores quando o marido enfiou o cano da arma na boca, a maioria foi ao enterro (ele próprio estava na Califórnia, falando numa convenção de bibliotecários de bibliotecas infantis), mas nunca se sabe.

O balcão está coberto de potes, embalagens vazias, copos vazios e latas de refrigerante. Muitas destas últimas se tornaram colônias de formigas. Ele vê o vaso Tupperware com os restos do leite achocolatado drogado, e a crosta do sanduíche de bolonha com queijo de Tak ao lado. Pratos sujos entulham a pia, uma garrafa plástica de detergente, talvez comprada quando Herb Wyler ainda vivia, entornada. Em torno da boca, uma poça há muito coagulada de sujeira verde. Sobre a mesa há outras pilhas de pratos sujos, um pote plástico de mostarda, montes de farelo (uma fita de Van Halen ao lado de um desses), uma lata de aerossol de creme batido, dois vidros de ketchup, um quase vazio e outro quase cheio, caixas de pizza abertas cheias de pedaços, embalagens de pão e de Twinkies, e um saco de Doritos cobrindo uma garrafa de Pepsi vazia, como uma estranha camisinha. Também se vêem pilhas de revistas em quadrinhos. Todas as que Johnny pode ver são números da série *MotoKops 2200*, da Marvel. Açúcar derramado espalha-se pela capa de uma que mostra Cassie Styles e Snake Hunter atolados até a cintura num pântano e disparando suas pistolas de aturdir contra a Condessa Lili, que ataca no que pode ser um jet-ski. EXPLOSÃO NO PÂNTANO!, berra o título. No canto oposto do aposento vê-se um monte de sacos plásticos de lixo estufados, nenhum amarrado com barbante, a maioria vazando uma gosma infestada de formigas. Todas as latas parecem trazer a cara sorridente do Chef Boyardee. Panelas incrustadas com o molho de laranja do Chef cobrem o fogão. Em cima da geladeira, bizarro toque final, uma velha estatueta plástica de Roy Rogers montado no fiel Trigger. Johnny sabe, sem ter de perguntar, que foi um presente do tio a Seth, alguma coisa lembrada talvez dos tempos da infância de Herb e pacientemente procurada numa caixa empoeirada no sótão.

Além da geladeira há uma porta entreaberta, lançando sua cunha de luz sobre o imundo linóleo. O ângulo da porta é inclinado demais para Johnny poder ler o aviso nela:

OS EMPREGADOS TÊM DE LAVAR AS MÃOS APÓS USAR O LAVATÓRIO
(E OS CLIENTES DEVEM)

— *Seth* — diz Audrey num sussurro de palco, largando a mão de Johnny e correndo para a porta do banheiro. Ele a segue.

De detrás deles, pontinhos de luz vermelha dançante escorrem da porta em arco do covil como chuva de meteoros; atravessam piscando a sala de visita às escuras rumo à cozinha. No momento em que o fazem, Cammie Reed entra pela porta da rua. Segura o rifle com as duas mãos agora, e quando pára olhando a escura sala de visitas em volta, desliza o indicador para dentro da guarda e aninha-o em torno do gatilho. Hesita, sem saber aonde ir em seguida. Os olhos são atraídos para a luz refletida da TV no covil, o ouvido pelo som de pessoas mexendo-se na cozinha. A voz dentro de sua cabeça, a que exige vingança por Jimmy, calou-se, e ela não sabe para que lado seguir. Os olhos registram um breve pulsar de luz vermelha, mas a mente nada extrai da informação; está inteiramente ocupada com a questão de como continuar. Marinville e Wyler estão na cozinha, disso tem certeza, mas estará o pirralho assassino com eles lá dentro? Ela torna a olhar em dúvida para o tremular da TV. Nenhum som, mas talvez as crianças autistas assistam com o som desligado.

Ela precisa ter *certeza*, o negócio é esse. Na certa só restam umas duas balas no .30-.06... e de qualquer modo eles não vão lhe dar chance de puxar o gatilho mais de uma ou duas vezes mesmo. Gostaria que a voz falasse de novo, lhe dissesse o que fazer.

E então a voz fala.

Do outro lado da rua, na trilha de cimento entre a porta da frente dos Carver e a calçada, Cynthia viu Cammie entrar na casa dos Wyler. Arregala os olhos. Antes que possa dizer alguma coisa, Steve a cutuca com força. Ela o olha e vê que ele tem um dedo nos lábios. Na outra mão, segura uma faca da cozinha dos Carver.

— Vamos — ele murmura.

— Você não vai usar isso, vai?

— Espero não ter de usar — ele diz. — Você vem?

Ela faz que sim com a cabeça e segue. Quando deixam a calçada para a versão Tak do Velho Oeste, começa uma confusão de guinchos e gritos dentro da casa dos Wyler. *Solte ele*, Cynthia ouve, uma coisa assim, pelo menos, depois outras coisas que ela nem começa a decifrar. A maioria ou tudo parece vir da Sra. Wyler, embora ela ouça um grito de Cammie Reed ("Ponha ele no chão"? Foi isso que ela gritou?) e um grito áspero que vem de Marinville. Então, dois tiros de rifle, e um grito de agonia ou extremo terror. Cynthia não sabe qual, nem sabe se quer saber.

Apesar disso, quando ela e Steve chegam ao outro lado da Rua Principal de Desespero, já estão correndo.

Casa de Seth / Tempo de Seth

Agora. Tudo se resume a agora.

Ele dá as costas à cantoneira com o telefone PlaySkool. Embutido na parede do outro lado do corredor, há um pequeno painel de controle, muito semelhante aos usados nas cabines de navegação dos Power Wagons. Projetando-se dele, uma fileira de sete interruptores, cada um na posição LIGADO. Acima de cada interruptor, um indicadorzinho verde fulge na escuridão. Esse painel não estava aí quando Seth chegou ao fim do corredor, só os retratos de suas duas famílias, do Sr. Symes, e o telefone. Mas esta é a casa de Seth, o tempo de Seth, e é como os bolsos de sua bermuda: ele pode muito bem acrescentar o que quiser, e quando quiser.

Seth estende para o painel uma mão que treme um pouco. No cinema e na TV, as personagens parecem nunca ter medo, e quando Paw Cartwright tem de agir para salvar a Ponderosa, sempre sabe exatamente o que fazer. Lucas McCain, Rowdy Yates e o Xerife Streeter jamais se mostram inseguros de si. Mas Seth está. Muito *inseguro. Chegou a hora do fim do jogo, e ele está aterrorizado com a possibilidade de cometer um erro irrevogável. Por enquanto, ainda sabe o que acontece lá em cima (é como pensa no mundo de Tak agora, lá em cima), mas se desligar esses interruptores...*

Não há tempo para reconsiderar, porém. Audrey está no banheiro. Ela corre para o menino sentado no toalete com a cueca pendurada num dos sujos tornozelos, o menino que — pelo menos no momento — é apenas um boneco de cera com pulmões que respiram e um coração que bate, uma máquina humana desertada por seus dois espíritos. Ajoelha-se diante dele e toma-o nos braços. Começa a cobrir de beijos o rosto dele, indiferente a tudo mais — o aposento, as circunstâncias, Marinville parado atrás dela na porta.

E agora Seth sente o enxame vermelho que é Tak atravessar a cozinha piscando como um rio de abelhas sobrenaturais, e tem de ser agora, sim, tem de ser.

A mão alcança o painel e ele começa a desligar os interruptores. Os indicadores verdes acima apagam-se; outros vermelhos embaixo acendem-se. A cada interruptor desligado, seu conhecimento do que se passa lá em cima diminui mais. Não está desligando os sentidos do boneco de cera que sua tia agora cobre de beijos, não sabe se poderia fazer isso se quisesse, mas pode bloqueá-los... e está bloqueando.

Finalmente, nada resta além de sua mente. Isso terá de bastar. Com a mão apertando os interruptores que acabou de desligar, para que não voem de volta para cima, Seth lança-se para tia Audrey, esperando ainda poder encontrá-la em toda essa escuridão.

Casa dos Wyler / Tempo dos Justiceiros

No momento em que Audrey arranca o menino do toalete para seus braços, uma coisa passa explodindo por Johnny Marinville, uma coisa que parece simultaneamente quente como uma febre e fria como uma rã. Sua cabeça enche-se de um turbilhão de luz vermelha berrante, que o faz pensar em néon de churrascaria e música country. Quando acaba, sua capacidade de ver tudo e seqüenciar até mesmo fatos sobrepostos foi restaurada. É como se a coisa que passou lhe houvesse dado uma espécie de eletrochoque. Isso, e uma corrente malsã que lhe cruza os pensamentos e parece limo.

Quando Audrey se ergue com Seth nos braços (a cueca escorregou do pé e ele está inteiramente nu agora), Johnny vê o turbilhão de luz ávida girar em torno da cabeça do menino como uma auréola em torno da cabeça do menino Jesus num velho quadro. Depois, como um enxame de térmitas, pousa, cobrindo as bochechas, as orelhas, os cabelos gordurosos. Gruda-se nos olhos abertos vidrados e ilumina os dentes de escarlate.

— Não! — berra Audrey. — Saia dele! *SAIA, seu sacana!*

Ela salta para a porta do banheiro com o menino nos braços. A cabeça de Seth parece em chamas. Johnny estende a mão — para ela? Seth? os dois? Não sabe, e não importa, porque ela passa por ele como uma explosão para a cozinha imunda, guinchando e bracejando com o enxame de luz dançante em torno da cabeça de Seth. A mão atravessa inutilmente a coisa vermelha. Quando ela e o menino passam por Johnny, ele tem a cabeça tomada por um horrível zumbido de motor. Grita, tapando os ouvidos com as mãos. É só um momento, quando Audrey passa num salto, mas um momento que parece quase eterno mesmo assim. Como se pode deixar qualquer menino sob esse som, pergunta-se. Como, por Deus, se pode deixar *qualquer coisa* sob esse som.

— *SOLTE ele!* — berra Audrey. — *SOLTE ele, seu chupador, SOLTE ele!*

E então a porta da cozinha não mais está vazia. Cammie Reed lá está, parada, com o .30-.06 nas mãos.

Casa de Tak / Tempo de Tak

Quando alcança Seth e descobre que todas as suas entradas habituais estão bloqueadas, o indulgente respeito de Tak pelos talentos do menino se desfaz pela primeira vez, desde que sentiu a mente extraordinária dele passando perto e chamou-a com toda a sua força. O que substitui a indulgência primeiro é a compreensão; a fúria vem na esteira.

Parece que Tak se enganou — Seth sempre soube que ele pode reentrar, mesmo durante a evacuação. Soube e conseguiu esconder esse conhecimento, como um jogador esperto esconde um ás extra na manga. Mas no fim, nem isso importa; Tak entrará mesmo assim. Não há como o menino deixá-lo de fora. Não haverá sítio; Seth Garin é sua casa agora, e Tak não será deixado de fora de sua casa.

Quando a mulher passa com o corpo de Seth pelo escritor e entra na cozinha, Tak ataca os olhos do menino, as portas de entrada mais próximas daquele cérebro maravilhoso, e começa a forçá-los como um policial brutamontes empurrando uma porta escorada por um homem fraco. Sente um momento de pânico absolutamente atípico quando a princípio nada acontece — é como empurrar uma parede de tijolos. Então os tijolos começam a amolecer e ceder. O triunfo lampeja na fria mente de Tak.

Em breve... mais um instante... dois, no máximo...

Casa de Seth / Tempo de Seth

Sob sua mão, dois dos interruptores movem-se para cima. Mesmo quando redobra os esforços para mantê-los embaixo, ele os sente forçando a mão como coisas vivas. Os indicadores ainda estão vermelhos, mas não por muito tempo mais. Tak tem razão sobre uma coisa: como quer que os dois se meçam em termos de inteligência, Seth não é mais páreo para a força bruta de Tak. Antes, talvez. No início. Mas não mais. Ainda assim, se estiver certo, talvez isso não conte. Se estiver certo, e se der sorte.

Ele olha o telefone PlaySkool — que tia Audrey chama de Takfone —, desejando-o por um momento, mas claro que não precisa de telefone, na verdade; sempre foi apenas um símbolo, uma coisa concreta para ajudar a telepatia a fluir mais facilmente entre eles, como os interruptores e indicadores são simples instrumentos para ajudá-lo a concentrar sua vontade. E telepatia não é o que interessa a Seth agora, de qualquer modo. Se fosse só isso que os dois partilhassem, seria fútil.

Sob sua mão, os interruptores movem-se obstinados para cima, levados pela força primitiva de Tak, a vontade primitiva de Tak. Por um instante, os indicadores vermelhos embaixo se apagam e os verdes em cima se acendem. Seth sente um terrível zumbido de motor na cabeça, tentando esmagar seus pensamentos; por um instante, sua visão interior é borrada por uma rodopiante luz roxa, onde brasas se avivam e amortecem.

Seth empurra os interruptores para baixo com toda sua força. As luzes verdes se apagam. Voltam as vermelhas. Por enquanto, pelo menos.

Chegou a hora, só resta uma carta emborcada no jogo, e Seth Garin a vira para cima.

Casa dos Wyler / Tempo de Johnny

De certa forma, é como ver-se apanhado numa outra barragem dos justiceiros, só que desta vez o que Johnny sente passando a zumbir por ele são idéias em vez de balas. Mas não foram sempre idéias, na verdade?

A primeira vai para Cammie Reed, parada na porta da cozinha com a arma nas mãos:

— Agora! Atire agora!

A segunda vai para Audrey Wyler, que recua como se fosse esbofeteada e de repente pára de bracejar contra o miasma espectral em torno da cabeça de Seth:

—Now, Aunt Audrey! The time is now!

— *Agora, tia Audrey! Chegou a hora!*

E a última, um terrível rugido inumano que enche a cabeça de Johnny e expulsa tudo mais:

= = *NÃO, SEU SACANINHA! NÃO, VOCÊ NÃO PODE!*

Não, pensa Johnny, *ele* não pode. Nunca pôde. Então ergue os olhos para o rosto de Cammie Reed. Os olhos dela saltam das órbitas; os lábios esticam-se num sorriso seco e terrível.

Mas *ela* pode.

Casa de Tak / Tempo de Tak

Talvez Tak tenha três segundos, enquanto a mulher com a arma grita, para perceber que perdeu a parada. Como *perdeu a parada? Alguns segundos de incredulidade, em que imagina como isso pôde acontecer, após todos os milênios que passou preso na escuridão, pensando e planejando. Então, quando começa a perceber que Seth na verdade não está dentro do corpo no qual vem tentando reentrar, a mulher na porta abre fogo.*

Casa dos Wyler / Tempo de Johnny

Cammie não sabe mais se está agindo por livre e espontânea vontade, mas não importa; se tivesse a vontade livre, ainda seria isso que faria. A Wyler segura o monstruoso pirralho enroscado nu em seus braços, como um bebê grande demais, as canelas borradas de merda em vez de sangue e plasma pós-parto. Segura-o como um escudo. Cammie quase tem vontade de rir com a idéia.

— Ponha ele no chão! — grita.

Mas em vez de pôr Seth no chão Audrey ergue-o mais alto contra o peito, como num desafio. Ainda dando seu sorriso seco, perverso, os olhos parecendo saltar das órbitas (Johnny se dirá mais tarde que foi uma ilusão de óptica, sem dúvida foi), Cammie centra o rifle na criança.

— *Não, Cammie, não!* — Johnny grita.

E então ela dispara. O primeiro tiro acerta Seth Garin, de oito anos, e que ainda se contorce desamparado com cólicas intestinais, na têmpora e arranca o tampo da cabeça, cobrindo de sangue, cabelos e pedaços de couro cabeludo o rosto estranhamente sereno da tia. A bala atravessa todo o cérebro e sai do outro lado do crânio, onde entra no seio esquerdo de Audrey. A essa altura, porém, já vai demasiado fraca para causar mais danos sérios. O segundo tiro é que o faz, pegando-a na garganta, quando ela cambaleia para trás, com a força do primeiro. Ela bate com o traseiro na sobrecarregada mesa da cozinha. Os pratos empilhados caem e se espatifam no chão.

Audrey volta-se para Johnny, a criança ensangüentada nos braços, e ele vê uma coisa espantosa: ela parece feliz. Cammie grita quando ela desaba, talvez de triunfo, talvez de horror com o que fez.

Audrey de algum modo continua segurando Seth ao morrer. E quando cai, a nervosa coisa vermelha ergue-se dos restos do rosto do menino como uma coifa de recém-nascido. Rodopia no ar acima do linóleo imundo, brilhantes pontos escarlate orbitando uns aos outros como elétrons.

Johnny e Cammie Reed olham-se através dessa vermelhidão por um tempo que ele não pode calcular — estão paralisados, parece — até que alguém grita:

— *Ah, merda! Ah,* merda, *por que fez isso, sua bruxa burra?*

Johnny vê Steve e Cynthia atravessarem a escura sala de visitas até ficarem logo atrás de Cammie. Cynthia salta para a frente, agarra o braço de Cammie e sacode-a.

— *Bruxa! Sua* puta *assassina idiota, que foi que pensou, que isso ia trazer seu filho de volta? Algum dia freqüentou alguma porra de uma ESCOLA?*

Cammie parece não ouvir. Mira a coisa vermelha rodopiante com olhos arregalados, sem piscar, como hipnotizada... *e a coisa lhe retribui o olhar.* Johnny não sabe como sabe disso, mas sabe. E de repente a coisa se lança sobre ela como um cometa... ou o Tracker Arrow vermelho de Snake Hunter num ataque dos Power Wagons.

Ele perguntou a Audrey se Tak podia saltar para outra pessoa. Ela disse que não, tinha certeza que não, mas e se estivesse errada? E se Tak a houvesse enganado? Se Tak tinha...

— *Cuidado!* — ele grita para Cynthia. — *Se afaste dela!*

A pequena Srta. Cabelo de Duas Cores apenas olha para ele, sem compreender, por sobre o ombro de Cammie Reed. Steve parece não entender tampouco, mas reage ao inequívoco pânico na voz de Johnny e puxa Cynthia para trás.

Os rodopiantes ciscos vermelhos dividem-se em duas partes. Por um momento, a forma exterior de Tak parece a Johnny um daqueles garfos que sua turma usava para assar marshmallow, quando eram adolescentes, sentados em torno de fogueiras na praia em Savin Rock. Só que os dentes desse garfo mergulham diretamente nos olhos esbugalhados de Cammie Reed.

Os olhos fulgem num rubro intenso, incham ainda mais para fora, e explodem nas órbitas. O sorriso no rosto de Cammie se estica tanto que os lábios se rasgam e o sangue começa a escorrer pelo queixo abaixo. A coisa sem olhos cambaleia para a frente, soltando o rifle e estendendo as mãos, que agarram cegamente o ar. Johnny pensa que jamais viu nada em sua vida tão simultaneamente fraco e predatório.

— *Tak* — proclama a coisa, numa voz gutural que em nada se parece com a de Cammie. — *Tak a uã! Tak a lá! Mai rim en tau!* — Faz uma pausa. Depois, numa voz triturante, inumana, que Johnny sabe que vai ouvir em pesadelos até o fim da vida, a coisa sem olhos diz: — Eu conheço vocês todos. Vou *achar* vocês todos. Vou caçar vocês. *Tak! Mai rim, en tau!*

O crânio começa a inchar então; o que resta da cabeça de Cammie começa a parecer um monstruoso chapéu de cogumelo. Johnny ouve um som parecido ao de papel rasgando-se e percebe que é a pouca carne sobre o crânio se dilacerando. As órbitas vazias dos olhos esticam-se para os lados, tornando-se fendas; o crânio inchado repuxa o nariz para cima, transformando-o num focinho de narinas compridas, em forma de losango.

Logo, pensa Johnny, Audrey tinha razão. Só Seth podia abrigá-lo. Seth ou alguém como ele. Uma pessoa muito especial. Porque...

Como para concluir seu pensamento da maneira mais espetacular imaginável, a cabeça de Cammie Reed explode. Fragmentos quentes, alguns ainda pulsando com vida, atingem o rosto dele.

Gritando, revoltado a um ponto de loucura, Johnny limpa a coisa, usando os polegares para tentar livrar os olhos. Longe, como se ouvem coisas quando alguém do outro lado da linha deixa temporariamente o telefone, ouve Steve e Cynthia também gritando. Então uma luz cegante invade o aposento, tão súbita e chocante quanto um tapa inesperado. Johnny pensa a princípio que é algum tipo de explosão — o fim para todos eles. Mas quando seus olhos (ainda ardendo, salgados e cheios do sangue de Cammie) começam a adaptar-se, vê que não é nenhuma explosão, mas a luz do dia — a forte e velada luz de uma tarde de verão. O trovão ronca no oeste, um som gutural, sem qualquer ameaça concreta. A tempestade passou; incendiou a casa dos Hobart (disso ele tem certeza, pois sente o cheiro da fumaça) e foi em frente, prejudicar a vida de outra pessoa. Mas ouve-se outro som, o que antes tão ansiosamente esperaram em vão: o barulho misturado de sirenes. Polícia, bombeiros, ambulâncias, talvez a porra da Guarda Nacional, pelo que sabe Johnny. Ou está ligando. O som das sirenes não lhe interessa muito a essa altura.

A tempestade passou.

Johnny acha que também passou o tempo dos justiceiros.

Deixa-se cair pesadamente numa das cadeiras da cozinha e olha os corpos de Audrey e Seth. Lembram-lhe os mortos sem sentido de Jonestown, na Guiana. Ela ainda tem os braços em torno dele, e os dele — pobres braços finos, desgastados, não arranhados por uma única brincadeira com outros meninos de sua idade — ainda abraçam o pescoço dela.

Johnny enxuga o sangue, ossos e pedaços de cérebro das faces com as palmas pegajosas e se põe a chorar.

Do diário de Audrey Wyler

31 de outubro de 1995

Diário de novo. Jamais pensei que retomaria, na certa jamais o farei em base permanente, mas é tão reconfortante.

Seth me procurou hoje de manhã & conseguiu perguntar, com uma combinação de palavras & grunhidos, se podia ir de porta em porta fazendo brincadeiras do Dia das Bruxas, como os outros meninos do bairro. Não havia sinal de Tak, e quando é apenas Seth, acho quase impossível recusar-lhe alguma coisa. Não me é difícil lembrar que Seth não é o responsável por tudo que aconteceu; na verdade é muito fácil. De certa forma, é o que torna tudo isso tão horrível. Lacra todas as minhas saídas. Acho que ninguém mais poderia entender o que quero dizer. Eu mesma não sei se entendo. Mas sinto. Ah, Deus, se sinto.

Respondi que tudo bem, que o levaria, seria divertido. Disse que na certa poderia improvisar um traje de caubói para ele, se ele quisesse, mas se quisesse ir como um MotoKop a gente teria de ir ao Payless e comprar um pronto.

Ele já balançava a cabeça antes mesmo de eu acabar, grandes sacudidas de um lado para outro. Não queria ir como caubói, nem como MotoKop. Havia alguma coisa na violência daquelas sacudidas de cabeça que beirava o horror. Acho que talvez estivesse cheio de caubóis e policiais do futuro.

Imagino se o outro sabe disso.

De qualquer modo, perguntei-lhe do que gostaria de vestir-se, se não de caubói, Snake Hunter ou Major Pike. Ele balançou um braço & saiu saltando pela sala. Após algum tempo dessa pantomima, percebi que queria ser um espadachim.

— Pirata? — perguntei, & todo o rosto dele se iluminou com o meigo sorriso de Seth Garin.

— Pi-at! — disse, e fez mais esforço e disse direito: — Pi-rata!

Por isso arranjei um velho lenço de seda para amarrar na cabeça dele, dei-lhe uma argola de ouro de pressão para pôr na orelha e desencavei um velho pijama de Herb para servir de pantalona. Pus umas tiras de borracha nas bocas das calças & elas se inflaram direitinho. Com uma barba e uma cicatriz no olho pintadas, e uma velha espada de brinquedo (emprestada pela vizinha do lado, Cammie Reed, uma dourada antigüidade dos anos de infância dos gêmeos), ele ficou com um ar bastante feroz. E quando saí com ele, por volta das quatro horas, para "fazer" nossa quadra da Rua dos Álamos e duas outras da Jacintos, ele não parecia diferente de todos os outros duendes, bruxas, Barneys e piratas. Quando voltamos, espalhou todos os doces que ganhara de presente no chão da sala de visitas (não esteve no covil para ver TV o dia todo, Tak deve estar num sono profundo, eu gostaria que o sacana estivesse morto, mas isso é esperar demais) & ficou feliz com eles como se fosse realmente um tesouro de pirata. Depois me abraçou e beijou meu pescoço. Tão feliz.

Foda-se, Tak. Foda-se.

Foda-se, e espero que morra.

16 de março de 1996

A última semana foi um horror, um completo horror, Tak no comando quase total e em passo de ganso. Pratos por toda parte, copos sujos de leite achocolatado, a casa está uma bagunça. Formigas! Nossa! Formigas em março! Parece uma casa onde moram lunáticos, e não será isso mesmo?

Tenho os mamilos em brasa, tantos os beliscões que Tak me faz dar neles. Eu sei por quê, claro; está furioso porque não pode fazer o que quer com sua versão de Cassandra Styles. Eu o alimento, compro os novos bonecos MotoKops que ele quer (e as revistas em quadrinhos, claro, que tenho de ler para ele, porque Seth não tem essa aptidão para ele aproveitar), mas para aquela outra finalidade, sou inútil.

Passei com Jan o máximo da semana que pude.

Então, hoje, quando tentava fazer alguma limpeza (quase sempre estou exausta e desanimada demais para sequer tentar), quebrei o prato favorito de minha mãe, o que tem a cena de trenó de Currier & Ives. Tak não teve nada a ver com isso; eu o tirei do consolo da lareira na sala de jantar onde o mantenho à mostra, para dar uma espanada, & ele simplesmente escorregou de meus estúpidos dedos & se espatifou no chão. A princípio pensei que meu coração tinha se espatifado com ele. Não era o prato, claro, por mais que eu sempre tenha gostado dele. De repente, era como se fosse toda a minha vida que eu estava olhando, em vez de um velho prato de louça despedaçado no chão da sala de jantar. Simbolismo barato, diria provavelmente Peter Jackson, que mora aí defronte. Barato & sentimental. Na certa é verdade, mas quando a gente sofre dificilmente é criativa.

Peguei um saco plástico de lixo na cozinha & comecei a juntar os cacos, soluçando enquanto o fazia. Nem sequer ouvi a TV ser desligada — Tak e Seth tinham feito um festival de MotoKops 2200 a maior parte do dia —, mas então uma sombra caiu sobre mim e ergui os olhos, e lá estava ele.

A princípio pensei que era Tak — Seth desapareceu a maior parte desta última semana, ou se manteve discreto —, mas então vi os olhos. Os dois usam os mesmos, a gente diria que eles não mudam, não podem mudar, mas mudam, sim. Os de Seth são mais claros, e têm uma gama de emoção que Tak não vai conseguir nunca.

— Quebrei o prato de minha mãe — eu disse. — Era só o que me restava dela, e escorregou por entre meus dedos.

Foi pior ainda, então. Abracei os joelhos, pus o rosto entre eles & fiquei chorando. Seth se aproximou, passou os braços pelo meu pescoço & me abraçou. Aconteceu uma coisa maravilhosa quando fez isso. Não posso explicar exatamente, mas foi tão bom que fez as visitas a Jan em Mohonk parecerem banais em comparação. Tak pode me fazer sentir mal — terrível, na verdade, como se o mundo todo não passasse de um bolo de lama fervilhando de minhocas iguais a mim. Ele gosta quando me sinto mal. Lambe essas sensações ruins em minha pele, como um menino um pirulito. Sei que lambe.

Aquilo era o contrário... e mais. Minhas lágrimas pararam & meus sentimentos de tristeza foram substituídos por uma tal sensação de alegria e... não êxtase, exatamente, mas parecido. Serenidade & otimismo misturados, como se tudo não pudesse deixar de dar certo. Como se tudo já estivesse certo & eu não pudesse ver isso em meu estado de espírito normal. Eu estava plena, como uma comida deixa a gente plena quando está com fome. Restaurada.

Seth fez isso. Fez isso quando me abraçou. E acho (sei) que fez isso exatamente do mesmo jeito que Tak me faz sentir as coisas ruins e tristes. Abandonada, é como chamo. Quando Tak quer, faz me sentir abandonada. Mas só pode fazer isso porque tem o poder de Seth para sugar & eu acho que quando Seth acabou com minha tristeza hoje de tarde, pôde fazer isso porque tinha o poder de Tak para sugar. E não creio que Tak soubesse que ele estava fazendo isso, senão o teria feito parar.

Eis aí uma coisa que jamais me ocorreu até hoje: Seth pode ser mais forte do que Tak sabe.

Muito mais forte.

Capítulo Treze

1

JOHNNY NÃO SOUBE por quanto tempo ficou sentado na cadeira da cozinha, cabisbaixo, o corpo sacudido por soluços fortes como arrepios, as lágrimas brotando dos olhos, antes de sentir uma mão macia na nuca e erguer os olhos e ver a mocinha da loja, a dos cabelos esquizofrênicos. Steve não estava mais com ela. Johnny olhou pela janela panorâmica da sala de visitas — o ângulo dava exatamente para fazer isso de onde estava — e viu-o parado no triste gramado dos Wyler, olhando rua abaixo. Algumas das sirenes tinham cessado, quando os veículos a que pertenciam chegaram à rua e pararam; outras ainda uivavam como índios, chegando.

— Está bem, Sr. Marinville?

— Ééé. — Tentou dizer mais alguma coisa, mas o que saiu, em vez de palavras, foi um sacudido meio soluço. Tentou limpar o nariz com as costas da mão e depois sorrir. — Cynthia, não é?

— Cynthia, sacou.

— E eu sou Johnny. Só Johnny.

— Legal.

Ela olhava os corpos entrelaçados. Audrey tinha a cabeça jogada para trás, os olhos fechados, o rosto tão imóvel e sereno como uma máscara mortuária. E o menino ainda parecia um bebê, em sua frágil nudez. Um bebê morto no parto.

— Olhe pra eles — disse Cynthia, baixinho. — Os braços dele no pescoço dela desse jeito. Deve tê-la amado muito.

— Ele a matou — disse Johnny, sem nenhuma expressão.

— Não pode ser!

Ele simpatizou com o choque no rosto dela, mas isso não mudava o que sabia.

— Mas é. Ele chamou Cammie pra cima dela.

— Chamou pra cima dela? Que quer dizer com isso?

Ele balançou a cabeça, como se ela houvesse concordado.

— Do mesmo jeito que os oficiais comandantes na mata chamavam fogo de artilharia pra cima das aldeias inimigas no Vietnã. Chamou-a pra cima dos dois, na verdade. Eu o ouvi fazer isso. — Bateu na têmpora.

— Está dizendo que Seth mandou Cammie *matá-los*?

Ele assentiu.

— O outro, talvez. Você pode ter ouvido ele... a coisa...

Johnny balançou a cabeça.

— Neca. Era Seth, não Tak. Eu reconheci a voz. — Fez uma pausa, baixando o olhar para a criança morta, depois tornou a olhar para Cynthya. — Mesmo em minha cabeça, respirava pela boca.

2

AS CASAS HAVIAM voltado ao que de fato eram, via Steve, mas isso não significava que haviam voltado ao normal. Tinham visivelmente levado um pau dos diabos. A casa dos Hobart não mais ardia, por exemplo; o pé-d'água reduzira o fogo a uma espécie de mal-humorada fumaça, como um vulcão após a erupção principal. O bangalô do velho veterinário estava mais envolvido, com chamas saltando das janelas e trechos negros e calcinados espalhando-se ao longo dos beirais e levantando bolhas na pintura. Entre as duas, a casa de Peter e Mary Jackson era uma ruína desmoronada, estourada.

Havia dois carros de bombeiro na rua, e chegavam outros. Já as mangueiras jaziam enroscadas nos gramados, parecendo gordas jibóias bege. Também havia carros de polícia. Três parados diante da casa de Entragian, onde o corpo do menino dos jornais (e o de Hannibal, não podia esquecê-lo) jazia coberto de plástico agora com poças d'água do temporal. Dois novos carros-patrulha se achavam parados no alto da rua, bloqueando inteiramente a Rua do Urso.

Não vai adiantar nada, se eles voltarem, pensou Steve. Se os justiceiros voltarem, vão explodir esse bloqueiozinho de rua até a calota polar mais próxima.

Só que não iam voltar. Era o que significava a luz do sol, o que significava o trovão em retirada. Tudo acontecera de fato — Steve só precisava olhar para as casas ardendo e as inteiramente estouradas para saber disso — mas acontecera em alguma estranha fístula do tempo da qual aqueles tiras jamais iriam saber ou querer saber. Olhou seu relógio e não ficou surpreso ao ver que funcionava de novo: 5:18, mostrava, e ele achou que estava tão próximo da hora certa quanto seu Timex algum dia chegaria.

Olhou os policias na rua abaixo. Alguns tinham as armas na mão; outros, não. Nenhum parecia saber ao certo o que fazia. Steve entendia isso. Eles viam uma galeria de tiro, afinal, e provavelmente ninguém nas quadras em volta ouvira sequer um tiro. Trovões, talvez, mas escopetas que soavam como granadas de morteiro? Neca.

Avistaram Steve no gramado, e um deles o chamou. Ao mesmo tempo, outros dois gesticulavam que voltasse para a casa dos Wyler. Pareciam uma porra de uma patrulha bastante desorientada, em geral, e Steve não os culpava. Alguma coisa acontecera ali, isso eles podiam ver, mas o *quê*?

Vocês vão levar algum tempo pra imaginar, pensou Steve, mas vão acabar conseguindo alguma coisa com que possam conviver. Sempre conseguem. Seja um disco voador que caiu em Rosswell, Novo México, um navio vazio no meio do Atlântico, ou uma rua de uma área residencial de Ohio transformada num corredor de fogo, vocês sempre saem com alguma coisa. Nunca vão pegar ninguém, eu apostaria nisso as economias de minha vida, que estão longe de ser consideráveis, e não vão acreditar numa porra de uma única palavra que nenhum de nós disser (na verdade, quanto menos dissermos, provavelmente mais fácil será para nós), mas no fim vão arranjar alguma coisa que lhes permita repor as armas nos coldres... e dormir à noite. E sabem o que eu digo disso?

NÃO TEM PROBLEMA,

é isso aí.

PORRA... DE... PROBLEMA... NENHUM!

Um dos policiais apontava agora um megafone para ele. Steve não morria de amores por isso, mas achava que era melhor um megafone que uma arma.

— VOCÊ É UM REFÉM? — perguntou o Sr. Megafone. — É UM DOS QUE FIZERAM REFÉNS?

Steve sorriu, pôs as mãos em concha em torno da boca e gritou de volta:

— Eu sou Libra! Amigo de estranhos, adoro um bom papo!

Uma pausa. O Sr. Megafone conferenciou com vários de seus cupinchas. Muitas cabeças balançaram. Depois ele tornou a se voltar para Steve e a erguer o megafone:

— NÃO ENTENDEMOS, QUER REPETIR?

Steve não repetiu. Passara a maior parte de sua vida no show-business — bem, mais ou menos — e sabia como era fácil estragar uma piada. Mais policiais chegavam; comboios inteiros de carros-patrulha com luzes vermelhas piscando. Mais carros de bombeiros. Duas ambulâncias. O que parecia um veículo de assalto blindado. Os policiais só deixavam passar os carros de bombeiros, pelo menos por enquanto, embora, graças à chuva, nenhum dos incêndios parecesse grande coisa a Steve.

Do outro lado de onde ele estava, Dave Reed e Susi Geller saíram da casa dos Carver, abraçados. Passaram com cuidado por cima do cadáver da menina morta na varanda e desceram para a calçada. Atrás vieram Brad e Belinda Josephson, conduzindo os filhos dos Carver e protegendo-os da visão do pai, ainda caído na entrada da garagem e ainda tão morto como sempre. Atrás veio Tom Billingsley. Tinha o que parecia uma toalha de mesa de linho nas mãos. Estendeu-a sobre o corpo da garota morta, sem tomar conhecimento do homem mais abaixo na quadra que tentava chamá-lo com seu megafone.

— Cadê minha mãe? — gritou Dave para Steve. Tinha os olhos ao mesmo tempo alucinados e exaustos. — Você viu minha mãe?

E Steve Ames, cujo lema na vida fora

NULLO IMPEDIMENTUM,

não teve a menor idéia do que responder.

3

JOHNNY ENTROU NA SALA de visitas, andando nas pontas dos pés e evitando o máximo que podia da bagunça deixada por Cammie Reed. Transposto esse obstáculo, dirigiu-se à porta com mais rapidez e confiança. Controlara as lágrimas, pelo menos por enquanto, e supunha que isso fosse bom. Não sabia por quê, mas achava que sim. Olhou o relógio sobre o consolo da lareira. Marcava 5:21, o que parecia correto.

Cynthia pegou-o pelo braço. Ele voltou-se, sentindo-se meio impaciente. Pela janela panorâmica, via os outros sobreviventes da Rua dos Álamos reunindo-se no meio da rua. Até agora tinham ignorado os apelos dos policiais, que pareciam não saber se deviam aproximar-se ou manter suas posições, e Johnny queria juntar-se aos vizinhos antes que os tiras se decidissem por uma coisa ou outra.

— Foi embora? — ela perguntou. — Tak... aquela coisa vermelha... o que quer que fosse... foi embora?

Ele olhou a cozinha atrás. Doía-lhe quase fisicamente fazer isso, mas conseguiu. Havia muito vermelho nela — as paredes pintadas de vermelho, e o teto também, aliás —, mas nenhum sinal da coisa com fulgor de brasa que tentara encontrar um porto seguro na cabeça de Cammie Reed, depois que seu primeiro hospedeiro fora morto.

— Ele morreu com ela? — A moça olhava-o com olhos suplicantes. — Diga que sim, tá legal? Me deixe numa boa e diga que sim.

— Deve ter morrido — disse Johnny. — Se não tivesse, imagino que estaria agora experimentando o tamanho de um de nós.

Ela expeliu o ar numa rajada.

— Ééé. Faz sentido.

E fazia mesmo, mas Johnny não acreditava. Nem por um segundo. *Eu conheço vocês todos*, dissera a coisa. *Vou achar vocês todos. Vou caçar vocês.* Talvez o fizesse. E talvez se visse a braços com uma luta um pouco mais árdua do que gostaria, se tentasse. De qualquer modo, não havia sentido em preocupar-se com isso agora.

Tak a uã! Tak a lá! Mai rim en tau!

— Que foi? — perguntou Cynthia. — Que é que há?

— Que quer dizer?

— Você está tremendo.

Johnny sorriu.

— Acho que alguém acaba de passar por cima de minha cova. — Tirou a mão dela de seu braço e trançou os dedos com os dela. — Vamos lá. Vamos sair e ver como está todo mundo.

4

JÁ QUASE CHEGAVAM à rua e aos outros, quando Cynthia parou.

— Ah, meu Deus — disse numa voz baixa e fraca. — Ah, meu Deus, veja.

Johnny voltou-se. A tempestade passara adiante, mas havia uma nuvem de trovoada logo a oeste deles. Pairava sobre o centro de Columbus, ligada a Ohio por um tênue cordão umbilical de chuva, em forma de um gigantesco caubói galopando um garanhão cor de tempestade. O focinho do cavalo, grotescamente alongado, apontava para leste, para os Grandes Lagos; a cauda estendia-se longa rumo às pradarias e desertos. O caubói parecia segurar o chapéu numa das mãos, talvez acenando para os aplausos, e enquanto Johnny olhava, boquiaberto e paralisado, a cabeça do homem reluziu com um raio.

— Um cavaleiro fantasma — disse Brad. — Puta merda, uma porra dum cavaleiro fantasma no céu. Está vendo, Bee?

Cynthia gemeu por trás da mão que levara à boca. Olhava a forma de nuvem, olhos esbugalhados, balançando a cabeça de um lado para outro, num inútil gesto de negação. Os outros também olhavam agora — não os bombeiros nem os policiais, que logo sairiam de sua indecisão e viriam juntar-se ao grupo da quadra, mas o pessoal da Rua dos Álamos que sobrevivera aos justiceiros.

Steve pegou os finos braços de Cynthia e afastou-a delicadamente de Johnny.

— Pare com isso — disse. — Não pode fazer mal à gente. É só uma nuvem e não pode fazer mal à gente. Já está indo embora. Está vendo?

Era verdade. O flanco do cavalo celeste abria-se em alguns lugares, dissolvia-se em outros, deixando passar o sol em longos raios velados. Era de novo apenas uma tarde verão, a própria *cumeeira* do verão, só melancia, refrigerante e más jogadas na ponta do bastão.

Steve baixou os olhos para a rua e viu o carro da polícia começar a rodar, muito devagar, subindo a ladeira na direção deles, passando sobre os fios emaranhados. Tornou a olhar para Johnny.

— Você.

— Você o quê?

— Ele se suicidou, o garoto?

— Não sei o que mais você chamaria aquilo — disse Johnny, mas achava que sabia por que o hippie perguntara; de algum modo, não *parecera* suicídio.

O carro da polícia parou. O homem que saltou usava um uniforme cáqui enfeitado com uma tonelada de dragonas douradas. Tinha os olhos, de um azul muito intenso, quase perdidos numa complexa teia de rugas. E o revólver, bem grande, na mão. Parecia alguém que Johnny já vira antes, e após um instante se lembrou: o falecido Ben Johnson, que interpretara fazendeiros santarrões (em geral com belas filhas) e bandidos satânicos com igual graça e talento.

— Alguém pode me dizer, em nome de Jesus Cristo Redentor, o que aconteceu aqui?

Ninguém respondeu, e após um momento Johnny Marinville percebeu que olhavam para ele. Adiantou-se, leu o pequeno crachá preso ao bolso do engomado blusão do uniforme do homem, e disse:

— Bandidos, Capitão Richardson.

— Como?

— Bandidos. Justiceiros. Renegados do deserto.

— Meu filho, se você acha alguma graça nesse...

— Não acho, não, senhor. Não mesmo. E vai ter menos graça ainda quando vocês olharem aí dentro.

Apontou a casa dos Wyler, e ao fazer isso lembrou-se de repente de seu violão. Foi como a gente se lembrar de um copo de chá gelado quando está com calor, com sede e cansado. Pensou como seria legal sentar-se no degrau de sua varanda, dedilhar e cantar "A Balada de Jesse James" na clave de ré. Era aquela que dizia: "Oh, Jesse tinha uma esposa pra chorar por sua vida, três filhos valentes." Achava que seu velho Gibson talvez tivesse um buraco, sua casa parecia bastante malhada (parecia não mais assentar-se exatamente nos alicerces, aliás), mas por outro lado talvez fosse perfeitamente legal. Alguns *deles* tinham saído bem, afinal.

Johnny pôs-se a andar naquela direção, já ouvindo a música como sairia de sua mão e de sua boca: "Oh, Robert Ford, Robert Ford, imagino como você se sente. Pois dormiu na cama de Jesse, comeu do pão de Jesse, e deitou Jesse em sua cova."

— Ei! — o policial que parecia Ben Johnson chamou, truculento. — Aonde diabos você acha que vai?

— Cantar uma música sobre mocinhos e bandidos — disse Johnny.

Baixou a cabeça, sentiu o abafado calor do sol de verão na nuca e continuou andando.

Carta da Sra. Patricia Allen a Katherine Anne Goodplowe, de Montpelier, Vermont:

19 de junho de 1986

Querida Kathi,

Este é o mais belo lugar de todo o mundo, estou convencida disto. A lua-de-mel foram os nove dias mais gostosos de toda a minha vida, e as noites...! Fui educada para acreditar que de certas coisas a gente não fala, por isso deixe-me logo ir dizendo aqui que meus temores de descobrir, tarde demais para dar um jeito, que "guardar para o casamento" foi o pior erro de minha vida se revelaram infundados. Eu me sinto como uma criança morando numa fábrica de doces!

Mas chega disso; não estou lhe escrevendo para falar da vida sexual (por mais soberba que seja) da nova Sra. Allen, ou mesmo da beleza das Catskills. Estou lhe escrevendo porque Tom está lá embaixo no momento, jogando bilhar, e eu sei como você gosta de uma "história de assombração". Sobretudo se tiver um velho hotel. Você é a única pessoa que eu conheço que não apenas leu um exemplar de *O Iluminado* até o bagaço, mas dois! Se fosse só isso, porém, eu na certa teria esperado até voltarmos e contado minha história pessoalmente. Mas talvez eu tenha de fato alguns suvenires desta "história do além" em particular, e foi isso que me fez pegar a caneta nesta bela noite de lua cheia.

A Mountain House foi fundada em 1869, de modo que certamente tem direito ao título de velho hotel, e embora eu não ache que pareça muito com o Overlook de Stephen King, tem lá seu quinhão de recantos estranhos e corredores assombrados. E também seu quinhão de histórias de fantasmas, mas aquela sobre a qual lhe escrevo é uma espécie de curiosidade — não tem uma única dama da virada do século, nem suicida do colapso da Bolsa em 1929. Esses dois fantasmas — certo, um par, dois pelo preço de um — só vêm fazendo assombrações ativamente nos últimos quatro anos, mais ou menos, até onde consegui descobrir, e consegui descobrir muita coisa. Os empregados são muito prestativos para com os hóspedes que querem praticar um pouco de "caça aos fantasmas" de quebra; acho que complementa o ambiente.

De qualquer modo, há mais de cem abrigos nos terrenos da propriedade, excêntricas cabanas de madeira que os hóspedes chamam de "follies" e os panfletos do Mohonk de "belvederes". A gente os encontra dando para as melhores vistas. Um deles fica no extremo norte de um prado montanhês, a uns cinco quilômetros da Mountain House. No mapa, esse prado não tem nome (cheguei a verificar as cartas topográficas no escritório hoje de manhã), mas os empregados têm um nome para ele: chamam de Prado da Mãe e Filho.

Os fantasmas dos ditos mãe e filho foram avistados pela primeira vez por hóspedes no verão de 1982. São sempre vistos em torno daquele belvedere, que fica no topo de uma colina e dá para um paredão de rocha abaixo quase sepultado sob madressilvas e rosas silvestres. Não é o lugar mais espetacular do balneário, mas acho que vai se revelar o meu favorito quando eu me lembrar de minha lua-de-mel nos anos vindouros. Há ali uma serenidade que certamente ultrapassa meus poderes de descrição. Parte disso está no cheiro das flores e no som das abelhas, acho — um zumbido constante e modorrento. Mas deixa pra lá as abelhas, as flores e o pictórico rochedo; se conheço minha Kathi, é dos fantasmas que ela quer saber. Não são assombrações, em absoluto, logo não tenha muitas esperanças por esse lado, mas pelo menos estão bem documentados. Adrian Givens, o concièrge, me disse que foram vistos por pelo menos três dezenas de hóspedes desde que começaram a aparecer, sempre no mesmo local agreste. E embora nenhuma das testemunhas conhecesse as outras, o que torna improvável uma conspiração ou conluio, as descrições são impressionantemente semelhantes. A mulher é descrita como na casa dos trinta anos, bonita, pernas compridas, cabelos castanhos. O filho (várias testemunhas observaram a semelhança física entre os dois) é pequeno e muito magro, provavelmente uns seis anos de idade. Cabelos castanhos, como a mulher. O rosto dele é descrito como "inteligente", "vivaz" e mesmo "bonito". E embora tenham sido vistos por várias pessoas no correr dos anos, são sempre descritos usando as mesmas roupas: ela de calção curto de corrida, blusa sem mangas e tênis comuns; ele de calção de basquetebol, camiseta decotada e botas de caubói. São as botas de caubói que mais me fazem pensar, Kath! Qual a probabilidade de toda essa gente pôr o menino numa combinação tão improvável como calção e botas de caubói, se estivessem apenas inventando? A defesa descansa.

Várias pessoas têm teorizado que são pessoas de verdade, talvez mesmo uma empregada de Mohonk com o filho, porque deixam muitos indícios empíricos e permanentes para fantasmas (que em geral só deixam atrás um turbilhão de ar frio, ou talvez uma pequena mancha de ectoplasma, como sei que você sabe). Tudo que é tipo de pequenos suvenires tem sido encontrado nesse belvedere. Sabe o mais fantástico? Pratos pela metade de espaguete Chef Boyardee! É! Sei que parece loucura, risível, mas pare e pense um minuto. Além de cachorro-quente, existe alguma coisa no mundo que as crianças gostem mais do que da massa do Chef?

Tem havido outras coisas também — brinquedos, um livro para colorir, um estojinho de maquilagem que bem poderia pertencer à bela mãe do menino, mas admito que são os pratos pela metade de espaguete infantil que me impressionam. Quem já ouviu falar de um fantasma que come espaguete? Ou que tal isto? No outono de 1984, um grupo de excursionistas encontrou um toca-discos plástico no tal belvedere, com um disco de 45 rotações no prato — Strawberry Fields Forever, dos Beatles. Encaixa, não?

Meu amigo da recepção, Adrian, sorri e balança a cabeça quando a gente sugere que é uma armação, que os fantasmas não deixam objetos físicos reais (nem deixam pegadas na grama ou no belvedere).

— Pelo menos os comuns, não — ele diz —, mas talvez estes não sejam fantasmas comuns. Entre outras coisas, porque todos que os vêem dizem que são sólidos. A gente não vê através deles, como aqueles de *Caça-fantasmas*. Talvez não sejam fantasmas, já pensou nisso? Podem ser pessoas reais que vivem num plano ligeiramente diferente do nosso.

Acho que não se precisa ser hóspede de Mohonk para ficar meio astral; só trabalhar aqui já parece bastar.

Adrian disse que, pelo menos em três ocasiões, pessoas que julgavam tudo isso uma farsa tentaram pegar a mãe e o filho, e todas as vezes deu em nada (embora um dos investigadores voltasse com outra daquelas tigelas de espaguete). Também disse — e achei isso muito mais interessante — que as aparições vêm se mostrando em torno daquele belvedere há quatro anos. Se fossem pessoas reais, como poderia o menino ter ainda seis ou sete anos?

Tudo bem, este é o ponto em que, numa história de assombração tradicional, eu revelaria que eu mesma vi os fantasmas ou o Riquixá Fantasma. Só que não vi. Ainda não vi um só fantasma em toda a minha vida. Mas posso testemunhar que há alguma coisa muito especial naquele prado, uma coisa silenciosa e — não se atreva a rir — quase santa. Não vi fantasmas, mas há decididamente um senso de presença ali. Fui sem Tom, e admito de boa vontade que isso na certa me deixou mais susceptível, mas mesmo assim eu sabia então, e sei agora, que tinha ido a um lugar muito extraordinário. E senti um arrepio na nuca, uma sensação — muito clara e específica — de que era vigiada.

Então, quando entrei no belvedere propriamente dito, a fim de me sentar e descansar um pouco para a viagem de volta, encontrei os objetos que estou enviando anexos. São perfeitamente reais, como você vê, nem um pouco fantasmagóricos, e no entanto há neles alguma coisa muito estranha, você não acha?

O bonequinho da mulher de calção azul é o mais interessante dos dois. É obviamente o que as crianças chamam de figurinha de "super-herói", mas eu já dou aulas em jardim de infância há três anos e achei que conhecia todos. A princípio pensei que era Scarlet, da equipe de G.I. Joe, mas os cabelos dessa dama são de um tom bem diferente de ruivo. Mais vivo. E em geral as crianças valorizam muito essas coisas, brigam por elas no pátio de recreio. Esse estava largado num canto, quase como se tivesse sido jogado fora. Guarde-o para mim, Kath, que eu vou mostrá-lo ao meu jardim da infância no próximo outono... mas estou apostando agora que nenhum deles vai conhecer a personagem e *todos* vão querê-la! Penso no que disse Adrian, que os fantasmas do Prado da Mãe e Filho podem viver num plano ligeiramente diferente, talvez do tipo astral, talvez do tipo temporal, e às vezes (muitas vezes, na verdade) acho que a Srta. Ruiva pode de fato vir desse plano! (A idéia lhe causa arrepios? A mim me causa!)

Tudo bem, tudo bem, soprou um vento forte e as luzes estão piscando. Atribua a isso, se quiser.

Depois, tem o desenho. Eu o encontrei debaixo da mesa do belvedere. Você é a formada em arte, minha cara, me diga o que pensa. É algum tipo de gozação — uma falsificação feita por um garoto local que gosta de provocar os hóspedes? Ou terei encontrado um desenho feito por um fantasma? Que idéia, hem?

Tudo bem, garota, esta foi a minha história de arrepiar para esta noite. Vou enfiar a coisa toda numa pequena embalagem de correspondência da loja de presentes e depois ver se consigo convencer Tom a parar de jogar bilhar na sala de jogos e vir para a cama. Francamente, não espero que seja um problema.

Adoro estar casada, e adoro este lugar, com fantasmas e tudo.

Ainda sua fã,

Pat

P.S.: Por favor, guarde o desenho para mim, está bem? Eu quero guardá-lo. Falsificação ou não, acho que há amor nele. E um senso, quase, de volta para casa. P.

markgraph
Rua Aguiar Moreira, 386 - Bonsucesso
Tel.: (21) 3868-5802 Fax: (21) 270-9656
e-mail: markgraph@domain.com.br
Rio de Janeiro - RJ